KB132120

시간은 밤

Жизнь это театр
by Людмила Петрушевская

Translated from the edition by Amphora Publishers, St Petersburg, Russia, 2008
ⓒ Ludmilla Petrushevskaya, 2006
All rights reserved.

Korean translation copyright ⓒ 2020 by MUNHAKDONGNE Publishing Corp.
The publication of the book was negotiated through
Goumen & Smirnova Literary Agency (www.gs-agency.com)
and Eric Yang Agency.(www.eyagency.com)

책의 한국어판 저작권은 EYA(Eric Yang Agency)를 통해
Goumen & Smirnova Literary Agency와 독점 계약한 (주)문학동네에 있습니다.
저작권법에 의해 한국 내에서 보호를 받는 저작물이므로 무단 전재와 무단 복제를 금합니다.

세계문학전집
192

Людмила Петрушевская : Жизнь это театр

시간은 밤

류드밀라 페트루솁스카야 소설

김혜란 옮김

문학동네

일러두기

1. 번역 대본으로는 Жизнь это театр(Амфора, 2008)를 사용했다. 이 소설집에서 열세 개 작품을 엄선해 소개하는 이번 한국어판은 작가의 동의하에 원제 '인생은 연극이다' 대신 「시간은 밤」을 표제작으로 삼았다.
2. 주석은 모두 옮긴이주이다.

차례

알리바바

흔히 그렇듯, 두 사람이 만난 것은 선술집에서였다. 줄을 서서 뒤를 돌아보던 여자는 핀란드제 양복을 입은 눈이 파랗고 속눈썹이 까만 남자를 보며 생각했다. 저 남자다. 자신이 얼마나 손쉬운 먹잇감을 골랐는지 알아차리지 못한 여자가 잠시 머리를 굴리러 나갔다 오는 사이 ("제 자리 좀 봐주실래요?"), 단벌의 회색 핀란드 양복을 입은 불쌍한 왕자는 참을성 있게 서서 제 운명의 파탄을 기다렸다. 알리바바와 달리 남자는 여자들에겐 감이란 게 있고 정신 멀쩡한 여자가 자신을 유혹할 리 없다는 사실을 알고 있었다. 남자는 알리바바의 추파에 가벼운 흥분을 느끼며 찌꺼기처럼 남아 있는 감정들을 긁어모았고, 오래전 전차와 지하철에서 여자들이 그에게 '이건 뭐지, 혹시……' 하는 생각을 불러일으키던 때를 떠올렸다. 최근 몇 년 동안 그는 그런 생각이 들기도 전에 손부터 내저었다. 특히 매력적인 여자를 보면 그는 괜히 화를 내며 손사래를 쳤다. 하지만 크고 까만 눈에 평범하고 교양 있어 보이는 유대인 여자, 알리바바는 그에게 아무런 흥분도 일으키지 않았고, 따라서 손을 내저을 필요도 없었다. 그는 나름대로 냉정했고, 그 커다란 두 눈 뒤에 자기만의 우주를 가진 존재가 서서 인생이란 한 번 사는 것이며 지금이 아니면 영원히 기회는 없다, 라고 혼잣말을 하고 있으리란 생각은 꿈에도 하지 못했다. 게다가 알리바바는 그와 나란히 선술집에 서서 주문할 차례를 기다리고 있는 여자가 아닌가. 그에게 선술집은 알리바바처럼 정상적이고 점잖은 사람들의 수준으로 올라가는 것을 의미했지만, 그녀에게 선술집은 추락을 뜻하는지도 모른다. 점잖은 여자가 말끝마다 욕을 붙이는 사내들이 득실거리는 선술집에서 할일이 뭐가 있겠는가. 경찰도 많고 벽마다 작은 조명을 달아놓은 푸시킨 거리의 술집이라면 모를까. 스무 살도 안 된 종업원이 잰걸음으로 테이블 사이를 돌아다니며 다 마시지도 않은 보드카잔을 주방으로 치워버리고, 어두컴컴한 발밑을 더듬으며 마시다 만 술병을 찾던 손님들은 한참을 당황해 머뭇거리는 이런 술집에서 말이다. 화가 난 손님들이 주방으로 쳐들어가보면 종업원은 이미 남은 보드카를 탈탈 털어 마신 후고, 그러다 지배인과 한판 싸움이 벌어져도 경찰은 나타나지 않았다.

아무튼 그는 알리바바가 어떤 여자인지 알지 못했고, 알리바바도 그를 제대로 파악한 것은 아니었다. 그들은 서로를 점잖은 사람이라 생각했고, 더없이 좋은 의도로, 다시 말해 괜찮은 사람과 잠시 얘기를 나눈다는 생각으로 서로에게 다가갔다.

이 집은 줄을 오래 서야 하며 다른 곳도 마찬가지라는 얘기부터 해서 그들은 자신들이 아는 모든 장소에 대한 정보를 나누었고, 카페 '사이공'* 얘기까지 나왔다. '대단한 여자야, 정말이지 안 가본 데가 없군.' 남자는 그렇게 생각하며 여자에게 존경심을 느꼈고, 여자는 긴 줄을 힐긋 돌아보며 파란 눈의 이 남자가 그리 주목받고 살아온 사람은 아닌 것 같다고 생각했다. 여자는 남자에게 가슴 저릿한 연민과 애정을 느꼈다. 그것은 없어진 것을 알고는 놀라서 바로 찾게 되는 우아한 품종의 길고양이에게 느끼는 감정과 같은 것이었다.

그녀는 먼젓번 인생의 동지를 위해 쓴 자작시도 그에게 읽어주었다. 먼젓번 인생의 동지는 자신이 마시다 만 술병을 별 가구도 없는 자기 아파트에 도저히 찾을 수 없게 숨겨놓는다는 이유로 알리바바에게 욕을 퍼부었다. 알리바바는 그가 술독에 빠져 살기를 바라지 않아서 그랬다고 변명했고, 남자는 알리바바가 그 술을 다 제 속으로 쏟아붓고 있으며, 내다팔 물건들을 보관해두는 발코니에 빈 술병이 하나씩 늘어나는 것도 그 때문임을 상상조차 하지 못했다. 하지만 마침내 남자는 알리바바의 속임수를 알아차렸고, 알리바바가 조용히, 최대한 소리를 내지 않고 빈병을 내려놓으려다 손이 떨려 딸그락 소리를 내버린 문제의 발코니 난간 뒤로 그녀를 밀어버렸다. 알리바바는 난간 너머로 훌렁 넘어가 발코니 난간 철봉을 손가락으로 붙잡은 채 체조선수처럼 사층 높이에 매달렸고, 지나가다 그 모습을 본 사람들이 곧바로 사태를 파악하고는 아파트 문을 부수기 시작했다. 알리바바의 인생 동지가 겁에 질려 아무리 벨을 눌러도 문을 열어주지 않았기 때문이다. 그는 부엌에 앉아

* 1970~80년대 소비에트 언더그라운드 예술가들이 즐겨 찾던 레닌그라드의 카페.

경찰서에 가서 뭐라고 진술할지, 자살시도였다고 해야 할지, 아무도 본 사람이 없을 때 얘기지만, 그녀가 자신을 밀어 떨어뜨리려고 해서 방어한 것뿐이라고 해야 할지 머리를 굴리고 있었다. 문을 부수고 들어간 운전기사 둘이 손가락이 완전히 뒤로 꺾인 알리바바를 그의 앞에 데려다 놓자 그의 얼굴이 악에 받친 듯 일그러졌다. 남자는 갑자기 큰 소리로 울기 시작했고, 그 모습을 본 운전기사들은 나가서 보드카나 한잔하고 싶어졌지만, 그들과 같이 아파트로 뛰어든 여자들은 있는 대로 소리를 질러대며 제발 그러지 말라는 알리바바의 애원에도 불구하고 다짜고짜 응급구조대를 불렀다. 마침내 사람들은 흩어져 제 갈 길을 갔고, 응급구조대도 뒤로 꺾인 손가락을 치료하진 못했다. 모든 일은 외래절차에 따라 처리되었고, 알리바바는 발코니 바깥쪽을 청소하다 그런 거라고 둘러댔다. 의사들은 수사관이 아니었으므로, 그럼 걸레와 물통은 어디에 있느냐고 따져 묻지 않았고, 알리바바와 남자에게 진정제 주사를 놓아준 다음 가버렸다. 의사들이 나가자마자 남자는 알리바바를 집에서 쫓아냈다. 남자는 미친 사람처럼 흥분해서는 알리바바의 옷가지를 배낭에 쑤셔넣고 예의 발코니 아래로 던져버렸다. 짧은 앙고라 외투, 레깅스 등등은 챙기지도 못하고, 화장품도 욕실에 그대로 둔 채 알리바바는 비틀거리며 배낭을 따라 내려가 자기 집, 즉 엄마네로 갔고, 손가락이 꺾인 채 거기서 한참을 지냈다. 일자리를 알아보러 다닐 기운도 없었다. 그런 그녀에게 선술집으로의 행군은 새로운 시대를 향한 출발과도 같은 것이었다.

핀란드 양복이 이 선술집에 온 것도 짧게나마 내면의 갈등을 겪고 난 후였다. 심부름을 간 사무실에서(당시 핀란드 양복은 우여곡절 끝

에 실험실 조수로 강등되어 배달을 포함한 온갖 잡무를 하고 있었다)
만나야 하는 사람을 만나지 못해 선술집에서 젖은 빵으로 점심을 때우
기로 한 것이다(누구나 점심시간은 있는 법이니까).

"이게 바로 그 젖은 빵이지요." 빅토르는 술잔을 비우며 말했다.

"태양이에요." 알리바바가 대꾸했다.

"하긴," 빅토르가 말했다. "모든 물질은 광양자에서 나오는 거니
까요."

"난 태양이 좋아요." 알리바바가 말했다.

"한 잔 더 할래요?" 빅토르의 제안에 알리바바는 아니라며 이번엔 자
기가 살 차례라고, 그는 벌써 여섯 잔이나 샀다고 말했다.

빅토르는 눈치가 참 빠른 여자라고 다시 한번 생각했다. 이제 그에
게는 맥주 두 잔을 살 돈밖에 없었고, 그 돈으로 월급날까지, 그러니까
다음 한 주를 버텨야 했다.

알리바바에겐 돈이 있었다. 그녀는 집에서 블로크 전집 여덟번째 권
을 들고 나왔다. 엄마가 알아차리지 못하도록 끝에서부터 집어온 것이
다. 아홉 권짜리 부닌 전집은 이제 네 권밖에 남지 않았다. 아나톨 프랑
스는 세 권밖에 남지 않았고, 두 권짜리 예세닌 선집은 아예 사라지고
없었다.* 알리바바는 집에 있는 물건 가운데 절반은 자신의 것이며, 엄
마가 돌아가실 때까지 기다릴 필요는 없다고 생각했다. 마침 엄마는 병
원에 있었고, 알리바바가 집에 온 것도 몰랐다. 알았다면 자기 치료를
중단하고, 알리바바를 바로 알코올중독 강제치료소에 보냈을 것이다.

---

* 알렉산드르 블로크는 러시아 시인, 이반 부닌은 러시아의 시인이자 소설가, 아나톨 프
랑스는 프랑스 소설가이자 비평가, 세르게이 예세닌은 러시아의 시인이다.

전에도 그렇게 두 번 치료를 받은 적이 있다. 알리바바가 집에 들어가 길 꺼리고, 친구들 집을 전전한 것도 그 때문이다. 하지만 이젠 남아 있는 친구도 거의 없었다. 그나마 있던 '말상'도 얼마전에 바네치카라는 사내를 집에 들였는데, 바네치카는 '말상'과 그녀를 찾아온 친구들을 죽도록 두들겨 패서 친구들의 출입을 막아버렸다. 그후 '말상'의 집엔 식료품점 짐꾼들이 드나들기 시작했고, 먹고 마실 것과 웃음소리가 끊이지 않았다. 남자 친구들과는 별 문제가 없었지만, 잘 곳이 늘 문제였다. 남자 친구들은 모두 아내나 어머니가 있었다. 그러다 바로 오늘 알리바바의 엄마가 갑자기 무슨 생각이 들었는지 병원에서 전화를 걸었고, 잠이 덜 깬 알리바바는 자기도 모르게 "여보세요" 하고 전화를 받았다. "너 지금 집에 있니?"라는 엄마의 목소리에 알리바바는 전화를 끊어버렸고, 계속해서 요란스럽게 울려대는 전화벨소리를 들으며 짐을 쌌다. 그녀는 슬픈 얼굴로 블로크 전집과 남은 화장품, 아직 뜯지도 않은 엄마의 새 스타킹과 안정제가 든 약병을 챙겼으며, 선술집으로 가서 줄을 선 것이다.

술집이 문을 닫자 두 사람은 빅토르의 집으로 갔다. 빅토르는 혼자 살고 있었다. 빅토르가 아내도 없고 어머니와 같이 살지도 않는다는 사실을 알게 된 알리바바는 속으로 환호성을 질렀다. 그녀가 그토록 꿈꾸던 집을 가진 남자를 찾은 것이다. 그의 집으로 가자는 알리바바의 제안을 빅토르가 선뜻 받아들인 것은 아니지만 어쨌든 그들은 캄캄한 밤을 바라보며 그의 집으로 향했고, 그는 열쇠로 현관문과 그 뒤의 문 하나를 더 열었으며, 그렇게 문을 하나 더 열고 들어간 방은 어둡고 어디선가 퀴퀴한 냄새가 났지만 따뜻했다. 빅토르는 침대맡에 램프를 켜고 깨끗한 시트를 찾아 침대 위에 깔았다. 그리고 사랑의 밤이 찾아왔다. 알리바바는 피난처를 구했다는 사실에 만족했고, 빅토르는 멀쩡한 여자가 집에 왔을 때 허둥대지 않고 깨끗한 시트를 찾았다는 사실에 만족했으며, 잠이 들기 전 알리바바는 다시 한번 그에게 자작시를 읽어주었다. "쉽지 않은 길을 따라 나는 그대에게 간다…… 우리는 누구에게도 구속되지 않을 것이다." 빅토르는 긴 시의 끝을 듣지 못한 채 잠이 들었고, 요란하게 박자까지 맞춰가며 코를 골았다. 알리바바는 낭송을 멈추고 부드러운 모성애가 피어나는 것을 느끼며 감사한 마음으로 잠이 들었다가 갑자기 눈을 번쩍 떴다. 빅토르가 오줌을 싼 것이다. 알리바바는 그제서야 왜 빅토르가 임자도 없이 혼자 살고 있는지, 왜 빌어먹을 그의 아내가 방 세 개짜리 아파트를 팔아 9제곱미터짜리 방 하나를 얻어주고 그를 버렸는지, 왜 그가 그걸 군소리 없이 받아들였는지 이해했다. 알리바바는 눈물을 흘리며 자리에서 일어나 옷을 갈아입고 탁자 앞에 앉아 코 고는 소리와 역한 냄새가 퍼져가는 캄캄한 어둠 속에서 다시 한번 자신의 운명에 대해 생각했다. 그러고는 오래전부터 가지고 다니던 안정제병을 들이켰다. 아침이 되어 잠에서 깬 빅토르는 탁자 앞에 고개를 젖히고 쓰러져 있는 알리바바를 보았고, 그녀가 남긴 쪽지를 읽고는 응급구조대를 불렀다. 위세척 후 의식이 돌아온 알리바바는 맨정신에 가방과 함께 정신병원으로 옮겨졌다. 숙취로 몸을 떨며 주섬주섬 옷을 챙겨 입고 출근한 빅토르는 술 파는 가게가 문을 열기만을 기다렸다. 같은 시간 알리바바는 중증 정신병 여성환자들을 위한 병실의 깨끗한 침대에 누워 있었다. 따뜻한 아침식사와 의사와의 상담, 옆자리 환자들이 늘어놓는 불행한 이야기가 그녀를 기다리고 있었고,

그녀도 그들에게 뭔가 이야기를 해주어야 했다. 처음 약을 먹었을 때는 스물네 시간 동안 앞이 보이지 않았고, 두번째에는 서른여섯 시간 동안 잠을 잤으며, 여섯번째에는 아침 여덟시에 아주 멀쩡하게 일어났다는 이야기를.

밀그롬

소녀는 자기 옷을 만들어 입는 게 처음이었다. 1미터에 1루블이 조금 넘는 싼 천이지만, 검은 바탕에 알록달록한 물방울무늬가 들어가 어딘지 카니발의 밤을 떠올리게 하는 예쁜 천도 3미터 샀다.

소녀는 가난한 대학생이었다. 그녀는 말 그대로 이제 막 고등학생의 껍질을 깨고 나왔으며, 낡은 갈색 교복을 기워 만든 치마는 우글쭈글해서 보기 싫었지만, 어쨌든 교복은 아니었다.

그런데 그 치마는 봄에 입을 만한 치마가 아니었고, 밖은 일천구백으로 시작되는 어느 해 5월의 무더운 봄이었으며, 달리 입을 옷이 없었다.

여학생은 여성잡지에 실린 '내 손으로 옷 만들어 입기'란 기사를 펼쳐놓고 땀을 뻘뻘 흘려가며(가슴둘레를 재고 앞판 한쪽을 재단하는 등) 애를 써보았지만 옷 만들기는 완전히 실패했다.

옷도, 고생도, 장학금 23루블에서 빼 쓴 3루블과 동전 몇 개도 다 날아가버린 것이다.

소녀의 엄마가 힘찬 발걸음으로 사건에 개입한 것은 바로 그때였다. 엄마는 평생 재봉사가 지은 옷만 입던 사람이었다. 하지만 힘겨운 시간이 닥쳤고, 딸은 열여덟 살이 되었으며, 양육비는 끊겼다.

더이상 재봉사를 쓸 수 없게 된 엄마는 어떻게 해야 할지 생각했다. 문제는 역시 돈이었다.

돈은 없고 딸은 열여덟 살이 되었고, 밖은 백 년 만에 찾아왔다는 무더운 5월이었으며, 딸은 말 그대로 벽장 뒤에 누워(딸의 침대가 거기에 있었다) 훌쩍거리고 있었다.

엄마는 현명하고 자신보다 나이 많은 친구 레기나에게 전화를 걸었다. 레기나는 폴란드 출신 유대인으로 제3인터내셔널*이 낳은 모스크바의 (새로운) 아내들 가운데 한 사람이었다. 1930년대 세계 각국의 지하 은신처에서 비밀리에 산과 바다를 건너 CCCP**로 도망쳐온 공산주의 인터내셔널 망명자들은 모스크바에서 새 가정을 꾸렸고, 얼마 지나지 않아 수용소의 먼지와 함께 하늘나라로 떠났지만, 레기나는 카라간다에서 형기를 마치고 승리자가 되어 돌아왔으며, 전에 살던 고리키 거리의 아파트도 돌려받았다. 마찬가지로 살면서 수많은 일을 겪어온 여학생의 엄마는 이번 봄에는 꼭 돌아오시리라 고대하는 제 어머니의

---

* 1919년 결성된 전 세계 공산주의 조직 연합. 공산주의 인터내셔널, 코민테른이라고도 한다.
** 소비에트사회주의공화국연방의 약자.

벗이었을 레기나에게 삶의 지혜를 배우기 위해 매달렸다.

레기나는 언제나 바르샤바풍의 세련된 옷을 입고 다녔고, 예순의 나이에도 따라다니는 남자들이 많았다. 그런 그녀가 속상해서 어쩔 줄 몰라하는 여학생 엄마의 이야기를 충분히 이해한다는 듯한 표정으로 들어주고 있는 것이다.

레기나의 집에는 오래전부터 집안일을 도와주는 리바 밀그롬이라는 여자가 있었다. 레기나가 유럽의 귀부인을 연상시키고 황후처럼 손이 새하얗고 통통하며, 집이 먼지 하나 없이 깨끗한 것은 모두 밀그롬 덕분이었다.

밀그롬, 당에서 유대인을 호명할 때 그랬듯 사람들은 그녀를 이름 없이 성으로만 불렀다. 아무튼 그 밀그롬에게 '싱거' 재봉틀이 있다는 이야기를 듣고서 소녀는 천꾸러미를 싸 들고 밀그롬을 찾아갔다. 푹푹 찌는 더위에 소녀가 입고 나간 갈색 모직치마는 앞서 언급한 교복을 고쳐 만든 치마였다. 엄마는 그 원피스 교복을 겨드랑이 아래가 반달 모양으로 누렇게 될 때까지 입고 다녔고, 고등학교에 가게 된 딸은 그 옷을 물려입어야 했다. 겨드랑이 때문에 팔을 들어올릴 수 없었던 소녀는 팔꿈치를 언제나 허리 옆 재봉선에 붙이고 다녔다. 정말이지 지옥이 따로 없었다. 그러던 어느 날 땀에 전 겨드랑이와 원피스 상판이 마침내 통째로 뜯어져나갔고, 소녀는 조끼로 만들면 된다며 말리는 엄마를 뿌리치고 밖으로 달려나가 뜯어진 원피스 상판을 쓰레기 투입구에 던져버렸다. 그렇게 해서 남은 것이 선이 비뚤배뚤하게 틀어진 치마였고, 소녀는 그 치마를 입고 5월의 무더위 속을 비틀거리며 걸어가고 있는 것이다.

치마 위로 뜯어져나간 자리를 가리려고 천을 감아 꿰맨 자리가 한눈에 들어왔고, 팔의 위치도 어색했다. 치마 위에 입은 엄마의 재킷 역시 겨드랑이가 시커메져서 양쪽 팔꿈치를 다시 재봉선에 붙이고 걸어야 했던 것이다.

여학생은 신병처럼 고개를 떨구고 팔을 재봉선에 붙인 채 밑창이 두꺼운 자신의 초록색 겨울단화를 뚫어지게 쳐다보며 걸었다. 파트리아르흐 연못가, 좀더 정확히 말하자면 연못가의 집들 사이로 부드러운 5월의 풀냄새가 풍겨왔고, 젊은 사람들이 바쁜 걸음으로 이리저리 지나갔으며, 여름옷을 한껏 차려입은 여자들이 당당하게 걸어가고 있었다.

밀그롬은 태양이 뜨겁게 내리쬐는 모스크바 하늘 아래 어느 건물인가 제일 꼭대기 층에 있는 거의 다락방처럼 생긴 작은방에서 손님을 맞았다. 밀그롬은 조용한 여자였다. 촉촉하고 커다란 눈에 새하얀 피부, 이는 다 빠지고 매부리코에 돈주머니처럼 튀어나온 턱, 한눈에 보기에도 밀그롬은 영락없는 노파였다.

재봉틀이 펼쳐지고 줄자가 나왔으며, 조용한 밀그롬이 (가슴둘레를 적으면서) 자기 아들, 잘생긴 사셴카에 대한 긴 이야기를 시작했다.

사셴카는 사람들이 길을 가다 멈춰 서서 쳐다볼 만큼 잘생긴 아이였고, 사탕봉지에 넣어주겠다며 사진을 찍어간 적도 있다고 했다.

소녀는 밀그롬의 손가락이 가리키는 대로 벽에 걸린 사진을 보았다. 사실 그렇게 특별한 데는 없었다. 세일러복을 입은 어린아이, 커다랗고 검은 눈에 가늘고 우아한 코, 아랫입술을 차양처럼 덮은 윗입술, 곱슬머리가 사랑스럽긴 했지만 그 이상은 아니었다. 아이의 얇은 입술은 밀그롬의 입을 쏙 빼닮았다.

그때까지 소녀에겐 아이에 대한 그 어떤 생각도, 열여덟 꽃다운 나이에 있을 법한 남자친구나 뒤꽁무니를 쫓아다니는 남자아이, 백마를 탄 왕자님도 없었다.

오로지 공부, 공부, 시험, 도서관, 매점, 촌스러운 초록색 단화와 엄마의 겨드랑이 땀에 찌든, 입에 올리기도 끔찍한 갈색 모직치마뿐이었다.

무심히 벽을 보던 소녀의 눈에 사진 한 장이 더 들어왔다. 한쪽 모서리가 접힌 걸로 보아 신분증 사진을 확대한 듯한, 커다란 군모를 쓴 깡마른 장교의 사진이었다.

사셴카가 벌써 저렇게 자란 것이다. 허리둘레를 재고, 치수를 적고, 삐뚤빼뚤 잘라놓은 1루블 20코페이카짜리 천 조각을 별 감흥 없이 쳐다보는 사이 사셴카는 결혼을 했고, 손녀딸 아샤 밀그롬이 태어났다.

노파 밀그롬은 여학생을 위로하기도 했다. 학생만 그렇게 손재주가 없는 게 아니라고, 자기도 젊었을 때는 아무것도 할 줄 몰랐다고, 달걀도 못 부치고, 수프도 못 끓이고, 기저귀 하나 제대로 갈지 못했다고, 하지만 나중에 다 배우게 되었다고. 삶이 가르쳐주었다고.

끝없이 이어지는 사셴카 자랑의 어느 부분에서인가 여학생은 일어서야 했고, 옷은 다음날 와서 마저 만들기로 했다.

사흘 후, 자신의 흉측한 옷을 다시 입고 밖에 나가기는 두렵고, 그렇다고 옷을 제대로 빨 줄도 다릴 줄도 꿰맬 줄도 모르는 소녀는 눈물이 그렁그렁한 눈으로 책을 붙잡고 누워 있다가 다시 한번 밀그롬에게 가기로 마음을 먹고 엄마한테 말했다. 나 밀그롬한테 갔다 올게.

"불쌍한 여자야," 엄마가 말했다. "밀그롬 말이야, 그 여자 인생도 정말 기구하지! 젊었을 때 남편한테 버림받고 애까지 뺏겼으니, 갓난애를 보지도 못하게 했다더라, 말 그대로 버린 거지. 남편이 리투아니아 깡촌에서 처음 데려왔을 땐 엄청나게 예뻤단다, 열여섯 살이었으니까. 러시아어는 할 줄 모르고 히브리어, 폴란드어로만 말했지. 얼마 안 가서 둘은 이혼했고. 그때는 그렇게 결혼도 쉽게 하고 이혼도 쉽게 했지. 남자가 단칸방에 다른 여자를 데려와서는 밀그롬한테 나가라고 했다더라, 밀그롬은 그대로 집을 나왔고. 나이 열여덟에. 아이가 보고 싶어서 매일같이, 한밤중에도 실성한 사람처럼 나와서 자기가 살던 방 창문 앞을 서성거리고, 그러다 온몸이 시커멓게 돼서 길가에 누워 있는 걸 레기나가 발견했지. 레기나는 그때도 불쌍한 사람들을 발 벗고 나서서 도와주곤 했거든. 레기나는 밀그롬을 병원에 입원시켰고, 퇴원한 후엔 자기 집 가정부로 들여 복도에서 재웠어. 얼마 후 레기나가 체포되고, 밀그롬은 재봉공장에 견습공으로 들어가 몇 푼 되지도 않는 월급을 받으면서 연금이 나올 때까지 일했지. 그 방도 그렇게 해서 얻은 거고."

소녀는 건성으로 이야기를 들었고, 별생각 없이 밀그롬의 집으로 가서 지붕 아래 창고처럼 생긴 예의 그 방, 낡은 옷감의 들쩍지근한 냄새가 무더운 공기와 뒤섞여 숨이 턱턱 막히는 조그만 방을 둘러보았다.

뜨거운 석양볕에 모든 것이 녹아 흐물거리는 가운데 밀그롬은 찻잔을 꺼내고 부엌에서 찻주전자를 가져왔다. 그리고 두 사람은 흑빵을 잘라 만든 짭짤한 비스킷과 함께 차를 마셨다. 가난한 사람들에겐 더없이 풍성한 찻상이었다.

밀그롬은 또다시 아들 사셴카 자랑을 늘어놓기 시작했다. 기쁨에 찬 밀그롬의 얼굴이 사진 두 장이 붙어 있는 벽 쪽을 향했고, 소녀는 생각했다. 엄마 말대로라면, 저 사진은 어디서 난 걸까?

성인이 된 사셴카가 벽에서 무뚝뚝하고 차가운 표정으로 바라보고 있었다. 군관신분증에 쓰려고 찍은 사진인 듯, 커다랗고 까만 눈 위로 안장처럼 군모가 튀어나와 있는 사진 속 사셴카는 엄마를 꼭 빼닮았다.

저 사진을 얻기 위해 밀그롬은 사셴카 앞에서 얼마나 많은 눈물을 흘리며 부탁했을까?

밀그롬은 자기만의 통곡의 벽 아래서 행복하게 한숨을 내쉬었고, 환한 표정으로 아셴카*의 젖니 하나가 벌써 빠졌다는 얘기를 해주었다. 밀그롬에게도 다른 사람들에게 있는 건 다 있었다.

새 옷을 입고 제 모습을 거울에 비춰본 소녀는 퀴퀴하고 달짝지근한 냄새에서 벗어나 밖으로, 신선한 공기와 석양빛이 퍼지는 곳으로 나갔다. 소녀는 시원한 검은색 새 원피스를 입고서 하나같이 밀그롬 같은 사람들이 살고 있을 법한 수많은 현관과 창문 아래를 지나 걸어갔다. 소녀는 행복했다. 밀그롬이 사셴카 덕에 그랬듯이, 소녀는 기쁨으로 가슴이 벅차올랐다.

새 옷을 입고 길을 나서자마자 사람들이 소녀를 쳐다본다. 오 년 후 소녀의 집 앞에는 한밤중에 어딘가에서 몰래 꺾어왔을 장미꽃다발을 들고서 한 청년이 나타날 것이고, 그때 밀그롬은 아마도 생의 끝자락에 서 있을 것이다. 하지만 소녀 역시 지금과는 전혀 다른 모습으로 말라야브론나야 거리의 끝을 배회하고, 성장한 아들의 사진을 가방에 넣고 다니며 파트리아르흐 연못가 벤치에 앉아 아들 자랑을 늘어놓을 날이 올지도 모른다. 행여라도 아들에게 직접 전화를 걸어보겠다는 생각은

---

* 아샤의 애칭.

결코 못하게 될 그런 시간이.

　석양빛으로 가득한 5월의 말라야브론나야 거리를 검은 원피스가 어른거리며 지나간다. 그렇게 하루가 저물었고 밀그롬, 영원한 사람 밀그롬은 노인 냄새가 나는 작은 방의 낡은 옷감들 사이에서 조심스러운 사랑 말고는 아무것도 없는 자기 인생의 박물관을 지키는 사람처럼 앉아 있었다.

어두운 운명

여자는 서른이 넘었고 미혼이었다. 그런 그녀가 밤에 어디로든 제발 나가달라고 애원하자 그녀의 어머니는 웬일인지 순순히 어디론가 사라져주었고, 여자는 말 그대로 남자를 집으로 데려왔다. 남자는 나이도 많고 탈모도 심하고 살도 찌고, 고부간의 갈등에 이러지도 저러지도 못한 채 불평을 입에 달고 살고, 직장에서 자신의 위치에도 불만이 많았다. 하긴 자기가 곧 연구실장이라도 될 것처럼 큰소리를 칠 때도 있긴 했다. 어떻게 생각해, 내가 연구실장이 되겠지? 그는 그렇게 뜬금없이 큰소리를 치는 마흔두 살의 철없고 단순한 남자, 어느새 열네 살의 다 큰 처녀가 되어 남자애 때문에 뒷골목 여자애들에게 불려나가 맞으면서도 그런 자신을 자랑스러워하는 딸을 비롯해 가족에 치여 사는 볼장 다 본 인생이었다. 남자는 익숙한 사무를 처리하듯 밀회에 나섰고,

두 사람은 길거리에 서서 케이크도 샀다. 그는 직장에서도 파이와 포도주, 먹을 것, 좋은 담배를 밝히는 것으로 유명했고, 회식이란 회식에는 다 참석해서 끝도 없이 먹어댔다. 당뇨와 그칠 줄 모르는 식탐은 모든 문제의 근원이었고, 출세에도 방해가 되었다. 볼품없는 외모는 더 말할 것도 없다. 도무지 여며지지 않는 재킷과 풀어헤친 셔츠, 털 하나 없는 허여멀건 가슴, 어깨 위 비듬과 듬성한 머리, 두꺼운 안경. 독신생활과 이 모든 상황을 영원히 끝내리라 결심한 여자가 자신의 단칸방으로 데려온 보물은 바로 이런 남자였다. 하지만 여자는 서툴렀고, 마음속 깊이 자리잡은 절망은 가장 일반적이고 인간적인 사랑의 방식, 다시 말해 사랑한다고 말해달라는 요구와 질책, 애원으로 표출되었으며, 남자는 그에 대해 "그래, 그래요, 무슨 말인지 알아요"라고만 했다. 같이 길을 걸으면서도, 집에 도착해서도 가슴 떨리는 순간은 없었다. 현관문에 열쇠를 꽂고 돌리면서 어머니가 집에 돌아와 있으면 어쩌나 마음을 졸이기도 했지만 다행히 그런 일은 없었다. 두 사람은 차를 끓이고, 포도주병을 따고, 케이크를 잘라서 먹고, 포도주를 따라 마셨다. 남자는 소파에 늘어지게 앉아 케이크를 바라보았다. 좀더 먹고 싶었지만 배가 불렀다. 한참을 더 그렇게 케이크를 바라보던 남자는 마침내 한가운데 있는 초록색 장미를 손가락으로 집어 무사히 입까지 가져와 삼키고, 개처럼 혀로 손가락을 핥았다.

잠시 후 남자는 시계를 본 다음 풀어서 의자 위에 올려놓고는 속옷만 남기고 입고 있던 옷을 모두 벗었다. 의외로 속옷은 새하얬고, 깨끗하고 말쑥하게 정돈된 통통한 몸은 어린아이 같았다. 남자는 러닝셔츠와 사각팬티만 입은 채 침대 끝에 앉아 양말을 벗어 발바닥을 닦고, 마지막으로 안경을 벗은 다음 하얗고 깨끗한 침대에 여자와 나란히 누워 할일을 했다. 잠시 후 여자와 짧은 대화를 마친 남자는 작별인사를 하며 예의 질문을 던졌다. 어떻게 생각해? 내가 연구실장이 되겠지? 어느새 옷을 다 입고 문 앞에 서서 잠시 망설이던 그는 다시 방으로 들어와 케이크 앞에 앉았고, 칼로 크게 한 조각을 잘라먹었다.

여자는 남자를 배웅하러 나가지도 않았다. 남자는 아무것도 눈치채지 못한 듯 다정하게 여자의 이마에 입을 맞추고는, 가방을 주워들고 문 앞에 서서 지갑을 들여다보았다. 그리고 "이런" 하는 짧은 탄성과 함께 3루블짜리 지폐를 잔돈으로 바꿔줄 수 없겠느냐고 물었다. 남자는 대답을 듣지 못한 채 뚱뚱한 배와 천진난만한 뇌, 말쑥하고 낯선 몸의 냄새와 함께 문을 열고 나갔다. 그는 자신이 거기서 완전히 쫓겨났고, 무언가를 잃고 날려버렸으며, 더이상 기회는 없을 것이다, 같은 생각은 결코 하지 않았다. 그저 아무 생각 없이 자질구레한 물건들, 3루블짜리 지폐 몇 장과 손수건을 챙겨들고서 엘리베이터를 타고 내려갔다.

다행히 그들은 각자 다른 건물에서 일했고, 다음날 여자는 식당에 가지 않고 점심시간 내내 책상을 지키며 앉아 있었다. 저녁이 되면 어머니 얼굴을 봐야 한다. 저녁이 되면 다시 진짜 삶이 시작되는 것이다. 여자는 자기가 생각해도 난데없이 동료 직원을 돌아보며 물었다. "어때, 괜찮은 남자는 찾았어?" "아니." 동료 직원은 어색하게 대답했다. 얼마 전 남편에게 버림받은 그녀는 텅 빈 아파트로 친구 한 명 부르지 않고, 누구에게도 얘기하지 않은 채 홀로 치욕을 견뎌내고 있었다. "너는?" 동료가 물었다. "난 찾았지." 여자는 행복의 눈물을 흘리며 대답했고, 그 순간 자신이 돌이킬 수 없이 영원히 걸려들었다는 것을, 이제 그 남자가 자신을 쥐어흔들고 부숴버리리라는 사실을 깨달았다. 운명의 남자가 자유롭게 어디론가 사라져버릴 수 있는 비정규 근무일이 되면, 그녀는 어디로 전화를 걸어야 할지, 남자의 아내나 어머니에게 할지, 아니면 직장으로 걸어야 할지를 몰라 망설이며 공중전화 앞에 서 있게 될 것이다. 그녀를 기다리는 것은 바로 그런 것들이었다. 그리고 한 가지가 더 있었다. 꽁무니를 빼는 남자에게 아무 소득 없는 전화를 하는 목소리 가운데 하나가 되어 그들과 똑같은 목소리로 전화를 걸게 될 것이라는 수치심. 아마도 수많은 여자의 사랑을 받고, 겁에 질린 듯 그들 모두에게서 도망치며, 남자는 그들 모두에게 똑같은 상황에서 똑같은 질문을 던질 것이다. 내가 연구실장이 되겠지?

지극히 단순하고, 어리석고, 둔한 남자를 놓고 봤을 때 이 모든 것은 너무나도 분명한 일이었다. 하지만 그렇게 어두운 운명을 앞에 두고도 여자의 눈에는 행복의 눈물이 고여 있었다.

성모 사건

엄마와 아들이 동시에 연애를 하고 있었다. 어느 일요일 아침 식탁에서 아들이 자기 여자친구 이름이 나타샤 칸다우로바라고 말하자, 엄마는 자기 애인도 성이 '칸'으로 시작한다며 웃었고, 선원이라는 그 애인의 성도 말해주었다. 하지만 아들은 듣고 있지 않았다. 어쩌다 자기가 '나타샤 칸다우로바'의 이름을 댄 건지 도저히 알 수 없었다. 어떻게 그런 것까지 똑같냐며 엄마하고 같이 웃었지만 속으로 소년은 무척 당황했고, 엄마가 웃으면서 자기 선원에 대해 뭐라고 이야기를 시작하자마자 일어나서 부엌으로 갔다. 엄마는 방에서 자기 얘기에 빠져 혼자 미소를 지으며 이야기를 계속했지만, 소년은 아무것도 듣지 않고 개수대 앞에 멍하니 서 있었다. 이제 아들이 나타샤 칸다우로바 얘기를 할 차례라는 듯, 엄마가 조용해졌다. 마침내 원하던 것을 얻은 사람처럼 만족스럽게 침묵하고 있다는 것이 느껴졌다. 그녀는 이제 아들을 품에 안고서 자신의 경험담으로 아들을 위로하고, 자신도 아들에게서 위로를 받을 참이었다. 그녀의 웃음은 어딘지 바보 같고, 부자연스러웠으며, 두 '칸'에 맞선 작은 가족연합에 대한 기대감으로 흥분한 듯했다. 예기치 못한 승리감과 함께, 어쩌면 아들이 이제 다 커서 엄마의 삶을 이해하고 자기 얘기도 해주겠구나 싶은 마음에 그녀는 행복했던 것이다.

세면대 앞 이층으로 쌓아둔 벽돌 위에 올라서서 양치를 하다 말고 멍하니 한 점을 바라보던 아들은 목에서 수건을 벗어 못에 걸고, 얼마전 마룻바닥을 새로 칠하고 현관 앞까지 걸쳐둔 널빤지 위로 조심스럽게 발을 내디뎠다. 널빤지가 출렁거렸고, 소년은 생각에 잠긴 채 출렁이는 널빤지를 타기 시작했다. 자신이 나타샤 칸다우로바라는 이름을 댄 건 단순히 '나타샤 칸다우로바'를 소리 내서 말하고 싶어서였다고 소년은 스스로를 이해시키고 있었다. 마음속으로 늘 나타샤와 이야기를 나누고 있었지만, 그걸로는 부족했다. 그에게는 소녀의 이름을 소리내서 말할 필요가 있었고, 그래서 아무 생각 없이 떠들다가 자기도 모르게 이름을 댄 것이다. 좀더 굳게 마음을 먹고 자신을 시험해보던 소년의 입에서 다시 '칸다우로바'라는 단어가 새어나왔다. 사실 '칸다우로바'를 끝까지 발음한 것은 아니고, "카아아……아"라고 노래를 부르듯 흥얼거리며 현관 밖으로 나갔다. 엄마는 그 "카아아아……"의 뜻을 알아차렸을 테지만 그 뒤에 대고 뭐라고 소리지르지 않고, 방에 그대로 앉은 채 치우지 않은 접시들과 찻잔들을 말없이 쳐다보고 있었다.

엄마 때문에 괴로웠던 게 벌써 한두 번이 아니다. 어린 시절 엄마는 그의 엉덩이를 씻기며, 바보 같은 짓을 하고 노는 남자애들이 있는 데 그건 아주 나쁜 짓이고, 그런 애들은 병원으로 데려가서 주사를 놔주어야 한다고 했다. 소년이 좀더 자라자, 엄마는 난데없이 출산 당시 자기가 얼마나 힘들었는지 이야기하기 시작했다. 그때 자신은 겨우 열여덟 살이었고, 그건 백 명에 한 명 있을까 말까 한 성모 사건 같은 것이었다고 말하면서 엄마는 웃었다. 분만실 침대에 누워 있을 때까지만 해도 그녀는 처녀였고, 의사가 무슨 수술을 한 것도 아니었는데, 아들이 자신을 여자로 만들었다고…… 캄캄한 어둠 속에 이불로 온몸을 꽁꽁 싸고 누운 소년에게 그런 이야기를 늘어놓고서, 엄마는 옷을 갈아입고 무릎걸음으로 자기 침대로 가서 서걱거리는 소리를 내며 발바닥을 문질러 닦았다. 소년은 누워서 천장을 쳐다보며 두려움에 이를 악물었다. 단어사전과 백과사전에서 찾아본 처녀, 출산이라는 단어에는 절대 금지된 것, 비밀스럽고, 반드시 지켜야 하며 파괴해서는 안 되는 무언가가 담겨 있었고, 결국 그 문제와 타협하려면 계단을 오르듯 하나하나 경험을 쌓아가야 했다. 하지만 엄마는 그를 기다려주지 않았다. 어쩌면 그녀는 오랫동안 자신이 갖지 못했던 가족을 그리워했고, 그가 그녀에게 속하는, 그녀의 것임을 설명하고 좀더 가까이 다가갈 수 있도록 아들이 빨리 자라기만을 기다렸던 것 같다. 하지만 그럴수록 소년은 대수롭지 않은 회상조차 견디지 못했다. 그가 갓난아기였을 때, 기숙사에 살던 엄마는 밤에만 공동취사장에 기저귀를 널어 말릴 수 있었다고 했다. 낮에는 기숙사에서 허락해주지 않았던 것이다. 출산 전 그녀는 아이 얼굴에 파리가 앉지 못하도록 덮어주고 아이가 편히 숨을 쉴 수 있도록 하기 위해, 강보 끝에 달 레이스를 뜨기도 했다. 그녀는 남편 스테파노프의 냄새를 끔찍하게 싫어했다. 왠지 그의 터럭 한 올 한 올에서 역겨운 냄새가 나는 것 같아 옆에도 오지 못하게 했으며, 갑자기 그가 밀치고 들어올지 모른다는 생각만으로도 쓰러져 구역질을 할 때면, 기숙사의 소녀들이 모두 나서서 그녀를 지켜주었다.

소년은 이 모든 것을 기억하고 마음속에 담아두어야 했으며, 같은 반 아이들과 달리 '출산' '처녀'라는 단어에 수치심을 느껴야 했다. 그는 다른 아이들과 같을 수가 없었다. 쉬는 시간에 아이들이 학교 뒤뜰 어딘가의 낡은 책상에 걸터앉아 온갖 예를 들어가며 이건 이런 뜻이고 저건 저런 뜻이라고 떠들어댈 때마다 소년은 자신의 끔찍한 비밀, 자신이 '처녀' '출산'이라는 단어와 관계가 있고 그 일에 부끄럽게 관여했다는 사실을 아무도 눈치채지 못하도록 아이들과 억지로 웃어야 했다.

소년에게는 이 모든 일을 상의하고 해명할 사람이, 자기가 태어나면서 엄마를 여자로 만들었다는 사실을 끝내 고백할 가까운 친구가 없었다.

하지만 성장하여 엄마를 너그럽게 대하기 시작하면서(소년은 그런 자신의 모습에서 예기치 못한 내면의 지주를, 남자다워짐을 느꼈다) 어릴 적 부끄러움의 원인에 대해서는 더이상 생각하지 않게 되었다. 가끔 밑도 끝도 없이 우울해질 때가 있긴 했지만, 그럴 때마다 그는 재빨리 마음속 우수를 억눌렀다. 엄마는 그런 아들에게 어떻게 다가서야 할지 몰랐고, 언제나 아무렇지도 않은 듯 멀찌감치 비켜서 있는 아들을 그리워하면서도, 또다시 상처를 입히게 될까 두려워했다. 사실 아들은 이따금 소소한 일들, 이를테면 자기가 읽은 책에 대해 그녀와 이야기를 나누기도 했다. 그리고 그때마다 그녀는 아들과의 대화에 푹 빠져서 들뜬 마음으로 아들에게 다가갔고, 아들의 말을 한 마디도 놓치지 않으려고 애썼으며, 사랑을 듬뿍 받는 아들 역할에 불편해진 그는 그녀를 당황과 두려움에 빠뜨린 채 또다시 뒤로 비켜서서 밖으로 나가버렸다.

그런 그녀가 아들의 반응을 전혀 살피지 않고, 대뜸 자신을 병원에 데려다달라고 말한 적이 한 번 있었다. 그날 그녀는 소년이 학교 갈 준비를 하던 아침부터 정신이 나간 사람처럼 멍했고, 일어나서 달걀을 부쳐주지도 않고, 기운 없이 누운 채 반쯤 감긴 눈으로 창문을 바라보기만 했다. 학교에서 돌아온 소년은 엄마가 더이상 자기한테 쩔쩔매지 않는 것을, 뭔가 자신이 모르는 어른들 사이의 일이 그녀에게 일어났다는 것을 느끼고 약간 풀이 죽었다. 사실 소년은 엄마에 대해 아는 게 거의 없었고, 소년이 그녀 삶의 전부도 아니었다.

그는 순순히 그녀를 따라나섰지만, 그녀가 자신에게 기대게 하고 싶진 않았다. 그건 위선이라고 생각했다. 만약 그가 없었다면, 아무한테도 기대지 않고 혼자 걸어갔을 것 아닌가. 그가 느끼는 감정을 언제나 그대로 다 느끼던 그녀였건만, 그날 그녀는 그런 그의 생각을 알아차리지 못했다. 그녀는 그의 어깨에 기댔고, 버스에 탈 때까지 두 사람은 그렇게 걸어갔다. 적막한 여름 저녁이었고, 주위에는 아무도 없었다. 병원 주위에도 사람이 없었다. 현관 계단 위로 올라서서 벨을 누르고 기다리면서도 엄마는 그를 돌아보지 않았다. 잠시 후 고개를 돌린 그녀가 바쁜 일이 있는 사람처럼 다급히 그의 이마에 입을 맞추었다. 뚱뚱한 간호사가 문 앞에 서서 그녀를 기다리고 있었다.

혼자 남겨진 그는 현관 앞을 서성거리다 유리문 앞에 붙은 안내문을 읽었다. '산모 면회는 정원 쪽 입구로.' '산모'라는 단어에 기분이 엉망이 되어버린 그는 어릴 적 우수가 되살아나는 것을 막기 위해 억지로 웃음을 지어 보였다. 잠시 후 철컥하는 소리와 함께 문이 열리고, 문 안쪽에서 간호사가 힘겹게 손잡이를 잡아당긴 채, 그의 얼굴은 쳐다보지도 않고 신문으로 둘둘 만 꾸러미가 든 망태기를 문틈으로 내밀었다. 엄마의 옷가지로 불룩해진 꼴사나운 망태기를 받아들고 그가 돌아서자마자 간호사는 재빨리 문을 닫았고, 다시 한번 손잡이를 잡아당겨 문을 잠가버렸다.

엄마가 남겨두고 간 돈과 함께 소년은 완전히 혼자가 되었다. 학기말이었고, 기말 점수와 학년 성적까지 이미 다 받은 아이들은 수업시간에도 떠들고 장난을 쳤다. 소년은 전에 없는 홀가분함과 자유를 느끼며 모든 수업에 빠지지 않고 들어갔다. 제도지를 들고 니콜라 선생님의 호명을 기다리던 마지막 제도시간에, 교장선생님 비서인 조야 알렉세예브나가 갑자기 교실로 들어와 큰 소리로 그의 이름을 불렀다. 소년은 왠지 떨떠름한 표정으로 놀라 일어섰고, 조야 알렉세예브나를 따라나갔다. 일층으로 내려가니 책상 위에 수화기가 놓여 있었다. "네 전화야." 조야 알렉세예브나가 근엄한 목소리로 말했다. "엄마가 병원에서 전화하셨다." 소년은 수화기를 들고 몸이 굳어서는 말했다. "전화 바꿨습니다." 그런데 뭔가 사각거리는 소리가 날 뿐 수화기 저편의 목소리가 들리지 않았다. 잠시 후 멀리서 엄마의 목소리가 소리치듯 말했다. "내 목소리 들리니?" "전화 바꿨습니다!" 그는 다시 한번 어색하게 힘을 주며 말했다. 소년은 전화에 대고 말하는 데 익숙하지 않았다. "어떻게 지내니?" 엄마가 물었다. 책상 앞에 서서 서류 같은 것을 정리하는 조야 알렉세예브나의 얼굴에 학생이 교장실 전화를 오래 붙들고 있는 것이 마땅치 않다는 기색이 역력했다. "밥은 잘 먹고 다니지?" 엄마가 기어드는 목소리로 물었다. "네, 네!" 그는 수화기 저편에서 들리는 소리를 전혀 알아듣지 못하는 사람처럼 대답했다. 멀리서 엄마가 다시 소리쳤다. "괜찮으면, 나한테 좀 와주지 않을래? 다른 사람들은 다들 누가 찾아오는데……" 엄마는 갑자기 목이 멘 듯 말을 끝맺지 못했다. "네, 네, 가야죠, 당연히 가야죠!" 그는 잠시 머뭇거리다 대답했다. 그러고는 "이제, 그만 끊어요, 안 그러면 점수를…… 기말 점수를 받아야 해요"라고 덧붙였다. "나 수술 다 끝났어." 그녀가 서두르듯 말했다. "피를 많이 흘렸는데, 이제 괜찮아! 이젠 괜찮아!" 그녀가 그렇게 소리치는 순간 소년의 목구멍에서 뭔가 바싹 마른 것이 터져버리는 듯했다. 그는 울지 않으려고 안간힘을 썼다. "아무 일 없을 거야!" 그가 말했다. "이젠 괜찮아!" 소년은 뜨거운 감정을 느끼며 다시 말했고, 엄마를 용서했다. "내가 가서 그 씨발 병원에서 엄마를 데려올 거야!" 그는 전화를 끊고, 조야 알렉세예브나를 보지 않으려 몸을 획 돌려 나왔다. 무언가가 그를 울컥하게 했다. 자신의 다정함에 스스로 감동했는지도 모르겠다. 아무튼 그 일이 있고 나서 한동안 그는 마음이 가볍고 부드러워지는 걸 느꼈다. 그는 엄마가 자리에서 일어나지도 못하게 했고, 약솜을 사러 약국에도 직접 갔다 오고, 반찬거리를 사러 매일같이 시장에 다니기도 했다. 그녀는 전처럼 다정하게 굴거나 솔직한 표현으로 그를 성가시게 하지 않았다. 그럴 시기는 이미 지났고, 그녀도 이제 자신이 어떻게 행동해야 하는지 알게 된 것이다. 그녀는 엎드리거나 똑바로 누운 채 말없이 그를 향해 고개를 돌리고는 그가 방에서 무엇을 하든 눈으로 좇았고, 가끔씩 손을 들어올려 머리를 귀 뒤로 넘기곤 했다.

얼마 후 몸이 회복된 그녀는 늦게라도 그를 소년단 캠프에 보내기 위해 알아보러 다녔지만, 그는 아무데도 안 간다고 고집을 피웠다. 그녀는 여기저기 알아보고 다니기를 그만두었고, 대신 저녁마다 현관 앞에서 핸드백을 딸각거리고는 조용히 집을 나갔다. 그녀는 외출할 때면 언제나 가방에 열쇠가 있는지 그렇게 확인하곤 했다.

그녀는 이제 별것도 아닌 이야기들을 시시콜콜 늘어놓지 않았다. 다만 때때로 아무 생각 없이, 영원히 그녀를 따라다닐 것만 같던 긴장감도 어디론가 날려버린 채, 비음 섞인 혀짤배기소리로 부엌에서 흥얼거리곤 했다. "다른 여인과…… 만나기 위해…… 그……곳으로 갈 수만 있다면……"

햇볕이 좋은 일요일 아침이면 그녀는 그렇게 흥얼거리며 커튼을 떼어내고 침대 시트와 베갯잇을 벗겨 두 팔 가득 안고서, 얼굴을 돌려 내민 다음 빨래를 하러 나갔다. 그리고 그럴 때마다 그는 얼마 전 자기 안에 생겨난 새로운 감정에 복종하듯, 서투르게 걸레를 움켜쥐고 맨발로 마룻바닥을 닦곤 했다.

하지만 이야기가 시작된 일요일, 그는 마룻바닥을 닦지 않았다. 바닥을 새로 칠한 지도 얼마 안 됐고, 수리가 끝난 다음날 엄마하고 하루종일 쓸고 닦았기 때문이다. 하지만 그가 마룻바닥을 닦지 않은 것은 그 때문만은 아니었다. 만약 바닥이 지저분하고 새로 칠을 하지 않았더라도, 그 저주스러운 일요일, 자기도 모르게 나타샤 칸다우로바의 이름을 대어 망신하고서 마룻바닥이나 닦고 있을 생각은 없었다. 그저 소년은 "나아아……"라고 흥얼거리고 계속해서 "카아……아……"를 부르기 위해, 바보처럼 입을 벌린 채 현관 밖으로 뛰어나가고만 싶었다.

***

　엄마가 설거지도 하지 않고 멍하니 앉아 있었던 것은, 아들에게 나타샤 칸다우로바라는 이름의 소녀가 있다는 사실에 당황하거나 아들의 고백이 그녀를 슬프게 해서가 아니었다. 사실 이름이 뭐든 그게 무슨 상관이겠는가. 아이가 6일제 유치원에서 지내던 때도 매주 토요일에 아이를 데려올 때마다 그녀는 누구랑 제일 친한지 묻곤 했고, 그때마다 아이는 진지한 얼굴로 스베틀라나 야고디나하고 레나 페로바랑 친하다고 말했다. 토요일마다 들었던 그 이름들을 그녀는 지금도 기억한다. 그렇다고 그 이름들이 그녀에게 무슨 특별한 의미가 있었던 건 아니다. 그녀는 그저 아들에게 친구가 있고, 외톨이가 아니며, 스물여섯 명의 아이가 같이 자는 방에서 혼자 잠자리에 들거나 혼자 식당에 가지 않겠구나 하는 생각에 기뻤을 뿐이다. 그래서 그녀는 아들이 스베타랑 레나와 잘 지내고 있는지 매번 확인하곤 했던 것이다.

　하지만 그녀가 아이를 다시 유치원에 데려다주고 나올 때마다 아이는 그녀에게 매달렸다. 가끔은 몰래 빠져나오는 데 성공하기도 했지만, 그다음에 가면 아이가 벽장을 있는 대로 다 열어보고 교사 화장실까지 가서 그녀를 찾았다고 교사들이 말해주곤 했다. 잊어버리고 말해주지 않을 때도 있었는데, 아무래도 한 주가 지난 후라 그랬을 것이다. 아이가 교사 화장실에서 그녀를 찾은 것은 언젠가 아이가 보는 앞에서 교사 화장실로 들어가 문고리를 걸어 잠근 적이 있기 때문이다. 깜짝 놀란 아이는 문 앞에 튀어나온 못을 붙잡고 필사적으로 잡아당겼다. 손잡이가 손에 닿지 않았던 것이다. 그후로도 여러 번 아이는 교사 화장실 앞에 서서 참을성 있게 문고리가 열릴 때까지 기다리곤 했다. 그녀는 야간 보모들로부터 아이가 밤새 침대 옆에 서서 울고, 자리에 누우려고 하지 않았다는 이야기를 듣기도 했다.

그러던 어느 여름 부모님 방문의 날, 하늘색 원피스를 입고 삼색 과일젤리 상자를 사들고 찾아온 그녀의 모습에 넋이 나간 아이는 모든 자제력을 잃고, 그녀의 무릎에 앉아 있으면서도 하늘색 치맛자락을 잡은 손을 절대 놓지 않았다. 그날따라 기운이 없고 창백해 보이던 아이가 그녀의 무릎에 앉아 살라미 샌드위치를 겨우 우물거리다 말고 그녀를 돌아보며 말했다. "엄마, 나 엄마 생각했어요." 한쪽 손으로 그녀의 치마를 꼭 붙잡고 있는 아이의 입술이 버터로 반짝거렸다.

점심시간을 알리는 벨소리와 함께 부모들이 계단 앞으로 모여들고 저마다 손에 선물봉지를 쥔 아이들이 계단을 오르기 시작하자, 그것이 무엇을 뜻하는지 알아차린 아이는 갑자기 샌드위치를 토하기 시작했다. 그녀는 아이를 달래며 꼭 안아주고, 무릎 위에 앉혀놓고서 그네를 태우듯 흔들어주었다. 그러자 아이는 그녀가 자신을 떠나지 않을 거라고 믿어버렸다. 세면실 앞에 선 선생님 옆에는 어느새 아이들이 다 모여 있었고, 깨끗한 거즈로 덮인 배식통이 정자 옆으로 날라져 있었으며, 부모들은 세면실 창문에 대고 손으로 키스를 보내며 서둘러 정자를 빠져나가고 있었다. 순간 그녀는 꾀를 내어 아이에게 말했다. "너, 엄마한테 꽃 꺾어다준 지 오래됐지." 아이는 고개를 끄덕이고는 그녀의 치맛자락을 놓고 정자 밖으로 나갔다. "꽃밭에 심어놓은 거 꺾으면 안 된다. 그냥 풀밭에 자란 걸로 꺾어다줘야 해." 그녀는 아이 뒤에 대고 소리쳤다. 그녀는 사소한 문제라도 교육상 필요하다 싶은 것은 절대 놓치지 않았지만, 둘이 같이 있는 시간이 너무 적었고, 아이는 그녀의 말을 잘 듣지 않았으며 얼마 안 되는 시간이나마 그녀 옆에 붙어 있으려고 했다. 아이는 한밤중에도 자다 말고 일어나 망설이듯 제 침대 옆에 서 있다가는, 황급히 그녀의 침대로 달려와서 이불 위로 기어올라 그녀가 내려가라고 할 때까지 숨을 죽인 채 누워 있었다. 그렇게 자꾸만 기어드는 아이를 이불로 꽁꽁 싸서 제자리에 눕혀놓고 그 옆을 지키느라 그녀는 밤새 한숨도 자지 못했고, 아침이면 혹시라도 아이의 잠자리가 불편해질까 몸을 잔뜩 웅크린 채 아이의 발치에서 눈을 뜨곤 했다. 잠결일 때 그녀는 이유를 들어 판단하지 않고 아이가 좋아하는 대로 해주었지만, 잠에서 깨고 나면 아이가 원하는 대로 다 해줘서는 안 된다고 생각했다. 꽃을 꺾으러 나간 아이가 풀숲 뒤로 사라진 사이 황급히 자리에서 일어나 도망치듯 무거운 마음으로 역을 향한 것도 그 때문이었다. 그녀는 담장 뒤에 숨어서 아이가 정자로 돌아오는 소리를 듣지 않았다. 말없이 나무 바닥을 서성이던 아이가 건물 안으로 달려들어가 교사 화장실 앞에 서서 못을 잡아당기는 소리도……

아이를 아예 데리고 나와 다른 유치원으로 옮기기 위해 그녀가 아이를 다시 찾아간 것은 꽃 사건이 있고 한 달이 더 지난 후였다. 그녀는 꽃 사건을 벌써 잊어버렸고, 아마 아이도 잊고 있었을 것이다. 그런데 아이가 그녀를 보고도 기뻐하지 않았다. 아이는 그녀가 단추를 다 잠가주고 운동화 끈과 털모자 끈을 매어줄 때까지 얌전히 서 있었다. 차갑고 순순한 아이의 뺨에 그녀가 입을 맞추자 아이는 엄마를 슬쩍 올려다보았다. 아이의 눈이 눈꺼풀을 겨우 버티고 있는 듯 지쳐 보였다.

하지만 그녀도 어쩔 수 없었다! 그때 그녀는 너무 어렸다. 지금이었다면 결코 그런 식으로 행동하지 않았으리라. 꽃을 꺾어달라고 아이를 속이지도 않았을 것이고, 한밤중에 무언가에 놀라 찾아온 아이를 내치지도 않았을 것이다. 그런데 정말 이상하게도 소년은 꽃 사건을 전혀 기억하지 못했다. 마치 없었던 일처럼 그 사건은 그의 기억에서 사라졌고, 그는 단 한 번도 그 사건을 떠올리지 않았다. 천성이 서글서글하고 단순한 그녀였지만, 그녀 역시 절대 그 얘기를 꺼내지 않았다. 하지만 말을 꺼내지 않았을 뿐, 그녀는 내내 그 사건을 기억했고, 자신을 용서하지 못했다.

인생은
연극이다

사샤는 조심스럽게, 말 그대로 조심스럽게 사는 여자였다. 어떤 일에
도 끼어들지 않고, 하룻밤 신세를 지게 된 집에서는, 그녀는 집이 없었
으므로, 목소리까지 낮춰가며 말했다. 접시가 깨지고, 경찰을 부르겠다
는 협박이 오가는 가정사의 장면이 연출될 때도, 그녀는 작은 매트리
스에 몸을 웅크린 채 숨소리조차 내지 않았다. 그 순간 그녀가 무슨 생
각을 하고, 무엇을 두려워했는지는 알 수 없다. 어쩌면 그 모든 소동은
이 집의 가장이 누군지 보여주기 위해 벌인 것이며, 당장 거기서 쫓겨
날 사람이 있다면 그것은 사샤 자신이리라 생각하고 있었는지도 모르
겠다(사실 집주인 부부는 오히려 사샤한테 창피해하고 있었다. 도저히
참을 수 없었다고 하지만, 남 앞에서 그 난리를 피웠으니 그럴 만도 하
다). 하지만 누구라도 참을 수 없는 상황은 있는 법이다. 예컨대, 아들

이 어디서 이상한 놈을 데려와서 집에서 재우겠다고 하는데, 아내까지, 그러니까 예를 들자면, 사샤를 떡하니 데려와서 자고 가라고 붙잡아둔 경우라면 말이다. 그래놓고, 저 자식이나 꺼지라고 해, 사샤 얘기는 한 마디도 꺼내지 마, 사샤, 넌 들어가서 자, 라고 소리까지 질러대면……

요컨대 사샤는 이 집에서 저 집으로, 이 방에서 저 방으로, 맨바닥에 깔린 매트리스에서 접이식 간이침대로 온 도시를 전전하며 살았다. 그리고 매일 아침 낯선 둥지를 조심스럽게 빠져나오면서 나름대로 치밀하게 다음 거처에 대한 계획을 세우곤 했다. 올가미에 걸려 유목민의 삶을 영원히 끝내기 전까지는 말이다. 하지만 그 얘기는 나중에 하기로 하자.

사샤는 유목민처럼 모든 걸 꼼꼼히 챙겨 가방에 넣고 다녔다. 어디서 옷을 빨고 다림질까지 해서 입고 다니는지 알 수 없었지만, 그녀는 늘 단정했고, 누구를 귀찮게 하거나 쓸데없이 끼어드는 일 없이 말 그대로 깔끔하게 살았다. 그녀는 현실이 강요하는 모든 불편을 감수했다. 팔꿈치는 늘 안쪽으로 붙이고 다녔고, 제스처도 거의 손끝으로만 했으며, 그나마도 늘 조심스럽고 부드러웠다. 걸음걸이도 얌전했다. 약간 오리걸음으로 걷긴 했지만, 그건 사샤가 연출가라는 이유 하나만으로 용서가 되었다. 사샤는 연출로 학위를 받고, 이런저런 소모임과 아마추어 극단에서 연극을 만들었지만, 연출가로 정식 극장에 데뷔하지는 못했다. 그렇게 단정한 삶과 조용조용한 목소리에 특별히 신경써서 고른 예쁜 안경을 낀 이가(사샤는 예쁜 안경테만 보면 정신을 못 차렸다), 그 예쁜 안경테 뒤로 살짝 동그랗게 뜬 촉촉한 파란 눈을 반짝이며 극장이라는 세계를 뚫고 들어가기는 어려웠다. 빨강머리 여자들이 그렇듯 온통 장밋빛인 눈꺼풀과 눈썹, 보기 드물게 길기까지 한 속눈썹과 크고 새파란 눈도 결코 예쁘다고는 할 수 없었다. 미장원에 가서 눈썹과 속눈썹까지 한 올 한 올 까만색으로 염색해보기도 했지만, 그다지 도움이 되지는 못했다.

안경을 쓴 신중하고 젊은 여자 사샤는 날씬하고 단정했지만 예쁘지는 않았다. 하지만 그녀는 자기가 못생겼다는 사실에 전혀 위축되지 않고, 자유롭고 매력적이며 자신의 가치를 아는 여자의 삶을 누렸다. 조심스럽게 자신이 원하는 사람을 선택했고, 때로는 두 남자를 동시에 사랑하기도 했다. 그녀는 어디에도 오랫동안 묶여 있지 않았고, 그 무엇도 그녀를 한곳에 정착시키지 못했다. 아마도 그녀는 삶이라는 것을, 그 비밀과 영원한 암시들을 관찰하고 이해하기 위해 방랑하듯 살고 있었던 것 같다. 그녀는 자신의 모든 아지트와 잠자리, 그 주인들을 연구했고, 저금통에 동전을 모으듯, 촉촉한 눈을 반짝이며 조용히, 눈에 띄지 않게 자료를 모아갔다. 모든 사람을 수집했고, 자신이 인터뷰했던 (사샤는 부업으로 신문이나 잡지에 글을 썼다) 인민대표위원들을 포함한 온갖 부류의 남자와 잠을 잤다.

시베리아에서 온 제재소 거물이라는 한 웃긴 아저씨는 다음날 아침, 아내의 질투가 심하니 유치우편으로 편지를 보내라며 주소를 불러주기도 했다. 그는 나름대로 진지했던 것이다. 사샤는 조용히 웃으면서 그와 비슷한 연애담들을 친구들에게 들려주곤 했다. 하지만 그 모든 연애담도 그녀에겐 일종의 자료, 그녀가 연구하는 인생의 다양한 현상에 불과했다. 사실 사샤는 오래전에 결혼했고, 남편도 있었다. 다만 남편은 모스크바가 아닌 모스크바 외곽 도시에 살았고, 사샤의 직장은 모스크바에 있어서, 사샤는 쉬는 날에만 남편에게 갔다.

나는 인생을 연구하고 있는 거야, 라는 말을 사샤가 처음 한 것도 그 무렵이었다.

그렇게 한참을 지내다 사랑하는 사람한테 가야겠다고(그때 그런 남자가 생겼다) 남편에게 한번 말한 적이 있었는데, 불행한 남편은 그런 그녀에게 떠날 필요 없다고, 그냥 (말 그대로) "우리 둘 다 사랑하면 돼"라고 대답했다. 사샤는 휴일에는 남편 곁에 있었다. 남편은 늘 선량함과 정직함으로 그녀를 감동케 했다. 남편은 공장에서 일하는 유대인 십장이었고, 자신의 머리와 재능에 걸맞은 출세를 원하지 않았다. 그는 막노동을 가장 중요한 일로 여겼고, 일꾼들은 그런 그를 존경했다. 간부들이 나서서 그에게 주임기술자나 공장장 자리를 제안하기도 했지만, 나움은 어떤 관리놀음도 원하지 않았고, 꿋꿋이 제자리를 지켰다.

사샤는 그런 그의 정직함과 참을성을 말없이 지지했다. 모스크바에 있는 한 노동조합 산하 아마추어 극단의 예술감독 자리를 얻기 전까지 말이다. 마침 친구가 노동조합연극 관리팀장으로 일하고 있는 독립예술위원회에 매주 드나들며 겨우 얻은 자리였다. 그렇다고 사샤가 자기에게 도움이 될 만한 사람을 찾아 계산적으로 사귄 것은 아니다. 두 사람은 독립극장 페스티벌에서 우연히 식당의 같은 테이블에 앉게 되었고, 같은 토론장에 참석하거나 하면서 친해졌다. 그 친구는 개인사가 복잡했다. 그녀는 한 유부남 연출가를 사랑했는데, 그 연출가에겐 다른 여자, 그것도 늘 같이 작업하는 배우가 있었고, 친구의 남편은 설거지를 안 해놨다거나 하는 이유로 그 친구에게 소리를 질러대곤 했다.

아무튼 그렇게 새 직장을 얻으면서 문제가 생겼다. 평일은 말할 것도 없고, 주말 저녁에도 매주 공연 연습이 잡히는 바람에 남편이 있는 모스크바 외곽의 소도시로 가는 길이 막혀버린 것이다.

하지만 이번에도 나움은 사샤 없이 살기를 원하지 않았고, 다시 한 번 자신과 자신의 신념을 희생했다. 그는 모스크바에 있는 한 공장의 중간급 관리로 일해보라는 제안을 받아들였고, 그 즉시 방이 나왔다.

그들에게 나온 방은 동거인이 있는 작은 아파트의 방 한 칸이었다. 동거인은 조용하고 단정한 여자로, 남편과 아들은 이런저런 이유로 감옥에 가 있었는데, 그것도 처음이 아니라고 했다. 여자는 작업환경이 열악한 공장에서 냄비에 에나멜을 칠하는 일을 하고 월급을 꽤 많이 받았으며, 비쩍 마르고, 조용하고, 깔끔하고, 쇠약하고, 지독히 가난했다. 여자가 돈을 벌어오는 족족 남편과 아들은 술을 퍼마시고, 집에 있는 가구까지 다 들고 나가서 팔아먹었을 것이다. 이제 겨우 그 두 남자에게서 벗어난 여자는 옆방 사람들더러 보라는 듯이 이것저것 사들이고 뭔가를 꿈꾸기 시작했다. 벨벳으로 짠 벽걸이 카펫과 유리문이 달린 중고 장식장을 어디서 끌고 들어오는가 싶더니, 어느새 장식장은 싸구려 크리스털과 술잔, 꽃병 등등으로 채워졌다.

그리고 그때마다 여자는 사샤를 불러 남편과 아들이 감옥에 가 있는 사이 늘어가는 자신의 안락함을 감상하도록 했다.

사샤는 그녀도 연구했다. 사실 그러지 않고는 배겨낼 수가 없었다. 옆방 여자는 사샤가 미처 피할 새도 없이 방으로 들어와 자리를 잡고 앉아 눈물부터 쏟았고, 고개를 옆으로 돌린 채 감옥에서 보낸 (욕설 가득한) 편지들을 보여주곤 했다. 그리고 며칠 후엔 또다시 쿠션, 플라스틱 꽃 등등을 싸들고 대뜸 사샤 방으로 들어와서는 그녀의 품평과 칭찬을 기다렸다.

　그렇게 인생을 연구하면서 사샤에게는 인생은 연극이라는 좌우명도 생겼다. 다만 그 연극은 도저히 무대에 올릴 만한 것은 아니었다. 독립 예술위원회에 있는 친구도 그런 연극은 절대 안 된다고 할 테고, 관객들도 내가 왜 저런 걸 봐야 하는가, 저런 연극은 집에서도 매일같이 본다, 라며 욕할 게 분명했다. 결국 사샤의 관찰은 아무 쓸모 없는 것이 되어버렸지만, 관찰자라는 위치 덕에 사샤는 어떤 일에도 특별히 반응하지 않고, 주어진 주제를 관찰하듯 조심스럽게 삶을 이어갔다.

　하지만 그런 그녀에게도 한 가지 약점이 있었다. 사샤는 아이를 갖고 싶어했고, 그 점에서만은 자신을 제삼자의 입장에서 바라볼 수 없었다. 아이에 대한 꿈은 그녀를 괴롭혔다. 갓난아이가 옆에 있으면 다른 건 아무것도 눈에 들어오지 않았고, 관찰보다 본능이 명백히 우위를 차지했다. 사샤는 의사를 찾아다녔고, 좌욕을 하고, 처방을 받고, 주사도 맞았다.

　그리고 얼마 지나지 않아 다음과 같은 사건이 그녀에게 닥쳤다. 그토록 원하던 아이를 위한 젖이 만들어져야 할 가슴 한쪽에 떡하니 종양이 생긴 것이다. 사샤는 그 사실을 더없이 침착하게 받아들였고, 아무런 대책도 세우지 않고서 조용히 죽음을 향해 나아갔다. 받고 있던 처방도 끊고, 의사를 찾아가지도 않았다. 생리가 끊겼고, 때로 구역질이 났으며, 나머지 한쪽 가슴도 땡땡하게 부어올랐지만 사샤는 아무런 대응도 하지 않았고, 누구에게도, 아무것도 알리지 않았다. 다만 그녀의 눈은 좀더 촉촉해졌고, 별것 아닌 일에도 반짝거렸으며, 눈썹과 눈꺼풀은 더욱더 분홍빛이 되어갔다. 사샤는 망가진 기계의 움직임을 관찰하듯 냉정하게 자신을 관찰하면서도 증기해머처럼 멈추지 않고 일했다. 마치 죽음과 경주를 벌이는 것 같기도 했다. 사샤는 자신이 일하는 노동조합 극단에서 아동극 〈피노키오의 모험〉을 만들었다. 공연은 낙천적이고 유쾌한 연극이 되어야 했는데, 길거리에 붙은 모집공고를 보고 찾아온 아마추어 배우들은 하나같이 젊거나 나이든 여자들이었다. 결국 여우 알리사는 (각색해서) 매춘부가 되고, 고양이 바질리오는 목발을 짚고 제복 아래로 가슴이 불룩하게 솟아오른 참전용사가 되었다.

총연습이 시작되었지만, 사샤는 연습장에 다니기조차 힘들어했다. 부종이 시작된 듯 다리와 배가 땡땡하게 부어오른 것이다. 하지만 공연 준비는 순조롭게 진행되었고, 일에 치여 살던 둔한 나움은 그제야 사샤에게 무슨 일인가 벌어지고 있음을, 다리가 퉁퉁 붓고, 얼굴에는 온통 버짐이 피었으며, 눈은 퉁방울처럼 튀어나왔음을 알아차렸다.

나움은 휴가를 내고 운전기사를 불러 공장간부들이 다니는 병원으로 사샤를 데려갔다. 외과의는 불쌍한 사샤를 곧바로 산부인과로 보냈고, 잠시 후 사샤가 이상한 표정을 짓고서 산부인과 의사의 방에서 나왔다. 그녀의 뺨은 눈물로 범벅이 되어 있었고, 눈은 거의 감겨 있었다. 나움은 잔뜩 얼굴을 찌푸린 채 그녀를 맞으며 일어섰고, 사샤가 말했다. 나 임신 6개월이래.

인생에 대한 그녀의 모든 탐구가 끝나고, 진정한 삶이 시작되는 순간이었다. 최종 리허설이 진행되었고, 출산 전날 마침내 무대에 올려진 연극은 모스크바독립연극제에서 최우수상을 받았으며, 독일국제연극제에 초청을 받아 그곳에서도 최우수상을 받았다.

아이는 벨로루시*에 사는 나움의 어머니가 와서 일주일 동안 봐주었다.

친구들은 기뻐서 어쩔 줄 몰라했고, 독일에서 돌아온 단원들은 환호성을 질렀다. 조합에서는 상금을 모두에게 나누어주었고, 사샤가 돈을 더 보태서, 배우들은 친구들을 불러 연습실에서 파티를 열었다. 만세.

얼마 후 사샤는 한 전문극단으로부터 자리와 향후 작업에 대한 제안을 받았고, 그로부터 십 년 후, 그 극단에서 파국을 맞이했다. 사샤는 이른바 극장판의 생리를 견디지 못했다. 하지만 이번에도 그녀는 누구에게도, 남편 나움에게조차 아무 말도 하지 않았다. 나움의 정직한 마음에 또다시 부담을 주고 싶지 않았고, 어린 딸에게 미안한 마음이 들었기 때문이다. 하지만 수년 동안 그녀가 겪어야 했던 온갖 수모를 그저 관찰하고, 창작을 위해 쌓아두어야 하는 인생의 현상들로 치부해버릴 수도 없었다. 사샤는 정식 극단에서 작품을 내지 못했다. 공연을 만들긴 했지만 제재가 들어왔고, 방어해주는 사람이 없었으며, 다른 공연을 만들 기회도 주지 않았다. 사샤는 자질구레한 일을 맡아서 하는 조연출(연출보조)이 되었고, 이따금 군중 장면에 엑스트라로 출연했다. 집에서도 상황은 크게 다르지 않았다. 나움의 어머니는 그대로 남아 같이 살게 되었고, 나움에게 아파트가 나왔으며, 딸아이를 유치원에, 그리고 그다음엔 초등학교에 데리고 가야 했다. 사샤는 장을 보고, 밥을 하고, 빨래를 하고, 시어머니의 잔소리를 들었다. 시어머니는 나움이 아무것도 못 먹어서 비쩍 말랐다고, 이 집에선 주인도 아닌 것들이 죄

---

* 벨라루스의 예전 명칭. 1991년에 소련에서 독립하면서 명칭이 바뀌었다.

다 먹어치운다고 말하곤 했는데, 여기서 주인도 아닌 것들이란 쥐꼬리만한 월급을 받아오는 사샤와 그녀의 어린 딸을 말하는 것이었다. 나움은 어머니의 노망을 참지 못하고 자기 어머니에게 소리를 지르기 시작했으며, 얼마 지나지 않아 사샤와 딸에게도 소리를 질렀다. 그리고 마치 요새로 숨어들듯 일에 파묻혀 살았다. 그는 더이상 그들을 사랑하지 않았다.

앞에서도 이야기했듯, 사샤는 누구에게도 아무 말도 하지 않았지만, 그녀도 뭔가 대답을 해야 했고 아무 대꾸 없이 그대로 살 수는 없었다.

그녀가 누구에게 반박하고 싶어했는지, 나움의 주장처럼 극단인지, 아니면 나움 자신인지, 이제 누구도 말해주지 않을 것이다. 모든 것은 끝났다. 구급차가 왔고, 옆집 남자가 문을 부수고 들어간 욕실로 의사가 들어갔으며, 시어머니는 안을 들여다보지도 않았다.

달리 방법이 없었던 것은 아니다. 모든 것을 스쳐지나가는 일처럼, (셰익스피어가 그랬듯) 연극처럼 대하면 됐으리라. 하지만 사샤는 왠지 자신의 인생을 그렇게 가볍게 대할 수가 없었다. 무언가가 그녀로 하여금 고통스러워하지 않고, 울지 않고 살도록 내버려두지 않았다. 살면서 단 한 번만이라도 분명하게 대꾸해보라고, 이 상황을 끝내라고 무언가가 그녀를 떠밀었다.

파냐의
가난한 마음

나는 비교적 늦은 나이에 아이를 낳았는데, 출산 전 병리과라는 곳에 한동안 입원해 있었다. 난산이 예상되는 여자들이 모여 있던 그 병동에는 나보다 나이가 많은 산모도 여럿 있었고, 그중에는 마흔일곱 살의 완전히 중년이 다 된 여자도 있었다. 사람들은 그녀를 파냐 아줌마라고 불렀고, '소변을 배출하러 간다'는 식의 나름대로 과학적인 그녀의 말투를 가볍게 놀리기도 했다. 주름투성이 얼굴에 가늘고 능청스러운 눈매를 가진 파냐 아줌마는 글을 거의 모르는 막노동꾼이었다. 파냐 아줌마는 그리 길지 않은 병실 앞 복도를 하루종일 서성대며, 우리 모두가 그랬듯, 운명의 시간을 기다리고 또 기다렸다. 하지만 실제로 그녀가 기다리던 것은 우리와는 전혀 다른 것이었다. 우리가 산만한 배를 붙잡고 끙끙대며 근 일곱 달을 꼼짝도 못하고 그곳에 누워 있던 것은 오로지 아이를 낳기 위해서였다. 창문 아래에서 보호자들이 환호성을 질러 댈 때마다, 우리는 이층 병실에 누운 채 작은 환기창을 통해 들어오는 그 소리를 들었다. 내 또래인 한 여자는 이번에도 결과가 좋지 않았고, 벌써 몇 번째인지 모른다고 했다. 그녀가 수술실로 들어갈 때까지만 해도 다들 이번에는 왠지 잘될 것 같다고 생각했지만, 그날 저녁 창문 아래로 울려퍼진 것은 술에 취해 악을 쓰는 남자의 목소리였다. "쌍년, 개 같은 년…… 빌어먹을 년…… 아, 넌 내 인생을 다 망쳐버렸어. 내가 어쩌다 너 같은 걸 만나서……" 그것은 우리가 알게 된 사실, 즉 여자가 또다시 사산했다는 사실을 알게 된 불행한 남편이 외치는 소리였다.

아무튼 파냐 아줌마는 우리와는 전혀 다른 반죽으로 빚어진 사람이 었고, 우리와는 다른 것을 기다렸다. 나중에 밝혀진 대로, 그녀가 늘어진 배를 붙잡고 서성이며 기다린 것은 낙태수술이었다. 이미 너무 많은 시간이 지났지만, 의학적 소견에 따라 낙태수술을 받기 위해 그녀는 이곳에 왔고, 그렇게 입원한 지도 벌써 한참이 지났다. 남편은 척수신경근염으로 6개월째 자리에 누워 있다고, 원래 건설현장에서 일하는 목수였는데 뭔가를 들다가 그렇게 되었다고 했다. 아이가 셋이고, 일 년 전 자신도 심근경색이 와서 2급 장애판정을 받았다고도 했다. 그런데 왜 그렇게 꾸물거렸느냐고 다들 소리치고 야단할 만도 했지만, 아무도 그러지 않았다. 애초에 그녀가 엉뚱한 진단을 받았다는 사실을 모두 알고 있었기 때문이다. 그녀가 처음 받은 진단은 종양이었다. 그런데 그 종양이 점점 자라더니 움직이고 발길질을 하기 시작한 것이다. 동네 보건소에서부터 주립보건소까지 한참을 돌고 난 파냐 아줌마는 진실을 찾겠다며 진단서 뭉치를 싸들고 모스크바에 있는 장관을 찾아갔고, 그곳에서 구하던 것을 얻어냈다. 파냐 아줌마가 그토록 그 일에 매달린 것은, 자신의 심장 상태로 아이를 낳다가는 죽을 수도 있는데 그렇게 되면 세 아이는 고아나 다름없는 신세가 되기 때문이었다. 그렇게 온갖 기관을 돌아다니는 사이 그녀의 배는 계속해서 불러왔고, 우리 모두가 운명의 결정을 기다리며 누워 있는 연구소에 그녀가 드디어 입원했을 때, 태아는 이미 6개월, 또는 그 이상이 되어 있었다. 파냐 아줌마는 그녀가 입원하기 바로 직전, 엄마 뱃속에서 호흡장애를 일으킨 여자아이를 막 살려낸 명의 볼로댜 선생님에게 맡겨졌다. 당시 병원에서 떠돌던 이야기에 따르면, 볼로댜 선생님은 아이의 호흡기를 틀어막고 있던 점액을 제 입으로 다 빨아냈고, 아이는 태어난 지 이 분여 만에 울음을 터뜨렸으며, 계집아이였던 그 갓난아이의 엄마는 볼로댜 선생님에게 비싼 라이터를 선물하려고 온 복도를 다 뛰어다니며 찾았지만 결국 만나지 못하고 퇴원했다. 또다른 전설에 따르면, 볼로댜 선생님의 어머니는 그를 낳다가 돌아가셨고, 어린 볼로댜는 산부인과 의사가 되겠다고 맹세했으며, 결국 천명에 따라 산부인과 의사가 되었다고 했다. 사람들이 자꾸만 뭔가 이상하다면서, 사실 아무 잘못도 없는 파냐 아줌마를 싫어한 것도 이런 소문들 때문이었다. 볼로댜 선생님은 매일같이 병실에 들러 맥박을 재고 검사 결과를 확인하면서도 수술을 서두르지 않았고, 파냐 아줌마는 계속 수술을 기다렸다. 의사라는 작자들이 일곱 달이나 된 뱃속의 아이를, 사람을 죽이려고 하는데도, 파냐 아줌마는 수술 날짜 외에는 아무것도 알려고 하지 않았다. 그녀에게는 장관의 명령장이 있었고, 멀리 GRES* 건

─────────────

* 국립지역발전소.

설현장의 토굴 같은 집에서 세 아이와 걷지 못하는 남편이 그녀를 기다리고 있었기 때문이다. 파냐 아줌마는 GRES 건설현장에서 일한다고 했다. 장애판정을 받고 경비원으로 일하면서 그 식구가 다 무슨 돈으로 먹고살았는지, 알 수 없는 일이다.

시간이 흘러 몇 주가 지나고, 나는 드디어 병리과에서 나와 산모병동으로 옮겨졌다. 마침내 내 아이를 건네받고 모든 고통이 끝나는가 싶었는데, 갑자기 열이 펄펄 끓고 팔꿈치에 고름이 차올라, 나는 다시 뒤뜰 건너편에 있는 감염과로 옮겨졌다. 한겨울에 양말도 없이 누구 것인지도 모르는 고무장화를 신고, 내복 위에 면가운 세 장을 걸치고, 머리에는 징역수처럼 수건을 두르고서 나는 뒤뜰을 건너갔다. 내 뒤로는 병원 담요에 꽁꽁 싸인 아이가 옮겨지고 있었다. 아이도 병이 난 것이다. 나는 무력함에 눈물을 흘리며 걸었다. 고열이 있던 나는 전염병 환자 격리병동으로 들어가야 했고, 이미 수유를 시작한 아이와도 떨어져 지내야 했다. 알다시피, 어미가 한 번이라도 아이에게 젖을 물렸다면, 일은 다 끝난 것이다. 어미는 그 순간부터 온몸이 영원히 아이와 이어져, 죽어도 그 어미에게서 아이를 떼어낼 수 없다. 맨발에 병원 장화를 신고 걸어가는 나와, 얼굴도 보이지 않게 회색 담요로 꽁꽁 싸여 내 등 뒤로 옮겨지는 내 아이 사이에는 그런 관계가 이미 맺어져 있었다. 담요 속 아이는 죽은 듯, 아무 소리도 내지 않았고 움직임도 없었다. 격리병동으로 가자마자 나는 아이를 빼앗겼고, 농양이 생기거나 고열에 시달리는 전염병 환자들이 누워 있는 병실에서 내 고통은 다시 시작되었다. 그 병실에는 속을 다 비워내고 휑뎅그렁해진 파냐 아줌마가 먼저 들어와 있었다. 파냐 아줌마는 심장과 패혈증 때문에 엄청난 양의 약을 먹고 있었다. 결국 배를 가르고 낙태수술을 했는데, 봉합 부분이 곪은 것이다. 아무래도 연구소 전체가 감염된 것 같았다. 살인자 파냐 아줌마는 죽음의 문턱에서 힘겹게 벗어나고 있었지만, 산부인과는 포도상구균 감염이 심각해져 보수하기 위해 폐쇄되었다. 환자들은 병원을 아예 태워버려야 한다고, 다 불살라버려야 한다고 떠들어댔다.

나는 며칠을 내내 울며 지냈다. 젖이 마르지 않게 하려면 젖을 짜내야 하는데 손은 감염되어 있었고, 병실 밖으로는 나가지도 못하게 해서 손을 씻을 수도 없었다. 젖까지 염증이 퍼질까봐 겁이 난 나는 손을 닦을 알코올이라도 달라고 부탁했지만, 간호사는 약솜을 두세 번 가져다주고 말았고, 그걸로는 알코올이 손에 제대로 묻지도 않았다. 파냐 아줌마는 내가 더러운 손을 치켜들고 흐느껴 우는 소리를 말없이 듣고만 있었다. 사실 파냐 아줌마도 상태가 좋지 않았다. 고열이 가라앉지 않아서였다. 마침내 살인자 볼로댜 선생님이 왔고, 파냐 아줌마의 이마에 손을 얹고 봉합 부위를 살펴보던 그는 갑자기 뭔가 생각난 듯 얼음을 가져오게 했다. 파냐 아줌마의 몸에 죽은 아이에게 줄 젖이 만들어져서 열이 내리지 않은 것이다.

마침내 때가 되어 나의 고통도 끝이 나고, 긴 담판 끝에 나는 아이를 돌려받았다. 아이는 떨어져 있던 그 일주일 동안 젖 빠는 법을 잊어버린 듯했다. 가슴이 저미도록 야위고 창백해진 아이가 어쩔 줄 몰라하며 입을 벌렸다 오므리기를 반복했고, 나는 아이가 비명을 지를 때까지 아이 위에 엎드려 울었다.

살인자 파냐 아줌마도 일어나서 벽을 붙잡고 걷기 시작했다. 그녀를 곧 퇴원시킬 거라는 얘기가 돌았기 때문이다. 기차역에서 건설현장까지 12킬로미터를 걸어야 하고, 그러려면 연습을 해야 한다고 했다. 하지만 병원에서는 그런 사정과는 상관없이 이틀 후 그녀를 퇴원시켰고, 그녀는 역까지 온 힘을 다해 걸어갔다.

그러는 사이 내 아이는 튼튼해졌고, 제법 힘을 주어 젖을 빨기 시작했으며, 며칠 후 우리는 격리병동에서도 나왔다. 하지만 병실로 돌아오자마자 또다른 사건이 터졌다. 나 혼자서 목이 빠지도록 수유시간을 기다리며 지키고 있던 병실에 원인불명의 고열 환자가 들어온 것이다. 나의 새 동료는 기침을 심하게 했고, 내가 무슨 질문을 해도 대답도 하지 않았다. 나는 곧바로 신생아 담당 간호사에게 달려가 환자가 있는 곳으로 절대 아이를 데려오지 말라고 했다. 간호사는 알겠다며 더이상 아이를 데려오지 않았다. 나는 아이가 어디에 누워 있는지, 신생아실이 어디에 있는지 뻔히 알면서 문 앞에 서서 아이가 빽빽거리며 우는 소리를 듣고 있어야만 했다. 신생아실은 병실마다 하나씩 딸려 있었고, 아이는 내가 병실에서 그랬던 것처럼 혼자였다. 혼자 빽빽거리며 우는 소리가 배가 고파서 우는 내 아이의 울음소리라는 걸 알면서도 나는 그 앞에 서 있을 수밖에 없었다.

그런 나를 딱하게 여긴 마음씨 좋은 한 간호사가 흰 가운과 모자, 거즈마스크를 내밀며 들어가서 젖을 먹이라고 했다. 나는 신생아실 한쪽 구석에 앉아 사랑스러운 내 아이에게 젖을 물렸다. 아이는 곧 잠잠해졌고, 나는 그제야 신생아실을 둘러보았다. 하얗고 깨끗한 방은 네 개의 칸막이로 분리되어 있었고, 각각의 칸막이 안에는 작은 침대가 성인 병실의 침대 수만큼 놓여 있었다.

침대는 모두 비어 있었다. 새로 들어온 고열 환자는 아직 아이를 낳지 못한 것이다. 다만 벽 앞에 세워진, 투명한 원추 모양의 뚜껑이 달리고 어딘지 믿음직해 보이는 인큐베이터 안에 작은 아기가 마치 다 큰 아이처럼 눈을 감고서 조용히 자고 있었다. 내 아이에게 젖을 물리고 내 아이만을 생각하고 있던 내 안으로 갑자기 낯선 존재에 대한 알 수 없는 안타까움이 깊숙이 파고들었다.

단정한 귀와 작은 사과만한 크기의 평온하고 사랑스러운 얼굴로 보아 여자아이가 분명했다. 사내아이는 밉상으로 태어난다. 수많은 아이를 봐왔지만, 저렇게 단정하고 우아한 모습으로 세상에 나오는 것은 여자아이들뿐이다.

나는 같이 들어온 간호사에게 물었다. "여자애죠?" 간호사는 고개를 끄덕였고, 애정 어린 목소리로 말했다. "이제 스포이트로 우유도 먹어요."

수유시간이 끝나고 나는 병실로 돌아갔다. 그리고 그다음날 나와 내 아기는 그 병원에서 완전히 벗어났다. 하지만 그때 그 인큐베이터에 누워 있던 아기가 파냐 아줌마의 딸이 아니었을까 하는 의문은 나를 떠나지 않고 괴롭혔다. 그 방은 우리 병실에 딸린 신생아실이었고, 볼로댜 선생님은 왠지 파냐 아줌마의 수술을 계속 미뤘다. 그 과학의 수난자는 아이가 일곱 달까지만이라도, 정상적인 발달이 이루어질 때까지만이라도 자라게 하고 싶었던 것은 아닐까?

그 모든 의문이 나를 괴롭히고, 내 머릿속에서 떠나지 않았다. 집으로 가기 위해 연습하는 거라며 벽을 붙잡고 겨우 걸음을 옮기던 가엾은 파냐 아줌마와, 파냐 아줌마의 이마에 손을 얹고 있던 볼로댜 선생님의 모습이 자꾸만 떠올랐다. 그런데 파냐 아줌마는 그 아이와의 끈을

어떻게 끊어버릴 수 있었을까. 장밋빛 천에 싸인 채 인큐베이터에 얌전
히 누워 눈을 감고 새근새근 자던 아이, 장애가 있는 경비원 파냐 아줌
마의 가엾은 심장을 제외한 모든 이의 심장을 그토록 울렸던 그 존재
와 이어진 끈을 어떻게 끊어버릴 수 있었을까.

절대로

아직 젊고, 도시에 사는 사람들이 그렇듯 (사는 건 고달프지만) 외모는 그리 나쁘지 않은, 다시 말해 약국에서 파는 과산화수소로 머리를 염색하고 아직은 날씬한 몸매를 유지하고 있는 한 여자가 시골의 삶을 접하게 되었다. 여름 내내 아이를 시 외곽에 있는 유치원에 보내놓고 자신은 푹푹 찌는 아파트에 남아 병든 아버지의 수발을 들다가 다섯 살짜리 아들이 보고 싶어져서 아이가 있는 곳으로 가서 하루 자고 오기로 한 것이다. 대부분의 도시 여자들이 그렇듯 그녀는 거침이 없었고, 옆집 여자가 토요일에 한 번, 일요일에 두 번 노인네의 식사를 챙겨주기로 했으니, 일요일 저녁까지만 돌아오면 된다고 생각했다. 사실 특별한 문제가 없다면 충분히 가능한 일이었다.

　그런데 시 외곽에서 숙소를 구하는 일부터가 문제였다. 가는 데 두

시간이 걸리고 모스크바로 오는 막차가 저녁 다섯시에 있어서, 하룻밤은 꼭 자고 와야 했다. 아니면, 노인네가 세시에 점심을 드시니까 도착하자마자 바로 돌아와야 했다.

하지만 다행히 세상에는 아직 선량한 사람들이 남아 있었고, 여자는 유치원과 가까운 시골마을에서 방에 남는 소파가 하나 있다는 류바 할머니라는 노파를 찾았다. 숙소를 구하느라 여자는(그녀의 이름은 레나였다) 온 마을을 다 돌아보았다. 토요일이었고, 널빤지나 통나무로 만든 울타리문과 현관 앞 평상에는 동네 사람들이 나와 앉아 있었다. 명절이라도 맞은 것처럼 깨끗하게 차려입은 사람들은 얼큰히 취해 있었으며, 멀리 바냐*의 굴뚝이 피워올린 연기가 달짝지근한 냄새를 풍기며 떠다녔다. 아낙들은 무엇을 누구에게 부탁해야 하는지 흔쾌히 레나에게 알려주었고, 마을 사람들 전체가 레나에게 더없이 선량하고 좋은 인상을 주었다.

6월이었고, 레나는 소매가 없는 얇은 여름 원피스에 짧은 카디건을 걸치고 있었다.

숙소를 마련한 레나는 가벼운 마음으로 숲길을 따라 아이가 있는 유치원으로 달려갔고, 저녁때까지 그곳에서 아이와 함께 시간을 보냈다.

흘러넘칠 듯 쏟아지는 석양빛을 받으며 레나는 기쁜 마음으로, 군데군데 웅덩이가 고여 있고 산딸기 꽃이 소박하고 작은 하얀 별처럼 사방에 핀 아름다운 숲길을 따라 마을로 돌아왔다. 숲과 들판의 향기는 부드럽고 달콤했으며, 아직은 봄의 향기가 느껴졌고, 하늘은 한없이 깊

* 러시아의 전통목욕탕.

었다.

임시 거처인 류바 할머니 집까지 가려면 모래로 덮인 넓은 시골길을
또 걸어야 했지만, 그녀는 이미 행복에 흠뻑 취해 있었다.

류바 할머니 집에 도착하자마자 레나는 집에서 싸온 과자와 훈제 치
즈 샌드위치를 드셔보시라고 내놓았다. 할머니는 좋아했고, 두 사람은
차를 마셨으며, 잠시 후 레나는 화장실에 가고 싶어졌다.

그런데 류바 할머니 집에는 화장실이 따로 없었다.

"뒷마당으로 가서 일 봐요." 노파는 아무렇지도 않게 말했다.

"네? 마당요?"

"응, 뒷마당. 우린 다 그리 다닌다우, 양하고 닭들 있는 데로. 갔다 와
요. 구석에 삽이 있으니까 나올 때 흙 덮어주고."

레나는 현관으로 나가서 왼쪽으로 돌아 쪽문을 열었다. 삐걱거리는
층계가 아래로 이어졌고, 그 아래 지붕을 쳐놓은 곳의 횃대 위에서는
닭들이 이미 잠들어 있었으며, 건초를 깔아놓은 흙바닥에는 짙은 갈색
양 네 마리가 한데 모여 누워 있었다.

레나는 잠시 망설이며 서 있었다.

그때 얇은 벽 뒤에서 마치 마른하늘에 천둥 치듯 쩌렁쩌렁한 목소리
가 울려왔다.

"이 카카보* 좀 마셔봐, 여기 한 통 더 있다." 여자의 거친 목소리가
말했다. "저기 빵도 먹고."

꿀꺽거리는 소리에 이어 누군가 코가 막힌 듯 씩씩거리며 레나의 머

---

* 코코아의 방언.

리 바로 위에서 쩝쩝대고 먹기 시작했다.

또다른 여자가 쉬어 갈라지는 목소리로 말했다.

"이제 나갈래."

"앉아! 내가 누구 때문에 카카보를 끓였는데?"

"됐어!"

"먹어, 앉아서 먹으라고, 그래야 싸움질이라도 하지."

"으휴우, 저 할망구!!!" 입에 음식을 잔뜩 문 목소리가 소리를 지르며 욕을 퍼부어댔다.

"아니면 또 덜덜 떨면서 맞기만 할 거 아냐." '할망구'는 그렇게 말하고서 역시 욕설을 퍼부었다.

쩝쩝대는 소리와 요란스럽게 씩씩거리는 소리가 돼지우리인 양 계속 이어졌다.

레나는 정말이지 말도 안 되는 상황에 빠져버렸다. 그녀는 '할망구'와 그 손녀가 밖으로 나갈 때까지 기다리려고 했지만 기다리는 시간은 자꾸 길어졌고, 도시에서 온 영어 (기술 문서) 번역가인 레나는 이러지도 저러지도 못한 채 말뚝처럼 서 있어야 했다. 그녀는 손끝 하나 움직일 수 없었다.

십 분쯤을 그렇게 서 있던 레나는 (그동안 벽 뒤에서는 계속 쩝쩝대고 씩씩거렸으며, 욕을 퍼붓고, 게걸스럽게 먹어대고, '카카보'를 꿀꺽거리며 마셨다) 볼일은 보지도 못한 채 그곳을 나왔고, 그 길로 농가 밖으로 달려나가서는 종종걸음으로 들판을 지나 눈에 익은 숲으로 향했다. 가까이서 보니 숲속도 왠지 휑해 보였지만, 그래도 띄엄띄엄 관목들은 있었다.

잠시 후 서두르는 기색 없이 숙소를 향해 걷던 레나는 석양빛을 붙잡고 연못가에 앉았다. 사방이 고요하고 따뜻했다. 풀냄새가 코를 찌르고, 물에서는 진흙냄새가 풍겨왔으며, 모기들이 윙윙거리고, 해는 지평선에 걸려 있었다. 북받쳐오르는 감정에 크게 한숨을 내쉬고 난 레나는 다시 류바 할머니 집으로 향했다.

지난 이 년 동안 레나는 한 번도 제대로 쉬어본 적이 없었다. 병든 아버지는 혼자서는 거동이 거의 불가능했다. 그녀의 부모님은 나이가 많았고, 어머니는 병원에서 화재로 돌아가셨다. 어떻게 레나 몰래 숨겨가지고 들어갔는지, 입원 첫날 어머니는 이불을 뒤집어쓰고 담배를 피웠다. 아마 성냥은 병실에 있는 다른 사람에게 빌렸을 것이다. 일 년째 걷지도 못하고 누워만 있던 어머니를 병원에 입원시킨 것은 기관지염 때문이었다. 여든이 다 된 아버지는 걸어다니긴 했지만, 거의 아무것도 이해하지 못했다. 사랑하는 아내가 영원히 세상을 떠났을 때도, 그녀가 지내던 방으로 가서 그저 뭔가 이상하다는 듯 "률랴? 률랴?"* 하며 우물거릴 뿐이었다.

아버지는 레나도 률랴라고 불렀다.

레나는 어머니 이름을 떠올리지 않으려고 애썼다. 엄마, 엄마는 생각하는 것만으로도 가슴이 아팠다.

이제 혼자서는 식사도 못하지만, 아버지는 다행히 성인이 갖고 있는 모든 습관을 유지했고, 어릴 적부터 주입된 행동들을 기계적으로 반복했다. 일정한 시간이 되면 소파에 앉아 신문을 '읽었고', 가끔 거꾸로

---

* 률라는 올가와 엘레나(레나)의 애칭이다.

들고 있기도 했지만, 어린 파샤가 손가락으로 신문을 가리키며 "이건 무슨 말이야?"라고 물으면, "〈이즈베스티야〉"*라고 똑똑히 대답하기도 했다.

레나는 뒷일은 생각하려 하지 않고, 마술을 부리듯 계속해서 수면제를 썼다. 아버지가 하루종일 동물적 권태에 빠져 있으니 차라리 주무시도록 하기 위해 그녀는 수면제를 모았다. 하지만 할로페리돌**의 부작용은 생각보다 컸다. 아버지 병의 다음 단계는 신체경직이었다.

아버지가 삶의 마지막 문턱으로 다가설수록, 레나는 더 많이 움직이고 필사적으로 밝게 웃으며, "그래도 하루는 더 사실 거야"라고 혼잣말을 하곤 했다.

오늘은 옆집 아줌마가 아버지 식사를 챙길 것이다. 아버지는 언제나 그랬듯 커다랗고 바싹 마른 손으로 시트를 열심히 만지고 정리한 후 자리에 누워 기도문을 외듯 "튤랴, 튤랴"를 반복하며 잠들 것이다. 감자 퓌레에는 싸락눈처럼 온갖 약이 뿌려져 있고, 냉장고에는 끼니마다 드실 약병이 따로 세워져 있을 것이다. 레나는 부모가 자식을 챙기듯 모든 것을 꼼꼼히 챙겨놓고 다녔다.

레나는 교대조 없는 간병인처럼 살았다. 아버지랑 파시카***와 함께 사는 집으로 이따금 찾아오는 조용한 저녁은 그녀의 유일한 기쁨이었다. 그 시간이 되면 아버지는 불안해하지도, 소리를 지르지도 않고, 〈강은 흐른다〉 같은 오래된 카자크 노래를 흥얼거렸다.

---

* 1917년 창간된 소비에트 정부의 공식 기관지.
** 조현병 치료제.
*** 파샤와 파시카는 모두 파벨의 애칭이다.

파시카는 살결이 희고, 초가지붕을 얹어놓은 것 같은 머리에 작지만 초롱초롱한 눈을 한 아이였다. 아이는 다섯 살 때부터 글을 읽기 시작했고, 특히 텔레비전 화면에 뜨는 자막을 잘 읽었다. 엄마가 일주일에 한 번씩 번역한 것을 갖다주고 다시 받으러 나가는 날이면, 아이는 울지도 않고 자진해서 할아버지 옆에 남아 있었다. 할아버지도 아이를 무척 사랑했으며, 당신의 언어로 아이에게 뭔가를 설명하려고 애쓰곤 했다.

"그는 별이 다섯 개였지." 할아버지는 손자에게 말했다. "그게 바로 문제였어."

혹은 이런 말도 했다.

"내 고요함을 평온케 해라."

손자는 그게 무슨 뜻인지 이해하지는 못했지만, 할아버지와 함께 있는 것만으로도 자신이 보호받고 있다고 느꼈다. 레나가 일을 끝내고 들어오면 전 부대원, 그러니까 노인과 아이, 그리고 고양이 포모치카가 그녀를 기쁘게 맞아주었다. 물론 그녀가 집을 비운 사이 마룻바닥은 가택수색을 당한 것처럼 엉망이 되어 있었다. 책이며 베개, 신문, 그릇이 여기저기 나뒹굴었고, 의자도 똑바로 서 있는 게 없었다.

레나가 청소를 하려고 달려들면, 파샤는 같이 수선을 피우며 그녀를 돕겠답시고 방해를 했고, 기분이 좋아진 할아버지는 이상한 소리를 혼자 중얼거렸다. 생각해보건대 그 중얼거림 속에는 많은 의미가 숨어 있었을 것이다.

이제 파샤는 올여름 내내 교외의 유치원에서 지낼 것이고, 덕분에 레나에게도 황혼이 펼쳐진 고요한 연못가에서의 자유로운 저녁시간이 주어진 것이다.

붉게 타오르는 태양을 등에 지고 레나는 기쁜 마음으로 (그녀는 오늘 파샤와 파흐라 강가에도 다녀왔다) 류바 할머니 집으로 돌아가면서, 다음 주말에도 와야겠다고, 마음씨 좋은 이웃이 있어서 얼마나 다행인지 모른다고 생각했다. 귀머거리 화가의 아내인 옆집 여자는 아이의 할아버지를 좋아했고, 안타까운 일을 겪은 레나를 불쌍하게 여겼다.

마을 안 여기저기 울타리문 앞에는 여전히 마을 사람들이 앉아 있었다. 끝이 뾰족한 모자를 쓴 노인들도 있었고, 바냐에서 막 나온 러닝셔츠 바람의 남자들, 머릿수건을 두른 노파들의 모습도 보였다.

젊은 남자 둘이 오토바이를 붙들고 앉아 있는 것도 보였다. 오토바이는 으르렁거리듯 한 차례 굉음을 내고는 이내 잠잠해졌다.

그런데 무엇 때문인지 레나가 나타나자 마을 사람들이 하나같이 몸이 굳어버린 듯 눈을 동그랗게 뜨고 그녀를 바라보았다. 오토바이 앞에 있던 젊은 남자들 역시 일어서서 왠지 기분 나쁜 미소를 지으며 레나를 쳐다보았다.

'괜한 생각이겠지.' 레나는 잠시 그렇게 생각하고는 농가로 들어갔다.

현관에 들어서자 처음 보는 얼굴이 레나를 맞았다. 연금을 받을 나이는 족히 되어 보이는 억센 인상의 붉은 머리 여자가 맨발로, 젖은 걸레를 손에 쥔 채 레나를 맞이했다. 판자를 이어붙인 문 앞에 선 여자의 팔꿈치 뒤로, 역시 붉은 머리에 통통하고 귀엽게 생긴 여덟 살쯤 되어 보이는 남자아이가 고개를 내밀고 있었다. 아이는 소시지 조각을 우물거리고 있었다.

"산책하고 오시나보네?" 여자가 물었다.

"네, 저쪽이 아주 좋더라고요." 레나는 대답했다.

"일은 다 보셨고?" 다시 여자가 물었다.

어색하게 고개를 끄덕이고 방으로 들어가려는 레나에게 여자가 다시 뭔가를 묻는가 싶더니 갑자기 큰 소리로 자기 손자 유르카를 칭찬하기 시작했다("자기보다 훨씬 덩치가 큰 애들을 두들겨팬다우"). '카카보' 한 냄비를 단숨에 들이켠 적도 있다는 말도 했다.

"커서 레슬링선수가 될 거라고 지 애비가 그랬지." 여자는 이상하게 기분 나쁜 어조로 말했다.

여자는(그녀의 이름은 라이사였다) 당황해서 어쩔 줄 몰라하는 레나에게 이것저것 마구 캐묻고 나서야 그녀를 놓아주었다. 그때까지도 라이사는 무엇 때문인지 지저분한 마루 걸레를 손에 꼭 쥐고 있었다.

마침내 방으로 들어간 레나는 소파에 풀썩 주저앉았고, 그런 레나를 쳐다보며 류바 할머니가 부끄러운 듯 말을 꺼냈다.

"애엄마가 밖에 나가 있는 동안 우리가 경찰에 신고를 했다우."

"네? 무슨 일이 있었어요?"

"아니, 아무 일도 없었는데, 우리가 애엄마 가방을 열어서 신분증도 보고…… 정말 미안하우……"

"왜 그러셨는데요?"

"그게 그러니까…… 라이사 말이 애엄마가 뱃속 애를 떨구려고 여기 왔다고 해서."

"제가요? 애를요? 왜요?"

"글쎄, 그러니까…… 라이사 말로는 애엄마가 뒷마당에서 뱃속 애를 떨구고 파묻었다잖우……"

"애를요?" 레나는 웃으면서 소리쳤다. "제 뱃속에 애가 있었다고요?

말도 안 돼!"

일이 어떻게 된 것인고 하니, 레나가 '뒷마당'에서 꼼짝도 못하고 서 있던 그 시각에 라이사가 손자에게 저녁을 먹이면서 레나와 마찬가지로 벽 너머에서 나는 소리를 들었는데, 쩝쩝대는 소리와 씩씩거리는 소리, '카카보'를 들이켜는 소리 사이로 뭔가 후드득 떨어지는 소리가 연달아 들렸다, 그러니까 그게 혹시 피나 다른 뭔가를 쏟는 소리가 아니었겠느냐는 것이다.

"말도 안 돼." 레나가 말했다.

"뒷마당을 다 헤집었는데 아무것도 못 찾았다우." 할머니는 미안한 듯 눈을 껌뻑이며 말했다.

레나는 할머니의 얘기를 들으면서 가방 안을 살펴보고 뒤적거려놓은 것들을 정리했다.

"아무것도 안 건드렸수." 류바 할머니가 말했다. "경찰은 내일 온다더라고. 저 먼 데서 폭발사고가 나서, 다들 오토바이를 타고 그리로 갔다우."

그러는 사이 찻주전자의 물이 끓었고, 레나는 샌드위치와 과자를 차려놓고 다시 류바 할머니를 불렀다. 할머니는 저녁을 먹으면서, 라이사가 문간방에 들어와서 산 지 벌써 삼 년이 되었고, 이 집에 거주등록을 하고 싶어한다는 얘기를 했다. "그런데 나는 블라디미르에 사는 조카딸한테 주려고," 할머니는 연신 눈을 껌뻑거리며 중얼거렸다. "그애 이름을 벌써 올려놨거든. 사실 바실리예브나*는 아들한테 집을 주기로 하고

---

* 라이사의 부칭.

증여증서까지 써줬는데, 글쎄 갑자기 아들이 죽고, 며느리가 그 집에 들어앉아서는 이건 당신 집이 아니라 내 집이오, 이러면서 바실리예브 나를 내쫓았다우.”

“얼른 여길 뜨구려.” 할머니는 작은 소리로 말했다. “사내들이 애엄마 뼈도 못 추리게 할 거라고 벼르고 있어.”

“어떤 사내가요?” 레나는 대담하게 물었다.

“다 한동네 사람들이지.” 류바 할머니는 두려움 때문인지, 억누를 수 없는 호기심 때문인지 눈을 동그랗게 뜨고, 뜻 모를 눈빛으로 레나를 쳐다보며 말했다.

‘나를 장작불로 끌고 가려는구나.’ 난데없는 생각이 레나의 머릿속에 떠올랐다. ‘날 처형하겠다고? 이거나 먹으라고 해!’

“류바 할머니, 집에 도끼 있죠?”

“현관 평상 아래에 있긴 한데.” 목에 뭔가 걸린 듯한 목소리로 노파가 대답했다. 레나는 현관으로 뛰어가 라이사가 닫고 나간 문(그때 문 뒤에서 뭔가 바스락거렸다) 맞은편에 놓여 있던 도끼를 찾아 들고 와서는 제 바로 옆 소파에 올려놓았다.

한참을 더 기웃거리던 황혼이 사라지고, 마침내 흐릿한 어둠이 찾아왔다. 벽난로 뒤에서 노파가 한숨을 내쉬며 “주여, 뜻대로 하소서”라고 연신 중얼거리는 소리가 들렸다.

“저녁놀은 어느새 여명에 자리를 내주고……” 레나는 자신도 모르게 「청동 기마상」*의 한 구절을 중얼거리며 밖에서 무슨 일이 일어나는지

* 알렉산드르 푸시킨의 서사시.

바싹 귀를 기울였다. 그녀의 심장이 쿵쾅거렸다.

밖에서 낮게 웅성거리는 목소리들이 들렸다. 젊은 사람들이 몰려온 것이 분명했다. 웅성거리던 목소리는 점점 또렷해졌고, 마침내 누군가 창문 아래로 다가와 소리치는 것이 들렸다.

"류바 아줌마, 그 여자 내보내요!"

"나오라고 해요." 또다른 목소리가 뒤를 이었다. "할 얘기가 있다니까."

낮게 깔리는 웃음소리. 뭔가 막대기 같은 것으로 창틀을 마구 두들기기도 했다.

할머니는 울상이 되어 중얼거렸다.

"저러다 창문 다 깨겠네! 어서 나가봐요. 아무 짓도 안 할 거야. 내 창문을 다 깨게 생겼다고."

레나는 잠옷을 입은 채 창가로 다가가 커튼을 젖히고 아래를 내려다보았다.

시커먼 무리가 한데 모여 있었다.

"얼른 나와." 한 사내가 구부정하게 선 채로 말했다.

라이터불이 확 켜지고 누군가 재빨리 담뱃불을 붙였다. 순간 눈썹을 잔뜩 찡그리고 원숭이처럼 입술을 내밀고 있는 얼굴이 환하게 비쳤다.

"나한텐 도끼가 있어!" 레나는 창문 앞으로 도끼를 치켜들며 소리쳤다. "도끼가 있다고!"

그러고는 창가에서 물러서며 할머니에게 말했다.

"누구든 들어오면 가만 안 둘 거예요."

사내들이 다시 한번 창틀을 요란스럽게 두들겨댔다.

문간방에서 라이사의 목소리가 울렸다.

"문 열어, 류바!"

그러고는 아마포를 발라놓은 문을 주먹으로 쾅쾅 치기 시작했다.

할머니가 소리질렀다.

"내가 어쩌자고 애엄마를 들여놨을까! 창문 다 깨게 생겼네! 다들 저리 가! 이 여자한텐 도끼가 있어! 도끼가 있다고! 거기 평상 밑을 들여다보면 알 거 아녀!"

"할머니, 절대로 문 열어주시면 안 돼요," 레나가 말했다. "제가 내일 경찰서에 가서 라이사 얘기도 다 해드릴게요."

"애엄마도 나가요, 아이고 세상에, 어쩌자고 이렇게 내 모가지를 잡아끌고……" 노파는 누구에게 하는 말인지 모르게 우물거렸다.

고함과 문을 두드리는 소리, 창문 두드리는 소리는 아침이 다 되어서야 잠잠해졌다.

밤새 시달린 레나는 깜빡 잠이 들었다 깼고, 할머니는 현관으로 난 문을 덜컹거리며 밖으로 나갔다. 날은 벌써 환하게 밝아 있었다.

레나는 가방을 싸고 탁자에 할머니에게 줄 돈을 올려놓은 다음, 잠시 생각하고는 자신이 먹으려던 샌드위치도 올려놓았다. 두 불길, 사나운 라이사와 블라디미르에 있는 상속녀인 조카딸 사이에서 살고 있는 노파가 불쌍했다.

일요일 아침에 다시 걷는 시골길은 힘겨웠다. 왠지 사람들이 모두 집 밖으로 나와 마치 큰 죄를 저지른 죄인이 잡혀가는 것을 볼 때처럼 수군거리고 있는 것 같았다. 레나는 아무렇지도 않은 듯 걸으려고 애를 썼고, 사람들은 부릅뜬 눈을 그녀에게서 떼지 않았다. 그리고 한 여자가 레나 등 뒤에 대고 소리쳤다.

"도끼를 휘두르면서! 우리 애들을 찍어 죽이려고 했다니까!"

고개를 들고 걸어가던 레나는 불현듯 자신이 범죄자처럼 웃고 있다는 것을 알아차렸다. 하지만 아무리 그러지 않으려고 해도 얼굴이 자꾸만 고무인형처럼 잡아늘여졌다.

숲으로 난 길이 앞에 보였다.

'아, 내가 어쩌자고 라이사한테 파시카 유치원 위치를 말해줬을까!' 절망적인 생각이 머리를 스쳐지나갔다.

들판을 건너자 짐을 들고 걸어가는 중년 여자 두 명이 앞에 보였다.

레나는 그들을 쫓아갔다. 여자들은 레나가 가야 하는 유치원과는 전혀 다른 방향인 버스 정류장 쪽으로 가고 있었지만, 레나는 그들을 따라 정류장까지 2킬로미터를 곧장 걸어가 마침 도착한 만원 버스를 잡아탔다. 온몸을 덜덜 떨면서.

레나는 흔적을 교란시키는 경험 많은 스파이처럼 한 정거장을 지나 내려(예의 두 여자는 눈을 동그랗게 뜨고서 대놓고 레나를 쳐다보았다) 반대편에서 오는 버스를 기다렸고, 한 시간 반 후 유치원에 도착했다.

레나는 아무 일도 없었다는 듯 파샤를 데리고 강가로 가서, 간식을 먹기 전 휴식시간 내내 아이와 강가에 앉아 있었다. 그리고 잠시 후 다시 무릎을 덜덜 떨면서 아까 그 버스 정류장으로 갔다.

정류장에는 사람이 많았고(일요일 저녁이다보니), 아마도 막차일 버스에 간신히 올라탄 레나는 가는 내내 외발로 선 채 사방에서 밀어대는 사람들 사이에 끼여 있어야 했다. 하지만 그녀와는 아무 상관 없는 일로 얼근히 취해 있는 그 사람들은 전혀 무섭지 않았다. 그녀는 기꺼운 마음으로 지하철을 타고 아버지가 있는 집으로 갔다. 다시 집을 치우고, 어린애나 다름없는 늙은 아버지를 씻기고, 밥을 챙겨주고, 옷을 빨아주고, 재워야 할 터였지만, 그녀에게 인생은 온통 깨끗하고 밝은 것처럼 여겨졌다. 다만 한 가지, 모스크바 외곽 시골에서 겪은 그 끔찍한 사건은, 라이사와 그날 밤 군중들을 보며 느낀 섬뜩한 기분은 잊어야 했다.

하지만 그녀는 잊을 수가 없었다. 절대로.

쇼팽과
멘델스존

여자는 계속 불평을 하고 있었다. 저녁마다 벽 너머에서 똑같은 음악소리가 들린다고. 옆집에 사는 노부부는 저녁식사가 끝나면, 기차가 열차시간표에 맞춰 출발하듯 피아노 앞으로 가서 앉았고, 할머니는 언제나 똑같은 곡을, 처음에는 슬픈 곡, 그다음에는 왈츠를 연주했다. 하루도 빠지지 않고 매일 저녁 슈룸-부룸, 타타티-타타타를 들어야 했던 것이다. 여자는 아는 사람을 만날 때마다, 그리고 직장에서도, 웃으면서 그 얘기를 했다. 사실 그녀로선 웃을 일이 아니었다. 그 소리 때문에 불편한 점이 한두 가지가 아니었다. 머리가 지끈거리고, 제대로 쉴 수도 없고, 그렇다고 저녁마다 텔레비전으로 귀를 틀어막을 수도 없는 노릇이었다. 하지만 노인들 집에선 매일같이 똑같은 음악이 흘러나왔다. 슈룸-부룸, 타타티-타타타.

노부부는 외출도 언제나 함께했다. 말쑥하고 점잖게 차려입은 두 노인은 종종걸음으로, 역시 시간표에 맞추듯 아침 일찍, 성인과 건장한 사람들, 주정뱅이들은 모두 직장에 있거나 자고 있어서 아무도 무례하게 굴지 않을 시간에 가게로 갔다.

어느덧 옆집 여자는 그들의 레퍼토리를 다 외우게 되었고, 우연히 길에서 만난 노부부에게 특유의 빈정거리는 투로 무례하게 물었다(마침 노부부는 가게에 가는 길이었다. 두 사람은 무도회라도 가는 사람들처럼 말끔하게 다린 밝은색 옷을 입고 있었으며, 할머니는 낡은 파나마 모자를, 할아버지는 하얀 헌팅캡을 쓰고 있었다. 두 사람의 눈은 기쁨으로 반짝거렸고, 손은 주름으로 쭈글거렸다). "안녕하세요, 근데 무슨 곡을 그렇게 매일같이 연주하세요?" 그러니까 그녀가 하고 싶은 말은 "왜 그렇게 매일같이 피아노를 쳐서 사람을 못살게 구느냐"였다. 하지만 노부부는 정반대로 이해했고, 어쩔 줄 몰라하면서 가지런한 틀니를 드러내며 미소를 지었다. 할머니가 말했다. "멘델스존 소품집 중 〈무언가無言歌〉하고 쇼팽의 〈환상즉흥곡〉에 나오는 왈츠라오." (여자는 생각했다. '젠장할.')

하지만 세상의 모든 일은 끝이 있기 마련이고, 그 음악도 갑자기 끝나버렸다. 여자는 안도의 한숨을 내쉬었고, 기분이 좋아져서 노래를 흥얼거리기도 했다. 여자는 고독한 브로치, 다시 말해 버림받은 아내였다. 사실 정확히 말하자면 아내도 아니었지만, 아무튼 헤어지면서 여자는 방 한 칸짜리 아파트를 받았다. 그리고 다른 남자가 그녀의 집으로 들어와 한동안 같이 살기도 했다. 남자는 부엌에 선반을 만들어주고, 진짜 남편이라도 된 것처럼 욕실용품을 사오기도 했으며, 어디선가 자전거 안장을 들고 와서 그 아래 볼트를 박아 세우고는 정말 기가 막힌 의자지만 앉으면 안 된다고 너스레를 떨기도 했다. 하지만 얼마 지나지 않아 그는 다시 자기 어머니 집으로 돌아갔다. 그리고 그때부터 그 음악소리가 매일 저녁, 아무래도 너무 얇은 게 분명한 벽 너머에서 들려왔다. 쇼팽의 왈츠는 언제나 똑같은 자리에서 틀렸고, 흠집이 난 낡은 축음기판처럼 더듬거리며 같은 자리를 맴돌았다. 텔레비전은 맞은편 벽 앞에 놓여 있고 소파가 노인들 집과 맞붙은 벽 앞에 놓여 있어서, 매일 저녁 고장난 축음기를 귀 바로 밑에 갖다대고 틀어놓은 것 같았다. 여자의 귀는 박쥐나 장님의 귀처럼 예민해졌고, 텔레비전을 아무리 크게 틀어놓아도 빌어먹을 멘델스존과 쇼팽의 음악이 그 사이로 들려왔다.

그런데 그 모든 것이 갑자기 끝나버린 것이다. 음악이 끊긴 이틀 동안 여자는 편안하게 누워 텔레비전을 보고 노래를 부르거나 춤을 추기도 했다. 멀리서 누군가 우는 것 같기도 하고, 몇 층 위에서 아이의 가느다란 울음소리가 들리는 것 같기도 했지만, 그 역시 잠잠해졌다. "내가 그때 분명히 들었다니까?" 나중에 모든 것이 밝혀지고 나서 여자는 직장 사람들에게 말했다. 가느다란 울음소리는 피아니스트였던 할머니의 남편이 우는 소리였고, 할머니는 바닥에 쓰러진 할아버지의 시신 아래서 발견되었다. 알고 보니, 할아버지는 전신마비로 벌써 오래전부터 자리에 누워 있었고('그런 줄 몰랐어, 전에도 밖에서 그분들을 본 것 같은데, 그게 벌써 그렇게 오래된 일이었나?' 젊은 여자는 계속해서 혼잣말을 했다), 할머니는 그런 할아버지를 위해 매일 저녁, 옆집 여자의 귀 바로 아래 대고 치듯 피아노 연주를 해주었던 것이다. 아마도 할머니는 할아버지를 즐겁게 해주고 싶었을 것이다. 그러다 어떻게 된 일인지 할머니가 쓰러졌고, 할아버지 침대 옆에서 숨을 거두자 할아버지는 전화가 있는 곳까지 기어가기 시작했으며, 끝내 아내 위로 굴러떨어지고도 어떻게 했는지 전화를 걸었다. 사람들이 와서 아파트 문을 연 것은 이미 두 노인이 숨을 거둔 다음이었다. 신속한 결말이었다.

"내가 분명히 들었다니까." 젊은 옆집 여자는 여기저기 아는 사람들에게 전화를 걸어 그렇게 말하면서 안타까워했다. 그리고 멀리서 들려오던 가느다란 목소리인지 울음소리인지를 떠올리며 노인이 전화 앞까지 가는 데 걸린 시간을 계산해보았다(저녁, 밤, 그리고 다음날 하루 종일). 노인은 그 시간 내내 가느다랗게 소리를 내며 울었던 것이다.

"내가 분명히 들었는데," 여자는 새로 이사올 사람들에 대해 걱정하면서 안타까움과 애정이 담긴 마음으로 쇼팽과 멘델스존의 음악을 떠올렸다. "괜찮은 사람들이었어, 교양 있고, 조용하고, 사실 시끄럽게 군 건 하루에 십오 분뿐이었고, 그만한 사람들도 없을 텐데. 하루 차이로 돌아가시다니, 동화에 나오는 것처럼, 평생 해로하고, 하루 차이로 돌아가신 거야." 이런저런 생각을 하는 여자의 귀가 고요 속에 먹먹해져 갔다. 쇼팽, 쇼팽, 멘델스존.

집의 비밀

여름 한 달을 머물 생각으로 아이들과 찾은 작은 도시를 나는 잊지 못한다. 관청에서도 그 존재를 잊어버린 서쪽 끝의 작고 오래된 그 도시는 군데군데 비포장길 때문에 불편하긴 했지만, 30킬로미터쯤 가면 제법 그럴듯한 바다도 있고 고성古城도 있어서, 동쪽에 위치한 영화제 작사들은 모두 그곳에 와서 영화를 찍고 갔다. 그 도시에서 서쪽을 보며 웅성거리는 것은 핀란드를 향해 황급히 달아나는 바다뿐이었다. 여름이 한창이었고, 사람들은 하나둘씩 도시로 모여들었다. 우리가 머물게 된 곳은 얼마 후 허물 예정인 집이었다. 다시 말해 웬만한 건 이미 다 있었다. 마당엔 우물이 있고, 작은 가스통이 달린 가스레인지도 있었으며, 황량함, 또는 선잠 비슷한 무언가도 이미 그 집에 찾아와 있었다. 우리가 묵을 방에는 간이침대 네 개가 한 줄로 늘어서 있고, 창가에

선 저녁의 태양이 방안을 깊숙이 들여다보며 방을 덥혔다. 우리는 은신처를 구한 피난민처럼 좋아했다. 방은 누군가 황급히 치워놓았는지 깨끗했다. 커튼도 걸려 있고, 물걸레질을 한 지 이삼 주는 되어 보이는 바닥에 엷은 시간의 녹이 쌓여 있기는 했지만, 작은 먼지 한 톨, 종잇조각 한 점 보이지 않았다. 집에 방이 몇 개인지, 또 뭐가 얼마나 더 있는지는 몰라도, 우리 방에는 문이 세 개 있었고, 부엌에서 어딘가 깊숙한 곳으로 이어지는 곁문이 하나 더 있었으며, 위로 이어지는 계단도 있었다. 오래된 집들이 으레 그렇듯이 집은 뭔가 비밀을, 목소리들의 잔향과 누군가의 죽음, 고독을 감추고 있는 듯했다. 집은 제 생을 마쳐가고 있었으며, 어떻게든 그 상황을 지워 없애고 덧붙이고 틀어막고 가리려는 온갖 시도에도 불구하고, 집안 곳곳에 깃든 비극적인 황량함은 그 마지막 순간을 고스란히 드러내고 있었다. 앙상한 빗장뼈 더미처럼 줄줄이 못에 걸려 있는 스무 개의 나무 옷걸이는 사라져버린 옷과 장롱의 흔적이었다.

우리는 짐만 던져놓고 근처에 있다는 성을 보러 나갔다. 그리고 잠시 후 장엄한 노을에 잠긴 성 앞에 도착했다. 태양은 저물지 않고 멈춰선 채 우리를 맞아주었고, 내내 같은 모습으로 우리와 동행했다. 백야의 끄트머리였고, 아무것도 모르는 아이들은 낮처럼 수선을 피우며 소리를 지르고 텅 빈 노천극장에서 한바탕 난리를 피웠다. 그렇게 한참을 놀고도 여전히 환한 노을빛에 아이들은 어리둥절해하며 자신들의 새로운 잠자리인 오래되어 푹 꺼진 철제침상 위로 올라가 누웠다. 그리고 잠들기 전 파리가 웽웽거린다고 불평했다. 나는 별생각 없이 파리가 거미줄에 걸렸나보다고 말해주었는데, 정말로 그런 느낌이었다. 에너지로 가득한, 거의 강렬하다고까지 할 만한 즈즈즈 소리가 짧은 간격을 두고 계속 이어졌다.

작은 도시는 꿈속으로 빠져들고, 사방이 적막에 잠겼지만, 나는 자리에 누운 채 훤히 밝은 창문을 뚫어져라 바라보며 끊길 듯 이어지는 파리의 기분 나쁜 외침을 듣고 있어야 했다. 브즈즈! 잠시 정적. 트즈즈 브즈즈! 다시 정적.

나는 참지 못하고 일어나, 말 그대로 벽 위를 기다시피 하며 거미줄을 찾았다. 방 한구석에서 소 혓바닥처럼 생긴 튼튼한 고무판이 달린 묵직한 파리채도 찾아 들었다. 하지만 소용없었다.

즈즈즈즈-트즈즈-브즈즈즈! 브즈즈즈!!! 파리도, 거미줄도 아무것도 없었다.

천장과 바닥, 벽 사이사이 틈을 다 들여다보고, 벽지에 귀를 한참 붙이고 있던 나는 침대에 털썩 주저앉아 생각했다. 도대체 뭐가 저렇게 왱왱거리는 걸까, 톱소리 같기도 하고, 벌레 소리 같기도 하고, 아무튼 분명하진 않았지만, 중간중간 끊기면서 계속해서 귀 바로 뒤에서 나는 것처럼 들려왔다. 브즈즈! 브즈즈! 그리고 다시 정적.

한참을 더 들어보니 완전히 조용한 건 아니었다. 또렷이 들려오는 지직거림(마치 주파수가 맞지 않는 라디오처럼 뭔가 말하고 있긴 한데 일정한 높이에서 지직거려 알아들을 수 없는), '브즈' 또는 '스크르'에 이어, 멀리 거리에서 다급하게 이야기를 나누는 듯한 소리가 희미하게 들렸다. 흥분한 여자들이 누군가를 설득하려고 같은 얘기를 낮게 웅얼거리며 반복하는 듯했다. 길거리에 여자들이 잔뜩 모여 잠자코 있는 경찰에게 뭔가 열심히 설명하는 장면이 떠오르기도 했다. 바로 그런 장면이 지금 고물 라디오에서 흘러나오고 있는 것이다. 나는 말소리를 알아들으려고 애를 썼지만 다시 주파수가 엉키고, 라디오가 지직대며 예의 그 소리가 났다. '브즈즈즈! 브즈즈즈!'

나는 옆방 어디선가 라디오를 틀어놓았겠거니 생각하며 꾹 참고 자정이 되기를 기다렸다. 조금만 있으면 자정을 알리는 소리와 함께 밤마다 우렁차게 울려퍼지는 국가 속에 모든 것이 조용해질 것이다. 그런데 저건 대체 무슨 방송일까? 뉴스 같지도 않고, 라디오 드라마도 저렇게 시간과 공간, 행위가 완전히 일치하지는 않는다. 여성운동과 관련된 무슨 사회적 사건이라도 중계하는 건가?

새벽 한시가 지났지만, 라디오는 기분 나쁘게 계속해서 웅얼거렸다. 아무래도 무슨 외국 방송임이 틀림없다. 전에 방송국에서 일을 해봐서 아는데, 우리 나라에서는 한 사건에 저렇게 많은 시간을 할애하지 않는다. 게다가 아까는 분명히 파리 소리였는데, 저 수다는 또 뭐란 말인가? 끈질긴 인간들, 여자들의 수다는 그칠 줄을 몰랐고, 깊은 밤은 멈춘 듯 서 있었다. 파리도 밤에는 잠을 잔다. 이건 정말 말도 안 된다! 나는 다시 일어나 집안 어딘가에 있을 라디오를 찾기 시작했다. 푸른 수염의 성에 들어온 듯한 기분에 젖어 어딘지 알 수 없는 곳으로 이어진 문을 조심스럽게 열고 부엌을 지나 먼지가 두껍게 내려앉은 곳으로 들어갔다. 자전거가 거꾸로 매달려 있고, 텅 빈 선반과 잡동사니를 쌓아놓은 책상 옆의 창가로 새벽노을이 고집스럽게 버티고 서 있었다. 그 방에서는 아무 소리도 들리지 않았다. 거기에 다시 온갖 물건으로 막아놓은 또하나의 문이 어딘가로 나 있었다. 포기하고 나와야 했겠지만, 한밤중에 나와 내 아이들의 머리 위로 윙윙거리는 괴상한 라디오를 떠올리자 오기가 났다. 나는 정신없이 냄비와 자전거, 가구 등을 끌어내기 시작했고, 마침내 비밀의 문을 힘껏 잡아당겼다. 문 바로 앞에 침대가 놓여 있었고, 그 위에 몸집이 작은 한 백발 노인이 머리를 내 쪽으로 두고서 눈을 감은 채 자고 있는 것이 보였다. 그런데 그 노인의 모습이 좀 이상했다. 무엇보다도 몸집이 너무 작았고, 눈처럼 새하얀 머리는 맥없이 뒤로 젖혀진데다 온몸에서 피곤함이 빛줄기처럼 뿜어져나오고 있었다. 놀란 나는 황급히 그 끔찍한 방의 문을 닫았지만, 그 노인이 피곤해 곯아떨어진 내 어린 아들 페댜라는 것을 이내 깨달았다. 페댜는 전날 기차에서 한숨도 자지 못했다(무슨 수를 쓴 것인지 차장의 신뢰를 산 아이는 기차를 타고 오는 내내 깃발을 들고 부산을 떨며 그 차장하고 같이 근무를 섰다. 아이가 잠을 자지 못한 이유는 또 있었다. 침대 아래칸에서 곤히 잠든 딸아이에게 담요를 덮어주려다 내가 침대 위칸에서 굴러떨어진 것이다. 침대 높이를 생각하지 못하고, 무작정 아이한테 다가가다가 떨어지고 말았다. 덕분에 아이들은 잠에서 깼고, 설상가상으로, 한 시간쯤 지나 새벽이 다 돼서 젊은 군인이 우리 차실로 들어와 자리를 잡고는 자기는 아침 일찍 내릴 테니 그리 알고 있으라고 경고했다. 그렇게 한숨도 자지 못한 불쌍한 아이가 내 눈에 병든 노인으로 보였던 것이다. 정말 어이없는 일 아닌가!).

아, 어미의 걱정과 안달이란!

혼자 머쓱해진 나는 결국 파리가 시위를 벌이는 방으로 돌아가 아이들의 이불을 잘 덮어주고 다시 누워서 계속되는 수많은 진술과 하소연, 흐느낌, 악에 받친 불평을 들었다. 벌인가? 하지만 알다시피 벌도 밤에는 잠을 잔다! 나는 다시 라디오 쪽으로 생각이 기울었다. 하지만 라디오에도 쉬는 시간이 있고, 음악도 있고, 아나운서의 목소리가 있다.

아침에 딸아이는 눈을 뜨자마자 거미줄에 걸린 파리를 풀어달라고 졸랐다. 아이에게는 파리도, 모기도, 다 불쌍했던 것이다. 다섯 살짜리 아이는 모든 것을 불쌍히 여겼다.

그리고 파리는 계속해서 웅얼거리고 왱왱거렸다.

낮이 되자 인상이 좋은 여자 두 명이 우리를 찾아왔다. 집주인과 청소부, 아니면 청소부와 그 친구인 듯했는데, 사실 정확히 분간이 되지는 않았다. 서쪽 끝에 위치한 이 작은 도시의 사람들은 옷차림이 모두 수수했고, 다들 세련되고 품위 있게, 다시 말해 친절하게 행동했다. 덕분에 나는 누가 집주인이고 두 사람은 어떤 관계인지, 특히 긴 발코니와 깨끗하게 닦아놓은 수많은 창문이 달린 저 화려한 이층집, 지하에 차고가 있으니 거의 삼층이랄 수 있는 저택은 누구의 집인지 전혀 알 수 없었다. 저택은 우리가 머물고 있는 버려진 집과 비뚤름한 굴뚝이 달린 쓰레기 소각장, 녹내 나는 꺼림칙한 갈색 물이 고인 우물, 그리고 마지막으로 우리 세 여자가 사이좋게 찾아들어간 다락방 바로 옆에 우뚝 솟아 있었다. 다락방에도 켜진 라디오나 벌은 없었다. 대신 우리는 그곳에서 환자용 변기를 발견했다. 환자용 변기가 집에 등장하는 경우는 몇몇 특정한 상황뿐이고, 그 상황이 끝나면 매트리스와 그 외 모든 것을 곧바로 내다버리기 마련인데.

러시아어를 전혀 모르는 두 여자와 임시 둥지의 걱정 많은 엄마인 나는 사이좋게 다락방을 둘러보았다. 나와 아이들은 온갖 방법으로 밤새 '드즈즈' '브즈즈'거렸던 소리를 설명했고, 손가락으로 방 구석구석을 찔러보고 벽지에 귀를 갖다대보기도 했지만, 잠에서 깨어 활기를 띠어가는 도시의 소음 외엔 거의 아무 소리도 들리지 않았다. 지구 끝에 자리를 잡은 소도시라 해도 도시는 제법 기계화되어 사람들은 모두 자동차를 타고 다녔고, 원형톱이 윙윙거렸으며, 젊은이들은 요란한 소리를 내며 모터사이클을 몰고, 창 아래로는 아이들이 재잘거리며 뛰어다녔다. 여자들은 교양 있게 미소를 지으며 아무 소리도 들리지 않는다고 했다. 우리는 집안 구석구석을 다 돌아보았다. 집에 있는 방은 모두 세 개였고, 방마다 문이 세 개씩 있었다. 푸른 수염의 성에 와 있는 듯한 기분이 든 것도 그 때문이었다.

우리는 사이좋게 우르르 밖으로 나가 집 주위를 둘러보았고, 바로 거기에서 말벌들이 틈새로 날아드는 것을 발견했다. 통통하고 털이 부숭부숭한 말벌들은 낮시간대에 맞는 조용한 소리로 능숙하게 웅얼거리고 있었고, 우리는 목표물을 발견한 사냥꾼처럼 멀리서 동시에 소리쳤다. "저기다!"

그다음부터는 모든 것이 순조롭게 풀려나갔다. 두 여자는 저녁 여섯시에 집주인이 올 거라고 했다. 내가 트라이클로르폰*을 뿌리면 벌들이 다 도망갈 거라고 하자 여자들은 미소 띤 얼굴로 '아닐걸요'라고 했다. 그들은 트라이클로르폰의 효과를 믿지 않는데, 그들의 미소만 봐도 알 수 있었다.

나는 아이들을 데리고 버스터미널을 찾아 한참을, 마치 성가를 부르며 구걸하고 다니는 맹인처럼 온 도시를 헤매고 다녔다. 길을 물어

---

* 독성이 강한 살충제. 디프테렉스라고도 한다.

도 제대로 설명해주는 사람이 없었다. 언어가 안 통하면 이렇게 괴롭구나! 나는 남의 빵조각 옆에 붙어 서 있는 군식구처럼 죄를 지은 기분이었다. 우여곡절 끝에 우리는 터미널에 도착했고 다섯시에 출발하는 버스표를 샀다. 나는 기분좋은 어스름이 깔린, 시원하고 제법 근사한 대기실에 아이들을 앉혀놓고 간이식당으로 가서 줄을 섰다. 잠시 후 '거기'에 가고 싶다며 달려온 딸아이를 데리고 지하에 있는 중동식 화장실로 내려갔다가(아, 거긴 왜 일하는 사람이 아무도 없는 것인가) 다시 서구로 올라와 아이들을 의자에 다시 앉혀놓고는, 어느새 익숙해진 길을 따라 행군하듯 식당으로 갔다. 조용하고 후텁지근한 식당 안에는 참을성 있는 서구식 줄이 사람들 사이의 일정한 간격을 유지하며 길게 늘어서 있었다.

우리는 점심을 간단히 먹고 파이 두 개를 냅킨에 싸서 가방에 챙겨두었다. 버스를 타고 30킬로미터를 간 바닷가 모래사장에서 내 가방 속 파이는 뭉그러져갔고, 흰 모래밭 위로 드문드문 자란 어린 소나무 그늘에 앉은 사람들(휴양객들)은 알아들을 수 없는 말로 소리를 질러대며 휴가를 만끽하고 있었다.

우리는 미리 사온 물을 따라 마시고 다 부스러지고 뭉개진 파이 조각을 나눠 먹었다. 아이들은 얕은 물에 들어가 물장난을 쳤고, 태양은 계속해서 내리쬐면서 열기를 내뿜었으며, 물은 끓인 것처럼 뜨거웠다. 그 와중에 마지막 버스가 언제 끊기는지 걱정되기 시작한 나는 다시 이 사람 저 사람에게 질문을 하고 이곳에 불필요한 사람이라는 감정을 어김없이 느끼고 난 후 일곱시 반 버스가 막차라는 사실을 겨우 알아냈다. 우리는 짐을 챙겨서 정류장으로 갔고, 거기서 다시 삼십 분을 기다렸다. 사람들이 어린 딸아이를 보고 자리를 양보해주어서, 우리는 한 껏 기분을 내며 숙소가 있는 곳으로, 격전의 흔적이 뚜렷한 우리의 낡은 집으로 달려갔다. 방으로 들어가니 트라이클로르폰 냄새가 진동했다. 트라이클로르폰을 있는 대로 뿌려놓고 창문을 열어놓은 것이 분명했다. 벌집에만 뿌려놓고, 우리 방 창문까지 열어놓았을 리가 없지 않은가? 게다가 벌집은 분명히 집 바깥쪽에 있었다! 그런데 집주인은 우리 둥지에도 약을 뿌려 우리까지 쫓아낸 것이다. 우리는 새로 들어올 휴양객을 위해 말끔히 정리된 옆방으로 거처를 옮겼다. 나는 부산을 떨며 옆방에 있던 새 침대를 우리가 쓰던 방으로, 우리 침대는 새 방으로 옮겨놓고, 내 자리는 바닥에 마련했다. 그리고 우리는 사흘째 밤이 되어서야 비로소 가볍게 흔들리는 열띤 꿈속으로 빠져들 수 있었다. 나는 그 꿈에서 깨지 않으려고 애썼고, 아무 쓸모 없는 인간에서 갑자기 위대한 작가가 되어 내 꿈에 나타난 한 남자를 열심히 변호했다. 왜 그런 꿈을 꾼 건지 모르겠다. 현실에서 그는 말 그대로 남에게 해만 끼치고, 자신의 삶과 경박함, 미래에 대한 끝없는 두려움으로 불구가 되어버린 쓸모없는 존재였다. 그는 얼굴을 붉히며 자신은 얼마 살지 못할 거라고 말하곤 했고, 그 지긋지긋한 하소연으로 젊고 아름다운 아내를 유방암까지 몰고 갔다. 적어도 사람들은 그렇게 말했다. 그녀는 다섯 번의 유산 끝에 죽었다고, 모든 것이, 그녀의 모든 삶이 모래알처럼 흩어져버렸다고, 그가 그녀를 버렸으며, 그는 그녀를 사랑하지 않았고, 그래서 그녀를 버린 거라고. 그녀는 수용소에서 태어난 유형수의 아이였다. 꺼질 듯 희미하게 타올랐을 그녀의 인생이 결국 모래 속으로 흩어져버린 것이다. 그것도 그런 남자 옆에서. 그런데 나는 왜 그가 천재라며 그를 옹호하는 꿈을 꾼 것일까? 그는 자기 딸도 버리고, 먼 친척 손에 자라게 했다. 소문에 따르면, 남자는 양육비를 줄 생각조차 하지 않았다고한다. 다시 말해, 가망이 없는 작자, 규율이나 양심, 의무에 대한 일말의징후도 없는 인생이었다. 하긴 위인이라 불리는 많은 사람들이 자신이사랑하지 않는 여자에게 제멋대로 굴고, 강자가 자신에게 방해가 되는약자를 파멸시키듯 그 여자들을 파멸시켜왔다. 내 잠을 방해한 불쌍한파리떼를 내가 죽인 것처럼.

다음날 밤 나는 그 사실을 확실히 깨달았다. 우리는 다시 방을 옮겼고, 정리가 끝나자 아이들은 잠이 들었으며, 창가에는 저물지 않는 빛이 지키고 서 있었다. 그런데 갑자기 멀리서, 마치 지옥에서 울리는 듯한 신음소리가 생생하게 울려퍼졌다. 간간이 울리는 그 신음소리는 고통스럽고 슬펐다. 그것은 철저히 혼자가 되고, 모두에게 버림받은 어미벌의 울음소리였다. 얼마 전까지만 해도 활기차게 돌아가던 근면하고분주하며 말썽 많은 삶은 이제 그곳에 없었다. 트라이클로르폰에 놀란일벌들은 다 도망가버리고 남은 것은 여왕벌뿐이었다. 아마도 여왕벌은 아직 알에서 깨어나지 못한 수백 마리 새끼 벌이 질식해 죽지 않도록 숨이 붙어 있는 마지막 순간까지 날개를 퍼덕여 환기를 하고 있었을 것이다. 날아갈 수 있는 이들은 다 떠났는데, 그녀는 남아서 바람을만들고 있었던 것이다. 그러니까 내가 들었던 소리는 신음이 아니라 환기를 위해, 둥지에 신선한 바람을 불어넣기 위해 있는 힘을 다해 날개를 퍼덕이는 소리였다. 그녀의 둥지에는 출구가 없었고, 그녀는 환기를시켜야 했다.

다음날 저녁 우리는 그 두 집의 주인을 만났다. 예상대로 집주인은 검게 그은 건장한 체구의 서구 스타일 농부로, 요즘은 트럭 모는 일을 하고 있다고 했다. 주인은 우리에게 새집도 구경시켜주었는데, 그 호화로운 삼층 저택에는 방 일곱 개와 작업실 두 개, 차고와 사우나, 빨래건조실로 쓸 다락방까지 있었다! 그뿐이 아니다. 마당에는 집과 똑같이 흰색으로 칠한 창고도 있고, 온실과 딸기밭, 정원용 의자 두 개가 놓인 잔디밭, 무성하게 자란 라즈베리 나무들, 다시 말해 모든 것이 다 있는 집이었다.

"오, 이런 집엔 아이들이 정말 많아야 하는데!" 난데없이 튀어나온 내 말은 집주인 남자의 심장 한가운데 정확히 꽂혔다. "아이들이 많으신가봐요?"

"사내아이 셋이 있습니다." 집주인은 요란한 수사 없이 건조하게 대답하고는 설명을 덧붙였다. "열여덟 살, 열세 살, 일곱 살."

"아!" 내가 말했다. "저도 아이가 셋인데 우리 앞으로 아파트가 나왔을 때 담당자가 입주증을 내주면서 그러더군요. 큰아들이 열여덟 살이면, 금방 또 아들 집이 필요하게 될 거라고, 결혼도 할 테고, 거기다가……" 계속해서 주책없이 떠오르는 생각에 나는 말을 맺지 못했다. 아들은 곧 아내를 데려올 것이고, 아내는 아이를 낳을 테고, 그러면 그 아이들에 대해서도 또 뭔가를 생각해둬야 할 텐데. 바로 그 지점에서 집주인이 내 생각을 중단시켰다. 그런 걱정거리들은 그에게 문제가 되지 않는 것이 분명했다.

"……이쪽으로 오시죠."

그는 나를 거실로 데려갔다. 거실은 이미 도배가 다 끝나 있었다. 거실 양쪽, 남쪽과 북쪽으로 족히 50미터는 되어 보이는 벽이 화려한 벽지로 번쩍거리고, 식당으로 이어진 아치 모양의 커다란 문 너머 동쪽으로 초저녁 황혼이 붉게 타오르는 시야가 넓게 펼쳐졌다. 거기서 또다시 계단이 보이고, 그 뒤로도 계속해서 무언가가 이어졌다.

"일이 아직 한참 남았습니다." 집주인이 말했다.

"아니에요." 내가 말했다. "원래 집이란 건 뭔가 손질이 덜 됐다 싶어야 한댔어요. 너무 완벽하게 다 정리되면, 그 집에 사는 사람들이 죽는다고." 정말이지 난데없고 터무니없는 소리가 내 입에서 튀어나왔다.

"아닙니다." 그가 대답했다. "아직 많이 남았습니다. 아래에서부터 마감을 시작하면 위에 일이 많이 남아 있어도 그냥 끝내게 되지요. 저는 위에서부터 마감을 시작했습니다." 이야기하는 그의 눈이 반짝거렸다.

"저 오래된 집은 어떻게 하실 거예요?"

"허물어야죠." 집주인이 대답했다. "그래야 합니다. 새집에 방해가 되니까요."

"그 집은 지은 지 얼마나 됐나요?"

"구십삼 년이요. 나이 많은 두…… 여자분한테 제가 샀습니다. 한 분은 돌아가셨지요, 아흔셋에. 봉쇄를 겪으셨다더군요. 네, 레닌그라드 봉쇄요. 그후에 여동생이 있는 이곳으로 와서 살다가 돌아가신 거지요."

오, 망자의 혼이여, 환자용 변기가 나뒹구는 다락방이여, 망령과 죽은 자들의 신음이여! 하지만 거기서 사건이 어떻게 반전되었는지 보라.

"이 집을 짓는 데는 얼마나 걸리셨어요?" 내가 다시 던진 질문이 그의 아픈 곳을 건드린 듯했다. 사실 그때 내가 했던 질문들은 모두 부적절한 것이었다. 나는 그렇게 질문하면서 그를 추어올리고 두둔하려고 애썼지만, 그는 다음과 같이 말하면서 내 앞에서 허물어져갔다.

"지난 일 년을 다 날렸지요. 저는 아내와 이혼했습니다."

"부인분하고요?" 나는 바보처럼 되물었다.

"네, 그렇습니다."

"힘드셨겠네요." 나는 짤막하게 말했다. 하지만 그는 결코 그 상황에 굴하지 않았다.

"그래서 한 번 더 결혼을 했습니다."

"한 번 더요?"

"네, 그렇습니다." 호메로스가 함선 목록을 열거하듯* 헤아리던 사랑스러운 아이들도 자신도 들어와 살지 않을, 결국 누구를 위한 것인지 알 수 없는 집을 지은 불굴의 남자가 대답했다.

"어떻습니까, 이젠 웽웽거리지 않죠?" 그가 유쾌한 표정으로 내게 물었다.

"네, 밤에 한 마리가 계속해서 울긴 했지만."

"조용해질 겁니다. 제가 바로 위에서 뿌렸거든요. 칙칙, 치익치익." 그는 자신이 약을 뿌리던 모습을 재연해 보였다.

그는 벌들이 집 밖이 아니라 안쪽으로, 거의 벽지 안쪽까지 깊숙하게 안전히 기어들어 살고 있다는 것을 발견하고는 내 아이들의 침대 위에 대고, 마치 식인종처럼 아무렇지도 않게 살충제를 뿌린 것이다. 그렇게 약을 뿌려대면 벌이 안으로 들어와 사람을 쏠 수도 있었을 텐데, 벌은 한 마리도 방으로 들어오지 않았다. 벌은 결코 그에게 위험한 존재가 아니었다.

---

*『일리아스』제2권에는 '함선 목록' 장이 있다.

잠시 후 그는 뜬금없이 세 아이는 재혼한 부인의 아이들이라고 말했다.

"그 댁 아이들이요?"

"네, 그렇습니다."

나는 머릿속으로 재빨리 상황을 정리해보았다. 그러니까 밖에서 아이들을 줄줄이 낳아 기르면서 결혼은 다른 여자랑 했단 말인가? 그러다 그 여자를 버리고 아이들 엄마와 다시 결혼했고? 십팔 년, 십삼 년, 칠 년 전에 낳은 아이들을 이제 와서 자기 자식으로 인정했다는 말인가?

하지만 나는 곧, 그의 형편없는 러시아어와, 한순간만이라도, 나중에 다시 해명하더라도 지금 이 순간만큼은 상황을 바꿔보고 싶다는 자연스럽고 인간적인 남자의 욕망이 뒤섞여 나를 혼란케 한 것임을 깨달았다. 결국 그는 세 아이와도 헤어진 것이다. 우리가 그곳에 머무르던 일주일 동안, 그가 트럭 운전을 마치고 돌아와 넓은 거실바닥과 씨름했던 그 일주일 동안, 아이들은 단 한 번도 모습을 보이지 않았다. 그의 거실은 손님을 백 명도 넘게 들일 수 있을 만큼 넓었지만, 그가 그만큼의 손님을 집에 들일 일은 없을 것이다. 사람이 살면서 불러모을 수 있는 손님은 가족 모두를 위한 손님뿐이며, 가족이 흩어지면 손님들도 흩어지고 사라지기 때문이다. 이 집주인은 가족의 반을 잃고, 손님 없이, 그리고 무엇보다도 사랑스러운 자신의 아이들 없이 새로운 삶을 시작한 것이다.

그런데 만약 전 아내와 살면서 집을 지었다면, 그 집의 반은 전 아내의 것이 아닐까? 아이들도 그렇다. 그 아이들의 몫인 무언가도 그 집에 있지 않을까?

생각이 돈 문제에 미치자 나는 혼란스러워졌다. 죽음과 이혼, 양육비와 유산이 뒤엉켰고, 집주인을 산 채로 매장하고, 아름답고 거대한 집을 이리저리 나누어도 보았다. 하지만 답은 역시 나오지 않았다.

내 혼란스러운 머릿속과는 상관없이 집주인은 살아 있었고, 조용히 여기저기를 둘러보며 일을 계속했다. 내가 청소부라고 생각했던 여자도 그와 사이좋게 집안을 돌아다니며 조용히 일을 하고 있었다. "여기는 당신 집인가요?"라는 내 질문에 그녀는 "아니에요"라고 대답했다…… 그녀는 그 집이 남편의 집이라고 생각했던 것이다.

그들은 늘 둘이 함께 있었다. 조용하고, 말수가 적고, 성실하고, 의가 좋은 두 사람은 부산하게 집안 여기저기를 돌아다니고, 우리 위층 다락방에서 털실을 꺼내서는 혹시 내가 털실을 살 생각이 있는지 물어보려고 나와 아이들이 있는 곳으로 가져와보기도 했다. 어딘지 알 수 없는 먼 곳에 여왕벌과 새끼들을 버려두고 떠나온 벌들처럼 그들은 열심히 새 둥지를 틀었다.

그날 밤 나의 파리는 더이상 울지 않았다.

세 얼굴

얼핏 대학생처럼 보이지만 실제로는 이미 나이가 꽤 든 남자가 '남부'로 떠나고 있었다. 어디론가 떠날 때면 늘 그랬듯 주머니에는 '양치 도구', 즉 칫솔과 치약, 면도기, 작은 칼과 비누를, 그리고 신분증을 챙겨 넣고, 손에는 신문을 들고(회색 재킷에 회색 바지, 회색 셔츠를 입고), 돈은 비닐봉지에 싸서 바지 주머니에 넣고(오랜 경험에서 나온 나름의 기술이다), 차표를 사고 기차에 앉아 뚜뚜 소리와 함께 출발했다. 돈을 비닐봉지에 싸서 넣는 게 중요하다. '남부'에 도착해서 플라스틱 식탁보까지 사면, 여행객은 비로소 안심하게 될 것이다. 식탁보는 비를 대비해서 사는 것이다. 신의 축복을 받은 그 지역에는 비가 자주 내려서 지난번처럼 개울 속에서 눈을 뜨게 될 수도 있다. 근처 어디선가 폭우가 쏟아져 물이 당신을 지나 흘러가고, 당신은 어느새 물에 잠겨 있을 수도 있다.

그는 무심히 쥐고 있던 돈을 내민다. 숙박비는 아니다. 결코, 결코 아니다. 그는 인간의 속물적 실재를, 집안의 답답한 공기, 시트와 오래된 베개 냄새를 혐오했다. 그 모든 것 때문에 그는 천식을 앓기까지 했다.

그에게는 그런 베개들을 안고 사는 어머니가 있었고, 감사하게도, 아내의 옷장에서도 그 지긋지긋한 여자들 냄새가 났다. 나이도 어린 아내가 그런 넝마 쪼가리들은 다 어디서 난 것인지. 알고 보니 아내는 부모와 일가친척에게서 온갖 물건을 끌어다 챙겨놓고 아들을 낳았다. 그리고 그 아들을 세상 그 무엇보다도 사랑했다. 어린 남편을 새로 얻기라도 한듯 아들 주위만 맴돌았고, 료바는 거들떠보지도 않았다. 그러자 료바는 짐을 꾸려 오래된 베개들이 있는 어머니 집으로 돌아갔다. 그의 어머니 역시 아들 하나만 바라보고 사는 사람이었다. 남편을 얻고, 수많은 아내가 그랬던 것처럼 다시 남편을 잃고, 이젠 아들, 아들, 오로지 아들뿐이었다. 하지만 케케묵은 옷가지들! 퀴퀴한 털실과 양말, 이불에서 빠진 깃털, 벌써 오래전부터 쓰지도 않고 넣어두기만 하는 담요, 오래되어 쉰내 나는 종이의 그 냄새들이란!

일흔이 넘어 골골거리는 노인네에게 료바는 뒤늦게 얻은 자식이자 실현된 꿈, 전우가 지상에 남기고 간 흔적이었다. 전우에게는 아내와 자식들이 있었지만, 료바의 어머니는 그들보다 강했다. 두 사람은 함께 일하고 잤으며, 임신 사실이 드러나자 전우는 어머니의 집으로 거처를 옮겼다. 얼마 후 료바가 태어났고, 다시 얼마 지나지 않아 아버지가 뇌졸중으로 쓰러졌으며, 한동안 어머니는 기저귀를 찬 두 아이, 나이든 아이와 어린아이를 돌보며 살았다. 다 얘기하자면 길고 긴 이야기이다.

료바가 겨우 열여섯 살밖에 안 된 대학 신입생과 결혼한 것은 서른이 훌쩍 넘어서였다! 료바는 그 어린 여학생을 자신에게 맞는 짝으로, 강인하고 냉소적이며 가차 없는 스파르타식 여인으로 키우겠다는 일념하에 모든 난관을 뚫고 그녀와 결혼했다. 그녀는 이미 냉소에 남다른 소질이 있어 보였는데, 천장 아래 어딘가에서 내려다보는 푸른 눈의 무거운 시선이 느껴질 때면 특히 그랬다. 그녀의 키는 180센티미터였고, 료바는 175센티미터였다.

가족의 형성과 육성이라는 목표 아래 료바는 재빨리 머리를 굴려 중오심에 치를 떠는 어머니에게 멀리 외곽 어딘가 아주 형편없는 지역에 집을 사드렸다. 그것도 (실은 다른 꿍꿍이가 있어서였지만) 료바 자신과 임신한 아내도 같이 가서 살 것처럼 방 두 개짜리 아파트를 말이다. 그러나 정작 그 먼 곳으로 내쳐진 것은 어머니와 어머니의 낡은 옷가지, 퀴퀴한 냄새가 나는 베개, 교과서와 노트 들뿐이었다(교사였던 어머니는 수업자료를 버리지 않았다. 여차하면 돈벌이에 나서기 위해서였을 것이다).

어머니는 나이 많은 볼셰비키들이 살고 있는 스트로이텔 거리의 옛 둥지를 떠나는 것에 대해 불평 한마디 하지 않았다.

하긴 두 가구가 같이 사는 아파트였으니 오랜 둥지라 해도 편한 집은 아니었다. 어머니는 어느 날 갑자기 결혼해서 살림을 차린 옆방 남자에 대해 자주 불평을 하곤 했다. 두 안주인은 비좁은 부엌에서 수시로 부닥쳤고, 어머니는 옆방 여자가 불을 안 끄고 다닌다고 남몰래 항의하기도 했다. 두 여자는 음식을 끓이고, 굽고, 빨래를 하고, 그릇을 닦으면서, 널어놓은 젖은 속옷 때문에, 걸레와 솔, 빗자루, 물통, 세제 때문에, 변기 받침과 마룻바닥의 얼룩 때문에 부엌과 욕실에서 팔꿈치로 서로를 밀치고 다녔다.

따지고 보면 새 아파트를 산 사람도 어머니였다. 어머니는 오래전부터 아들이 가져다주는 돈을 한 푼도 쓰지 않고 모아두었고, 마침 료바가 돈을 빌리기 위해 이 사람 저 사람에게 전화하는 모습을 보고는 화장실에 가려고 방에서 나오는 료바를 기다렸다가 꼬깃꼬깃한 지폐로 빼곡한 신발상자를 그에게 내밀었다.

아무튼 그렇게 료바는 개인 부엌과 욕실, 발코니가 있는 방 두 개짜리 아파트를 샀다. 주위엔 풀 한 포기 없고 축축한 흙더미가 여기저기 쌓여 있어 원시우주의 한복판에 앉아 있는 느낌이었지만, 새로 조성된 소지구였으니 당연한 일이었다.

료바는 자신의 젊은 아내를 집에 데려가지 않았는데, 그것은 잘한 일이었다. 그의 어머니는 거구의 엘비라에게, 특히 그녀의 뱃속 아이에게 좋지 않은 영향을 미쳤을 것이다. 대신 료바는 엘비라의 비정상적인 부모가 살고 있는 집을 찾아갔다. 인사해요, 이쪽은 미친 내 아내, 중증 정신병환자 병동의 동기지. 어느 대학 꼰대가 자기 집에 온 손님에게 자주 하던 말이라는데, 엘비라의 집은 상황이 더 좋지 않았다. 그곳에는 그나마 유머마저 없었다.

엘비라의 아버지도 선생이었다. 철학부의 꼰대 안드리이*. 어머니 옥사나 오스타포브나는 하루종일 도안 앞에 앉아 허리선, 가슴선을 자르고 꿰매는 재봉모임의 열성분자이자 반장이었다. 두 사람은 딸의 약혼

---

* 안드레이의 우크라이나식 발음. 엘비라의 집안이 우크라이나 출신임을 나타낸다.

자의 첫 방문을 추잡한 사건으로 받아들였고, 꼰대 안드리이는 료바를 엘랴*의 방에서 쫓아내기 위해 경찰까지 불렀다. 그런데 경찰이 신분증을 확인하는 엄숙한 순간, 16세의 최우수성적 표창자 엘랴가 등장하여 료바는 자신의 남편이며, 자신은 임신중임을 밝혔다! 그리고 자신은 료바와 함께 영원히 이 집을 나가겠다고도!

"좋아, 잠깐 앉지, 젊은이." 울음을 터뜨리기 시작한 옥사나 오스타포브나와 달리 안드레이 스테파노비치는 침착했다. "이건 미성년자 강간이야."

그는 계속해서 '빌어먹을'이라는 단어를 ('빌어'에 강세를 두면서) 섞어가며 말했다. "빌어먹을 더러운 것들." "빌어먹을 미성년자를!" 이어 료바의 민족성을 두고 비난이 쏟아졌다. 꼰대는 아내에게도 욕을 퍼부었다.

"빌어먹을 개같은 모임만 쓸데없이 쏘다니고!"

"그러는 당신도 한밤중까지 회의랍시고 나가 있었잖아! 회의는 무슨 개뿔!" 아직 삼십대 중반 정도로밖에 안 보이는 젊은 부인 옥사나가 앙칼지게 대들었다. 따귀를 날리고 한바탕 치고받을 태세였지만, 옆에 경찰이 있어서 그렇게 하지는 못했다.

경찰들은 무거운 겨울외투를 입은 채 서성거리기만 했다. 그들은 노련한 선수였고, 남의 집안싸움에 끼어들 생각이 없었다. 시간도 아직 저녁 여덟시밖에 안 됐으니까!

엘비라의 부모는 완전히 초짜처럼, 이른바, 어깨 위로 처음 머리를

---

* 엘비라의 애칭.

세우고 털갈이 한 번 안 한(료바는 달 사전*의 예문을 인용하기를 좋아했다) 사람들처럼 행동했다. 온갖 어리석은 행동으로 자신들의 무뚝뚝한 딸을 완전히 격분케 한 것이다.

결국 경찰들은 료바에게 신분증을 보자고 했고, 료바가 러시아인이라는 사실을 미심쩍은 표정으로 확인해주고는 물러났다. 나약한 주체, (료바가 우스갯소리로 말하곤 했듯) '기울어진 퍼센트 표시'처럼 비뚜름한 안경을 쓴 박사, 살아 있는 바이어슈트라스 함수**, 또는 힐베르트의 문제***와도 같은 인간 료바는 엘랴의 방에 남았다. 그뿐만 아니라 어느 정신 나간 부모가 경찰을 한 번 더 불러 창피를 당하겠는가 싶은 생각에 밤새 그녀 방에 있었다.

료바는 엘랴의 침대 밑 카펫에 누워 옷도 벗지 않고, 신발만 벗고 깨끗한 회색 털양말을 신은 채 잤다. 그는 엘랴가 다시 흥분하기를 바라지 않았다. 그가 그냥 가버렸다면 그녀는 분명히 흥분했을 것이다. 그녀의 부모는 구운 벽돌처럼 시뻘게진 얼굴을 그녀의 방문 틈으로 들이밀고 악다구니를 쳐댔을 테고. 그러고도 남을 사람들이었다. 하지만 그런 '만약'의 사태가 벌어져서는 안 됐기에 그는 남았고, 모두 잠잠해졌다. 어쨌거나 료바는 같은 대학의 교수였다. 말하자면 그도 꼰대였다. 오히려 안드리이 아저씨가 강사였고. 두 사람은 피차간에 뒷목 잡고 쓰러질 일을 만들 필요는 없다고 현명하게 판단했다. 엘랴의 집에는 밤새

---

* 19세기 중반 러시아 민속학자 블라디미르 달이 편찬한 러시아어 사전.
** 지금까지 발견된 함수 중 유일하게 모든 점에서 연속이지만 모든 점에서 미분이 불가능한 함수.
*** 독일 수학자 다비트 힐베르트가 1900년 국제수학자대회에서 20세기에 풀어야 하는 과제로 제안한 문제 23개.

독한 쥐오줌풀약* 냄새와 눈물의 향기, 동정에 기댄 호소와 항복의 흰 깃발이 펄럭였다.

하지만 엘랴는 여전히 불안해했고, 그것은 좋지 않은 징후였다. 그녀는 어떤 상황에서도 흔들리지 않는 침착함과 과묵함을 지닌 보기 드문 소녀였고, 료바가 그녀를 아내로 선택한 것도 그 때문이었다. 정신병원(철학부 1학년 과정을 말한다. 학생들은 학부를 '팍'**이라고 불렀고, '팍 간다'는 식으로 말했다. 학생들은 '팍'을 '파놉티콘'***이라고 부르기도 했으며, 료바는 그 파놉티콘의 선생이었다), 아무튼 그 팍에서도 엘랴는 발군의 존재였다. 그녀는 누구보다 키가 크고 아름다웠으며(금발에 푸른 눈동자), 한번 책상에 앉으면 일어날 줄을 몰랐다. 엘랴는 어디서든, 심지어 앉아 있을 때조차 삐죽이 튀어나오는 큰 키에도 불구하고 눈에 띄지 않게 조용히 공부를 했고, 모든 것을 단숨에 이해하고도 잘난 척하지 않았다. 또래들 사이에서는 천재성이 인정되지 않기 때문이다. 하지만 시간이 지나면서 아이들은 점차 그녀 주위로 몰려들었고, 무언가를 묻고, 그녀의 노트를 빌려보았다. 그녀가 반짝이는 흰 치아를 드러내며 미소를 짓고, 거만한 표정으로 몇 마디 흘리기만 하면 모든 문제가 다 풀렸다. 어딘지 거만한 엘랴의 어조는 그렇게 만들어진 것이었다.

그녀의 거대한 머리통 속에는 이성이, 숭고한 이성의 불길이 타오르고 있었고, 그녀는 언제나 모든 것을 이해했다. 만약 기말과제로 삶의

---

* 쥐오줌풀에는 진정 효과가 있다.
** 학부를 뜻하는 러시아어 '파쿨테트(факультет)'의 첫 음절.
*** 18세기 영국 철학자 제러미 벤담이 고안한 원형 감옥.

이유를 설명하라고 했대도, 그녀는 설명해냈을 것이다. 인간이란 무엇인가 같은 문제도 마찬가지다. 료바는 그녀가 가진 능력의 한계를 시험해보지 않았고, 시험해볼 수도 없었다. 그들은 대화를 나누지 않았다.

정신병자에 가까운 부모, 중증 정신병환자 병동의 두 동기는 자신들의 딸이 아주 멍청한 아이라고 생각했고, 걸핏하면 소리부터 질러댔으며, 그들의 모든 사랑을 정상적인 아이가 될 것을 약속하고 (단 한 번도 숙제란 걸 한 적이 없는 엘랴와 달리) 저녁마다 숙제를 하는 아들에게 쏟았다. 그들은 딸에 대해선 대놓고 손사래를 쳤기에, 그녀가 최우등생 메달을 받아오고, 다른 대학도 아닌 천재들만 다닌다는 대학, 그것도 여학생은 (아마도) 출산에 집착하기 때문에 원칙적으로는 받지 않는다는 대학에 장난삼아 해봤다는 듯 입학했을 때는 까무러칠 듯이 놀랐다.

어쩌면 엘랴의 부모는 그녀를 두려워했는지도 모른다. 엘랴는 날 때부터 힘이 셌고, 언젠가 한 번(그리고 마지막이 되었다) 그녀의 귀를 향해 날아가다 멈춘 이후로 아버지의 손은 다시는 그녀를 향하지 못했다. 엘랴는 아버지의 눈을 똑바로 쳐다보면서 자신을 향해 날아오는 뭉툭한 털북숭이 손을 농구선수처럼 강력한 손바닥으로 쳐 넘겼고, 아버지의 손은 등뒤까지 꽤 멀리 휙 돌아갔으며, 엘랴는 아무 일 없었다는 듯 누운 채로 계속 휴식을 취했다. 엘랴는 누워 있기를 좋아했고, 그것이 그녀에겐 가장 자연스러운 자세였다. 딸의 나태함에(마침 집 수리가 끝나고 대청소를 하는 상황에서) 화가 난 아버지가 욕설과 체벌로 그녀를 일으켜세우려다 실패한 것이다.

엘랴는 가끔 미소를 지으며 료바에게 그런 재미있고 소소한 얘기를 들려주었다. 어쩌면 그녀는 정말로 어떤 이유에서인가 그가 필요했는지도 모른다. 그녀는 (개인지도 수업을 받기 위해서인 양) 그의 집으로 갔고, 주저 없이 그와 소파에 누워 임신의 전 과정을 체험하는 데 동의했다. 마침 료바의 어머니는 집을 비우고 없었다. 료바의 어머니는 토요일 아침을(오후 세시까지) 언제나 친구 집에서 친구 손자와 수학문제를 풀며 보냈다. 그것은 일종의 완곡어법, 눈가리개였다. 어머니와 단칸방에서 살아 밤에 여자를 데려올 수 없으니, 토요일에 일을 보라는 뜻이었다.

료바는 세시까지 일을 끝냈고, 임신한 여자가 된 소녀는 아무런 감정 표현 없이 그의 집을 나왔다.

그리고 일주일 후 다시 만났다.

사실 자신의 여학생보다 열아홉 살이나 더 많았던 료바는 노동집약적인 그 일에 별다른 애착이 없었고, 관련 서적을 기꺼이 찾아서 읽긴 했지만 특별한 기술도 없었다. 그는 그저 아들을 원했고, 그게 다였다. 적당한 시기가 됐을 뿐이었다.

그전까지 그는 자신의 정력을 억누르거나, 아니면 기분이 내킬 때 직업기술학교 기숙사로 달려가 건설 소녀들의 접대를 받았다. 대가는 상징적인 것으로써 포도주 한 병과 레스토랑 '아바나'에서 산 파이 한 상자면 충분했다. 그것은 성의 표시에 가까웠다. 소녀들은 '갈'로 시작되는 여자들이 아니었으므로 침묵의 대가로 돈을 요구하지 않았다.

료바는 가끔 레닌 거리의 대형 구두점 건물에 사는 매춘부를 찾아가기도 했다. 그녀는 그 건물 삼층에 있는 참새언덕 쪽으로 난 방에서 역시 매춘부인 어머니와 함께 살고 있었다. 그들의 집에는 시도 때도 없이 경찰 니크바스가 와서 앉아 있곤 했는데, 그는 여자들에게 일을 시키진 않았다. 니크바스가 그렇게 와서 앉아 있을 때면, 이르카는 료바와 함께 담배를 피우러 층계참으로 나갔고, 창턱에서 료바를 접대해주었다.

"니콜라이 바실리예비치!" 이르카는 돈을 속옷에 감추고 입술을 닦으며 시위하듯 경찰에게 말했다. "내 연인, 내 애인이 왔어요. 애인이라고 부르는 거 맞죠? 난 법정에서도 그렇게 말했어요. '그 사람은 내 애인이에요'라고. 그랬더니 날 풀어주더군요! 그 사람은 내 애인이었어요. 이 사람도 마찬가지고. 내 애인이 왔으니 당장 여기서 꺼져요."

이르카는 애인이란 말을 좋아했다. 그녀는 키가 작고, 매부리코에 입술이 두툼하고, 앞니가 벌어진 가난하고 방탕한 여자였다. 부스럼투성이인 피부는 하얗지만 지저분했고, 머리는 검은색이었으며, 경험이 많고, 목에는 우유크림에 앉은 파리처럼 점이 붙어 있었다.

료바는 자신의 여자들을 싸잡아 '오줌통'이라고 불렀다. 다시 말해 그는 높은 데 서서 그들을 경멸했고, 비밀스러운 유혹에 탐닉하길 원치 않았으며, 그들이 자신과의 관계를 마음에 들어하는지 따위에는 관심조차 없었다.

엘랴는 그가 처음으로 만난 처녀였다. 만약 그녀가 아이를 낳을 준비가 되어 있지 않았다면 아무 일도 일어나지 않았을 것이다. 하지만 그녀는 모든 준비가 되어 있었고, 때가 되었음을 알고는 필사적으로 그에게 매달렸다. 생각해보면 그녀가 그를 선택한 것이었고, 훗날 그는 이 문제를 돌이켜보곤 했다.

료바의 계산에 따르면 그녀는 천재적인 아들의 어머니가 될 최고의 후보였다. 똑똑하고 아름답고 순결했으며, 훌륭한 집안 출신(유전적으로 순혈)이었다. 두 모스크바인의 결합으로 태어난 료바에게는 자랑할 만한 외모도 건강도 조상도 없었다. 어머니는 소도시 출신의 키 작은 유대인이었고, 학술원 회원이던 아버지는 대대로(할아버지, 아버지, 형제들) 알코올중독을 앓는 뼛속들이 농사꾼 집안 출신이었다.

사실 료바가 시원찮은 천재가 될 수밖에 없었던 것도 그 때문이었다. 하지만 다음번에는 완전한 천재, 노벨상을 받을 천재가 나와주어야 했다.

료바는 복잡한 설득 과정을 피하기 위해 좀더 단순한 방법으로 여자를 찾을 생각이었다. 그리고 그렇게 볼 때 매춘부 이르카는 더할 나위 없는 인물이었다. 무엇보다도 이미 갈아놓은 땅이니 어떤 노력도 들일 필요가 없었다. 그녀는 읽고 쓸 줄 몰랐고, 단순하고, 유쾌했으며, 필요할 때는 잔인하고 강했다. "됐어, 저리 가." 이 한마디면 모든 게 해결될 것이다! 원하지 않는다면 돈을 찔러줄 필요도 없다. 그녀는 무엇을 요구하든 언제나 얼버무리듯 불분명한 욕설로 대답했다. 그녀는 섹스를 좋아하지 않았으며, 진심으로 혐오하기까지 했다. 언젠가 술병을 앞에 놓고 웃으면서 한 말에 따르면, 어릴 적에 건축기사가 그녀를 덮쳤다고 한다. 엄마한테 손님이 와서 하루종일 마당을 빈둥거리다 트레일러가 서 있는 걸 보고 들어가봤는데 등등. 이르카는 자신이 남자들을 혐오하는 이유를 그때의 사건으로 설명하곤 했다.

료바는 이르카를 거의 숭배하다시피 했다. 밤이면 가끔, 그리고 집 밖으로 나가기 귀찮을 때면 이르카를 머릿속으로 그리기까지 했다.

어쨌든 료바는 토요일 아침을 젊은 여신 엘랴에게 할애했다.

거구의 여인은 정시에 도착해서 혼자 옷을 벗었고, 애무도 전희도 없었다. 료바는 성공 여부도 알지 못한 채 확실히 하기 위해 6주 동안 계속해서 자신의 정액을 그녀에게 붓고 또 부었다.

그 같은 한 달 반의 실습 후 엘비라는 늘 먹던 음식(레스토랑 '아바나'에서 사온 파이)을 먹고 싶지 않다며 거부했다. 그리고 구역질을 했다.

엘랴는 응석을 모르는 아이였고, 어떤 땐 그 파이를 열 개씩 먹어치우고는 차에 설탕을 듬뿍 넣어 료바의 커다란 컵으로 석 잔씩 마시기도 했다. 그런데 이젠 옆에 놓지도 못하게 하는 것이다!

이제 됐다. 성공이다. 료바는 책을 찾아 다시 확인했다. 입덧이다!

엘랴의 방 카펫에 누워 자고 난 다음날 료바는 약혼녀를 데리고 호적과로 갔다. 부모는 뒤로 한발 물러섰고, 약소하게나마 결혼식도 치러주었다. 물론 학교 친구들은 단 한 명도 초대받지 못했다. 그녀의 부모는 딸이 친구를 데려올 리 없다고 공개적으로 못을 박았다. 데려온 적도 없고, 데려오지도 않을 거야! 료바의 어머니는 참석했다. 참으로 요령부득한 이 노파는 장례식장에 온 사람처럼 시뻘겋게 부은 얼굴로, 물방울무늬가 들어간 파란 실크 원피스를 옆선 솔기가 터진 줄도 모르고 입고 왔다. 안사돈(장모 옥사나)이 노인네를 방으로 데려가서 터진 옆선을 꿰매주고 돌아왔다.

코르네이첸코프 가족 셋과 사회과학부 학장인 보그단 타라소비치 교수도 왔다. 변증법적유물론을 가르치는 또다른 동료 교수 한 명도 초대를 받았다. 그는 키가 아주 작은데 머리는 일반적인 크기여서 테이블 위로 근엄한 뿔테 안경을 쓴 머리만 보였다. 벌써 세번째라는 그의 아내가 그를 데리고 들어와 쿠션 위에 앉히는 등 애지중지 보살폈다. 그에겐 이전 두 아내와의 사이에서 난 아이들 셋이 있었고, 그는 셋이면 됐다고 했다(그의 세번째 아내도 그렇게 말했다). 아이들은 모두 정상이에요. 큰아들은 재주가 아주 많죠. 우린 '볼가'*도 있고, 코르네이첸코프네처럼 페르후시코보에 별장도 있답니다.

료바는 곧바로 레닌 거리에 사는 명의 스베틀라나를 찾아 아내를 데리고 갔다. 의사는 엘랴에게 살이 찌는 건 해로우며 유전적 요인상 그녀는 뱃속에 거인을 키우고 있어 아이를 낳지 못할 수도 있으므로 음식을 줄여야 한다고 말했다. 과학의 성과를 굳게 믿던 순진한 엘랴는 결혼식도 하기 전에 아예 식음을 전폐했고, 안 그래도 시끄러운 그녀의 부모는 완전히 히스테리에 빠졌다. 임신한 딸('딸년')을 키우는 게 처음이었던 그들은 어쩔 줄 몰라했고, 엘비라가 음식을 먹게 하기 위해 따로 사는 게으른 남편 료바에게 계속해서 전화를 걸었다. 교육자로서 안사돈의 절규를 침착하게 귀담아들은 료바의 어머니는 그들의 무조건적인 동맹군이 되었다.

"료바," 복도에서 전화를 받던 어머니가 방으로 들어와 료바에게 말했다. "오늘 그 아이가 아무것도 안 먹었다는데, 뭐라고 할까?"

마침 노트와 연필을 들고 소파에 누워 연재 칼럼을 쓰고 있던 료바는 귀찮다는 듯 손을 내저었다.

결국 엘비라는 료바한테 가서 살려달라고 부탁했다. 사실 정확히 말

---

* 러시아의 자동차 제조회사 및 브랜드. 소비에트연방 시절 부의 상징이었다.

하자면 부탁까지는 아니었다. 시어머니가 (누군가의 증손자와 수학 공부를 하러 가고) 집을 비운 토요일, 엘랴가 불쑥 찾아와 무표정한 료바를 소파에서 일으켜 앉히고는 유산이 두렵다고 말했다. 그게 다였다. 그 외에는 다른 어떤 설명도 덧붙이지 않았다. 료바는 자신의 거인을 소파에 눕혀놓고 대책을 세우기 시작했다. 그는 (여느 때와 다름없이) 반찬거리를 사들고 돌아온 어머니와 짧게 이야기를 나누었고, 어머니는 그 즉시 눈앞에서 사라졌다. 다시 친구 집으로 가는가 싶던 그의 어머니는 얼마 안 있어 찔레나무 열매를 달인 물과 오믈렛, 과일 등 레닌 거리의 의사 스베틀라나가 허락한 모든 음식을 식모처럼 싸들고 돌아왔다. 료바가 엘비라를 데리고 찾아간 그다음 진료에서 의사는 자기 조언의 결과에 경악했다. 산모의 뱃속에는 물 한 방울 없고, 엘랴의 뱃가죽 위로 튀어나온 태아가 맹인의 동공처럼 이리저리 움직이고 있었던 것이다.

당황한 의사는 이렇게 의지가 강한 산모는 처음 본다면서 보통 산모들이 과식하는 경우가 많아서 절제하라고 미리 충고하게 되어 있다고 말했다. 누가 몽둥이를 들고 지키고 서 있는 것도 아닌데! 세상에, 당장 음식을 먹어야 해요!

하지만 엘비라는 금식을 계속했다. 출산 직전 그녀의 몸무게는 겨우 5킬로그램이 늘었고, 태어난 아이의 몸무게는 4.5킬로그램이었다.

다시 말해 양수가 딱 찻잔 두 잔만큼밖에 들어 있지 않았다. 미증유의 사건이 벌어진 것이다.

그래도 어린 산모가 절제를 잘한 거라고, 그러지 않았으면 아이도 낳지 못하고 산모와 아이 둘 다 죽었을 거라고, 유전적 상황이 그랬다고, 나중에 의사 스베틀라나는 말했다.

엘비라는 키가 크고 비쩍 마른 갓난아이 일류샤를 집으로 데려왔다. 강보에 싸인 아이의 모습은 각반을 두른 농부의 발 같았다(아이를 어떻게 싸야 하는지 몰랐던 엘비라가 아이를 강보에 싸고 파란색 포장용 끈으로 둘둘 휘감은 것이다). 일류샤는 신생아 평균 키보다 12센티미터가 더 컸다. 아이의 부모는 전문서적에서 그 사실을 확인하고 웃었다.

아이는 거인이었을 뿐만 아니라 무서우리만큼 많이 움직였다. 그리고 한 달 반 만에 기어다녔다! 엘랴는 아이가 무엇을 하든 마냥 내버려두었다. 아이는 한쪽 가슴에서 다른 쪽 가슴으로 번갈아 움직여나갔고, 젊고 부끄러움을 모르는 엄마는 그 지독한 노동을 보면서 특유의 낮고 굵직한 소리로 웃었다. 료바는 왠지 그 웃음이 욕정적이라고 말했다. 엘랴는 그런 그를 '오이디푸스의 아버지'*라고 불렀다. 철학자였던 아버지 집에서 읽은 무언가를 떠올린 것이다.

다행히 료바의 어머니는 그 같은 양육 장면을 보지 못했다. 봤으면 기절했을 것이다.

그 무렵, 다시 말해 예상보다 빨리, 위대한 게으름뱅이 료바는 자신과 아내, 아이의 명의로 신청한 아파트를 받았고, 어머니를 그곳으로 보냈다. 료바의 어머니는 이제 하루종일 집에 혼자 있거나, 아니면 진창길을 뚫고 버스가 다니는 동네까지 가서 시장을 보고 음식을 만든 다음 뚜껑이 있는 병에 음식을 담아 스트로이텔 거리로 가져왔다. 료

---

* 그리스신화에서 오이디푸스는 신탁이 예언한 대로 자신의 친아버지를 죽이고 어머니와 결혼한다.

바는 요리를 할 줄 몰랐다. 엘랴는 할 줄 알았지만, 가만히 있어도 샐러드와 수프, 고기 또는 생선 요리, 디저트가 굴러떨어지는데 굳이 요리를 할 이유가 없었다. 아침 먹는 걸 귀찮아하는 료바는 보통 학교 교수 식당에서 밥을 먹었다. 저녁에 집에 오면 엘랴가 주지노에서 온 음식을 데웠고, 둘은 앉아서 잔치를 벌였다. 료바는 엘랴가 하루종일 집에서 뭘 먹는지 몰랐고, 어쩌면 아무것도 먹지 못하고 있으리란 것도 알지 못했다. 그는 엘랴와 거의 대화를 하지 않았다. 주지노에서 온 통들은 언제나 통째로, 즉 뜯기지 않은 채로 료바를 기다렸다.

어쨌든 아이는 빠른 속도로 자랐고 살도 붙었다. 서는 것도 빨랐고, 생후 여덟 달이 되자 걷기 시작했으며, 거의 그와 동시에 말도 시작했다. 료바의 계획대로 이루어진 것이다!

일류샤는 밤에 잘 잤고, 그때까지만 해도 료바에겐 불평할 거리가 없었다. 일류샤가 밤에 울기 시작하자(이가 날 때가 되어서), 료바는 어머니에게 가겠다고 말했다. 다른 설명은 없었다. 그러고는 이삼일을 집에 들어오지 않았다. 엘랴는 짐작건대 먹을 것 없이 남겨졌고.

료바는 할일을 다 했다는 만족감 외에는 가족에 대해 아무런 감정도 느끼지 못했다. 그것을 자부심이라고 부를 수도 있을 테지만, 무언가에 자부심을 갖는다는 것은 그 대상을 위해 많은 노력을 했다는 뜻이다. 하지만 료바는 자신의 천재성 하나로 모든 것을 해결했다. 천재적으로 미래의 어머니를 산출해냈고 아파트도 미리 준비했다. 다른 사람이 아닌 어머니에게 돈을 맡긴 것 역시 가히 천재적이었다고 할 수 있다. 모든 것이 정확히 이루어졌다. 머리가 육체적 노력을 대신한 것이다!

돈은 전과 마찬가지로 일부는 어머니에게 맡기고, 일부는 자기가 썼다. 사실 돈을 쓸 일도 거의 없었다. 식당에서 먹는 점심값, 가끔 이르카나 중급 직업기술학교 기숙사의 새로운 소녀들에게 주는 봉사료 정도가 다였다. 회색 양복도 어머니가 사준 것이었다. 엘랴는 삶에 대한 특유의 회의와 냉정함으로 그 모든 조건을 말없이 받아들였다. 그럼에도 그들 방에는 어느새 유아용 접이식 의자가 생겼고, 얼마 지나지 않아 값비싼 장난감들과 아기 옷들이 나타났으며, 식탁 위에는 언제나 깨끗이 씻어놓은 과일이 놓였다. 료바는 과일을 좋아하지 않았다. 그가 과일을 먹는 것은 '남부'에 있는 누군가의 농장에 몰래 들어가 공짜로 나무나 숲에서 따 먹을 때뿐이었다. 어리고 반항심 넘치던 대학 신입생 시절 생긴 습관이다.

료바는 아내에게 돈을 주지 않았을 뿐만 아니라 같이 자지도 않았다. 료바는 일종의 실험을 하고 있는 것 같았다. 강자가 약자에게, 이를 테면 통증을 견딜 수 있는 한계를 시험하고 있는 듯했다. 이 정도면 어때, 더 이렇게 하면? 그런데 사실 엘비라의 경우는, 누가 누구에게 무슨 실험을 하고 있다고 말하기가 어려웠다. 모든 것은 지극히 조용하게 아무런 변화 없이 이어졌다. 뚫어질 듯 일류샤를 바라보는 엘비라의 커다랗고 푸른 눈에서는 언제나 똑같은 사랑이 빛났고, 그녀의 얼굴에는 굶주림의 흔적조차 없었으며, 돈이나 섹스에 대한 한마디 말도, 질문도, 부탁도 없었다.

한 가지 특별한 점이 있기는 했다. 매일 아침 여섯시 반이 되면 엘비라는 사십여 분 동안 우유보급소*로 사라졌고, 어김없이 환한 얼굴로

---

* 소비에트 시대에 있었던 수유기 영아를 위한 보급시설.

돌아왔다. 그녀의 아름다운 얼굴은 문밖에서는 전혀 다른 표정이었을 지도 모른다. 하지만 아이가 자고 있는 방으로 들어와, 모든 것이 제대로 되어 있고 아이가 잠든 남편 옆 제자리에 누워 있는 것을 확인하고 나면, 그녀의 얼굴은 말 그대로 아침노을처럼 환하게 불타올랐다.

하지만 남편은 자고 있지 않았으며, 오히려 신경을 온통 곤두세운 채 누워 있었다.

마땅히 받아야 할 벌을 받지 않으면 노이로제가 생긴다. 료바는 누구보다도 그 사실을 잘 알고 있었고(그는 학생들에게서 그러한 노이로제를 발견하고 뿌리를 뽑아버렸다), 상대를 위해서라도 냉정하게 행동해야 했지만 벌을 주기 위해서 아침 여섯시 반에 일어나 나가기가 귀찮았다. 결국 그는 자신이 소나 말처럼, 수위처럼 비참하게 이용당하고 있다고 생각하면서 누워 있었다.

부탁 따윈 하지 않겠다는 듯 거구의 여인은 말없이 사라졌고, 딸각소리와 함께 문이 잠겼다. 일류샤는 쌕쌕거리며 평화롭게 자고 있었고, 욕실에서는 물방울 떨어지는 소리가 났다. 옆방 남자가 또 고문기계를, 물방울이 똑똑 떨어지도록 수도꼭지를 틀어놓은 것이다. 엘비라는 나가면서 수도꼭지를 잠글 생각도 하지 않았다. 료바는 물방울 떨어지는 소리를 들으며 잠을 잤고, 괴로워했지만, 일어나진 않았다.

엘랴는 언제나 눈 깜빡할 사이에 폭풍처럼 달려나갔다. 누군가 그녀에게 전화를 하면(배가 부를 때도 그랬다), 그녀는 얇은 손지갑을 집어들고, 슬리퍼를 41사이즈(료바와 같다) 단화로 갈아신고 사라졌다. 료바는 아무것도 묻지 않았다. 그것은 그들에게 일종의 게임 같은 것이었다. 관심을 갖지 않고, 아무것도 묻지 않고, 빈정거리듯 쳐다보기만 하는 게임.

료바는 엘라에게 열쇠를 내준 것을 두고두고 후회했다. 열쇠를 주지 않았다면 그녀는 갇힌 채로, 군소리 없이 살았을 것이다. 하지만 일상이, 가족과 상황이 그에게 양보를 강요했다. 예를 들어, 아내에게 열쇠를 주지 않으면 아이를 산책시킬 수 없는데, 아이에게는 산책이 필요하다. 그렇다고 엘비라가 뭐라고 말한 것은 아니다. 료바가 아이들 일과에 관한 문헌에서 읽은 내용이다.

엘비라는 구구한 설명 없이 자신이 요구하는 바를 얻어내는 방법을 알고 있었고, 그렇게 꽤 많은 권리, 이를테면 열쇠와 침대 시트 교체에 대한 권리 등을 얻어냈다(그녀는 시트를 세탁소에 갖다 맡겼다. 그 시트는 그녀가 결혼할 때 가져온 것으로, 아마도 옥사나 여사가 직접 만들어줬을 것이다). 료바의 시트는 늘 그랬듯 어머니가 갈아주었고, 엘비라와 같은 세탁소에 시트를 맡겼다. 일상의 번잡한 일들이 다 그렇듯, 어쩌다 보니 그냥 그렇게 된 것이었다. 처음부터 어머니는 료바의 시트만 갈아주었다. 마치 그들이 늘 따로 자는 것을 알기라도 한 것처럼 새로 빤 시트도 료바 것만 가져왔고, 더러워진 시트도 료바 것만 가져갔으며, 수건 두 장과 행주 한 장도 료바 것만 갈아주었다.

료바는 아내가 쓸 것을 더 달라고 하지 않았다. 그는 예전처럼 소파에서 잤고, 어머니의 침대는 어머니가 주지노로 가져갔다. 거구의 여인은 접이식 침대에 만족해야 했고, 실제로 만족했다. 그녀는 아무것도 요구하지 않았다. 그리고 료바가 달라붙은 눈을 겨우 뜨기가 무섭게 천둥처럼 요란한 소리를 내며 자신의 야간 캠프를 접었다!

아마도 그녀의 부모는 그녀가 어릴 적부터 아무것도 절대 요구해서는 안 되며, 무언가를 요구하면 상황만 더 나빠지고 쓸데없이 시끄러워지기만 한다는 사실을 끊임없이 주지시켰을 것이다. 아니면 타고난 성품, 본능적인 기품 같은 것일 수도 있고.

엘비라는 이상적인 동거인이었다. 그녀는 아무것도 요구하지 않았고, 그 어떤 제안도, 충고도, 간섭도 없었다. 언젠가 그녀가 누군가와 전화를 하면서 육두구를 갈아넣은 부활절과자 요리법을 알려주는 것을 듣고 료바는 깜짝 놀랐다. 세상에! 영주領主 부인이 사용하던 수 세기에 걸친 비법이 그녀 뒤에 숨어 있었던 것이다. 그녀는 고관대작의 어머니, 그 어머니의 어머니가 알고 있던 비법을 아주 세세한 것까지 모두 알고 있었다. 료바는 소파에 누워 군침을 삼켰다. 교사였던 어머니의 초등학교 급식 메뉴로 끼니를 때우면서 료바는 어마어마한 식도락을 잃고 있었던 것이다.

그는 아무것도 받지 못했을 뿐 아니라 빼앗기기까지 했다. 아침마다 아이를 지키고 누워 있는 시간만 해도 그렇다! 료바는 자신이 학대받고 있다고 느꼈다. 그러던 어느 날, 자물쇠가 걸리는 딸깍 소리와 함께 거인이 우유보급소로 나가자마자 료바는 자리를 박차고 일어났다. 귀에서 윙윙 소리가 났지만, 참고 일어나서 이를 닦고, 모든 것을 재빨리 해치운 뒤 무사히 집을 빠져나왔다(아마도 아내가 돌아오기 직전이었을 것이다). 그러고는 길거리 공중전화로 어머니에게 전화를 걸어 스트로이텔 거리로 먹을 것을 가져오지 말라고, 저녁은 가서 먹겠다고 했다. 그리고 그대로 어머니 집에 눌러앉았다.

엘랴는 그날 저녁에도, 이후로도 그에게 전화를 하지 않았다. 하지만 료바는 책과 옷가지가 필요했고, 결국 그는 스트로이텔 거리에 있는 방을 손님처럼 방문하기 시작했다. 엘비라는 늘 그랬듯 미소를 지어 보였고, 모든 것에 만족했다(적어도 그래 보였다). 그래서 료바는 한 가지 실험을 더 해보기로 했다. 우리 한번 바꿔보면 어떨까? 당신이 주지노로 가고, 우리가 이리로 오는 거지. 이 제안을 한 것은 식사를 마치고 난 어느 날 저녁이었다(엘랴는 손님에게 치킨 수플레와, 낮에 아이가 먹다 남긴, 믿을 수 없을 정도로 맛있는 음식을 내놓았다).

사실 그 제안은 순전히 즉흥적인 것이었다. 어머니는 주지노에 사는 걸 좋아했다. 집 앞에 큰 가게도 생겼고, 전화도 놨고, 깨끗하고 조용했다. 어머니의 뜻은 나름대로 확고했다. 벌써 한 차례 추방된 적이 있는 그녀는 더이상 동요나 변화를 원치 않았다.

아마도 료바에게 필요한 것은 젊은 아내의 한결같은 태연함을 무너뜨리고, 그 만족감에 상처를 주며, 그녀에게 일종의 행동을, 공격을 가하는 것이었으리라. 말 또한 일종의 행동이니까. 하지만 그녀는 그가 기대한 것과는 전혀 다른 대답을 했다.

"왜 안 되겠어요?"

사실 료바는 그녀가 거절할 거라 생각하고, 그다음 계획도 세워두었다. 그는 이렇게 말할 작정이었다. 그럼 여기서 살아, 여자는 중심가에 가까울수록 값이 오르니까 그렇게 해, 손님도 여기서 받고. 대신 양육비는 기대하지 마. 이것이 바로 그가 하려고 했던 말이다! 그런데 그녀가 모든 계획을 망가뜨렸다. 특유의 태연함으로 모든 것을 부숴버린 것이다.

그럼에도 그는 결국 속에 있던 말을 내뱉었다. "난 어떤 경우에도 당신한테 돈을 주진 않을 거야."

엘비라는 환상적인 진주색 치아와 단단한 위턱, 설탕을 발라놓은 것 같은 입술로 웃었다.

끝이다. 다 끝났다. 이렇게 노골적으로 웃는 여자와 같이 살 수는 없다. 료바는 목을 그르렁거리며 다시 책을 싸다 말고는 책이고 뭐고 다 내팽개친 채 나가버렸다. 다음날 아침 그의 조용한 선생님, 어머니가 와서 료바가 써준 대로 짐을 챙겨 바퀴가 달린 가방과 종이상자 두 개에 나누어넣은 다음 택시를 부르고는, 택시가 올 때까지 몸을 꼿꼿이 세운 채 료바의 소파에 앉아 그 방에서 보낸 자신의 행복한 노년을 회상했다. 엘랴는 웃으면서 아이에게 죽을 먹이고 있었다. 높은 유아용 의자 위로 불쑥 솟아오르듯 앉은 아이가 아주 또박또박하게, 저 귀머거리 할머니는 누구냐고 물었다. 저분은 우리 할머니야. 우리 할머니는 옥사나 할머니잖아. 아이가 커다랗고 파란 눈을 동그랗게 뜨며 말했다. 저기 택시가 벌써 왔네요. 아이 엄마가 웃으면서 말했다. 아이는 나가는 할머니 뒤에 대고 "빠이빠이"라고 말했다. 박스를 가방 위에 층층이 쌓아올리고 끌고 나가던 할머니의 얼굴이 충격과 흥분으로 시뻘겋게 달아올랐다. 열 달밖에 안 된 아이가, 어떻게 저렇게 다 큰 아이처럼 대화를 나눈단 말인가! 저런 애가 학교에 들어가면 어떻게 될까! 생각만 해도 끔찍한 일이다! 당황한 할머니는 문지방을 넘으며 같이 "빠이빠이"라고 말했고 손을 흔들기까지 했다. 그러자 아이가 소리를 질렀다. "나간다! 근데 귀머거리가 아니야!" 아이의 젊은(어쨌든 열일곱 살밖에 안 된) 엄마도 웃으면서 말했다. "나간다!" 그리고 아이도 할머니 뒤에 대고 굵고 포동포동한 손을 흔들었다. 계획했던 대로 천재가 나온 것이다.

다시 처음으로 돌아가보자. 남자는 위와 같은 가족사를 지닌 사람이었다. 그는 아내, 아들, 어머니, 방, 아파트 등 모든 것을 가졌지만, 어디에서도 혼자 있을 수 없었고, 남의 일에 휘말려 시련을 당하고, 케케묵은 옷가지 냄새를 맡아야 했다. 그런 그가 자신이 해야 할 일을 다 끝내고 기차표를 사고 '양치도구', 다시 말해 칫솔과 치약, 면도기와 작은 비누를 주머니에 넣고 '남부'로 가는 기차를 탄다. 그리고 어딘가 바닷가에 있는 카페에서 식사를 하고, 지난해에 머물렀던 곳을 확인해두고는 숲이 있는 공원 어딘가에서 잠을 잔다. 비를 대비해 폴리에틸렌 식탁보까지 챙겨놓고, 남부의 적막한 오지에 누워 자유롭게 숨을 쉰다. 베개처럼 말아놓은 신문지뭉치가 있지만, 짜증나는 기사만 잔뜩 실린 신문은 읽지 않는다. 머리 위 나뭇가지 사이로 별이 촘촘한 칸트의 하늘*, 영원한 하늘과 영원한 문제들이 펼쳐진다. 그리고 그의 눈앞에 환하게 빛나는 아름다운 얼굴들이 차례로 떠오른다. 어머니, 그다음엔 아들, 그리고 엘비라. 순간 그는 미래에 대한 생각을 멈추고, 영화 속처럼 펼쳐지는 끔찍한 장면들, 이를테면 엘비라가 어느덧 열다섯 살이 된 자기 아들과 뒤엉켜 있는 장면 같은 것을 지우려고 애를 쓴다. 머리 위에는 하늘이 펼쳐져 있다. 천식환자에게는 영원한 축제와도 같은 장소다. 료바는 애써 자신을 진정시키며 꿈과 평온을 달라고, 그 세 존재에 대한 일체의 사랑으로부터 자유롭게 해달라고 얼굴 없는 영원을 향해 기도했다.

---

* "내 마음을 늘 새롭게 한층 더 감탄과 경외감으로 가득 채우는 두 가지가 있다. 내 위에 있는 별이 빛나는 하늘과 내 안에 있는 도덕법칙이다." 칸트의 『실천이성비판』에 나오는 구절이다.

아름다운
도시로

그들은 그후에도 한 번 더 그를 찾아왔다. 엄마와 딸, 둘이서. 이번에도 식당 문을 닫을 시간이었고, 이번에도 딸아이는 생의 마지막 식사인 듯 먹었다. 허수아비처럼 아무렇게나 주워 입힌 일곱 살짜리 여자아이의 이름은 비카*, 빅토리야였다. 승리.** 아이 엄마의 이름은 아나스타시야, 살해당한 러시아 공주, 역시 의미심장한 이름이었다. 부칭은 둘 다 게르베르토브나, 모녀지간이지만 둘은 같은 부칭을 썼다.*** 엄마는 진한 차를 마시고 마카로니를 잠시 뒤적거렸을 뿐, 이번에도 아무것도 먹지 않았다. 얼굴은 창백하고 기운도 없어 보였다. 딸은 일곱 살, 엄마는

---

* 비카, 비코치카는 빅토리야의 애칭이다.
** 빅토리야는 라틴어에서 승리를 뜻하는 단어에서 파생된 이름이다.
*** 러시아에서는 가운데 이름을 아버지의 이름을 따서 짓는다.

스물세 살! 경비원이 관심을 보이며 알렉세이 페트로비치에게 물었다. 저 두 여자애 누구야? 엄마하고 딸? 세상에. 알렉세이 페트로비치, 당신하고는 무슨 관계인데? 그냥 아는 사람이에요, 그러니까, 알렉세이 페트로비치는 한참을 머뭇거리다 설명했다. 아는 여자분의 아이들인데, 그분이 돌아가셨어요. 죽었다고? 몇 살이었는데? 서른여덟 살이요. 하, 그 좋은 나이에! 경비원은 제법 운치 있게 말하고는 그를 놓아주었고, 알렉세이 페트로비치는 자신의 피후견인인 두 게르베르토브나, 아나스타시야 게르베르토브나와 빅토리야 게르베르토브나를 트롤리버스에 태우고 돌아왔다. 일곱 살짜리 작은 허수아비는 그야말로 꼴이 엉망이었다. 낡은 외투는 단추를 잘못 끼우고, 타이츠는 밑으로 흘러내리고, 신발은 평발인 아이들이 대대로 물려신기라도 했는지 다 낡아 해지고 금발머리는 잔뜩 헝클어져 있었다. 5월 초라 수리도 해야 해서 총지배인 알렉세이 페트로비치는 안 그래도 신경써야 할 일이 많았는데, 경비원 여자가 경계를 풀지 않았다. 그녀는 알렉세이 페트로비치가 나이 많은 허수아비(아나스타시야 게르베르토브나)를 자기가 일하는 현관경비원 자리에 앉히려는 모양이라고 생각했다(사실 그랬다). 그녀는 사직서를 내놓은 상태였다. 월급은 쥐꼬리만큼 주면서 하루종일 앉아 있어야 하고 교대도 없다. 그래도 물에 빠져 죽은 여자처럼 머리를 치덕치덕 늘어뜨리고, 튀어나온 이마에 눈은 움푹 꺼져들어간 저 여자애는 안 된다. 젊으면 다 되는 줄 알지만, 저런 애들은 일도 제대로 못한다.

경비원 여자가, 아마도, 그런 생각을 하고 있는 사이 게르베르토브나 모녀는 눈앞에서 사라졌다. 둘은 요금도 안 내고 트롤리버스에 탔다.

엄마 나스탸*에게는 전차를 탈 돈밖에 없었고, 그 돈도 료샤** 아저씨가 준 것이다. 그 이상은 주지 않았다. 전차표 말고는 다른 것은 아무것도 사지 못하게, 약을 사지 못하게 하기 위해서였다. 아나스타시야 게르베르토브나는 삶의 밑바닥까지 굴러떨어져 있었다. 한 달 전 아나스타시야는 알렉세이에게 전화를 걸어 대략 다음과 같이 말했다. "료샤 아저씨, 나 바늘 위에 앉았어요."*** 그때 료샤 아저씨는 의자에 앉아 있었다. "료샤 아저씨, 나 바늘 위에 앉았어요." 어린아이처럼 가느다란 목소리였다.

아나스타시야와 빅토리야, 그 둘에게 료샤 아저씨는 어떤 존재였을까. 일 년 전 아나스타시야가 방 두 개짜리 아파트를 자기 앞으로 얻을 수 있게 되었을 때 료샤 아저씨는 그들을 위해 모금을 벌였다. 옆방에 살던 노파가 마침내 세상을 떠나 다 쓰러져가는 아나스타시야 아파트의 작은 방이 비었고, 그 경우 법률은 거주자 편이라 고인의 방을 헐값에 사서 아파트 전체를 소유할 수 있었다.

료샤 아저씨는 어른들, 힘이 있는 사람들과 불우한 게르베르토브나 모녀의 죽은 어머니를 기억하는 옛 친구들을 찾아다녔다. 사실 그가 정작 알고 지낸 사람도 그들의 어머니, 라리사 시기즈문도브나였다. 라리사 시기즈문도브나는 재능 있는 사람이었고, 그런 그녀가 서른여덟의 젊은 나이에 세상을 떠나자, 그녀의 친구들은 무덤 앞에서 맹세까진 아니라 해도, 불쌍한 그녀의 아이들, 열여섯에 고아가 된 나스탸와 백일

---

* 나스탸, 나스텐카, 나스테치카는 아나스타시야의 애칭이다.
** 알렉세이의 애칭.
*** 약물중독을 가리키는 관용적 표현.

도 채 안 된 딸 비코치카를 도와줄 각오를 하고 있었다.

그리고 료샤 아저씨, 그러니까 알렉세이 페트로비치는 필요한 돈을 모으는 데 성공했다. 돈 있는 사람들이 한두 푼씩 내놓고, 라리사 시기즈문도브나가 일하던 연구소에서도 도와주어 나스탸는 마침내 아파트를 받았다. 만세. 하지만 이번에도 끝은 좋지 않았다.

알렉세이 페트로비치가 대학원에 입학해서 라리사 시기즈문도브나의 지도학생으로 들어갔을 때도 그랬다. 뭐든 할 수 있을 것 같았던 당시 그의 머릿속에는 원대한 계획들이 세워졌지만, 이루어진 것은 아무것도 없었다. 그래도 제자들에게는 좋아하던 선생님에 대한 기억이 평생 남는 법이어서, 대학원에 입학하고 바로 그다음해에 라리사 시기즈문도브나가 세상을 떠났어도, 알렉세이 페트로비치는 자신을 그녀의 제자로 생각했다. 라리사 시기즈문도브나는 딸과 손녀딸을 무일푼으로 남겨둔 채 근심 속에서 고통스럽게 죽었다. 사실 그녀가 페테르부르크에 있는 아파트를 모스크바에 있는 방 하나와 바꾸는 데 성공했을 때만 해도 그 방은 '기대를 가져볼 만'했다. 옆방에 늙은 할머니가 혼자 살고 있었기 때문이다. 만약 그 할머니가 신께 영혼을 맡기게 되면, 라리사는 딸과 둘이서 방 두 개짜리 아파트를 통째로 차지하게 될 터였다.

하지만 결과적으로 교환할 방을 찾는 사람들에게 '기대를 가져볼 만'한 쪽은 오히려 라리사 S였다. 그녀는 방을 얻은 후 오래 살지 못했고, 돈도 없었다. 그래도 그녀는 어떻게든 그 상황에서 벗어나려고 발버둥쳤고, 침대맡에 커피를 갖다 바칠 만큼 딸을 사랑했으며, 나스탸가 살면서 겪어야 할 수많은 일을 생각하면서 할 수 있는 한 그녀를 지켜주었다.

　나스테치카도 그렇게 엄마의 보호를 받으면서 앞으로도 누군가 계속해서 자신을 지켜주겠거니 생각했다. 하지만 현실은 달랐다. 그녀의 박명한 엄마가 우려했던 일은 생각보다 빨리 닥쳤고, 아무도 어린 나스탸를 지켜주지 않았다. 나스탸는 열다섯 살에 뒷골목에서 어울리던 같은 학년 남자애의 아이를 가졌다. 생일인가 무슨 기념일인가 하는 날이었고, 엄마는 출장을 가고 없었다. 그리고 모든 것이 끝나버렸다. 다시 말해 새로운 인생이 시작된 것이다.

　모든 일이 밝혀진 후에도 라리사는 딸에게 낙태를 강요하지 않았고, "그래도 혼자보다는 둘이 낫겠지"라며 우물거리기만 했다.

　그도 그럴 것이 그 무렵, 그러니까 나스탸 일이 터지기 바로 직전에 라리사 S는 자신에게 병이 있다는 것을 알았다. 불쌍한 여자는 임신 사실을 숨기고 불러오는 배를 감추는 여자들처럼 자신의 병을 계속 숨겼다. 오히려 자기는 아무렇지도 않다는 듯 새로운 일을 계속 맡았고, 마지막 숨을 거둘 때까지 박사논문을 쓰면서 대학 세 군데를 돌며 아무도 관심을 갖지 않는 문화학 강의를 했다. 나스탸도 학교를 그만두고 급사 자리를 구해, 불러오는 배가 드러나기 전까지 눅눅한 장화를 신고 온 도시를 사방팔방 돌아다녔다. 직장 상사는 나스탸를 마음에 들어하지 않았고 노골적으로 불만을 드러냈으며, 일을 그만두는 게 어떻겠느냐는 그 상사의 말에 나스탸는 알았다고 말하고는 그 길로 나와버렸다. 나스탸가 조금만 약게 굴었어도 두 달 후 휴가와 양육비를 받았을 테지만, 그녀는 순순히 일을 그만두고 집에 들어앉았다. 마침 집에는 엄마도 없었다. 라리사는 방사선 치료를 받으며 병원에 누워 있었고, 치료가 끝나면 강의를 하러 달려가곤 했다. 아파도 강의를 해야 돈이 나왔다. 라리사 S는 그때까지도 자신이 어디서 무슨 치료를 받는지 누구에게도 알리지 않았다.

당시 대학원생이던 알렉세이가 모든 사실을 알게 된 것은 라리사 시기즈문도브나 본인의 입을 통해서였다. 알렉세이는 학교 식당에서 자신이 흠모하는 지도교수와 커피를 마시고 있었다. 라리사 시기즈문도브나는 알렉세이에게 당분간 학교에 나오지 못할 것 같다며 자신에게 벌어지고 있는 일들을 얘기해주었다. 있는 그대로 다. 알렉세이 페트로비치는 그녀의 말을 믿을 수가 없었다. 제가 보기엔 좋아 보이시는데. "아니야, 열이 계속 있어." 라리사 시기즈문도브나는 안 좋다고 말했고, 바로 그다음날 저녁 교무실에서 구급차에 실려갔으며, 병원에서 말 그대로 사투를 벌었다. 나스탸가 아이를 낳을 때가 되었기 때문이다.

생존을 위한 첫 전투는 성공적이었다. 라리사 S는 승리하여 퇴원했고, 조산원에서 나온 나스탸와 비카를 데려다가 한 달을 같이 살며 병든 몸을 끌고 온갖 뒤치다꺼리를 했고 기저귀를 널고, 밤마다 들여다보면서, 강의도 계속했다. 라리사 S는 박식함과 날카로움에서 따라올 자가 없는 명강사였다.

그리고 얼마 지나지 않아 그녀는 항복했다.

아이를 만든 작자인 유라는 집에 들르지도 딸을 보러 오지도 않았다. 하긴 이제 9학년밖에 안 된 열다섯 살짜리 아이에게 무엇을 바라겠는가. 나스탸는 한동안 인상을 쓰고 생각에 잠겨 있다가, 유모차도 안 끌고 뒷마당에 나갔다 오겠다고 엄마를 졸랐고, 나가서는 담배를 피우고 술을 마시고 들어왔다. 젊은 엄마, 어린 젖소, 뒷골목의 여자아이는 다시 친구들과 몰려다니기 시작했는데, 그중엔 분명히 유라도 있었을 것이다.

하지만 집으로 오진 않았다.

출생신고를 해야 했고, 딸 못지않게 자존심이 강했던 라리사는 갓난아이의 부칭을 나스탸 아버지의 이름을 따서 게르베르토브나로 하는 게 어떻겠느냐고 말했다.

알렉세이 페트로비치는 라리사 S에게 자주 전화하지 못했지만, 학교 사람들은 사환에게 일어나는 일까지 속속들이 알고 있는 사람들이었던데다가 친구들은 라리사 S를 무척 사랑하기까지 해서, 그들을 통해 새로운 소식들이 해변으로 밀려와 부서지는 파도처럼 쏟아져나왔다.

그리하여 대학원생 알렉세이는 몇 가지 사실, 이를테면 유라라는 아이가 딸을 보러 오기는 했는데, 딸의 부칭이 게르베르토브나라는 말을 듣고는 그대로 뒤돌아서 나가버렸다는 사실을 알게 되었다. 혈통과 출생, 유산, 이름, 부칭을 우습게 봐서는 안 된다는 것이 동료 문화학자들의 공통된 의견이었고, 라리사는 거기서 실수를 한 것이다.

라리사의 실수는 그후로도 계속되었다. 그녀는 자신이 집에서 나오면 나스탸한테 방이 생기고, 그러면 유라가 편하게 나스탸를 찾아올 거라고, 젊은 아이들은 빈 영토에서 친해지는 법이라고 생각했다(그리고 그렇게 이야기하고 다녔다).

라리사는 그런저런 생각을 하며 짐을 싸서 모스크바 외곽에 사는 친구 집으로 갔다. 친구가 사는 작은 마을에는 양계장이 있어서 최소한 닭고기는 실컷 먹을 수 있었으며, 양계장에서 일하는 여자들은 닭을 몰래 훔쳐다가 싸게 팔기도 했다.

그런데 정작 나스탸를 찾아온 것은 뒷골목의 다른 아이들, 나스탸가 그만둔 학교의 10학년생들이었다. 아이들은 매일같이 나스탸의 집을 들락거리며 술을 마시고 담배를 피웠고, 온갖 동네 소식에 정통한 뒷마당을 중심으로 어른들의 목소리가 파도처럼 일기 시작했다. 아이들의 부모들과 이웃들은 밤마다 벌어지는 술판과, 아이들이 숙제도 안 하면서 심지어 몇몇은 밤 열두시, 한시가 넘어 집으로 기어들어오게 만드는 문제의 근원지인 그 소굴을 못마땅해했다. 급기야 옆방 할머니는 경찰을 불렀고, 옆방 할머니에겐 그럴 권리가 있었으며, 나스탸는 어린 비카를 데리고 엄마와 엄마 친구가 있는 곳으로 며칠 가 있어야 했다. 공기 좋고 조용한 곳이었지만, 나스탸는 우울한 기색이 역력했으며 누구와도 이야기를 나누지 않고 시들한 표정으로 어린 딸을 태운 유모차를 끌고 다녔다. 아이가 옆을 지날 때마다 나이든 여자들, 엄마 라리사와 라리사가 접이식 침대를 빌려 신세 지고 있는 엄마의 친구 발렌티나가 질러대는 환호성을 들으면서.

며칠 후 나스탸는 자신의 뒷골목 친구들이 있는 곳으로 돌아갔고, 라리사 S의 상태는 점점 더 나빠졌다. 발렌티나는 모든 일이 그녀의 생각과는 반대로 진행되고 있다는 것을 알지 못한 채 라라*를 자기 집에 붙잡아두었고, 라라는 접이식 침대에 누워 말 그대로 말라 죽어갔다. 우울증이 아니었다. 라라는 우울증으로 몸을 일으키지 않는 것이 아니라 죽어가고 있었다. 발렌티나는 또다른 자신의 친구가 의사로 있는 마을 병원에 라라를 맡겼고, 라라는 그곳에서 모두가 지켜보는 가운데 완

---

* 라리사의 애칭.

전히 깨끗한 상태로, 광천수를 마시고 진통제를 맞으며 여왕처럼 독방에서 조용히 신께 영혼을 바쳤으며, 연락을 받고 온 나스탸는 병실 한쪽 구석에 웅크리고 앉아 그 모습을 지켜보았다.

장례식은 갑자기 나타난 라라의 여동생이 (라라가 남기고 간 번호로 발렌티나가 전화를 걸어) 도와주었다. 라라는 최후의 사태에 대비해 여동생을 아껴두었고, 그때가 된 것이다.

알고 보니, 라라의 어머니가 다른 남자와 결혼해서 가정을 꾸리고 여생을 보내는 동안 라라의 친아버지는 모스크바에 살고 있었다. 실패한 첫 결혼에서 생긴 첫아이는 아버지에게도 어머니에게도 거추장스러운 존재가 되곤 한다.

라라가 바로 그런 아이였다. 대학에 자리를 잡고 아버지와 가깝게 지내보려고도 했지만, 거기까지였다. 아버지가 돌아가신 것이다.

그리고 남은 것이 여동생의 전화번호와 아버지의 발치에 묻어달라는 라리사의 부탁이었다. 임종의 순간에도 그녀는 또박또박하게 마지막 말을 남겼다. 사랑은 때로 그렇게, 그런 부탁으로 모습을 드러낸다. 하지만 라리사의 경우에는 금전적인 측면이 더 컸다. 묏자리도 사지 말고, 비석도 세우지 마, 아무것도 필요 없어, 그냥 아버지 발치에 끼워넣어줘, 부탁이야.

발렌티나의 행동은 가히 영웅적이라 할 만했다. 그녀는 죽어가는 라리사를 거두었고 장례를 치러주었으며 어머니를 잃음과 동시에 모든 것을 빼앗긴 아이, 깃털도 자라지 않은 나스탸도 거두었다.

하지만 나스탸를 거두기란 그렇게 간단한 일이 아니었다. 아이를 거두려면 옆에 끼고 살아야 하는데, 그것부터가 불가능했다. 발렌티나에겐 자기 아이가 있었고, 그녀는 시 외곽에 있는 방 한 칸짜리 아파트에서 살고 있었다. 게다가 그 또래 아이들이 그렇듯 나스탸는 자신이 이미 성인이라고 생각했다. 다시 말해 아침에 일찍 일어나야 하고 아기 옷은 빨아서 다림질해야 하며 집세도 내야 한다 등등의 잔소리를 할 수 없었다.

처음 일 년 동안 발렌티나는 오로지 선의와 애정, 자신이 발 벗고 나서서 도와야 한다는 마음 하나로, 출처가 의심스러운 닭고기와 생쌀에 빵까지 싸들고 일주일에 한 번씩 나스탸를 찾아갔다. 집세 얘기는 꺼내지도 못했다. 부양자를 잃은 미성년자인 나스탸의 연금 신청이나 미혼모 등록도 마찬가지였다. 그 어떤 문제도 강요할 수 없었다. 나스탸는 대꾸도 하지 않고 화를 내며 방안에만 틀어박혀 있었다.

추도식이 있던 날, 라라의 친구들이 고인의 집에서 상을 차렸을 때, 그 집을 가득 채운 것은 어떤 눈가림도 없는 가난이었다. 형편없이 망가진 가구며 찢어진 벽지는 어떻게 저럴 수가 있나 싶을 정도였다.

페테르부르크의 아파트를 아버지와 좀더 가까운 곳의 방 한 칸과 바꾸고 아이와 함께 처음 이사해 들어왔을 땐, 라리사도 이것저것 사고 수리할 계획을 세웠을 것이다. 하지만 그 계획은 이루어지지 못했다. 그녀에겐 이미 돈도, 기력도 없었다.

거대한 재앙이 불쌍한 두 여자아이를 덮쳐 주위의 모든 것을 쓸어버린 듯했고, 발렌티나는 온몸으로 총구를 가로막듯 자신을 내던져 훈계하고, 나스탸가 들을 만한 타자 수업을 찾아내기도 했다. 타자 일 정도는 나스탸도 할 수 있으리라 생각해서였지만, 다 소용없는 짓이었다. 나스탸가 수업을 들으러 다니면 비코치카는 누가 돌본단 말인가. 다들 일이 있는데! 그렇다고 비카를 유치원에 보낼 수도 없다. 유치원에 보내려면 건강검진도 받아야 하고, 매일 입고 다닐 깨끗한 옷도 필요한데, 옷도 없고 빨래도 못하고 돈도 한 푼 없었다. 유치원비는 더 말할 것도 없다. 게다가 그 불쌍한 아이들은 최소한의 것들, 이를테면 제때 일어나는 일조차 힘들어했다. 나이 어린 엄마 나스탸는 늦게 자고 늦게 일어났으며, 그녀의 집은 비슷하게 불행한 아이들의 자연서식지가 되어갔다. 아이들은 밤새 잠도 안 자고 멀쩡히 깨어 어슬렁대며 담배를 피우고 술을 마시다가, 낮이 되면 서너 명씩 한꺼번에 소파에 누워 잠을 잤다.

엄마의 어른 친구들, 특히 발렌티나가 그 꼴사나운 둥지에 수시로 드나들며 먹을 것을 날라다주었지만, 아무리 갖다 날라도 비코치카 입으로 들어가는 건 얼마 없었다. 다른 아이들도 먹어야 했기 때문이다. 그곳에서 아이들은 모두 형제였고 평등하고 완전히 자유로웠다. 나스탸는 물론 그렇게 갑자기 들이닥치는 것을 불편해했지만, 발렌티나는 잔소리 한마디 없이 눈 돌릴 데를 찾으며 여기저기 쓸고 닦고 먹을 것을 만들어서는 어떻게든 한 살배기 아이를 따로 먹이려고 애를 썼고, 아마도 더운 날씨 때문이겠지만, 남자애들과 여자애들이 팬티만 입고 여기저기 늘어져 누워 있는 모습 따위는 정말이지 보고 싶지 않다는 자신의 뜻을 어떻게든 드러내 보이려고 했다.

하나같이 벌거벗고 널브러져 누운 그 모습은 군불을 잔뜩 지핀 타이가 지역의 어느 토굴 또는 폼페이 최후의 날을 생생하게 떠오르게 했다. 다만 거기엔 어떤 비극도, 고통의 가면도, 누군가를 끌어내 구출하고자 하는 영웅적인 시도도 없었다. 오히려 그곳에서 끌려나가지 않으려고 다들 기를 쓰고 있었다. 그들은 갓난아이 주위를 분주하게 왔다 갔다 하는 발렌티나를 흘깃거리며 그 아줌마가 사라져주기만을 기다렸다.

실제로 발렌티나는 점차 눈 앞에서 사라져갔고, 가능한 한 멀리서 도와주려고 했다. 그러자 이번에는 나스탸가 힘없는 목소리로 그녀에게 전화를 걸어, 작은 가게에서 일하게 됐는데 출근 첫날 도둑이 들어 상당한 금액의 물건을 훔쳐갔다고, 자기는 완전히 빈손으로 주인에게 쫓겨났다고 말했다.

발렌티나는 나스탸 패거리의 짓이 분명하다고 생각했다.

그래도 나스탸는 친구들을 쫓아내지 못할 거야, 말이 친구지, 떼로 몰려와서 닥치는 대로 집어가는 것들. 발렌티나는 묘샤에게 그렇게 말했다. 좋아하던 선생님의 장례식을 치른 후 그는 그녀에게 넘어갔다. 자주 전화하고 같이 이야기를 나누고, 말 그대로 그녀의 것이 되었다.

알렉세이 페트로비치는 연구자의 길을 가지 못했다. 가족들은 그가 돈을 벌어오길 바랐고, 그는 언젠가 논문도 쓰고 인간적인 스승이 되리라는 꿈을 간직한 채 취직을 했다.

한탄으로 가득한 전화 내용으로 보건대, 발렌티나는 나스탸의 열차, 겉으로 보기엔 누구도 서두르는 기색 없이 방안을 거닐고 있지만 실제로는 미친듯이 타르타로스*로 내달리고 있는 나스탸의 열차에서 조금씩 발을 빼고 있었다.

그다음 천둥소리가 울려퍼진 것은 오 년 뒤였다. 이번에도 나스탸가

* 그리스신화에 나오는 지옥의 가장 깊숙한 곳에 있는 나락.

발렌티나에게 전화를 걸어 힘없는 목소리로 말했다. 발랴* 아줌마가 한 달에 백 달러씩 받고 방을 빌려주라고 소개한 남자가 돈은 한 푼도 안 내고 도망가버렸다고, 그것도 페트로파블롭스크캄차츠키로 시외전화를 수백 통이나 쓰고서!

그것은 (발렌티나로부터 그 소식을 전해 들은 알렉세이 페트로비치가 생각하기에) 다음과 같은 사실을 의미했다. 굶주리는 사람들을 도우려는 가느다란 물줄기는 어쨌거나 계속 흐르고 있다. 다만 거기에는 수많은 난관이 따르며, 관수灌水도 제대로 이루어지지 않고, 때때로 파괴 행위까지 벌어지곤 한다.

결국 발렌티나는 나스탸와 비코치카 게르베르토브나에 대한 도움의 손길을 놓지 않았고, 그만 손을 떼라고 말릴 수도 없었다. 발렌티나는 선을 창조하고 있는 것이며, 그런 사람이 세상에 그녀 하나뿐이라는 것이 그녀 잘못은 아니었다.

백 달러짜리 아이디어가 나온 것은 (나스탸는 달리 집세를 지불할 방법이 없었다) 옆방 노파, 즉 기대를 가져볼 만한 경우의 수가 마침내 기대를 저버리지 않고 불쌍한 라리사가 먼저 가 있는 곳으로 떠나면서 방을 비워주었기 때문이다.

그때 마침 캄차카에서 출장을 와서 숙소를 찾고 있다는 남자 얘기를 들은 발렌티나가 빈방으로 그를 보낸 것이다.

그런데 알고 보니, 출장을 나왔다는 그 남자는 빚쟁이들의 보복을 피해 모스크바로 숨어든 사람이었고, 고향에서는 그를 잡으려고 혈안

---

* 발렌티나의 애칭.

이 되어 있었다.

불쌍한 사람이 불쌍한 사람들을, 나스탸와 비카를 강탈한 것이다.

하지만 발렌티나의 구상은 계속해서 더 높이, 더 멀리 나아갔고, 그녀는 대뜸 나스탸를 위해 모금을 벌여 비어 있는 방을 지역주택분과에서 사들여야 한다고 료샤에게 말했다!

발렌티나는, 사실 자신과 나스탸가 벌써 모금을 벌여보았지만 얼마 모으지 못했고, 나스탸가 그 돈으로 자기가 쓸 약간의 물건들, 구두와 먹을 것을 좀 샀다는 말도 덧붙였다.

알렉세이 페트로비치는 흠모하던 지도교수를 그리며 어떻게든 도움이 될 수 있다는 것만으로도 기뻐했고, 진지하게 일에 착수했으며(앞부분 참고), 필요한 만큼 돈을 모아 방세를 지불했다.

알렉세이가 전화로 그 사실을 알렸을 때 나스탸는 기뻐하며 울었다.

하지만 나스탸가 사는 아파트 주민들이 어느새 지역주택분과로 몰려가서는, 나스탸에게 그 방을 주면 안 된다느니, 그애는 매춘부라느니 등등의 소리를 해가면서 대기자인 자기들한테 방을 주어야 한다고 감독관을 설득하고 있었다.

그러자 발렌티나는 만약 그들 말대로 나스탸가 '갈' 자로 시작하는 여자였다면 그렇게 번 돈이 있을 게 아니냐고 반박했다. 저애는 몸만 다 컸지 아직 어린애라고, 도대체 거절이라곤 할 줄 모르는 착한 영혼이라고.

발렌티나는 거의 찬가를 불렀다. 그런데 찬가라고 하는 것은 자발적으로 부를수록 대상에 대한 저자의 사고가 과격해지는 법이다.

선의의 행동이 의도와는 정반대의 결과를 가져오는 것이다.

한번은 알렉세이 페트로비치가 나스탸의 집에 찾아가 그녀의 친구들을 야단친 적도 있었다. "너희 뭐하는 애들이야, 대낮에 여기서 팬티만 입고 대체 뭐하는 거야?" 그때 그 집엔 다 떨어진 슬리퍼에 가운 한 장만 걸친 여자아이도 있었다. 료샤 아저씨는 애들을 내쫓으면서 나가서 뭐든 일을 하고, 그 집엔 다시 오지 말라고 야단쳤다.

료샤 아저씨의 머릿속에는 이미 나름대로 나스탸를 도울 대책이 서 있었다. 그는 나스탸에게 몸이 점점 비대해져가는 한 여자를 소개해줄 작정이었다. 그 여자라면 자기가 살고 있는 천장이 낮고 비좁은 방 두 개짜리 아파트를 나스탸의 큰 방과 바꿔줄 테고, 어쩌면 돈을 더 얹어줄지도 모른다. 그렇게 되면 그는 두 사람을 한꺼번에 도와주는 셈이고, 마음도 한결 가벼워질 터였다.

그런데 알렉세이 페트로비치가 직장일로 눈코 뜰 새 없이 바쁘게 지내고, 모든 일이 순조롭게 진행되어가는 사이, 발렌티나가 그의 모든 계획을 뒤엎으며 나스탸를 도와주고 말았다. 그리고 나스탸가 직접 료샤 아저씨에게 전화를 걸어 엄숙하게 선언했다. 자기는 이제부터 발랴 아줌마하고 같은 동네에서 살 거라고, 자기와 비카에게 방 두 개짜리 아파트가 생겼으며, 가구도 샀고, 비카의 옷도 샀고, 아기방도 따로 있다고, 자기는 이제 일을 할 거고("장하다!" 료샤 아저씨는 탄성을 질렀다), 비카는 학교에 갈 거라고(그래도 일 년 늦었군, 하고 알렉세이 페트로비치는 생각했다).

료샤 아저씨는 기쁘고 들뜬 마음에 모금에 참여했던 모든 사람에게 전화를 걸어 그 사실을 알렸고, 다들 기뻐해주었다. 하지만 얼마 지나지 않아 다시 나스탸에게 전화가 왔고, 그녀는 아홉 살 난 어린아이의 목소리로 엄숙하게 통보했다. 바늘 위에 앉았다고.

그것은 그녀에게 마치 무슨 상장이나 졸업장을 받은 것처럼 축하할 사건이라도 되는 듯했다.

말하자면 그녀는 이제까지와는 전혀 다른 사람이 되기로 결심한 것 같았다.

그다음 사건은 더 기다릴 것도 없이 바로 일어났다. 다시 나스텐카에게 전화가 왔고, 자신과 비코치카가 아무것도 먹지 못하고 있으며, 발랴 아줌마는 문도 열어주지 않고, 돈도 다 떨어졌다고 했다.

"이쪽으로 와라, 밥이라도 같이 먹자." 알렉세이 페트로비치는 머릿속에 제일 먼저 떠오르는 대로 말했고, 다음날 저녁 모녀가 나타났다. 비쩍 마른 나스탸의 얼굴은 앙상한 이마를 도드라지게 하는 푸석거리는 금발에 싸인 채 기쁨으로 빛났고, 모글리 소녀 비카는 자리에 앉자마자 커다란 스푼을 쥐고 마카로니를 퍼먹기 시작했다. 떨어진 마카로니를 손으로 주워 먹으면서.

어린 비카는 두 개의 물방울처럼 자기 할머니, 죽은 라리사 시기즈문도브나를 꼭 닮았다. 마치 라리사 시기즈문도브나가 일이 어떻게 되어 가고 있는지 알아보기 위해 저세상에서 내려왔는데, 나이가 너무 어려서 아무것도 못하고 아무것도 이해하지 못하는 것처럼 보였다.

반쯤 잠들었지만 아직 살아 있는 두 모녀는 남은 음식을 실컷 먹었다(식당은 이미 문을 닫은 후였다). 나스텐카는 거의 먹지 않았지만, 아이는 미리 비축해두려는 듯 게걸스럽게 먹었다. 아이의 얼굴은 창백했고, 특히 부어오른 두 뺨은 투명하기까지 했다.

알렉세이 페트로비치는 라리사 시기즈문도브나가 살아 있을 때의 모습을, 처음 그와 함께 어린 나스텐카를 데리고 교외의 발렌티나 집으로 놀러 갔을 때의 매력적인 여인을 떠올렸다. 그리고 여러 해가 지난 지금, 그는 덫에 걸려든 절망적인 심정으로 나스탸에게 이것저것 캐묻고, 자기가 있는 곳으로 와서 현관경비원 일을 해보라고 그녀를 설득하고 있었다. 아침 여덟시부터 스물네 시간 근무하고 사흘에 한 번씩 쉬는 거야, 너하고 아이 먹고사는 것 정도는 내가 책임질게. 뼈만 앙상한 얼굴에 미소를 지은 채 나스텐카는 고개를 저으며 식은 마카로니를 뒤적였다. 그런 일은 못한다고, 아침에 일어나기 힘들어서 못할 거라고, 발랴 아줌마가 자기 전화는 받지도 않으려고 한다고 말했다.

세상살이에 어느덧 관자놀이께가 희끗희끗해진 나이 마흔의 남자 알렉세이 페트로비치는 모녀를 트롤리버스 정류장까지 데려다주고 전차표 살 돈을 주었다. 사실 그도 대단한 성공을 거둔 것은 아니었다. 모든 것이 마치 늪으로 빠져들 듯 모스크바의 삶 속으로 빠져들어가버렸다. 처음 모스크바에 와서 대학원에 입학했을 때도 그랬고, 지금도 그는 이곳의 삶을 이해할 수가 없었다. 그는 모스크바 출신의 반짝이는 눈과 화려한 금발머리를 지닌 아름다운 여인과 차를 마시러 시 외곽으로 나갔던 날의 기억을 더듬어보았다. 그녀는 즐거운 표정으로 어린 딸, 세상에서 가장 소중한 보물 나스탸와 함께 전차에 앉아 있었다. 그들 앞에는 모든 것이 있었고, 아름다운 도시로 가는 길은 즐거웠다.

가족 찬가

사건 개요

1) 비서로 일하면서 야간대학에 다니는 젊은 여자가 있었다. 큰 키에 마른 몸매, 커다란 눈을 가진 그녀는 아주 매력적이고 집안도 꽤 괜찮았다. 그런데 그녀의 어머니에게는 약간의 사연이 있었다.

2) 그녀의 어머니는 사생아이자 온 가족의 결실이었다. 사연인즉슨,

3) 두 자매가 살았다. 언니는 결혼해서 남편이 있었고, 동생은 겨우 열다섯 살이었다. 그런데 언니의 남편이 사고를 쳐서 열다섯 살짜리 처제를 임신시켰다. 언니의 남편은 목매달아 자살했고, 열다섯 살 난 동생은 아이를 낳았다. 아이는 딸이었고, 언니는 목매달아 죽어도 싼 인간의 딸을 미워했다.

4) 그래도 그 딸은 자라서 별 탈 없이 결혼했고, 때가 되자 아이를 낳

았으며, 그 아이 역시 딸이었다.

5) 그 아이가 바로 야간대학에 다니며 비서 일을 하는 알라였다. 알라는 성장하여 열다섯 살이 되자 남자들과 어울려다니기 시작했고, 알라의 어머니는 그런 딸을 용납하지 못했다. 알라의 어머니는 험한 소리를 해대며 울었고, 얼마 지나지 않아 조금씩 정신이 이상해지기 시작했다. 게다가 예후가 아주 좋지 않은 병까지 걸렸다.

6) ……전신마비가 온 것이다. 알라는 어머니와 사이가 좋지 않았다. 그도 그럴 것이,

7) 알라는 열다섯에 딸을 낳은 할머니(3번 참고) 손에서 자랐다. 할머니는 자신보다 열다섯 살 어린 딸을 미워했고, 서른다섯에 할머니가 되자마자 어린 손녀를 자신이 사는 지방도시로 데려왔다. 그전까지 그녀는 자신의 삼촌(어머니의 오빠)과 단둘이 살고 있었으니,

8) 어쩌면 거기에도 나름의 사연이 있었으리라. 쉰다섯의 노인과 서른다섯 살 난 조카의 동거(작은 지방도시에서 그들은 둘뿐이었고, 모든 혼란스러운 일, 전쟁과 체포, 이혼, 스스로 원했거나 원하지 않았던 죽음을 목격하며 살아남았다).

9) 아무튼 그런 그들에게 갓난아이 알라가 새 식구로 들어온 것이다. 알라는 생모가 자신을 데려갈지 모른다는 두려움 속에서 자랐고, 일곱 살 되던 해에는 자신의 어머니인 옐레나 이바노브나가 알고 보니 마귀 할멈이었다는 악몽을 꾸기도 했다. 하지만

10) 어쩌겠는가, 옐레나 이바노브나는 알라를 보고 싶어했고, (학자였던) 알라의 아버지도 마찬가지였다. 악몽을 꾸고 얼마 지나지 않아 알라의 어머니는 학교에 보내야 한다며 알라를 데려갔고, 일곱 살의 알

라는 그런 자신의 어머니를 미워했다(딸은 어머니를 미워했고, 어머니의 어머니는 딸을 미워했으니, 옐레나 이바노브나는 딸과 어머니 양쪽에게 미움받았던 것이다). 결국

11) 세대의 사슬 중간에 끼여 있던 옐레나 이바노브나는 마흔이 넘으면서 몸이 점점 쇠약해지고 성격도 괴팍해졌다. 그리고 그 와중에 그녀의 딸이며 야간대학에 다니던 알라가 남편 없이 아이를 낳았다. 알라의 어머니(그러니까 옐레나 이바노브나)는 딸이 아이를 낳자, 한쪽 눈의 시력을 완전히 잃고 허리가 구부정한 채로도 기저귀를 빨고 어떻게든 먹을 것을 챙겨주었다. 그러면서 그녀는 아주 힘들어했고 미친듯이 화를 냈다. 돈이 없었기 때문이다. 당시 옐레나 이바노브나는 눈물나게 적은 장애인 연금으로 살아가고 있었다. 남편은 죽고, 딸 알로치카*는 아이를 낳는답시고(알라도 딸을 낳았고, 이름을 다샤라고 지었다) 일도 하지 않아 돈을 벌어오지 못했다. 한없이 고꾸라져가는 옐레나 이바노브나의 머리 위로 과거의 망령이 매달려 있는 듯했다. 올가미에 매달려 죽은 비합법적 아버지의 끔찍한 사연과 영원히 마음의 문을 걸어 잠근 열다섯 살 어머니의 환영이 옐레나 이바노브나 위에서, 겁에 질린 그녀의 몸뚱이 위로 어른거렸고, 옐레나 이바노브나는 그럴 때마다 알라를 있는 대로 구박했으며, 알라는 다샤의 작은 침대 머리맡에 앉아 애써 눈물을 삼켰다. 사실

12) 다샤에게는 (누구나 그렇듯) 아버지가 있었다. 하지만 그가 알라와 같이 산 것은 잠시뿐이었고, 알라는 이미 그에게 지겨운 옛날이

---

* 알라의 애칭.

야기 같은 존재였다. 알라는 그의 아이를 벌써 두 번이나 지웠다. 그해 2월 초에도 그는(아이 아버지 빅토르는 자신을 장차 발생할 낙태의 모터, 발동기쯤으로 생각했다) 정해진 순서에 따르듯 알라를 택시에 태우고 병원으로 가서, 택시기사에게 잠시 기다려달라고 부탁한 후 알라를 병실로 데려가 뺨에 입을 맞추고 나왔다. 지난번에 그랬던 것처럼 제 가방도 내팽개친 채 그는 택시를 타고 떠나버렸고,

13) 알라의 짐도 그녀 옆에 남겨졌다. 잠든 여자들 틈에 남겨진 알라는 병실 침대에 누워 밤새 골똘히 생각했다. 그녀의 나이 벌써 스물넷이고, 얼마 안 있으면 스물다섯이다. 실패한 인생이고, 앞으로도 별 볼일 없을 것이다. 빅토르는 떠났다. 이제 아무도 없고, 남은 건 그저 우연히 알게 된 몇몇 사람과 결혼한 옛 친구들뿐이다.

14) 메마른 눈으로 그렇게 냉정하게 자신의 삶을 돌아보던 알라는 새벽녘 불현듯 튀어나온 갈비뼈 아래로 홀쭉한 자신의 배를 감싸안고는 이제 이 세상에서 자신은 혼자가 아니라는 사실을 깨닫고,

15) 아침이 되자마자 가방을 찾아 다 구겨진 옷을 꺼내 입은 다음 인사를 하고는 병원을 나왔다.

16) 빅토르는 여전히 전화 한 통 없었고, 알라는 졸업시험 준비를 했으며, 알라를 딱하게 여긴 직장상사는 졸업장이 나올 때까지 기다리지 않고, 그녀를 전문기술직 자리로 옮겨주었다. 알라는 훌륭한 직원이었고, 마침 비서 자리를 찾는 젊은 견습생이 들어왔기 때문이다. 그렇게 자리를 옮긴 후에도 임신한 배를 눈치챈 사람은 없었고, 다들 그저 알라가 한창때구나, 라고만 생각했다.

17) 사실, 알라도 나름대로 노력을 했다. 알라는 상사에게 살길이 막

막하고, 어머니 앞으로 연금이 나오기는 하지만, 어머니가 계속 편찮으셔서 약을 사야 한다는 등등의 사연을 조용히 말했다.

18) 하지만 뱃속 아이에 대해서는 아무 말도 하지 않았다.

19) 어쩌다 복도에서 마주친 빅토르에게도 그 얘기는 하지 않았다. 빅토르는 알라와 마찬가지로 졸업시험 준비를 하고 있었고, 알마 마테르* 쪽은 거의 처다보지도 않았다. 하지만 그날 그윽한 눈빛을 하고, 긴 머리에 바지와 스웨터로 황홀한 몸을 감싸고서 조용히 복도에 앉아 있는 모습을 보자마자 순간의 쾌락을 영원히 쫓는 우둔한 인생 빅토르는 가는 허리와 풍만한 가슴에 감탄했고(꼭 소피아 로렌 같다고 생각하며), 잘 지냈느냐고 물으며 옆자리로 가서 앉았다. 그는 가볍게 그녀를 껴안았고, 자신의 멋진 질문에 대한 답을 찾기라도 하듯 그녀의 입술에 입을 맞추었다.

20) "안녕," 알로치카가 작은 소리로 말했고, 두 사람은 시험이 끝나고 만나기로 했다. 빅토르는 강의실 문 앞에 서서 충성스럽게 여자친구를 기다렸고, 그녀를 집으로 데리고 갔다. 알라는 빅토르의 어머니에게 얌전하게 인사했다. 알라는 오래전부터 빅토르의 어머니를 좋아했다(자기 어머니를 좋아하지 않는 딸들은 대부분 다른 나이든 여자에게서 어머니의 모습을 찾는다). 빅토르의 어머니, 니나 페트로브나도 알로치카를 예쁘게 보았는데, 아들이 몇 해 동안 공개적으로 집에 데려온 여자는 알로치카뿐이었기 때문이다. 다른 여자아이들은 몰래, 그것도 한밤중에 데려오곤 했다. 뭘 하는지,

---

* 라틴어로 '기르시는 어머니'라는 뜻. 알라를 가리킨다.

21) 어머니가 알 수 없도록. 알라는 얌전하면서도 친근하게 니나 페트로브나에게 인사를 했고, 빅토르는 필통 속처럼 비좁아서 잠을 자고 사랑을 나누는 데만 쓰는 자기 방으로 알라를 데려갔다. 빅토르는 고향 집으로 들어가듯 알라 안으로 들어갔다. 살갗과 냄새, 그 모든 것이 익숙하고 친숙했다. 다만 그녀의 몸은 몰라보게 달라져 있었다. 예전과 달리 알라의 가슴은 영화배우(19번 참고) 같았고, 매혹적인 젊은 몸은 말 그대로 즙이 흘러넘치도록 활짝 피어 있었다. 빅토르는 탐욕스럽게 쾌락을 받아들였고, 마음껏 즐겼으며, 알라가 자신을 경탄케 하고 있음을 인정했다.

22) "너 점점 더 예뻐지는 것 같아, 나이도 전혀 안 먹는 것 같고." 어둠 속에서 그가 그녀에게 말했다. 잠시 후 둘은 거실로 나왔고, 빅토르는 차를 대접하겠다며 수선을 피웠다. 그리고 그런 빅토르를 보며 알라가 말했다.

23) "나 그동안 많은 일이 있었어."

24) "뭐?" 빅토르는 깜짝 놀랐다. 빅토르는 다른 여자애들한테 들었던 것과 같은 말이 나올 거라고 생각했다. 그러니까 알라에게(저 멋지고 새로운 몸에) 누가 생겼다고 말이다. "누가 생겼나보지?" 그가 물었다.

25) "그래," 알라는 커다랗고 검은 눈을 반짝거리며 말했다. 자기도 모르게 뜨거운 눈물이 흐르고 있었던 것이다. "맞아, 생겼어."

26) "나도 아는 사람이야?" 빅토르는 과자를 우물거리며 물었다(그는 과자를 입에 넣고 기계적으로 계속 씹고 있었지만, 마음속에서는 씁쓸한 안타까움과 매혹적인 알라에 대한 욕심이 번져갔다). 멍청한 놈,

이런 여자애를 놓치다니, 텅 빈 눈으로 알라를 보며 그는 생각했다.

27) "넌 모르는 사람이야, 난 너만큼 그애를 사랑해." 알라가 말했다.

28) "잘됐네." 빅토르는 계속 과자를 우물거리며 아무 생각 없이 대꾸했다.

29) "그래, 나는 앞으로 평생 그애를 사랑할 거야." 알라는 그렇게 말하고는 다시 덧붙였다.

30) "우리한테 아이가 생겼어."

31) "또?" 상황을 전혀 이해하지 못한 빅토르는 무의미하게 되물었다. 그는 소파에 앉았고, 그의 머릿속엔 혼자 있고 싶다, 여기, 내 집에 아무도 없이 나 혼자였으면 정말 좋겠다는 생각뿐이었다.

32) 어쩌면 알로치카가 행위 후 바로 임신 여부를 가늠하는 방법을 알아냈나보다 하는 생각도 들었다. 요즘 여자애들이 뭔들 못하겠는가. "언제 그걸 알았는데?" 그는 짤막하게 물었다.

33) 그런데 그녀의 대답이 이상했다.

34) "9월에!"

35) "9월?" 그가 다시 물었다. "으음."

36) 알라가 모든 것을 설명했음에도, 빅토르는 한참 동안 믿지 못하고 이를 갈기까지 했다. 그로부터 2주 후 (지인들이 알라에게 전해준 바에 따르면) 빅토르는 이상적인 세계, 즉 훌륭한 가정과 깨끗한 바다, 반짝반짝 윤이 나는 쪽마루, 마루에 흠집이 생기지 않도록 펠트천을 붙인 의자다리에 완전히 빠져 있었다! 중세풍 세밀화나 『파우스트』에 나오는 마르그리트처럼 금발머리를 길게 땋아 늘어뜨린 여자에도.

37) 한편 그 지인들은 니나 페트로브나에게도 알라가 빅토르의 아

이를 가졌다는 사실을 전했고, 니나 페트로브나는 식음을 전폐하며 한 달 전부터 벼르던 누군가의 결혼 피로연에도 가지 않았다.

38) 아마도 빅토르는 알라의 뱃속에 숨어 있는 그 어떤 위험, 다시 말해 파멸 또는 그와 비슷한 무언가를 감지했던 것 같다. 그녀의 살결, 둥근 열매, 부드러운 사랑의 꽃, 반짝이는 입술의 물기, 새하얀 치아, 길고 탄탄한 다리, 이 모든 것이 함정이었던 것이다. 어쩌면 열다섯 살 소녀였던 알라의 할머니도 그렇게 무의식적으로, 아니면 의도적으로(사랑해서!) 성인인 자기 언니의 남편을 유혹했고, 두 자매의 남편이자 정부였던 남자는 결국 올가미를 만들어 아침 일찍 숲으로 들어갔는지도 모른다.

39) 빅토르는 덫에 걸리지 않으려고 몸부림쳤고, 그런 그에게 사랑이, 구원을 향한 무의식적인 갈망이 찾아왔다. 앞에서도 말했듯, 이상의 세계로 빠져든 것이다. 하지만 그와 상관없이 배는 착실하게 불러왔고, 빅토르의 생일날 알라는 선물인 양 그에게 그것(배)을 내밀었다(참고로 알라를 초대한 사람은 빅토르의 어머니였다).

40) 그 모든 유혹에서 벗어나기 위해, 빅토르는 자신의 운명을 부수기로 결심하고, 3천 베르스타나 떨어진 소도시의 건축기사로 가는 데 서명했다. 빅토르는 활짝 피어오른 알라를 포함해 모든 사람이 삼 년 내로 자신을 잊어주길, 알라가 자신이 죽었다고 생각하고 다른 사람과 결혼하기를 바랐다. 다들 그렇게 안정을 찾아간다. 일종의 자살행위(또 한 번의 자살! 3번 참고)라고 할 수도 있지만, 삼 년 동안 멀리 떠나 있으면서 그다음 일을 지켜본다는 것은 많은 이의 꿈이기도 하다.

41) 출발 전날 아침(전날 빅토르는 밤새 지인들과 환송회를 벌였고,

알라는 이번에도, 알로치카의 불행을 방관하지 않았던 빅토르의 어머니 니나 페트로브나의 초대를 받고서, 물에 빠져 죽은 여자처럼 몸이 퉁퉁 붓고 시커먼 입술에 긴 머리를 치렁치렁 늘어뜨린, 아름답지만 무시무시한 모습으로 방 한구석에 앉아 있었다). 아무튼 그래서, 출발 전날 아침 빅토르 옆에는 키예프에서 왔다는 전날 알게 된 친구 한 명밖에 남아 있지 않았는데, 사실 가서 잘 데가 없었던 그 친구는 시큼털털한 공짜 포도주에 엉망으로 취해 잠도 제대로 자지 못했다. 아무튼 그래서 빅토르는 기분이 울적해졌고 삼 년간의 죽음(40번 참고)이 갑자기 두려워지기도 했다. 하지만 그 삼 년 동안 고향 도시에서 겪을 일이 그에겐 더 끔찍했다. 분만이나 수유를 연상시키는 모든 것에 흥분하는 풋내기들이나 미래의 아버지들에겐 마음에 들지 몰라도, 몸이 거의 네 배는 부풀어오른 익사체와 사는 것은 그야말로 끝장이라 할 일이었다. 게다가 빅토르에게는 사랑하는 여자가 (또) 있었다. 이번 여자는 다리가 길고 비쩍 마른 곡예사로, 그녀는 무대 위에서 '고무 여인'을 연기했다. 그녀가 고개를 뒤로 크게 젖힌 다음 바늘귀에 실을 꿰듯 허벅지 사이에 끼워 고리 모양을 만들고 눈을 동그랗게 뜨고서 관객들을 쳐다볼 때면, 그녀의 이마 위로 파란 정맥이 나뭇가지처럼 부풀어오르고, 다시 그 위로 수영복으로 가려진 빈약한 장골이 얹혀졌다. 빅토르는 공연이 끝나자마자 직원 출입구 앞에 꼼짝 않고 서서 잔나라는 이름의 그 곡예사를 기다렸다가 만났고, 아마추어 연기자들을 태우고 가려고 기다리는 버스 앞까지 데려다주었다. 정신과의사인 친구가 사는 시 외곽의 작은 도시에서 있었던 일이다. (집에는 침착하고 상냥하지만 고집불통인 어머니가 계시므로) 빅토르는 심심하면 그 친구를 찾아가 귀찮게 하며 술을 마시곤 했다. 아무튼 그렇게 변두리 클럽에서 보물을 발견하고 주소까지 알아낸 빅토르는(잔나는 선선히 주소를 알려주었다) 다음 날 저녁 모스크바에 있는 한 대학 기숙사로 그 여학생을 찾아갔다. 긴 다리에 양미간이 넓고 작은 얼굴이 역삼각형 모양인 여학생이 짧은 망토를 걸치고 나왔고, 9월의 가로숫길을 따라 걸으며 빅토르가 얻어낸 유일한 보상은 실크처럼 부드럽고 노인처럼 핏줄이 튀어나온 작은 손에 입을 맞춘 것이었다. 잔나의 몸은 1그램의 지방도 허용하지 않는 듯했고, 뼈와 핏줄이 그대로 드러난 손은 해부실에 있는 모형, 따뜻한 새의 발 같았다.

42) 빅토르는 수첩에 잔나의 주소를 적은 종이를 끼워넣고, 끊임없는 자기와의 싸움 속에 뜨거운 눈물을 흘리며 역으로 나갔다. 키예프에서 온 술주정뱅이 친구는 처형장으로 끌고 가듯 그를 배웅했고,

43) 빅토르는 그다음 한 해를 내내 한 부부와 기숙사 방 한 칸을 나누어썼다. 다행히 빅토르보다 하루 늦게 들어온 그들은 자기들 방에 빅토르가 누워 있는 것을 보고 깜짝 놀라 트렁크와 배낭을 그대로 둔 채 밖으로 나갔다. 뭔가 착오가 있었다고 생각하고는 바로잡으려 한 것이다. 하지만 착오는 없었다. 건설중인 신도시에는 들어가 살 집이 없었고, 빅토르는 그 신혼부부와 생식의 전 과정을 함께하며 젊은 부부가 산부인과에서 갓난아이를 데려올 때까지 긴 시간을 인내하며 견뎌야 했다. 그런데 그렇게 데려온 갓난아이의 상태가 썩 좋지 않았다. 아이는 온몸에 부스럼이 돋고 배꼽도 짓물러 있었으며, 좁쌀만한 부스럼이 돋은 불쌍한 아이의 머리는 만지면 까칠까칠할 정도였다. 혹독한 현실이란 바로 그런 것을 두고 하는 말이리라. 하지만 젊은 부부는 묵묵히 자

신들의 운명을 받아들였고, 불행과 용감하게 맞서 싸우며 사랑으로 아이를 치료했다. 그들의 정성과 배려 속에 아이는 건강해졌고, 빅토르도 할 수 있는 한 그들을 도왔다. 빅토르는 밤잠을 설치고 근무시간까지 쪼개가며 그 세 식구가 들어가 살 방을 구하기 위해 온갖 부처를 다 뛰어다녔다. 아이에게 젖을 물리고 있던 젊은 엄마로부터 노골적이고 불손하며 명백히 혐오에 찬 시선을 느끼기 전까진. 사실 그날도 뭔가 그들에게 필요한 서류를 받기 위해 추운 복도를 종종거리고, 짧은 재킷 하나만 걸친 채 말 그대로 거리를 헤매다 들어왔는데, 하필 그때 아이 엄마가 젖을 물리고 있었던 것이다. 빅토르는 생각했다. 내가 지금 여기서 뭘 하고 있는 거지? 상관없어, 난 죽었으니까, 자살했으니까. 그런데 어떻게 된 게 여긴, 이 죽음엔 들어가 살 곳 하나 없단 말인가!

44) 그러는 사이 잔나가 보낸 짤막한 편지가 몇 장 안 되지만 쌓여갔고, 어린 다샤의 사진을 동봉한 알라의 편지도 쉴새없이 도착했다. 보조개와 곱슬머리, 속눈썹만 빼면 다샤는 누가 봐도 빅토르 판박이였다. 빅토르의 어머니 니나 페트로브나도 아들에게 편지를 썼으며, 알라가 정신병환자인 어머니와 사는 걸 무척 힘들어한다는 소식을 전하기도 했다. 가장 최근에 받은 편지에 따르면, 옐레나 이바노브나는(1번부터 5번까지 참고) 니나 페트로브나가 어린 손녀딸을 보러 오는 것을 못마땅하게 여겼고, 니나 페트로브나가 다샤의 이유식에 세제가루를 뿌린다며 큰 소리로 계속 중얼거렸다고 한다!

45) 그 편지를 읽고 나서 빅토르는 진심으로 걱정이 됐고 우울해지기까지 했으며 (더이상 두려워할 건 없다고 생각하면서도) 겁도 덜컥 났다. 하지만 그때까지만 해도 자유가 그의 마음을 어느 정도 가볍게

해주었다. 내가 떠난 거니까, 내가 돌아가고 싶을 때 돌아가면 된다, 사실 돌아가려고 해도 나는 갈 데가 없다, 라는 생각도 들었다. 정이 많은 어머니 니나 페트로브나는 순진하고 정의로운 마음에 손녀딸 다셴카(어린 빅토르의 판박이)를 데려올 것이고, 부록처럼 붙어다니는 익사체 알라도 결국 그의 집으로 들어올 것이다.

46) 빅토르가 룸메이트 여자의 무섭도록 노골적인 시선을 느끼고, 그 불행한 사람들이 자기들의 방 때문에 동분서주하는 빅토르에게 그토록 냉담했던 이유를 깨닫게 된 것은 바로 그 무렵이었다. 그들은 빅토르만 사라져주면, 그가 죽거나 어디로든 떠나 없어져주면 되었다. 그들이 간절히 원했던 것은 빅토르가 애를 태우며 찾아다니던 방이 아니었다. 사실 빅토르가 그처럼 열심이었던 것도 자신을 위해서, 혼자 살고 싶고, 집에 타냐와 갈랴, 류바 등등을 데려오고 싶어서였다.

47) 문제는 또 있었다. 잔나가 더이상 답장도 안 하고 전화를 해도 받지 않았다. 빅토르는 시내 전화국으로 가서 밤 열두시까지 전화통을 붙잡고 있다가 온몸이 꽁꽁 언 채로 의자에 앉아 밤을 새웠다. 건설중인 신도시로 오는 버스는 새벽 네시부터 다녔기 때문이다. 게다가 숙소로 돌아온 그는 어둑어둑한 방안을 더듬거리며 들어가다 물이 든 쇠대야를 발로 차서 모두를 깨워버리고 말았다. 아이가 빽빽대며 울기 시작했고, 커튼 뒤에 누워 있던 아이의 부모는 노예처럼 군소리 없이 바스락거리며 일어나 머리맡 전등을 켰다. 빅토르는 엎질러진 물을 닦았고, 아이는 그칠 줄 모르고 울어댔다……

48) 아침이 되어 빅토르는 항복하러, 11개월치 기숙사비도 돌려받지 못한 채 퇴직 수속을 밟으러 갔다. 새벽의 일이 아니더라도, 잔나가

고통스러운 침묵으로 그를 부르고 있었다.

49) "아무래도 결혼을 해야겠어." 울컥해진 빅토르는 결심했다.

50) 그런데 마침 그때 마치 농담처럼, 인생은 정말 농담을 잘한다, 공장사무소에 어머니의 전보가 도착했다. 모든 일이 잘 처리되었고, 일년 전 결혼은 그의 부재로 파기되었다는(따라서 전 부인은 다시 결혼해야 했다는) 내용이었다.

51) "자유다!" 빅토르는 절규하듯 외쳤고, 그의 영혼은 사랑하는 이에게로 날아갔다.

52) 어머니가 그런 내용을 축전이라도 보내듯 전보를 통해 공개적으로 알렸다는 점이 이상하기는 했다.

53) 2주 후 어머니는 역으로 빅토르를 마중나오겠다고 했다. 그런데 마중을 나온 것은 어머니 혼자가 아니었다.

54) 모스크바는 벌써 8월이었고, 교외 방면 플랫폼은 한껏 차려입은 사람들로 북적거렸다. 빅토르는 먼지가 뿌연 유리창에 바짝 달라붙어 창밖을 내다보았고, 이제 얼마 안 있으면 잔나를 볼 수 있다는 생각에 가슴이 벅차올랐다. 잔나, 잔노치카, 그의 심장이 노래를 불렀다. 하지만 기차에서 내리면서 그가 본 것은 플랫폼을 따라 걸어오는 두 여자와 그 앞에 놓인 유모차였다. 유모차에는 이미 꽤 큰 아이가 앉아 있었다. 두 여자는 객차 출입문 맞은편에 멈춰 서서 그를 바라보았고, 그중한 여자가 갑자기 얼굴을 손으로 가리며 울음을 터뜨렸다. 알라였다. 어머니는 울지 않았다. 대신 방패로 삼으려는 듯 유모차에서 아이를 꺼내 빅토르 앞으로 쭉 내밀었다.

55) 삶은 그후로도 이어졌으니, 가족이여 영원하라.

시간은 밤

전화를 받자 여자의 목소리가 말했다.

"저, 귀찮게 해서 죄송한데, 어머니가 돌아가시면서," 여자는 잠시 말을 잇지 못했다. "어머니가 돌아가시면서 원고를 남기셨어요. 혹시 읽어봐주실 수 있을까 해서요. 제 어머니는 시인이셨어요. 바쁘신 줄은 알지만. 일이 그렇게 많으신가요? 알겠습니다. 네, 실례했습니다."

2주 후 원고가 우편으로 도착했다. 먼지투성이 서류철에는 깨알 같은 글씨로 채워진 종잇장이 수북했고, 아이들이 쓰는 공책, 심지어 전보용지도 있었다. 부제는 「식탁 끝에서 쓴 수기」. 발송인 주소도 이름도 없었다.

아이는 남의 집에 가서는 화장대 앞으로 달려들어 꽃병이나 작은 조각상, 유리장식 같은 것들, 특히 보석이 든 상자를 만지면 안 된다는 것을 몰랐다. 식탁 앞에서 음식을 더 달라고 하면 안 된다는 것도. 굶주린 아이는 낯선 집을 온통 헤집고 다녔고, 침대 밑 어딘가에서 모형자동차를 찾아내고는 주운 사람이 임자라는 듯 행복한 얼굴로 가슴에 품고서 집주인에게 달려가 자기가 찾은 거라고 말했다. 너 그거 어디서 났니? 침대 밑에서 찾았어요! 내 친구 마샤의 손자가 제 할머니가 사준 미국산 모형차를 침대 밑에 굴려넣고는 잊어버렸던 것이다. 마샤는 기겁하며 부엌에서 달려나왔고, 마샤의 손자 데니스카와 나의 티모치카* 사이에 한바탕 싸움이 벌어진다. 전쟁이 끝나고 들어선 그 멋진 아파트를 우리가 찾아간 것은 연금이 나올 때까지 쓸 돈을 빌리기 위해서였다. 그들은 버터가 묻은 입술을 쩝쩝거리며 부엌에서 막 나오던 참이었다. 마샤는 우리를 위해 다시 부엌으로 돌아가야 했고, 자신들의 음식을 축내지 않고 내줄 만한 게 뭔지 생각해야 했다. 아무튼 그래서 데니스는 자기 모형차를 다시 빼앗으려 들었고, 나의 아이는 작은 손가락으로 불쌍한 장난감을 있는 힘껏 움켜쥐었다. 데니스한테 저런 장난감차들은 그저 장식품일 뿐이며, 저것 말고도 많다. 그리고 데니스는 아홉 살이고 건강하고 키도 멀대같이 크다. 나는 모형차와 데니스에게서 티마를 떼어냈다. 티모치카는 악에 받쳐 있다. 그들은 더이상 우리를 집에 들이지 않을 것이다. 안 그래도 마샤는 현관문에 붙은 작은 렌즈로 나를 보며 생각했다, 이번이 마지막이라고! 나는 남의 집에서 히스테리를 부리고 우느라 진이 다 빠져버린 아이를 씻기기 위해 욕실로 데려갔다. 사람들은 이래서, 그러니까 티모치카 때문에 우리를 좋아하지 않았다.

---

* 티모치카, 티마, 팀카, 티모샤, 티모시카, 티모페이카는 모두 티모페이의 애칭이다.

하긴 나도 영국 여왕처럼 굴기는 했다. 나는 모든 것을, 하나에서 열까지 모두 사양했다. 비스킷과 설탕을 같이 내온 차까지! 그들의 차를 마시긴 했지만, 내가 집에서 싸온 빵하고만 마셨다. 어쩔 수 없이 비닐봉지를 부스럭거리면서. 남의 집 식탁 앞에서 느끼는 굶주림의 고통은 참기 어렵다. 티마가 어느새 비스킷을 덥석 집어들고, 버터를 발라 먹으면 안 되느냐고 묻는다(식탁 위에는 버터 그릇이 올라와 있지 않았다). "너도 줄까?" 마샤가 묻는다. 하지만 나에게 중요한 것은 티모페이를 제대로 먹이는 일뿐이었다. 아니야, 난 괜찮아, 고마워. 그냥 티모치카 거에 더 발라줘, 티마, 너 더 먹을래? 문가에 선 데니스카의 흘겨보는 시선이 느껴진다. 벌써 층계로 담배를 피우러 나간 블라디미르나 그의 아내 옥사나는 말할 것도 없다. 그때 옥사나가 부엌으로 들어와 내 아픈 곳을 찔러가며, 그것도 티마를 바로 앞에 놓고 말한다(그녀는 정말이지 무엇 하나 아쉬운 것이 없어 보였다).

"아냐 이모(나를 부르는 것이다), 알료나 요즘 집에 와요? 티모치카, 너희 엄마가 너한테 연락하니?"

"무슨 소리니, 두네치카(옥사나의 어릴 적 별명이다), 내가 말을 안 했나보구나. 알료나는 요즘 아파, 유선염이 안 떨어져서."

"유선염이요???"(세상에, 알료나가 유선염이면 애 젖은 누구한테서, 도대체 어디서 구한단 말인가?)

나는 재빨리 비스킷 몇 개를, 크림이 들어간 비싼 걸로 골라 집어들고는 거실에 가서 텔레비전을 보자며 티마를 부엌에서 데리고 나왔다. 자, 어서 가자, 이제 곧 〈잘 자요〉 할 시간이다. 사실 〈잘 자요〉는 적어도 삼십 분은 더 있어야 시작한다.

하지만 옥사나가 우리를 따라나오면서 말한다. 알료나 직장에라도 쳐들어가봐야 되는 거 아녜요? 엄마가 애를 운명의 전횡 속에 던져버렸는데. 뭐야, 그럼 내가 운명의 전횡이란 말인가? 웃기는 얘기다.

"직장은 무슨 직장, 옥사노치카, 알료나는 지금 애 젖을 먹이고 앉아 있다니까!"

그러자 옥사나는 혹시 그 남자 애냐고 물었다. 언젠가 알료나가 자기한테 전화를 걸어 그 남자 얘길 했다고, 자기한테 이런 날이 올 줄 몰랐는데 너무 행복해서 눈물이 난다고, 아침에 일어날 때마다 행복해서 운다고 했다고. 그 남자 애죠? 집을 구해야 한다고 돈을 빌려달랬는데, 그때 우리가 가지고 있는 돈이 없어서, 차를 바꾸고 별장도 수리해야 했거든요. 그때 그 사람 애죠? 맞죠? 나는 모른다고 했다.

이 모든 질문은 우리가 다시 찾아오지 못하게 하려고 던지는 것들이다. 그래도 어렸을 적엔 두냐하고 알료나 둘이 친하게 지냈는데, 발트 해 연안에서 같이 휴가를 보내기도 하고. 젊고 가무잡잡했던 나는 남편하고 아이들을 데리고, 마샤는 두냐와 함께 떠난 휴가였다. 그때 마샤는 한 남자 때문에 고생을 있는 대로 하고 겨우 몸을 추스르던 중이었다. 마샤는 그 남자 때문에 유산까지 했지만 남자는 가족을 버리지 못했고, 어린 모델 토미크도 레닌그라드에 사는 투샤도 포기하지 못했다. 마샤도 그 여자들 얘기는 다 알고 있었지만 불에 기름을 부은 건 나였다. 국립영화학교 출신의 또다른 여자 얘기를 내가 알고 있었던 것이다. 그 여자는 허벅지가 굵은 걸로 아주 유명했고, 결혼하고 나서 집으로 성병 보건지도소의 임질 정기주사 누락통지서가 날아온 사건으로도 유명했다. 마샤의 남자는 그 여자와도 관계를 가졌고, 자신의 '볼가'

차창을 사이에 두고 그녀에게 결별을 선언했다. 그때만 해도 대학생이던 여자가 차를 쫓아가며 눈물을 흘리자 남자는 차창 밖으로 그녀에게 봉투를 내밀었고, 그 봉투 안에는(울며 쫓아가던 여자는 봉투를 줍기 위해 멈춰섰다) 달러가 들어 있었는데 얼마 되지는 않았다. 남자는 레닌을 전공한 교수였다. 아무튼 그렇게 마샤는 두네치카에게 남았고, 나와 내 남편은 마샤의 기분을 풀어주려 애를 썼으며, 그녀는 지친 표정으로 우리와 함께 마이오리역에 있는, 그물을 늘어놓은 술집에 다녔다. 그녀는 사파이어가 박힌 귀걸이를 하고 다녔지만, 우리는 한 번 사는 인생 뭐 있겠느냐며 언제나 그녀 몫까지 계산하곤 했다. 그녀가 당시 유행하던 심플한 디자인의 1루블 20코페이카짜리 내 체코산 플라스틱 팔찌를 보고 "냅킨 끼우는 건가보지?"라고 말해도, 나는 "그래, 맞아"라고 대답하고 팔찌를 손목 위로 올려끼우고는 말았다.

다 지난 일이고, 내가 그때 직장에서 어떻게 쫓겨났는지 지금 여기서 다 늘어놓을 생각은 없다. 다만 우리는 다른 식으로 살아왔고 앞으로도 그러리라는 얘기를 하는 것이다. 저기 그녀의 사위 블라디미르가 앉아서 텔레비전을 보고 있다. 그들은 텔레비전 때문에 매일 저녁 한바탕 싸움을 벌인다. 이제 곧 데니스카는 〈잘 자요〉를 보겠다고 자기 아빠와 싸울 것이다. 일 년에 한 번 그 방송을 보는 나의 티모치카가 블라디미르에게 말한다. "제발 보게 해주세요! 제발 한 번만요!" 그러고는 고사리 같은 두 손을 모으고 당장에라도 무릎을 꿇으려고 한다. 세상에, 저애가 나를 따라하고 있는 것이다. 아, 아아아.

블라디미르는 티마도 좋아하지 않았지만, 데니스한테는 완전히 진저리를 쳤다. 이건 비밀인데, 마샤의 사위는 살날이 얼마 남지 않은 게 분명하다. 그는 눈에 띄게 쇠약해졌고, 옥사나가 독살스럽게 구는 것도 사실 그 때문이다. 그는 대학원에서 레닌으로 논문을 쓰고 있다고 했다. 저 가족에게는 레닌이 들러붙어 있는 것이다. 달력출판사 편집장이던 마샤는 필요하다면 무엇이든 찍어냈고, 피곤하다는 듯 거만한 표정을 지으며 나에게 일거리를 던져주기도 했다. 사실 이백 년 된 민스크 트랙터 공장에 대한 기사를 급조하여 그녀에게 돈을 벌어준 것도 나였는데, 그녀는 원고료라며 어이없이 적은 돈을 내밀었고, 내 이름 옆에는 나도 모르는 민스크 공장의 주임기술자가 공동 집필자로 올라가 있었다. 글에 권위가 필요하다고 생각했던 것이다. 그리고 그일의 끝은 더 좋지 않았다. 어떻게 이백 년이나 된 트랙터 공장이 있을 수 있느냐, 그렇다면 천칠백몇 년도에 최초의 러시아 트랙터가 (컨베이어 라인을 통해) 출시되었다는 말이냐는 반박 기사가 터져나왔고, 마샤는 나에게 앞으로 오 년 동안 편집국 근처에도 얼씬거리지 말라고 했다.

아무튼 그녀의 사위 블라디미르는 앞서 묘사한 순간, 무슨 중요한 경기라도 하고 있었는지 귀가 시뻘겋게 달아오르도록 흥분해서 텔레비전을 보고 있었다. 그리고 이어지는 닳고 닳은 장면! 데니스는 입을 쩍 벌린 채 방바닥에 주저앉아 울고, 데니스를 돕기 위해 텔레비전 쪽으로 기어간 팀카가 손가락으로 뭔가를 잘못 눌러 텔레비전이 꺼지자 사위가 짐승처럼 소리를 지르면서 펄펄 뛴다. 나는 무슨 일이든 감당할 각오로 재빨리 그의 앞을 막아섰고, 분을 참지 못한 블라디미르는 부엌에 있는 아내와 장모에게 달려갔다. 오, 하느님, 그가 이성을 잃고 버려진 아이에게 손대지 않게 해주셔서 감사합니다. 데니스는 어느새 당황한 티마를 밀쳐내고 필요한 버튼을 눌렀으며, 두 아이는 금세 평화롭게 앉아서 만화를 본다. 그토록 보고 싶어하던 만화를 보게 된 티마는 깔깔거리며 웃기까지 했다.

하지만 세상 모든 일이 그렇게 단순하지는 않다. 블라디미르는 여자들 앞에서 부서져라 식탁을 내려치며 피라도 볼 기세로 집을 나가겠다 위협했고(내가 예상했던 그대로!), 잠시 후 마샤가 괜한 선행을 한 사람처럼 슬픈 표정을 지으며 방으로 들어왔다. 그녀 뒤에는 고릴라처럼 생긴 블라디미르가 버티고 서 있었다. 어딘지 찰스 다윈을 떠올리게 하는 남자답게 잘생긴 얼굴이었지만, 그 순간만은 그렇지 않았다. 그의 얼굴에는 뭔가 저급하고 혐오스러운 것이 떠올라 있었다.

다음은 어떻게 되었는지 말하지 않아도 알 것이다. 그들, 그러니까 두 여자는 데니스에게 있는 대로 악을 썼고, 티모치카는 그 악을 고스란히 다 들었다…… 아이의 입이 살짝 비틀린다. 신경의 경련 같은 것이다. 물론 그들은 데니스를 보면서 소리지르고 있었지만 그것은 우리를 향한 것이었다. 네 모습은 고아 같구나, 의지가지없는 인생…… 이렇게 반복되는 인생의 후렴구가 또 있을까. 차라리 아주 먼 지인의 집을 찾아갔을 때가 더 나았다. 티마와 내가 전화도 없이 들이닥쳤을 때 그 집 식구들은 식탁에 앉아 밥을 먹고 있었다. 그리고 티마가 말했다. "엄마, 나도 밥 먹고 싶어!" 아아, 우리는 한참을 걸었고, 아이는 배가 고팠던 것이다. 티모치카, 금방 집에 갈 거야, 알료나한테 무슨 소식이 없었는지 그것만 물어보고 가자(그 집은 알료나의 전 직장동료네 집으로, 둘은 계속 전화로 연락하며 지내는 것 같았다). 전 직장동료가 마치 꿈속인 듯 식탁에서 일어나 기름이 둥둥 뜬 고기 수프를 우리에게 따라주었다. 아아, 오오. 우리는 정말이지 이런 것까지 기대하지는 않았는데. 알료나 소식은 저도 몰라요. 살아 있기는 하겠죠? 여긴 들른 적이 없고, 집에 전화도 없어서, 직장으로도 전화는 없었어요. 그런데 직장도 그렇고 여기저기 이렇게 자꾸 찾아다니시면…… 제가 조합비도 모으고 있고 그러니까. 아니에요, 세상에, 빵까지…… 고마워요. 아니에요, 됐어요, 이것만 먹을게요. 여러분도 일하고 들어와서 피곤해 보이는데. 그러면 티모페이카한테만 좀 주세요. 티마, 너 고기 먹을래? 이애한테만 주세요, 이 아이한테만(갑자기 눈물이 나왔다. 이게 내 약점이다). 그때 갑자기 침대 밑에서 셰퍼드 한 마리가 튀어나와 티마의 팔꿈치를 문다. 티마가 입에 고기를 한가득 문 채 비명을 질러대자 식탁에 앉아 밥을 먹고 있던, 역시 어딘지 찰스 다윈을 떠올리게 하는 그 집 가장이 벌떡 일어나 소리를 지르며 위협한다. 물론 개에게 그러는 것처럼 말이다. 다 끝났다, 더이상은 이 집에 올 수 없다. 이 집은 내가 만일의 경우를 위해 최악의 사태에 대비해 남겨놓은 집인데, 이젠 다 틀렸다. 이제 최악의 사태가 벌어지면 다른 방법을 찾아야 한다.

오, 알료나, 멀어져버린 내 딸. 나는 인생에서 가장 중요한 것은 사랑이라고 생각한다. 내가 이 모든 것을 감수하는 것도 내가 알료나를 미친듯이 사랑했기 때문이다! 나는 안드류샤*도 미친듯이 사랑했다! 한없이.

하지만 이제 다 끝났다. 내 인생도 마찬가지다. 하긴 아직은 아무도

---

* 안드레이의 애칭.

나를 내 나이로 보지 않고, 뒷모습만 보고는 나를 젊은 여자로 착각한 남자도 있었다. 아가씨, 앗, 이런, 죄송합니다, 아주머니, 여기서 무슨무슨 골목으로 가려면 어떻게 가야 하죠? 지저분하고 땀냄새가 났지만 돈은 있어 보이는 남자가 나를 다정하게 바라보며 호텔방이 다 차버렸네요, 라고 말한다. 아, 우리는 당신 같은 인간들을 안다! 아주 잘 알고 있다! 그렇고말고! 석류 500그램을 내놓고 공짜로 하룻밤 재워달라는 거다. 게다가 자질구레한 서비스까지 바랄 테지. 차를 끓여주고, 시트를 갈아주고, 쓸데없이 들러붙지 못하도록 방문도 잘 잠가야 한다. 그를 보자마자 내 머릿속에는 이 모든 상황이 그려졌다. 장기를 두는 사람들의 머릿속처럼 말이다. 나는 시인이다. 어떤 사람들은 '여류시인'이라는 말을 더 좋아하지만, 마리나나 안나가 한 말을 생각해보라.* 안나와 나는 신기하게도 거의 동명이인이다. 우리 이름은 겨우 몇 글자만 다르다. 그녀는 안나 안드레예브나고, 나는 안나 안드리아노브나다. 가끔 낭송회장에 설 때마다 나는 시인 안나로 소개해달라고 부탁한다(남편의 성과 함께). 내 청중은 아이들이다. 아, 아이들이 내 시를 듣고 있는 모습이란! 나는 어린아이들의 마음을 잘 안다. 그리고 티마, 그 아이는 항상 내 옆에 붙어 있었다. 내가 무대에 설 때도 아이는 절대 객석에 앉지 않고 무대 위 작은 탁자 앞에 앉아 입을 비죽거렸다. 아아, 그 신경의 경련 말이다. 내가 티마의 머리를 쓰다듬으며 "나와 타마라는 언제나 함께 다닌답니다"라고 농담을 하면 멍청한 주최자들은 그 말이

---

* 러시아 시인 마리나 츠베타예바와 안나 아흐마토바는 '여류시인'이라는 호칭에 거부감을 가졌던 것으로 유명하다.

아그니야 바르토*의 유명한 시에서 인용한 말인 줄도 모르고 "우리 타마로치카는 객석에 앉아야 하는데"라며 잔소리를 늘어놓는다.

그러면 티마는, 난 타마로치카 아니에요, 라고 대답하고는 토라져서 사탕을 받고 고맙다는 소리도 하지 않고서 고집스럽게 무대로 따라 올라와 탁자 앞 내 옆에 앉는다. 이제 너 때문에 아무도 나를 부르지 않을 거야, 그럼 어떻게 할래? 눈물 나도록 폐쇄적인 아이, 아이는 힘겨운 어린 시절을 보내야 했다. 말이 없고 조용한 아이, 나의 별, 나의 사랑스러운 아이. 영롱한 소년. 아이에게서는 꽃향기가 났다. 아이가 갓난아이였을 때 나는 요강을 비울 때마다 중얼거렸다. 아이 오줌에서 들국화 냄새가 난다고. 오랫동안 감지 않은 아이 머리에서는 패랭이꽃 향이 났고, 씻고 난 아이는 온몸에서 형용할 수 없이 싱그러운 냄새가 났다. 실크처럼 보드라운 작은 발과 머리카락. 어린아이보다 더 아름다운 것은 없다! 전에 다니던 직장에 갈리나라는 멍청한 여자가 있었는데, 그녀가 한번은 어린아이의 뺨으로 가방을 만들면 어떨까, 라고 한 적이 있다(정말 정신 나간 여자다). 말도 안 되는 가죽가방을 상상하며 흥분하던 정신 나간 그 여자는 사실 자기 아들을 끔찍하게 사랑했고, 아들 궁둥이가 너무 예뻐서 눈을 뗄 수 없다고 말하기도 했다. 하지만 지금 그 궁둥이는 군에서 성실하게 근무하고 있으니, 볼장 다 본 거지.

아, 꽃은 왜 그리도 빨리 지고 마는지, 거울 속 자신의 모습을 바라보는 것은 얼마나 속절없는 짓인지! 같은 사람인데, 도무지 알아볼 수

---

* 러시아 시인이자 아동문학 작가.

가 없다. 티마가 말한다. 할머니, 빨리 집에 가. 낭송회장에 도착하자마자 아이가 졸라댄다. 아이는 나의 성공을 참지 못하고 샘을 내곤 했다. 내가 자기 할머니라는 사실을 모두에게 알리고 싶어하고. 하지만 나의 작은 아이야, 너의 안나는 돈을 벌어야 한단다(나는 티마 앞에서 나를 언제나 안나라고 불렀다). 도무지 떨어지려고 하지 않는 고약한 놈, 바로 너를 위해, 그리고 또 시마 할머니를 위해, 알료나는 다행히 양육비를 받아 쓰고 있지만, 안드레이를 위해, 그애의 발꿈치(이 얘긴 나중에 하겠다)와 감옥에서 불구가 되어버린 그애의 인생을 위해 돈을 벌어야 한단다. 그래, 그래야 했다. 그렇게 한 번 나가서 시를 읽으면 11루블을 받았다. 어떤 때는 7루블. 한 달에 겨우 두 번뿐이긴 하지만, 나데치카, 그 경이로운 존재에게 다시 한번 깊이 머리 숙여 감사의 말을 전한다. 언젠가 안드레이가 내 심부름으로 나데치카를 찾아가 여행증명서를 받아준 적이 있다. 그런데 그때 그 못된 놈, 안드레이가 가난한 나데치카에게 10루블만 빌려달라며 뜯어갔다! 병든 절름발이 어머니를 모시고 사는 나데치카한테서! 나중에 알고 내가 얼마나 자책하고 괴로워했는지! 나는 나와 같은 비정규 시인들과 동료들로 가득한 방에서 그녀에게 작은 소리로 말했다. 나도, 나도 그 심정을 안다고…… 내 어머니도 벌써 몇 년째 병원에 계신다고……

몇 년째냐고? 벌써 칠 년째다. 일주일에 한 번씩 병원에 갈 때마다 괴로웠다. 어머니는 내가 싸간 음식을 그 자리에서 게걸스럽게 전부 먹어치웠고, 옆자리 환자가 자기 음식을 다 뺏어먹는다고 울면서 불평했다. 하지만 수간호사가 나에게 말해준 대로 옆자리 환자들은 침대에서 일어나지도 못했다. 도대체 왜 그런 불평을 해대는 걸까? 병원에 안 오시는 게 좋겠어요. 환자들이 혼란스러워합니다. 수간호사는 정확히 그렇게 말했다. 티마가 아파서 거의 한 달을 가지 못하다 얼마 전에 다시 갔을 때도 수간호사는 같은 말을 했다. 다신 찾아오지 마세요, 절대로.

그리고 안드레이는 나를 찾아와 자기 몫을 요구하곤 했다. 안드레이는 아내의 집에서 살고 있다. 그러면 됐지, 도대체 뭘 더 내놓으라는 말일까? 나는 물었다. 엄마한테서 뭘 더 뜯어가려고? 시마 할머니하고 저 어린 것한테서 뭘 더 뺏겠다는 거야? 안드레이가 대답한다. 뜯어가긴 내가 뭘 뜯어가, 지금이라도 내 방에 세를 놓으면, 엄마 잔소리 안 듣고도 몇십 루블은 받을 수 있어. 어떤 게 네 방이야? 나는 놀라서 다시 물었다. 어떤 게 네 방이냐고. 이 집에 거주등록이 되어 있는 사람은 시마 할머니하고 나하고 알료나, 그리고 알료나 애들 둘밖에 없어. 너는 그냥 나중에 잠깐 살았던 것뿐이고. 그리고 넌 지금 네 아내하고 따로 나가 살고 있잖아. 여기 이 집에 네 몫은 5제곱미터밖에 안 돼. 그러자 안드레이가 큰 소리로 따져가며 계산했다. 15제곱미터짜리 방이 얼마얼마가 나가니까 그걸 다시 셋으로 나누면, 얼마얼마 루블에 33코페이카야, 대체 어디서 뭘 듣고 저런 말도 안 되는 숫자를 갖다붙이는 건지. 그래, 좋아. 안드레이는 인정했다. 집세는 내야 하니까 그건 엄마가 여섯으로 나눠서 각자한테 받아내고, 엄마는 나한테 한 달에 딱 백만 루블씩만 내놔. 내가 말한다. 안드레이, 네가 정 그렇게 나온다면 나는 네 앞으로 노모 부양비를 신청할 거야, 그래도 되겠지? 안드류샤가 말한다. 그러면 난 엄마가 팀카 아빠한테서 양육비를 받고 있다는 사실을 까발릴 거야. 불쌍한 놈! 안드레이는 내가 그 양육비를 한 푼도 받지 못하고 있다는 사실을 모른다. 만약 알았다면, 만약 알았다면……
당장 알료누시카의 직장으로 달려가서 고래고래 소리를 지르고, 또 말
도 안 되는 계산을 해가며 돈을 내놓으라고 난리를 피웠으리라. 알료나
는 이 모든 것을 예상하고서 멀리, 죄악으로부터 가능한 한 멀리 떨어
져 있고, 나도 잠자코 있는 것이다. 알료나는 어딘가에서 아이와 방을
얻어 살고 있다. 대체 무슨 돈으로 살고 있는 걸까? 얼마 되지 않지만
일단 그 양육비가 있다. 혼자 아이를 키우는 엄마에게는 얼마간의 돈
이 나오기도 한다. 아이가 만 한 살이 될 때까지 수유모에게 나오는 돈
도 있다. 하지만 그걸 다 합친다 해도 형편없이 적은 돈이다. 도대체 어
떻게 사는 건지 알 수 없다. 아이 아빠가 집세를 대주나? 알료나는 자
기가 누구랑 사는지, 같이 사는 남자가 있기는 한지 일절 말해주지 않
았다. 아이를 낳고 두 번인가 찾아왔을 때도 그냥 울기만 했다. 마치 안
나 카레니나와 아들의 상봉 장면과도 같은 순간이었고, 거기서 내 역
할은 남편 카레닌이었다. 사건의 발단은 내가 우체국에서 만난 여자들
(그중 한 여자는 내 또래였다)과 나눈 이야기였다. 그들은 딸하고 이야
기하고 싶으면 티모치카의 돈에 손도 대지 못하게 해야 한다고, 그러면
양육비가 들어오는 날 딸이 얼굴이 하얗게 질려서 문가에 나타날 거라
고 했다. 그리고 정말로 그렇게 알료나가 나타났다. 빨간색 유모차(갓
난애가 여자아이라는 소리다. 나는 왠지 전부터 그럴 거라고 생각했
다)를 끌고서, 팀카에게 젖을 먹일 때처럼 피부에 반점이 돋은 채로, 가
슴이 크고 목소리가 날카로운 여자가 문 앞에 나타나 울부짖듯 소리질
렀다. "팀카 짐 다 싸줘, 데려갈 거야, 내가 아무리 ……같은 엄마라도."
티모치카가 강아지처럼 가느다란 소리로 울기 시작했다. 하지만 나는

아주 침착하게 말했다. 넌 엄마 자격도 없다고, 어떻게 아이를 다 늙은 어미한테 내팽개치고, 에세트라etc, 에세트라. 그러자 그녀. "팀카, 가자, 여기서 살다간 너까지 정신이 이상해질 거야." 팀카는 드디어 목이 터져라 울기 시작했고, 나는 가만히 웃으면서, 고작 50루블 때문에 아이를 정신병원으로 넘기려는 거냐고 했다. 그러자 그녀. "그건 엄마 얘기지, 할머니를 정신병원으로 보낸 건 엄마잖아." 그러자 나. "그건 너 때문이었어, 너를 위해 그런 거였다고." 그리고 고개로 팀카를 가리켰다. 팀카는 새끼 돼지처럼 계속해서 꽥꽥거리며 울었다. 눈물로 범벅이 된 아이는 나에게도, 자기의 '……같은 엄마'한테도 가지 못하고, 비틀거리며 서 있었다. 나는 그때 아이가 서 있던 모습을, 슬픔으로 비틀거리며 겨우 버티고 있던 그 작은 아이의 모습을 결코 잊지 못한다. 유모차에서 자고 있던 사생아까지 정신없이 울어대기 시작했고, 가슴이 크고 어깨가 넓은 나의 딸도 같이 소리질렀다. 아무리 그래도 손녀딸인데 어쩜 쳐다볼 생각도 안 하냐, 자, 이게 다야, 내가 저애 때문에 가져간 돈은 이게 다라고! 그렇게 소리를 지르면서 그녀는 자신이 생활비로 쓸 돈을 모두 내놓았다. 엄마는 여기서 어떻게든 살 수 있잖아. 저애는 갈 데가 없어, 가서 살 데가 없다고! 나는 침착하게 미소 지으며 문제의 핵심을 짚어주었다. 그 갓난애한테 줄 돈은 당연히 저 할 짓 다 하고 사라진 인간이 내놓아야 하는 거라고, 벌써 두 번씩이나 그 꼴을 당한 걸 보면 아무래도 널 참고 견뎌줄 인간은 이 세상에 없나보다고. 그녀는, 그러니까 내 딸인 애엄마는 식탁보를 잡아채 거의 2미터 가까이 내 앞으로 내던졌다. 하지만 식탁보는 누굴 죽일 수 있는 물건이 아니다. 나는 얼굴에 들러붙은 식탁보를 떼어냈다. 우리집 식탁보 위에는 아무것도

놓여 있지 않았다. 폴리에틸렌으로 만든 식탁보에는 다행히 깨질 그릇
도, 다리미 같은 것도 올려져 있지 않았다.

  연금이 나오기 직전, 그때가 제일 힘들었다. 내 연금은 알료나의 양
육비보다 이틀 뒤에 나왔다. 딸애는 얼굴을 일그러뜨리며 웃었고, 내
손에 그 양육비가 들어가면 안 된다고 했다. 그러면 그 돈이 티마가 아
닌 다른 사람한테 갈 거라고. 다른 사람이라니, 나는 팔을 하늘로 들어
올리며 절규하듯 소리쳤다. 네가 한번 봐, 이 집에 뭐가 있는지, 흑빵
반쪼가리하고, 싸구려 생선으로 끓인 수프밖에 없어! 한번 보라고! 나
는 그렇게 소리지르면서도, 물론 내 돈으로 사긴 했지만, 내가 '친구'
라는 암호를 붙인 사람을 위해 약을 샀던 일을 딸이 알아차리지 않을
까 조마조마했다. 중앙약국 앞에 서 있는 나에게 '친구'가 다가온 것은
어느 저녁 무렵이었다. 그는 슬픔을 머금은 잘생긴 중년 남자였다. 다
만 그의 얼굴은 왠지 부은 듯했고, 어둠 속에 묻힐 만큼 어두웠다. "저
좀 도와주세요, 말이 죽어가고 있어요." 말이라니. 도대체 무슨 말 얘기
지? 알고 보니 그는 경마 기수였고, 그가 사랑하는 말이 죽어가고 있었
다. 그는 이야기를 하면서 이를 갈았고, 내 어깨를 세게 움켜쥐었으며,
그 묵직한 손으로 나를 그 자리에 꼼짝 못하고 서 있게 했다. 꺾어버리
든 박아버리든 때려눕혀버리든 그가 원하는 대로 될 것 같았다. 약국에
서는 말의 처방전을 받아주지 않았고, 동물약품을 파는 약국으로 가보
라고 했지만, 동물약국은 벌써 다 문을 닫았다. 그런데 말은 죽어가고
있다. 두통약이라도 사야겠는데, 약국에서 두통약을 소량으로밖에 팔
지 않는다. 도움이 필요하다. 나는 마치 최면에 걸린 사람처럼 다시 이
층으로 뛰어올라가 젊은 판매원에게 나에게 진통제 서른 알을 주어야

하는 이유를 설명했고(손자 셋이 아파서 집에 누워 있는데, 벌써 저녁이라 병원은 내일이나 갈 수 있고, 내일 아미노피린이 다 나가고 없을 수도 있다 등등), 내 돈으로 약을 샀다. 사실 몇 푼 안 되는 돈이었지만 '친구'는 약값 대신 내 주소를 적어갔고, 나는 지금도 그를 기다리고 있다. 허리를 굽혀 식용유 냄새가 나는 내 손에 입을 맞추던 그의 눈엔 눈물이 그렁그렁 고여 있었다. 나중에 나는 혼자서 내 손에 입을 맞춰보았는데, 세상에, 식용유 냄새가. 하지만 어쩔 수 없었다. 그러지 않았으면 살이 터서 꺼칠꺼칠해졌을 테니까!

추해 보이지 않으려고 신경써야 하는 나이가 된 것만 해도 끔찍한데다 떨어진 크림을 살 돈이 없어서 식용유를 바르고 있는 것이다! 조금이라도 예쁘게 보이려고!

아무튼 말이 문제가 아니라, 탐욕스럽게 뻗은 그 끈적끈적하고 통통부은 손에 내가 약봉지 세 개를 건넨 순간 어디선가 귀가 커다란 흡혈귀가 튀어나왔다. 흡혈귀는 슬픔에 젖은 얼굴을 아래로 떨어뜨린 채 비틀거리며 조용히 다가왔고, 뒤에서 불쑥 고개를 들이밀어 우리의 대화를 방해했다. 내 펜을 빌려 성냥갑에 주소를 받아쓰던 나의 '친구'가 그를 밀쳐내며 주소를 끝까지 받아적는 동안에도 흡혈귀는 뒤에서 계속 껑충거렸다. 나의 '친구'는 식용유를 바른 내 손에 다시 한번 입을 맞추고서 자기는 이제 멀리 있는 말을 위해 떠나야 한다고 했다. 그러고는 갑자기 그 자리에서 약봉지를 뜯어 둘이 나누더니 허겁지겁 씹어먹기 시작했다. 아무리 심한 열병에 걸렸다 해도 말에게 먹일 분량의 약을 먹어치우다니, 정말 이상한 사람들 아닌가! 둘 다 병을 앓고 있는 것이 분명했다! 내 돈을 갈취해서 산 비참한 약이 과연 말을 위한 것이기는 했을까? 다 거짓말은 아니었을까? '친구'가 우리집 초인종을 누르는 날 밝혀지리라.

어쨌든 나는 절규하듯 소리쳤다. 세상에, 내가 그 돈을 대체 누구한 테 쓴다는 거야? 안드레이 오빠한테 쓰겠지. 엄만 항상 그랬으니까. 알 료나가 난데없이 눈물을 흘리며 말했다. 알료나는 정말로 질투가 나서 울고 있다. 어렸을 때처럼. 갑자기 또 왜 그래? 우리하고 같이 뭣 좀 먹 을래? 그래, 그러자. 나는 알료나를 식탁에 앉혔다. 팀카도 자리에 앉 고, 우리는 집에 남아 있던 음식을 나누어 먹었다. 그러고 나서 내 딸은 비록 얼마 되지 않지만, 가지고 있던 돈을 우리에게 흔쾌히 내주었다. 만세. 그런데 왠지 팀카는 단 한 번도 유모차 옆으로 가지 않았다. 딸은 갓난아이를 안고 내 방으로 들어갔다. 그 방에서, 내 원고들과 책들 사 이에서 내 딸은 아마도 사생아를 꽁꽁 싸고 있던 옷을 끄르고 젖을 먹 였을 것이다. 나는 문틈으로 들여다보았다. 정말로 못생긴 아이다. 우 리 식구들하고는 전혀 안 닮았다. 이마가 넓고 눈두덩이 두툼하고 투실 투실한 그 아이는 우는 것도 다르게, 이상하게 울었다. 티마가 내 뒤에 서서 나가자고 내 팔을 잡아끌었다.

계집아이는 아무래도 부학장을 빼다박은 것 같았다. 내가 알료나의 일기를 통해 알아낸 바에 따르면, 알료나는 부학장과의 사이에서 그 사 생아를 낳았다. 일기장은 책장 위의 상자 밑에 있었다. 세상에 거기다 일기를 숨겨놨을 줄 누가 알았겠는가! 별생각 없이 먼지를 닦곤 하던 곳인데, 전에 쓰던 노트를 찾겠다고 책장을 거의 뒤엎다시피 하다 발견 했을 정도로 알료나는 일기장을 교묘히 숨겨놓았다. 몇 년을 그렇게 놓 여 있었는데 몰랐던 것이다! 하긴 알료나는 집에 올 때마다 불안한 듯 그곳을 쳐다보고 책장을 더듬어보기도 했다. 나는 그때마다 내 책을 갖다 팔려는 줄 알고 화를 냈는데, 그게 아니었다. 일기에는 내가 모르던 최악의 이야기들이 적혀 있었다!

　제발, 아무도 이 일기를 읽지 말기를, 내가 죽은 후에라도.

　오, 하느님, 어떻게 내가 이런 진창에, 이런 진창에 빠지게 되었을까, 하느님, 저를 용서하소서. 나는 밑바닥까지 떨어졌다. 어제 그 끔찍한 밑바닥까지 굴러떨어지고 나서 나는 아침 내내 울었다. 아침이 밝아오는 것이 얼마나 두려웠는지, 난생처음 남의 침대에서 일어나 어제 입었던 속옷을 다시 찾아 입는 일이 얼마나 고통스러웠는지. 나는 팬티를 말아 쥐고는 스타킹을 대충 신고서 욕실로 갔다. 그가 그런 나를 보며 말했다. "뭘 그렇게 부끄러워해." 정말로 나는 뭐가 부끄러웠던 것일까. 전날까지만 해도 편안하게 느꼈던 것들, 그의 자극적인 냄새와 실크처럼 부드러운 피부, 그의 근육과 도드라진 힘줄, 이슬방울로 뒤덮인 그의 털, 비비원숭이나 말처럼 짐승 같던 그의 몸, 이 모든 것이 아침이 되자 낯설게 느껴졌다. 그리고 그가 미안하다면서 열시에 일이 있다고, 기차 시간에 맞춰(아내를 마중나가려는 것이다) 나가야 한다고 말한 이후로는 혐오스럽기까지 했다. 나는 나도 열한시에 약속이 있어서 가봐야 한다고 했다. 아, 정말 수치스러운 일이다. 나도 모르게 눈물이 흘렀고, 나는 욕실로 달려가서 울었다. 샤워기를 틀어놓고 팬티를 빨면서, 포르노잡지 속 사진처럼 낯선 것이 되어버린 몸을 닦으면서 울었다. 낯선 내 몸속에서는 뭔가 화학적 반응이 일어나고 있었다. 끈적끈적한 액체 같은 것이 부글부글 끓더니 온몸이 부풀어 아프고 뜨거워졌다. 잘라내고 짓눌러 끝내야만 하는, 그러지 않으면 내가 죽고 말 그런

192

일이 내 안에서 일어나고 있었다.

(나의 주석: 그때 무슨 일이 일어났는지를 우리는 아홉 달 후 알게 될 것이다.)

나는 샤워기 아래 멍하니 서서 생각했다. '다 끝났어! 저이는 더이상 날 원하지 않을 거야. 난 이제 어디로 가지?' 이전까지의 내 삶은 머릿속에서 다 지워졌다. 나는 이제 저 사람 없이 살 수 없다. 그런데 그에게는 내가 필요 없다. 기차 아래로 몸을 던지는 일밖에 남지 않은 것이다. (그 잘나신 인간 때문에. ─A. A.) 내가 여기서 뭘 하고 있지? 그가 곧 나갈 텐데. 어제저녁 이곳에 오자마자 M에게(나를 말하는 것이다. ─A. A.) 전화를 걸어 레나 집인데 자고 가겠다고 한 것은 잘한 일이었다. 엄마는 "레나네 집 같은 소리 하고 있네, 아예 집에 들어올 생각도 하지 마"라며 나를 부추기듯 소리질렀다. (내가 한 말은 정확히 다음과 같았다: "애야, 지금 무슨 소리를 하는 거니, 애도 아픈데, 넌 애엄마야, 그런데 어떻게 그럴 수가 있니," 등등. 하지만 알료나는 "알았으니까 끊어요"라며 "거기 뭐 그렇게 좋은 일이 있다고"라는 내 말을 다 듣지도 않고 황급히 전화를 끊어 버렸다. ─A. A.) 나는 그가 아무것도 눈치채지 못하도록 부드러운 표정을 지으며 수화기를 내려놓았지만, 그는 따르던 포도주를 쏟고는 왠지 굳은 얼굴로 테이블 앞에 서서 뭔가를 생각하기 시작했다. 잠시 후 그는 뭔가 결심한 듯했으며 나는 그 모든 것을 알아차렸다. 어쩌면 내가 너무 솔직하게 자고 가겠다고 말했는지도 모른다. 어쩌면 그런 말은 하지 말았어야 했는지도. 하지만 그때 나는 나를 희생한다는 마음으로, 그에게 내 모든 것을 바치겠다는 마음으로 그렇게 말한 것이었다. 바보처럼! (내 말이 바로 그 말이다. ─A. A.) 그는 술병을 손에 든 채 어두운 표정으로 서 있었지만 나는 이미 어떻게 되든 상관없었다. 자제력을 잃은 게 아니라 처음부터 그 사람을 따라가서 그를 위해 무슨 일이든 하게 되리라는 것을 알고 있었다. 사실 그가 부학장이라는 건 알고 있었고, 회의장에서 몇 번 본 적도 있지만, 그게 다였다. 나한테 이런 일이 벌어질 거라고는 상상조차 하지 못했고, 학교 식당에서 체격이 좋고 나보다 훨씬 나이 많은 남자가 눈길은 주지 않은 채 인사를 건네면서 내 옆자리로 와서 앉았을 땐 깜짝 놀라기까지 했다. 재미도 없는 얘기를 끝없이 늘어놓는 그의 친구도 와서 같이 앉았다. 머리숱이 그야말로 풍성한 데 비해 얼굴에는 맥없는 털이 난 그 수다쟁이의 콧수염은 그를 영화에 나오는 경찰관처럼 보이게도 했지만, 하는 행동은 영락없는 여자였다. 조교들의 말에 따르면 그는 정말 이상한 사람으로, 무슨 일이 생기면 제일 먼저 구석으로 달려가 "이쪽을 보지 마"라고 소리를 지를 사람이라고 했다. 그게 무슨 뜻인지는 설명해주지 않았는데, 그들도 알 수 없었기 때문이다. 아무튼 그 수다쟁이는 곧바로 나에게 말을 걸어왔고, 그는 내 옆에 앉아 아무 말도 하지 않고 있다가 갑자기 내 발을 밟았다……
(주석: 세상에, 내가 이런 걸 인간이라고 키웠다니! 당장 머리나 하얗게 세어버려라! 그날 밤, 지금도 기억난다, 티모치카가 왠지 이상하게 기침을 해서 깨어보니 아이가 캭캭거리면서 숨도 제대로 쉬지 못하고 있었다. 내가 그때 얼마나 무서웠는지. 아이는 숨을 토해낼 때마다 작게 오므라들고 잿빛이 되어갔다. 캭, 캭 하는 소리와 함께 아이에게서 숨이 빠져나갔고, 아이는 새파랗게 되어 숨을 쉬지도 못했다. 계속해서 짐승의 울음소리 같은 기침이 터져나왔고 놀란 아이는 울기 시작했다. 전에도 이런 적이 있어서 아는데, 큰 병은 아니다. 인후부에 염증이 생겨 붓는 급성인후염, 애들을 키워본 사람은 다 아는 병이다. 이럴 땐 우

선 아이를 자리에 앉히고 진정시켜야 한다. 겨자를 푼 따뜻한 물에 아이 발을 담그고 구급차를 부르고. 하지만 이 모든 것을 한꺼번에 다 하면서 구급대에 전화까지 걸 수는 없다. 그러려면 한 사람이 더 있어야 했다. 그런데 그 한 사람이 그 시간에 뭘 하고 있었는지 써놓은 걸 봐라.) 그는 내 옆에 앉아 있다가 갑자기 내 발을 밟았다. 내 쪽은 쳐다보지도 않고 커피잔만 뚫어지게 바라보다가 미소를 지으면서 다시 내 발을 밟았다. 온몸의 피가 거꾸로 솟는 듯했고, 숨을 쉴 수가 없었다. 사시카*와 이혼하고 이 년이 지났다. 그렇게 오랜 시간이 지난 것은 아니다. 하지만 사시카와 내가 같이 자지 않았다는 사실을 아는 사람은 거의 없다! 우리는 한 침대에서 잤지만, 그는 나를 건드리지 않았다! (나의 주석: 대체 무슨 헛소리람, 아무튼 나는 상황을 수습했다. 아이를 앉히고 손을 쓰다듬으며 코로 숨을 쉬어보라고 하고, 그래, 조금씩 해봐, 그래, 그렇지, 코로 이렇게, 이렇게 하는 거야, 울지 말고, 아, 옆에서 누가 물을 데워주었다면! 나는 아이를 욕실로 데리고 가서 말 그대로 펄펄 끓는 물을 욕조에 부은 다음 아이와 같이 숨을 쉬기 시작했다. 나와 아이는 온몸이 축축해지도록 김을 쐬며 그렇게 앉아 있었고, 아이는 조금씩 진정되어갔다. 오, 나의 태양! 나는 언제든, 어디를 가든 너와 함께였고, 앞으로도 그럴 거란다, 오직 나 한 사람만이! 여자는 자기 일에는 나약하고 우유부단해도 아이와 관련된 일이라면 짐승처럼 무섭게 변하는 법이거늘! 그런데 네 엄마라는 사람이 뭐라고 쓰고 있는지 봐라! —A. A.) 우리는 한 침대에서 잤지만, 그는 나를 건드리지 않았다! 나는 그때 아무것도 몰랐

---

* 사샤, 사시카, 슈라, 슈르카는 알렉산드르의 애칭이다.

다. (주석: 나쁜 놈, 못된 놈, 파렴치한 놈! —A. A.) 그때 나는 뭘 어떻게 해야 하는지 몰랐고, 그가 나를 건드리지 않는 것이 고맙기도 했다. 아이와 씨름하느라 너무 피곤했고, 하루종일 티마 위로 구부리고 있던 등이 아팠다. 두 달 동안 하혈이 계속됐지만, 친구들한테 물어볼 수도 없었다. 아이를 낳아본 사람은 나밖에 없었고, 나는 원래 그러는 거라고 생각했다. (주석: 어리석은 계집애, 어쩌면 이렇게 어리석을 수가, 그런 건 엄마한테 얘기했어야지. 그랬다면 그 몹쓸 인간이 다시 아이가 생길까봐 두려워하는 거라고 내가 바로 말해줬을 텐데! —A. A.) 원래 그러는 거고, 난 아무것도 하면 안 된다고 생각했다. 그는 나와 나란히 누워 잠을 자고, 밥을 먹고 (이건 주석을 달 필요도 없다. —A. A.)

차를 마셨고 (트림을 하고, 오줌을 싸고, 코를 풀고. —A. A.)

면도를 했고 (그게 제일 좋아하는 일이었지. —A. A.)

책을 읽고, 숙제를 하고, 실험노트를 정리하고, 다시 잠을 자고, 조용히 코를 골았다. 하지만 나는 그를 진심으로 사랑했고, 그의 발에 입을 맞추라면 맞출 수도 있었다. 내가 그때 뭘 알았겠는가? 나는 아무것도 몰랐다! (이 불쌍한 아이를 가엾게 여겨주시길. —A. A.) 내가 아는 건 한 가지, 처음 우리에게 있었던 일들뿐이었다. 저녁을 먹고 그가 나에게 산책을 가자고 했다. 백야라서 밖은 그때까지도 환했고, 우리는 한참을 걸어 건초를 쌓아놓은 헛간까지 갔다. 그는 왜 나를 선택했을까? 낮에 우리는 들에 나가 일하고 감자를 주워 담았다. 그때 그가 "저녁에 시간 있어?"라고 물었고, 나는 "모르겠어"라고 대답했다. 우리는 같은 이랑을 일구었다. 그는 쇠스랑으로 밭을 갈았고, 나는 방수포로 만든 장갑을 끼고 그의 뒤를 따라 기어갔다. 태양이 빛나고 있었고, 내 친구 렌카가 소리지르는 것이 들렸다. "알료나, 조심해!" 뒤를 돌아다보니, 내 뒤로 수캐 한 마리가 눈을 가늘게 뜨고 서 있었고, 배 아래로 기분 나쁜 무언가가 비어져나와 있었다. (이런데도 여자애들을 집단농장에 보내야 한단 말인가! ─A. A.) 나는 펄쩍 뛰어 일어났고, 사시카는 쇠스랑을 휘둘러 개를 쫓았다. 그날 저녁 우리는 건초더미를 쌓아둔 헛간으로 몰래 숨어들었다. 사시카가 먼저 올라가 나에게 손을 내밀었다. 아, 그때 그 손이란. 나는 솜털처럼 가볍게 들어올려졌고, 우리는 바보처럼 우두커니 건초더미 위에 앉아 있었다. 나는 이젠 됐다고 하면서 그의 손을 돌려놓았다. 그런데 그때 갑자기 바로 옆에서 뭔가 부스럭거리는 소리가 났다. 그는 나를 와락 끌어안고 고개를 숙였다. 심장이 멎을 것만 같았다. 그는 마치 전쟁터에서 몸을 던지듯 온몸으로 나를 감쌌다. 아무도 나를 보지 못하도록 그는 나를 자기 아이처럼 보호했다. 나는 왠지 기분이 좋고 따뜻하고 편안해져서 그에게로 몸을 바싹 붙였다. 이게 사랑인가보다, 더이상 떨어질 수 없게 되어버리는 것. 옆에서 뭔가 계속 부스럭거렸지만(그는 쥐라고 말했다), 나는 아무 상관 없었다. 처음에만 아프고 그다음엔 아프지 않을 거라고 그가 나에게 말했다. 소리지르면 안 돼, 가만히, 힘을 줘. 그가 힘을 주었고, 나는 내 존재의 모든 세포를 그에게 밀착시켰다. 피로 끈적끈적해진 내 몸속으로, 찢어진 조각들 사이로 그가 들어와 펌프질하듯 내 피를 출렁거리게 했다. 내 아래 지푸라기들이 축축해졌고, 나는 옆에 구멍이 난 고무인형처럼 삑삑 소리를 내며 생각했다. 그가 책에서 읽고 기숙사에서 사람들한테 들었던 것을 하룻밤에 모두 해보려고 하는 모양이라고. 하지만 그래도 상관없었다. 나는 그를 사랑했고, 내 아들인 것처럼 불쌍히 여겼으며, 그가 도망쳐버릴까봐, 지쳐버릴까봐 두려웠다.

(아들처럼이라니! 정말 할 말이 없다. —A. A.)

모든 것이 다 끝나고 그는 나에게 말했다. 이 세상에 여자보다 더 아름다운 것은 없다고. 나는 그에게서 몸을 떼어내지 못하고 그의 어깨와 팔, 배를 쓰다듬어주었다. 그는 흐느껴 울었고, 다시 한번 내게로 몸을 밀착시켰다. 그것은 완전히 다른 느낌이었다. 우리는 오랫동안 헤어져 있다 다시 만난 사람들 같았다. 우리는 서두르지 않았다. 나는 어떻게 반응해야 하는지 알게 되었고, 그를 필요한 방향으로 이끄는 법도 알게 되었다. 그는 어딘가에 도달하려고 찾아내려고 애썼으며 마침내 찾아냈다. 나는 아무 말도 하지 않았지만, 계속해서

(됐어, 이제 그만! 어느 일본 시인이 쓴 것처럼, 외로운 여선생에게 오르간을 갖다준 꼴이로군. 오, 아이들아, 아이들아, 자라면서 자신을 귀히 여길 줄 알고, 살면서 참을 줄 알아야 한다. 휴양지에서 일하던, 부끄러움이라고는 모르는 어느 청소부 이야기도 떠오른다. 제비들이 배설물로 현관을 더럽히는 게 싫었던 그녀는 막대기로 제비 둥지를 쑤시고 다녔다지. 막대기로 둥지를 찌르고 내리쳐서 다 자란 새끼 새 한 마리를 떨어뜨리기도 했고.)

심장이 쿵쾅거렸고, 그는 정확히 도달했다.

(막대기로, 막대기로.)

희열, 사람들은 이것을 희열이라고 부른다.

(이런 걸 인간이라고 할 수 있을까? 언젠가 시인 도브리닌의 아들이 한판 싸움을 하고 난 것처럼 힘겹게 숨을 몰아쉬며 술에 취한 목소리로 내게 전화를 걸어 말했다. 수세미처럼 너덜너덜해진 걸 인간이라고 할 수 있을까요? 누굴 두고 한 말인지는 나도 모른다.)

제발 아무도 이 글을 읽지 말기를.

(그래, 애들은 읽지 마라! 어른이 된 다음에, 그때 읽어라. —A. A.)

그는 더 깊게 들어와 몸을 밀착했고, 이를 악물고 신음했고, '스스스 스스스' 소리를 내며 눈물을 흘리고 머리를 흔들었다…… 그리고 말했다. "사랑해."(인류는 이런 것을 방탕이라고 부른다. —A. A.) 얼마나 지났을까. 그는 희끄무레한 아침 빛을 받으며 벌렁 드러누웠고, 나는 텅 빈 껍데기 같은 몸을 떨며 일어나 솜으로 만든 것처럼 힘이 다 빠져버린 다리로 버티고 서서 옷가지를 주워모았다. 내 아래 깔려 있던 러닝셔츠는 피투성이가 되어 있었다. 나는 피가 묻은 축축한 지푸라기들을 치우고 건초더미에서 기어내려와 셔츠를 빨기 위해 연못가로 천천히 걸어갔다. 알몸에 피투성이가 된 사시카도 나를 따라왔다. 우리는 서로 몸을 닦아주었고, 연못으로 첨벙 뛰어들어가 한참 동안 헤엄치고 물을 튀기며 놀았다. 투명한 갈색 물이 우유처럼 따뜻했다. 그런데 그때 학교에서도 규율을 잘 지키기로 유명한 베로니카가 우리를 보았다. 베로니카는 매일 아침 다른 사람들보다 일찍 일어나 씻으러 나오곤 했다. 그녀는 아직 빨지 못해 피가 묻은 채로 연못가에 놓인 내 러닝셔츠를 보고는 깜짝 놀라 비명을 질렀다. 사시카는 재빨리 물속으로 몸을 감추었지만, 베로니카는 희번덕거리는 눈으로 우리를 유심히 훑어보고는 황급히 어딘가로 달려갔다. 나는 러닝셔츠부터 집어서 빨았고, 사시카는 마른 옷가지로 재빨리 몸을 가리고 도망쳤다. 나는 그 순간 그를 사로잡았던 공포가 평생 그를 따라다녔다고 생각한다. 그리고 그것으로 끝이었다. 그는 더이상 내 몸을 건드리지 않았다. (그렇다. 그리고 그 모든 공포와 방탕으로부터 순수하고 아름답고 티없이 맑은 티모치카가 태어났다. 누가 진정한 사랑으로 태어난 아이들만이 아름답다고 했는가? 티모치카는 그 모든 수치스럽고 부끄러운 사건에도 불구하고 신처럼 아름다웠다. 이 종잇장들을 아이들이 보지 못하게 해야 한다! 다 읽고, 누가 누군지, 내가 어떤 사람이고, 알료나가 어떤 사람인지 알게 해도 된다, 다만 나중에, 좀더 나중이어야 한다! 이 일기를 다시 책장 위에 숨겨두어야 한다. 어차피 알료나가 기억하고 찾아내겠지. 최근 몇 년 동안 그애는 뭔가에 홀린 사람처럼 계속 일기장을 찾았다. 내가 자기 일기를 읽었다는 것을 알면 알료나는 죽어버릴지도 모른다. 하지만 알료나는 지금 먼 곳에 있다. 내가 지금 이 글을 쓰는 건 그애를 위해서이기도 하다. 자신의 삶이 어떤 것인지 그애 스스로 깨닫게 하기 위해서! 정말이다! 예를 들어, 나를 아프게 한 남자는 한 사람도 없었다, 단 한 사람도! 고통에 대한 미사여구는 모두 헛소리다! 생각해보라. 그 눈물과 신음, 그 피에서 작은 피 한 방울이 만들어지고, 파열과 분출 끝에 만들어진 알 속의 작은 점, 그 작은 올챙이가 제일 먼저 파도를 타고 흘러가 정착한다, 우리는 모두 그렇게 태어났다! 오, 자연이여! 위대한 사기꾼이여! 자연은 왜 우리로 하여금 그와 같은 고통과 공포를, 피와 악취, 땀, 정액, 경련, 사랑, 폭력, 아픔, 불면의 밤, 힘겨운 노동을 겪게 하는 것일까, 다 잘되게 하기 위해서라고? 아니, 그렇지 않다. 모든 것은 다시 역겨운 것이 되고 만다. ─A. A.)

　나는 부학장 아파트의 샤워기 아래 서서 목놓아 울었다. 안경을 낀 진지한 표정의 부학장이 갑자기 들어와 욕조 안에 있는 내게 다가왔고, 나는 쥐고 있던 팬티를 재빨리 샤워커튼 위로 던졌다. 그는 내 눈물을 닦아주었고, 약간 떨어진 곳에 쭈그리고 앉아 나를 쳐다보며 무겁게 한숨을 내쉬었다. "나가봐야 하잖아요." "아니야, 괜찮아, 잠깐은." "가세요, 기차 시간 늦으면 어떻게 해요." 침묵과 뜨거운 물이 흘러내린다. "영원히 이렇게 있을 수 있다면, 당신 없이 난 이제 어떻게 살죠? 이제 그만 가세요, 뭐해요, 이러다 늦겠어요."

(아니다, 후손을 위해서라도 이 일기는 남겨두어야 한다. 알료나에 비하면, 그것도 부학장이 그애의 겨우 두번째 남자였던 걸 생각하면, 나는 정말 아무것도 모르는 순진한 어린애였다. 수캐들은 행복에 겨워 대번에 드러누워버리는 알료나의 여성적 약점과 능력을 본능적으로 알아차렸다. ─A. A.)

그는 내 옷을 입혀주고 드라이어로 머리를 말려주었다. 나는 아빠와 헤어질 때 그랬던 것처럼 감정이 북받쳐 다시 울기 시작했다. 아빠가 우리에게서 영원히 떠난다고 했을 때, 나는 아빠 무릎에 매달려 울었다. 엄마는 그런 나를 무섭게 밀쳐내고는 웃으며 말했다. "왜 이래 너, 이 사람이 뭐라고, 당신은 어서 나가, 꼴도 보기 싫으니까." (지금 누굴 어디다 비교하는 것인가. 자기 아빠를 이런…… 사생아 카탸의 아빠와 비교하다니…… ─A. A.)

그가 말했다. "울지 마, 유치우편으로 편지를 보내면 내가 찾아갈게, 나는 항상 거기서 우편물을 받아보니까, 연락 꼭 하고." 그는 이리저리 집안을 서성이며 중얼거렸고, 먼지와 자잘한 쓰레기를 치우고, 침대 시트를 벗겨내고 새 시트를 펴서 꼼꼼히 씌운 다음, 그 위에 벌렁 드러눕기도 했다. 혼자서 깊은 잠을 잔 것처럼 보이게 하기 위해서였다. 그러고는 얼룩이 묻은 시트를 한데 모아 신문으로 꼼꼼하게 싸고서 비닐봉지에 넣어 나에게 주었다. "이걸 어쩌라고요?" "빨아야지." "그다음엔요?" 그는 잠시 생각하고 나서 말했다. "다시 써야겠지." ("당신이 가져"라고 하지 않은 게 다행이다. 하지만 덕분에 알료나는 그 시트를 대야에 넣어 삶고 다림질까지 해서 돌려주었다! 상상이 되는가? 하기야 그런 남자들은 털끝만큼의 물질적 손실도 견디지 못하니 알료나가 제대로 한 거지만! 이건 기본적인 예의의 문제다. "당신이 가져"라는 말을 했든 안 했든, 처음 만난 사람한테 그런 걸 준다는 게 말이 되는가?! 차라리 길거리 쓰레기통에 던져버리지. 그것도 아까웠나? ―A. A.)

집을 나서기 전 그는 아쉬운 듯 시계와 침대를 번갈아 쳐다보았다. 일 분이라도 더 쓰고 싶은 게 분명했다. 다시 내 옷 단추를 끄를 기회만 노리고 있었던 것이다. 하지만 단추를 끄를 필요도 없었다. 그는 옷을 거의 입은 채 "잠깐만 참아"라고만 했다. 모든 것은 간단히 끝났고, 다시 스타킹을 신는 나를 보며 말했다. "한 층 올라가서 엘리베이터를 타, 난 걸어서 내려갈 테니." 내가 아파트 입구로 나왔을 때, 그는 이미 자기 차를 탔거나 택시를 잡아타고 사라진 뒤였다. 정류장에는 서너 사람이 서서 오지 않는 일요일의 버스를 기다리고 있었다. 그리고 지하철을 타고 나서야 나는 팬티를 빨아 욕실 샤워커튼에 걸어놓고 그냥 나왔다는 것을 깨달았다! 아, 정말 끔찍한 일이다! (자기가 무슨 짓을 했는지는 알고 있군. 아마도 집에 돌아온 아내는 남자를 몰아세우며 다른 여자의 젖은 팬티로 남자의 낯짝을, 그의 안경을 후려쳤을 것이다! 그제야 남자도 자기가 한 짓을 똑똑히 깨달았을 테고. 돈도 안 받는 여자를 그냥 보내기가 아까워 옷을 입은 채로 끝까지 쥐어짜다니! 도대체 왜 자신을 좀더 귀하게 여기고, "안 돼"라고 말하지 못하는 것인가? ―A. A.)

그의 아내가 욕실로 들어가 샤워커튼을 치는 순간 젖은 내 팬티가 선물처럼 그녀의 머리 위로 떨어지는 장면을 상상만 해도 너무 끔찍해 머리카락이 말 그대로 삐죽삐죽 섰다! 집으로 돌아오는 내내 나는 수치심으로 죽어버릴 것만 같았고, 책상 앞에 앉아 있는 지금도 땅속으로 꺼져 들어갈 것 같다! 계속해서 심장이 뛰고 생각만 해도 미쳐버릴 것 같다! 모든 것이, 모든 것이 배반당하고 능욕당했다! 식당에서 시선을 피하며 곁눈질로 나를 쳐다볼 때부터였다. 그는 내 발을 지그시 밟으면서 내 무릎에 손을 올려놓고 손가락으로 살짝 더 위쪽을 더듬었다. 나는 온몸을 움츠리며 그의 팔을 밀쳤고, 그는 원하는 곳에 이르지 못했다. 그와 그의 친구는 정중하게 나를 문 앞까지 데려다주었다. 문 앞에서 갑자기 그가 친구에게 "나중에 전화하세, 난 잠깐 할 얘기가 좀 있어서"라고 말하자 친구는 여자처럼 머리를 가볍게 숙여 인사하고는 의미심장한 미소를 지으며 떠났다. 부학장은 재빨리 수첩을 꺼내 자기 집 주소와 20시라는 시간과 날짜를 적어주었다. 그리고 그날 저녁 나는 그를 찾아갔다. 그때 내가 얼마나 행복했는지! 가는 내내 나는 정말로 행복했다! 그리고 이렇게 어리석고 수치스럽게 끝나버렸다!

일기는 거기서 끝났다.

하지만 그들에게 그것은 시작일 뿐이었다. 그 일이 있고 나서 얼마 지나지 않아 나와 티모치카는 우리의 젊은 엄마(그때 알료나는 겨우 스물두 살이었다)를 거의 보지 못하게 되었다. 알료나는 졸업시험을 준비하면서 필요한 실습을 마쳤고 (알료나는 남자가 부학장으로 있는 연구소에서 논문을 쓴다면서, 걸핏하면 서른일곱이나 먹은 남자와 붙어 있었다. 이게 말이 되는가!) 남자에 대한 심사숙고도 끝냈다. 그리고 얼마 후 집으로 왔다. "나 엄마한테 할 말이 있어." "잘됐구나, 나도 할 말 있다." "나 결혼해." "그 남자는 부인을 두셋씩 데리고 산다든? 그 여자들하고 다 한꺼번에 결혼할 순 없어." "엄마는 이해 못해." "부인이랑은 이혼했대?" "엄마, 그런 건 중요한 게 아니야." "아, 그래, 그럼 부인이 있는 남자의 애인이 되겠다는 거구나." "엄마, 그만 좀 해요, 아이가 생겼어. 우리가 살 집을 구해준다고 했어." "너희가 살 집? 자기는 어디서 살고?" "엄마! 이 집으로 데려오진 않을 테니 걱정하지 마! 대신 엄마도 나 찾아올 생각하지 마." 난데없이 묵은 원망을 토해내듯 그녀가 말했다. "티모치카는 보러 올 거야, 집에도 데려갈 거고, 하지만 엄마는 아니야! 엄마는 안 돼!"

정말로 그녀는 나를 데려가지 않았다. 하지만 양육비는 가져갔다. 사실 처음부터 그런 것은 아니었다. 아마도 남자가 아주 인색하고, 돈 문제는 언급조차 하지 않으려 한다는 사실을 깨닫고 나서부터였을 것이다. 그런 부류의 인간들의 사랑은 언제나 고상하고 플라토닉해서 어떤 것에도 대가를 치르려고 하지 않는다. 비물질적인 사랑인 것이다. 혼자쓰기에도 늘 돈은 부족했다. 그래서 그네들은 동전 한 닢에도 목을 매는 것이다! 그들은 끊임없이 자동차, 컴퓨터, 비디오카메라 등을 사기 위해 계획을 세우고 무언가를 위해 평생 돈을 모았으며, 공짜로 '결혼하기'를 아주 좋아했다. 아무래도 여자에게 들어가는 자신의 물건을 무슨 현금처럼 생각하는 것 같다.

우리는 그런 인간들을 돈까지 줘가며 먹여살리고 있는 것이다. 아아아, 불쌍하고 가난한 내 딸.

밤. 아이는 잠들었다. 나는 보초를 서고 있다. 딸애가 이따금 불시에 공격을 해오기 때문이다. 지난 연말, 그때 있던 일을 절대 잊을 수가 없는데, 언제나 그랬듯 갈 데가 없던 나와 티마는 집에서 새해를 보내기로 하고 전나무 시장에 가서 부채처럼 잔가지가 많이 붙은 나뭇가지들을 모아 꽃다발을 만들었다. 크리스마스트리처럼! 우리는 색종이(낡은 잡지들)를 오려 작은 깃발도 만들고 동물 인형도 만들었다. 그리고 그때 알료나가 왔다. 새해라고 들른 것이다. 티마에게 준다며 파란 플라스틱 고양이도 가져왔는데, 정말 흉측하게 생긴 그 인형을 티마는 늘 안고 다녔고 잘 때도 제 옆에 놓고 재웠다. 불쌍한 그 아이에게 네 엄마가 이제 아주 철면피가 되어 크리스마스 장식 상자 두 개를 가져갔고, 겨우 세 개 밖에 안 남았다고 말해줄 순 없었다. 나는 울었다. 그래도 전기 꽃줄은 잊어버리고 갔다! 새해 첫날 우리는 전나무 꽃다발을 방안 가득 매달아놓았다. 왠지 불안한 마음에 따로 숨겨놓았던, 반짝거리는 지붕 아래 양쪽으로 작은 창이 달린 유리집도 내놓았다. 티마는 〈파랑새〉에 나오는 틸틸과 미틸처럼 그 작은 창문 안을 들여다보는 것을 좋아했다. 꽃줄에 불을 켜자 우리의 작은 집이 반짝거렸다. 나와 티마는 (파란 플라스틱 괴물도 같이) 손을 잡고 원을 그리며 돌았고, 나는 조용히 눈물을 닦았다.

새해맞이로 우리는 서로에게 선물도 했다. 티마는 자기가 그린 그림을 신문지로 싸고 풀까지 붙여서 내게 주었고, 나는 헌옷으로 손에 끼우고 인형극을 할 수 있는 아주 멋진 인형을 만들어주었다. 티마는 이제 그런 인형이 네 개가 됐다. 그 인형들을 만드느라고 얼마나 고생했는지. 얼굴이 예쁘게 만들어지지 않고 코를 자꾸 망쳐서, 나중엔 그냥 점만 찍어주었다. 게다가 끝도 없이 뭔가를 만들어 붙이고 자르고 떠줄 수도 없었다. 티마는 손만 대면 인형이 뚝딱 만들어지는 줄 알고 자기가 만들어보겠다고 했지만, 얼마나 빨리 지쳐버리던지! 십 분도 안 돼서 징징거리고, 어린애라 손이 비뚤거려 아무것도 제대로 못해 금세 망쳐버리고는 악에 받쳐 잡아 찢곤 했다. 하지만 나는 바빴고, 일을 해야 했다! 어느새 아이의 입이 비틀린다. 신경성 경련이다.

나는 『훌륭한 태도 갖추기』라는 작은 책을 만들어 안드레이에게도 선물하려고 했다. 하지만 안드레이는 그런 건 됐으니까 자기 돈이나 제때 내놓으라고 전화에 대고 버릇없이 떠들어댔다. 내가 본문은 벌써 다 만들었고 평소 지켜야 하는 몇 가지 행동들은 밑줄도 쳐놓았다고 하자 안드레이는 창밖으로 뛰어내리겠다고 다시 협박했다.

사실 그건 내가 아니라 아내한테 한 소리였다. 옆에서 그녀가 또 욕을 퍼붓고 있었다. 지난번엔 아무런 협박도 없이 그냥 참지 못하고 불쑥 이층 창문에서 뛰어내렸다. 병원에서 확인된 바에 따르면 당시 안드레이는 심한 알코올중독 상태였다. 안드레이는 불행히도 아스팔트에 떨어졌고 두 다리가 다 부러져 한동안 병원에 누워 있었다. 지금도 그 애는 발뒤꿈치 상태가 좋지 않다.

안드레이 아내의 말로는 발꿈치의 통증이 참기 어려울 만큼 심각하다는데, 겉으로 보기에는 아무렇지도 않았다. 신경을 다쳐서 그런 거라고 했다. 안드레이는 이제 걸어다니거나 서서 하는 일은 못하고 앉아서 하는 일만 할 수 있다. 게다가 가끔 누워 있을 수 있는 곳을 찾다보니 갈 데라곤 소방대나 경비실밖에 없었다. 어떻게 이런 일이, 이런 비극이 있을 수 있는가! 벌써 오 년 전 일이다. 오 년 전 안드레이는 그렇게 두 다리를 잃었다.

나는 그 두 사람, 남편과 아내를 두려워했다. 안드레이의 아내는 전화로 자기네는 괜찮다고, 어제 남편이 자신의 가운 소매를 찢긴 했지만 그래도 괜찮다고 했다. 그녀는 간호사였다. 그 힘든 일을 하면서도 그녀는 그애에게 진통제도 놔주고 발마사지도 해주고 목욕도 시켜주었다. 하긴 안드레이가 아직 젊으니까! 알룐카*는 안드레이보다 두 살 더 어리다. 싸구려 생선 수프 얘기가 나왔던 지난번 안나 카레니나와 아들의 상봉 장면에서 나는 그애에게 말했다. 네 꼴을 봐, 지금 네가 어떤 꼴을 하고 있는지 좀 보라고. 알룐나는 눈을 옆으로 돌렸고, 천천히 차오른 눈물로 눈가가 빨갛게 부었다. 나에 대한 증오심이 새삼 솟구쳐오른 것이다. 자리에서 일어난 알룐나는 고맙다는 말도 하지 않고, 침도 뱉지 않고, 티마 쪽은 쳐다보지도 않은 채 유모차를 끌고 나갔다. 그러고는 사층에서부터 일층까지 살진 계집아이가 탄 유모차를 끌고 걸어내려갔다. 빌어먹을 엘리베이터 하나 없어서.

　알룐나는 어릴 적부터 샘이 많았다. 그래도 자라면서 샘도 줄고, 십대가 된 이후로는 제 오빠와 둘이서 나를 쫓아내고 밤마다 부엌에서 이야기를 나누기도 했다. 나는 젊은 애들의 대화를 들어보겠다고 들뜬 마음에 방문을 살짝 열어놓기도 했지만 어림도 없는 일이었다! 부엌은 두 아이의 마음처럼 굳게 닫혀 있었다. 안드레이가 교도소에 있을 땐 제 오빠한테 편지를 쓰기도 했는데, 이 얘기는 나중에 다시 하기로 하고, 게을러터진 그 인간을 집으로 데려온 이후론 편지도 쓰지 않았다.

---

* 알룐카, 알료누시카, 알료노치카는 알룐나의 애칭이다.

그 인간은 제대로 앉고 설 줄도 몰랐고, 제 처지도 잊은 채 냉장고에 있는 것을 죄다 먹어치우곤 했다. 테르노폴*에서 왔다는 인간에게 뭘 기대하겠는가. 매일 아침 그는 거울 앞에서 완전히 무아지경에 빠져 면도를 했다. 전기면도기로 삼십 분간 자신을 가다듬는 모습은 마치 요가의 명상시간과도 같았다. 급히 나갈 일이 생겨 욕실을 들여다보면 눈을 반쯤 감고 있는 그의 주위로 생각들이 둥둥 떠다니는 듯했다. 기저귀가 흥건히 젖어 티모치카는 빽빽거리며 울고, 알료나는 아침마다 변기에 앉아 애를 낳듯 힘을 주었으며, 교도소에서 나온 안드레이는 욕실도 화장실도 못 가고 아침부터 있는 대로 화가 나서 접이식 침대가 있는 부엌에 앉아 커피라도 좀 혼자 마시게 해달라며 부엌에서 나를 쫓아냈다. 씁쓸한 커피 한 잔을 마시기 위해서. 그리고 일 년 후 안드레이는 창문에서 뛰어내렸다. 하지만 그것은 아내 때문이었고, 좁아터진 이 집에서 일어난 일도 아니었다. 사실 혈기왕성한 시절은 이미 끝난 후였다. 남들은 군복무를 하는 동안 싸움질로 교도소에서 썩고 있었으니. 그애가 출소했을 때 나에게는 그애에 대한 사랑, 주체할 수 없는 사랑과 안타까움뿐이었다. 나는 부티르카 교도소의 한 출구 앞에서 기다렸는데, 그애는 다른 출구로 나왔다. 늘 그런 식이었다. 내가 깨끗이 빤 옷도 들고 갔건만, 다른 출구로 나온 그애는 늘 그랬듯 버스표도 없이 트롤리버스와 버스를 타고, 그다음엔 걸어서 온 모스크바를 돌았다. 돈이 한 푼도 없었던 것이다. 출구를 잘못 알고 한참을 하릴없이 기다리다 집으로 달려가보니 안드레이는 벌써 집에 와 있었다. 스무 살의 청년이 되어, 죄

---

* 우크라이나 서부의 지방도시 테르노필의 러시아식 발음.

수복을 입은 채로. 식탁 위에 놓인 '예쁜이모자'(안드레이는 그 모자를 그렇게 불렀다)까지 온통 석탄처럼 시커먼 색이었다. 그때는 봄이었고, 거리에는 사람도 많았으니 다들 그애를 쳐다보았을 것이다. 나는 부엌에 쪼그리고 앉아 비쩍 마른 영웅의 신발을 벗겼다. 안드레이가 낮은 목소리로 묻는다. "저 사람은 누구야? 어떻게 된 거야?" (그때 게으른 멍청이가 방에서 나왔다. 하루종일 잠만 자는 인간.) 그들에게는 밤낮이 없었다. 티마가 빽빽거리고 울기 시작했다. 내 아들, 네가 이런 곳으로 돌아오다니. 밤이면 티마는 불면증인 내 옆에서 잠들지 못했고, 낮에도 그들이 집에 있을 때면, 그 둘은 자도 그들 옆에서 잠들지 못했다. 시인인 나는 항상, 무슨 일이 있어도 집에 있었다. 그런데 하필 안드레이가 집에 왔을 때 내가 없고, 저 테르노폴이 문을 열어준 것이다. 나는 그애가 뭘 묻는 건지 몰랐다. 안드레이가 다시 묻는다. "저 사람 누구냐니까? 어떻게 된 거야?" 내가 다른 아들을 (그러니까 테르노폴에) 숨겨두었다고 생각한 것이다. 나는 모든 것을 설명하기 시작했고, 너무 걱정할까봐 편지에는 쓰지 않은 거라고도 말했다.

이리로 오는 게 아니었는데, 이러다 큰집에 한번 더 들어가는 거 아닌지 모르겠네, 안드레이가 말했다. 안드레이는 내가 이야기를 시작하기도 전에 됐다고, 자기는 상관없다고 했지만, 나는 그가 어떤 인간인지, 알료나를 그런 인간과 결혼시키겠다고 얼마나 애를 썼는지 늘어놓기 시작했다. 그리고 그때 그가 잠에서 막 깨어 통통 부은 얼굴로 부엌 옆에 있는 화장실로 들어갔다. 그는 화장실에서 문고리를 한참 딸각거렸다. 걸쇠가 잘 걸리지 않았던 것이다. 사실, 우리끼리 있을 때는 일일이 문을 잠그지 않았다. 그냥 "안에 사람 있어" 하고 소리치면 되지 걸

쇠까지 걸어 잠글 필요는 없어서 쓰는 사람이 없다 보니 녹이 슬어 못 쓰게 된 것이다. 그는 무엇이 두려운지 토끼처럼 딸각거렸다. 하긴 자신이 어떤 집으로 들어가는지, 그 집에 어떤 화약이 냄새를 피우고 있는지 알지 못한 채 이제 막 결혼했고, 거주등록도 아직 못했으니. 알료나의 친구들, 감자 수확을 돕기 위해 함께 콜호스*로 갔던 친구들이 아니었다면 나는 알료나를 결혼시키지 못했을 것이다. 티마가 태어난 것은 6월이었고, 그로부터 보름 후 안드레이가 돌아왔다. 소돔이 따로 없었다. 그것이 시작이었음을 나는 알고 있었다. 하지만 나의 수난자, 내가 사랑하는 유일한 사람이 어떤 일을 겪고 돌아왔는지는 알지 못했다. 근육은 없어지고 젖살은 빠졌으며 도톰한 입술은 꼭 다물린, 눈을 뗄 수 없는 미남이었다. 그리고 그 모든 것에서 이미 아스팔트 빛이 비치고 있었다.

일은 다음과 같이 된 것이었다. 테르노폴은 결혼을 하지 않으면 문제가 복잡해져 결국 군대에 가게 될 거라는 학교 측의 경고를 받고, 마지못해 알료나와 결혼했다. 우리가 그를 가족으로 들인 것은 알료나가 임신 8개월이 다 되었을 때였다. 나의 수난자, 나의 영원한 고통 알료나가 그를 데려왔다. 집으로 들어서는 그의 얼굴에는 마뜩잖은 기색이 역력했다. 마치 자신이 곧 위대한 루스**이며 테르노폴이라는 듯한 표정이었다. 자리를 권해도 눈조차 마주치지 않았다. 온몸이 퉁퉁 부은 알료나는 아직 어린 티가 났고, 눈밑이 폭 꺼지고 푸르스름한 입술에

---

* 소련의 집단농장.
** 러시아의 옛 명칭.

머리를 풀어헤친 모습은 섬뜩하기까지 했다. 나는 어떤 상황에서도 자신을 저렇게 방치하지는 않았다. 특히 머리, 머리가 제일 중요하다! 깨끗이 감고 단정하게 빗어올린 풍성한 머리 말이다! 피부의 생기도 중요한데, 그러려면 산책을 많이 해야 한다. 예전에 나는 산책을 좋아했다. 지금은 허둥지둥 뛰어다니기 일쑤지만.

"알룐카," 내가 말했다. "내가 너를 가졌을 땐 그렇게 세상 다 산 여자처럼 하고 다니지 않았어. 마음 단단히 먹고 가서 머리부터 감아. 왜 그러고 있어? 누가 죽기라도 했어? 애를 처음 갖는 것도 아니잖아?"

알료나.

"자기야, 내가 말했지? 우리 엄마 완전 또라이라고."

그는 약간 겁을 먹은 듯했다. 하지만 그는 아직 건장한 청년이었고, 자신과 자신의 힘을 믿고 있는 것이 보였다.

두 사람은 전에 아이들 방으로 쓰던 방으로 들어가 자리를 잡았고, 알료나는 그에게 먹을 것을 가져다주었다. 두 사람은 앉은자리에서 봄 감자에 양파와 마요네즈를 섞은 샐러드와 수프 한 냄비, 내가 빵 반 덩어리를 넣어 큼직하게 만들어놓은 마지막 커틀릿 세 개를 먹어치웠다. 나는 안드레이가 교도소에서 나오는 날만 기다리며 내 몫은 물론이고 알료누시카 몫까지 아껴가며 살았다. 정말이지 나는 아무것도 필요 없었고, 안드레이가 돌아올 날을 생각하면 차만 마셔도 배가 불렀다. 그는(그분께서는) 커틀릿을 세 개나 먹어치웠지만, 알료나는 맛도 보지 못했을 것이다. 나는 부엌에서 조용히 내 몫을 알료나에게 주며 말했다.

"뱃속의 애도 먹고 싶다지? 자, 내 거 다 가져다 먹어."

알료나는 치밀어오르는 분을 꾹꾹 누르며 나를 쳐다보다 갑자기 울기 시작했다.

"난 엄마가 싫어! 정말 꼴도 보기 싫어!"

"내가 뭘 어쨌다고? 얼마나 못 얻어먹고 다녔으면. 그래도 너는 뱃속의 아이를 생각해서라도 먹었어야지. 저 인간이 밥값은 벌어오겠다고 하든? 아니면 계속 네 몫을 먹어치우겠다니? 너도 알다시피, 내가 돈을 벌긴 해도, 시인은 많이 벌지 못해."

"글쓰기에 미친 여자겠지." 나의 알료나가 나를 보고 그렇게 말했다.

한두 번 있는 일도 아니다.

당시 알료나는 티모페이를 임신하고 있었다. 뱃속에 있는 아이가 나의 팀카, 테르노폴의 조상에 경의를 표할 그 아이라는 사실을 나는 꿈에도 알지 못했다. 알았더라면 알료나를 업고 다녔을 것이다. 하지만 그때 내 머릿속에는 어떻게든 알룐카와 아기를 먹여살려야 한다는 생각뿐이었다. 게다가 남편이라는 작자까지 우리한테 매달려 있었으니. 도대체 어떤 귀신이 그런 겁쟁이를 물어다놓은 걸까. 그는 결혼하지 않으면 퇴학당하고 군대에 가게 될까봐, 군대에서 예쁘장하게 생겼다며 자신을 노리개로 만들까봐 겁을 먹고 있었다. 그렇게 치면 나의 안드레이는 교도소에서 얼마나 험한 꼴을 당했겠는가? 대체 얼마나 험한 꼴을? 내가 그애를 위해 모아둔 돈으로 그렇게 다 먹고 마셔버리면, 그애가 거기서 받은 조롱과 고통을 나는 무엇으로 보상한단 말인가? 그렇게 우리집으로 들어온 새신랑은 아이들 방에 결혼증인 두 명과 같이 얌전히 앉아 있었다. 감자농장에 같이 있던 애들은 아니었다. 그 인

212

간이 싫다고 했겠지. 나는 감자샐러드와 마카로니를 얹은 고기, 그리고 말린 과일을 넣은 만두를 내놓았다. 다음날 아침 눈을 뜨기가 무섭게 알료나는 나보다 먼저 부엌으로 달려가 마지막으로 남아 있던 달걀 세 개로 오믈렛을 만들었다. 자기 남편 하나를 먹이겠다고. 그러고는 하녀처럼 앞치마를 두르고 오믈렛을 먹는 남편 앞에 서 있었다. 나중에 나는 알료나에게 말했다.

"아주 하녀가 따로 없더라. 그건 너하고 내가 먹을 달걀이었어. 블린*을 만들려고 했는데. 빌어먹을, 이제 집에 먹을 게 하나도 없다고. 결혼이라고 했으면 밥값이라도 내놓아야 할 거 아냐, 돼먹지 못한 인간. 아침부터 죽만 먹게 생겼네. 어떻게 할 거야? 뭐라도 먹어야 애 젖이라도 물릴 거 아냐? 비쩍 말라가지고!"

나는 알료나를 끌어안고 울려고 했다. 하지만 그애가 펄쩍 물러섰다. 우리는 늘 그런 식이었다. 알료나는 그의 비위를 맞추기 위해 노심초사했다. 자기, 그애는 그를 그렇게 불렀다. 나는 점점 내 방에서 나가지 않게 되었다. 냉장고도 껐다. 첫째, 빈 냉장고를 돌릴 필요가 없었고, 둘째, 모욕당하고 버림받은 외로운 엄마로서 나도 하루종일 줄을 서서 채운 가방 두 개를 힘들게 집에 끌고 들어오면 (알료나의 정확한 표현대로) '탐욕스러운 손님이 와서 죄다 먹어치우는' 것에 어떤 식으로든 반응을 보여야 하지 않겠는가? 손님들은 우리 아파트로 난 길이 마르고 닳도록 드나들었다. 한창 깨소금이 쏟아질 시기에 임신한 몸으로 굶주리고 있는 부부의 처지가 모두의 심금을 울렸던 것이다. 알료나는

---

* 메밀가루나 밀가루로 반죽을 만들어 얇게 부친 러시아 전통음식.

그 대단한 손님들이 가져온 감자와 버터 100그램과 소시지를 들고 승리자처럼 부엌으로 들어왔다. 침 고이게 하는 냄새가 사방에 떠다녔고, 하나밖에 없는 내 찻주전자까지 빼앗긴 나는 냄비에 맹물을 끓였다. 그때는 하나밖에 없는 사랑하는 내 아들이 교도소에서 나오기 직전이었고, 나는 굶어가며 모든 것을 아껴쓰고 있었다. 나는 아침에도 점심에도 저녁에도 흑빵에 차만 마셨다. 감옥에서 먹는 것처럼. 그애가 거기서 그렇게 먹으면 나도 여기서 그렇게 먹어야 한다.

"우리 엄마는 완전히 맛이 갔어." 끓는 물이 든 냄비를 들고 부엌에서 나오는 나를 보며 알료나가 손님들에게 설명했다.

나는 그들과 말도 섞지 않았다. 그러나 위대한 루스를 향한 나의 증오는 너무나도 미약한 것이었고, 오히려 그들을 더욱 끈끈한 가족애로 묶어주었다. 그들은 합심해서 나를 놀렸다. 알료나가 솔로로 나서면 그가 반주를 깔아주고, 그들은 나를 가지고 아예 장단을 맞춰가며 노래를 불렀다. 나는 정말로 그 둘이 어디로든 꺼져버리기를, 그래서 아이들 방을 안드레이에게 내주기를, 오로지 그것 하나만을 바랐다. 하지만 그들이 어디로 꺼진다는 말인가? 어디로? 내가 네 남편을 내 집에 등록시킬 생각은 없으니 당장 기숙사에 가족용 방을 알아보라고 말하자, 온 집안에 알료나의 눈물 바람이 몰아쳤다. 아, 그러니까 그 인간은 거주등록 때문에 결혼한 거였구나. 내가 말했다. 그럼 다시 이혼하라고 해. 알료나는 고민 끝에 대책을 세웠다. 아니, 그의 사주를 받고서 다음과 같이 나에게 통보했다. 그러면 안드레이가 교도소에서 돌아와도 이 집에 거주등록을 못하게 하겠다고, 자신에게는 그럴 권리가 있다고. 아!

어떻게 그런 생각을. 한바탕 싸우고 나면 늘 그랬듯 우리는 각자 방에 틀어박혀 흥분을 가라앉혔다. 잠시 후 알료나가 내 방으로 들어왔다. 나는 온몸을 부들부들 떨면서도 마치 일을 하고 있었다는 듯 앉아 있었다.

"엄마는 내가 아주 죽어버렸으면 좋겠지?" 알료나는 (또다시) 눈물이 그렁그렁해져서 물었다.

"죽긴 네가 왜 죽어, 그 뱃속의 네 아이하고 실컷 살아. 하지만 너도 생각해봐라! 그 인간을 기어이 이 집에 등록해서 네 가족이 제대로 꾸려진대도, 솔직히 나는 모르겠지만, 그 가족이 이제 아무데도 내놓지 못하게 된 안드레이하고 정신병원에 있는 내 어머니를 희생할 만큼 가치가 있는지?"

그 무렵 알료나는 쉽게 눈물을 보이곤 했다. 커다란 눈에서 툭하면 후드득 눈물이 떨어졌다. 내가 사랑하는 그 맑은 눈망울에서. 나는 어떻게 하라고, 날더러 어떻게 하라고 그렇게 우는 것인지!

나는 알료나를 안아주고 싶었다. 웬일인지 알료나는 나를 밀어내지 않았다. 나는 깨질 것처럼 연약한 알료나의 어깨에 가만히 손을 올려놓았다. 알료나는 떨고 있었다.

"그래," 알료나가 말했다. "엄마한테 나하고 내 아이가 필요 없다는 거 나도 알아, 엄마한텐 언제나 그 범죄자뿐이겠지. 안 그래? 엄마는 내가 죽었으면 좋겠지? 아니면 어디로 사라져버리든가? 안됐지만 그런 일은 없을 거야. 두고 봐, 그이한테 무슨 일이라도 생기면, 엄마가 그렇게 사랑하는 안드류샤를 지금까지 못 본 것보다도 훨씬 더 오랫동안 못 보게 될 거야."

그애는 자기 오빠에 대해, 여덟 명의 친구를 온몸으로 감싼 수난자에 대해 그렇게 말했다! 자신이 밤마다 걱정하며 울었던 사람에 대해 (나는 다 들었다), 시시콜콜하고 우스운 온갖 얘기를 써놓고 나는 읽지도 못하게 했던 편지들(하지만 나는 그 편지들을 읽었고, 그 안에서 미래의 작가를 보며 탄성을 질렀다. 미래의 작가 운운하며 증거로 그애가 썼던 구절을 외워주었다가 한바탕 난리가 난 적도 있다. 자기 물건을 뒤졌다고, 짭새처럼 남의 방을 뒤진다고 어찌나 악을 써대던지), 아무튼 그렇게 편지를 써서 보냈던 자기 오빠에 대해 말이다. 사실 알료나가 안드레이를 걱정하며 울었던 것은 그애가 감옥에 들어가고 처음 두 달뿐이었다. 그후 아홉 달 동안 알료나는 자기 자신의 일로 울어야 했다.

그리고 지금 우리는 모두 5월 9일, 전승기념일 특별사면을 기다리고 있다!

"어떻게," 알료나가 작은 소리로 말했다. "우리를 감시하고 그렇게 경찰을 부른 것도 모자라서 사시카 병역증까지 훔칠 수가 있어! 그이가 얼마나 찾았는지 알아? 완전히 미치는 줄 알았다고!"

"뭐?" 나는 잠시 할말을 잃었다. "내가 뭘 훔쳤다고? 그게 나한테 무슨 소용이 있다고 네 테르노폴 것을 훔쳐!"

"그래 놓고 이틀 후에 다시 갖다놨잖아!"

편집증 환자들과 신경증 환자들은 모두 피해망상증 환자다! 나는 내 방문에 자물쇠를 달기 위해 마지막으로 남은 돈을 털어 인상이 아주 좋은 철공 한 사람을 불렀다. 철공은 내가 주는 1루블을 받으며 자기가 마침 신붓감을 찾고 있다고 농담을 던졌다. 그 멍청한 사내는 내가 이제 어린애가 아닐 뿐만 아니라 곧 할머니가 될 거라고는 생각도 못한 것이다! 단순한 사람들은 누구든 쉽게 좋아하고, 나이나 그 밖의 어떤 장애도 가볍게 무시한다. 그 단순함이란 거의 성스러울 지경이다. 다음날 사탕을 사들고 온 그를 맞이한 것은 내 딸이었다(그때 나는 들국화가 그려진 가운을 입고 현관에서 조금 떨어진 곳에 서 있었다). 누굴 찾으세요? 그는 뒤에 서 있는 나를 향해 사탕봉투를 내밀며 드셔보시라고 했다. 자신은 이미 혀가 꼬부라지도록 드신 듯했다. 내 딸은 이것 보라는 듯이 소리쳤다. "엄마! 이건 또 뭐야!" 용기를 내어 겨우 서 있던 나의 구혼자는 슬그머니 꽁무니를 빼며 사라졌고, 더이상 우리집에 발을 디디지 못했다.

하지만 철공 뒤로 문이 닫히자마자 내 딸이 깔깔대며 웃기 시작했다.

"엄마, 저 사람이야말로 모스크바 거주증을 찾아다니는 전형적인 남자 같은데? 조심해, 몹쓸 병이나 사면발니가 옮을지도 모르니까. 이제부터 욕실은 사용하지 않았으면 좋겠어, 아이가 태어나면 근처에 올 생각은 하지도 말고."

내가 사랑하는 티모시카 옆에 가지도 못하게 하겠다는 것이다!

"엄마한테 성병이 없다는 확인서를 가져올 때까지는 절대 안 돼."

알료나는 승리감에 휩싸인 채 계속해서 말했다.

"학교에서 '일상 속의 매독'이라는 전체상담 시간에 들었는데, 길거리에 컵을 놓고 파는 탄산수는 마시지 말라더라. 그런데 조심해야 할

게 또 있었던 거지!"

알료나는 이제 모범적인 여성이자 아내이자 미래의 어머니가 되어 당당하게 상담 교육을 다니고 있다. 아무런 문제 없이.

나는 내 방에 들어가 문을 잠그고 한참 동안 뜨거운 눈물을 흘렸다. 그때 내 나이 고작 쉰 살이었다! 어느새 과거가 되어버린 나의 젊은 시절, 관절도 그리 아프지 않고 혈압도 정상이고, 모든 것을, 모든 것을 가지고 있던 시절! 하긴 그때도 밤에 잠을 못 자고, 잠이 들었다가도 다시 깨곤 했다. 그리고 언제부턴가 삶은 눈사태처럼 무너져내리기 시작했다. 하지만 그에 대해선 비밀의 커튼을 쳐두기로 하자. 사람은 누구나, 심지어 무덤 속에 누워 있는 사람일지라도 감추고 싶은 이야기가 있는 법이고, 그걸 들추고 다녀서는 안 된다. 가난하고 나이든 사람들이여, 나 그대들을 위해 눈물을 흘리노라. 생각해보면 그때 나는 내 젊음을 보지 못하고, 늙어빠진 할망구가 되어버렸다고 생각했다! 그렇다고 의기소침해지진 않았다. 나는 계속해서 치마나 원피스를 만들어 입는 상상을 했고, 온통 공상에 빠진 채 싼 천을 찾아 자투리천을 파는 가게를 돌아다녔다. 싼 목면 실로 레이스를 떠서 기퓨어* 재킷을 만드는 상상을 한 적도 있다. 절망의 한가운데에서 그런 공상에 빠져 있는 내 모습이 정말 수수께끼 같지 않은가! 잿더미 속에서 레이스 뜨는 꿈을 꾸고 있다니, 그것도 내가 그토록 사랑하는 두 존재, 팀카와 안드레이의 도착을 눈앞에 두고서!

---

* 굵은 실로 뜬 레이스의 일종.

지금도 나는 그때 구해놓은 자투리천으로 티마에게 옷을 만들어줄 생각을 한다. 셔츠는 만들기 힘드니까 그만두고, 마음씨 착한 나의 마샤가 자기 손자 옷을 좀 줄 거다, 물론 다 주진 않겠지, 비싼 옷이나 점퍼, 운동화는 절대 주지 않을 것이다! 다 떨어진 누더기만 주고. 이제 교복도 있어야 하는데! 내가 다 사줄 거다.

마샤가 어떤 사람이든 그녀는 내게 남은 마지막 사람이었다. 다 지난 일을 이제 와서 시시콜콜 늘어놓을 생각은 없다. 내가 직장에서 쫓겨났을 때 내 친구들이 갑자기 하나둘씩 사라져 가족들에게 돌아간 이야기도, 그때 쫓겨나야 했던 사람은 내가 아니었다는 것도. 이제 그네들과는 그냥 생각나서 걸었다는 듯 두 달에 한 번씩 전화를 걸고는 입에 풀칠할 돈이라도 얻어보겠다고 조심스럽게 그들의 집을 찾아가는 관계일 뿐이다. 이 얘기는 앞에서도 했다. 내가 얼마나 절약하며 살았는지도. 하지만 그때, 사랑하는 두 존재의 도착을 앞두고 나는 다시 한번 모든 지출을 줄여야 했다. 나의 하숙인들은 장학금을 받았고 조합으로부터 물질적인 도움을 받기도 했다. 따뜻한 집에 모여 놀 권리를 주장하는 사악한 손님들이 가끔 먹을 것을 가져오기도 했다. 하룻밤 자고 가겠다고 남았다가 아예 눌어붙어 살 작정을 하는 인간들도 있었으며 (멍청한 부부는 자신들에 대한 그 같은 애정 표현에 감동하여 집단 가족생활의 시도를 독려했다), 그 숙박객들이 계속해서 몰려드는 떼거리를 다 거둬 먹이기도 했다! 그들은 한없이 노닥거리며 술을 마셨다. 나는 마음을 굳게 먹고 23시 이후로 내 집에 외부인이 거주하는 것에 항의하며 정기적으로 경찰에 전화를 걸어 한바탕 난리를 피우곤 했다!

한번은 정말로 경찰 분대가 들이닥쳐 현관에서부터 요란하게 나의 하숙인들과 그들의 심야 거주자들을 깨우고 신분증 제시를 요구한 적도 있다. 그 일로 집단 가족 지원자들은 혼비백산해서 흩어졌고, 딸은 엄청난 증오의 말을 폭포수처럼 쏟아냈다. 위대한 루스는 내 쪽을 쳐다보려고도 하지 않았고, "다녀오겠습니다" "다녀왔습니다" 같은 간단한 인사말조차 하지 않을 만큼 나를 경계했다. 그리스비극이 따로 없었다! 안드레이, 절대로 흥분해선 안 된다, 나는 주문을 외듯 중얼거렸다, 안드레이, 저들이 너를 다시 감옥에 넣을 거야!

그렇다고 내가 그들에게 무슨 악의가 있었던 것은 아니어서, 가난에 허덕이는 그들의 모습을 보고는 비상식량으로 모아둔 귀리를 마치 내가 간이 좋지 않아서 먹으려는 것처럼 아침마다 끓여댔고, 조용히 비워진 냄비를 확인하곤 했다. 물론 냄비는 씻지 않은 채였다. 사시카는 감사하게도 어릴 적부터 귀리를 싫어해서 귀리만 봐도 구역질을 했는데, 내 딸은 아주 잘 먹었다. 그 인간이 뭘 또 싫어하는지는 알아낼 수 없었다. 그는 뭐든 있는 대로 다 먹어치웠다. 내 앞에 놓인 것만 빼고. 그가 도서관으로 내빼고 나면(봄학기가 시작되자 그는 아침마다 한참을 왔다갔다하며 면도하고 머리를 빗었다), 내 몫으로 부엌에 남는 것은 수프와 생선 한 조각, 그리고 수북이 쌓인 더러운 그릇들뿐이었다. 하긴 한두 번 있는 일도 아니니 새삼스러울 것도 없다! 내가 딸을 얼마나 사랑했는지, 그애의 비쩍 마른 등과 낡은 슬리퍼 속 더러운 분홍빛 뒤꿈치를, 나에게 얼굴을 보여주지 않는 그애의 등을 얼마나 사랑했는지 모른다. 나는 그애를 깨끗이 씻기고 그애에게 먹을 것을 챙겨주고 싶었다. 출산 직전 며칠만이라도 내 방 깨끗한 시트 위에서 (내가 준비해

둔) 부드러운 담요를 덮고 푹신한 베개를 베고 누워 있게 해주고 싶었다. 하지만 그애는 이리저리 뛰어다니며 학기말 시험을 미리 치러야 했고, 조금이라도 일찍 나가서 선생들을 붙잡아 제법 그럴듯하게 부른 배를 보여주며 그들의 동정을 사야 했다. 나도 안다! 그애는 전화통을 붙잡고 이 모든 얘기를 했고, 나도 귀머거리는 아니니까! 줄이 짧아 방으로 들어가지 못한 전화는 언제나 반쯤 열린 문 사이에 걸쳐 있었고, 모든 새로운 소식은 곧바로 내 귀로 들어왔다. 그애는 시험을 치렀고, 나는 인간이 만들어놓은 끔찍한 지옥, 갈가리 찢긴 나의 안드레이가 고통받고 있는 그곳으로 다가올 사면과 여름, 자유에 대한 희망을 불어넣는 편지를 썼다. 내 딸은 여전히 자신의 슈라를 거두어 먹이느라 바빴다. 말을 하진 않았지만 나도 어느새 그에게 익숙해져서 '우리 비열한'이라고 불렀는데, 이 말은 장차 쓰이게 될 호칭인 '아버지'와 운이 맞았다.* 알료나는 더이상 안드레이에게 편지를 쓰지 않았지만, 밝고 힘이 넘치는 내 편지 속에서 나는 매일같이 알료나의 안부를 전하고 알료나가 편지를 쓰지 않는 것은 기말시험 때문이라고 설명했다. 알료나가 공부를 너무 열심히 해서 걱정이라고, 저러다 병원에 실려가는 건 아닌지 모르겠다고. 그리고 말은 씨가 되었다.

도서관에서 신문 칼럼 「법원 방청석에서」에 쓸 자료를 모으다 저녁이 다 되어 (밥은 먹어야 하니까) 기다시피 집으로 돌아왔다. 집에서는 온갖 소음과 나 들으라는 듯 크게 웃고 문을 쾅쾅 닫고 전화로 떠들어대는 (통화 내용 중 제일 많이 등장하는 인물은 정신 나간 엄마, 즉 나

---

* 러시아어로 '비열한(포들레츠)'과 '아버지(오테츠)'는 운이 같다.

였고, 특히 임질에 걸린 철공 이야기가 깔깔대는 웃음소리와 함께 자주 나왔다) 공격 때문에 일을 할 수가 없었다. 집은 아주 조용했다. 저녁 열시까지는 아무도 돌아오지 않는다. 나는 아무도 없는 부엌에서 저녁을 먹고(만세!), 안락하고 평화롭게, 그리고 조용히 샤워한 후 자유롭고 기쁜 마음으로 깨끗한 내 침대에 누웠다. 늘 그랬듯 밤 열두시가 되면 깨겠거니 하면서. 그런데 이번에는 너무 조용해서 잠이 깼다. 일어나서 애들 방문 옆을 기웃거리던 나는 갑자기 밀려든 두려운 생각에 문을 열어젖혔다. 방은 캄캄했고, 아무도 없었다. 나는 방안으로 들어갔다. 아이들이 침대로 쓰는 소파에 모포가 씌워져 있고, 그 위로 마른 핏자국이 보였다. 파란 모포 위로 적갈색 핏자국이. 그 순간 제일 먼저 든 생각은 그 인간이 내 딸을 죽였구나 하는 것이었다. 그리고 곧이어 든 두번째 생각은 산고가 시작되었다는 것이었다.

슈르카가 술에 잔뜩 취해 집에 들어온 것은 새벽 두시였다. 말없이 휘청거리며 내 옆을 지나 화장실로 들어간 비열한은 그대로 토악질을 해댔다.

"어떻게 된 거야?" 나는 화장실 문 앞에 서서 그에게 물었다. "어떻게 된 거냐니까? 알룐카는 어디 있어?"

그는 물을 내리고 밀가루풀처럼 창백한 얼굴로 나왔다.

"알료나가 아이를 낳았어요." 그가 말했다.

"축하하네. 뭘 낳았나?"

"아들요."

"지금 어디 있어?"

"제25산부인과요." 그리고 그는 술에 취한 돼지처럼 픽 쓰러졌다.

222

나는 쓰러진 그를 내버려두고, 내가 제 엄마도 아니고 침대까지 끌어다 눕힐 생각은 없으니까, 화장실에 들어가 한참을 청소한 다음 아이들 방으로 들어가서 아기 옷가지를 넣어둔 꾸러미를 찾아 밤새 빨고 삶았다. 옷가지라고 해봐야 친구들한테 얻어 모은 누더기뿐이었다. 하지만 병원에서 나올 때 나의 아이는 온통 레이스를 휘감고 있었다. 내가 아는 모든 여자한테 전화를 걸어 밝은 목소리로 기쁜 소식을 전하고, 그들이 당황하는데도 아랑곳없이 그들에게, 아니면 친척집에라도 갓난애가 쓸 물건이 남아 있지는 않은지 묻고 부탁해서 얻은 것들이었다(나는 가게를 다 돌아다녀봐도 살 만한 게 없더라며 거짓말을 늘어놓기도 했다. 물론 가게에는 살 만한 물건이 있었지만 우리가 살 수 있는 물건들은 아니었다). 혹시 기저귀로 쓸 만한 낡고 부드러운 시트는 없는지 아무렇지도 않게 물어보기도 했다. 비열한은 내가 뭐라 말만 하면 머슴처럼 이리저리 뛰어다니며 물건들을 구해왔다. 어디서 벽돌만한 유아용 비누를 집어오는가 하면 신들린 듯 한참 동안 다림질을 하기도 했다. 하지만 저녁이 되면 그는 어김없이 사라졌고 그다음엔 나의 화장실 청소가 반복되었다. 나는 집에 사람들을 끌고 들어오는 것은 절대 금지라고 못을 박았다. 아이가 있는 집에 어중이떠중이들을 들여선 안 된다고, 순식간에 빈대 천지가 될 거라고. 그는 순순히 내 말을 들었고, 오후가 되면 닭고기 통조림과 보온병에 담은 고깃국과 주스를 알료나에게 날라다주었다. 나는 내 주머니를 다 털었다. 하지만 그는, 그 풋내기는 아무것도 가진 게 없었다! 그의 아버지, 고명하신 그 티모페이라는 양반은 바다에서 돌아가시고 시신도 찾지 못했으며, 남편을 찾아 사방팔방을 돌아다니던 그의 어머니는 2급 장애판정을 받고 평생 병원을 전전하며 사셨다. 나는 그에게 어머니가 어디가 편찮으셨는지 물었다. 혹시 결핵은 아니었는지, 설마 우리까지 옮은 건 아닌지 걱정하면서. 하지만 돌아온 대답은 전혀 다른 것이었다. 정신분열증이었어요. 고맙네. 부엌에서의 그 오붓한 대화가 끝나고 밤이 되자 비열한은 다시 사라졌다. 그리고 마침 그때 병원에서 알료나가 힘없는 목소리로 전화를 걸어왔다. 내가 전화를 받자 알료나는 평소와 다름없는 목소리로 아이가 잘생겼고 곱슬머리라고 말했다(며칠 후 나는 그 곱슬머리를, 정수리를 향해 네 갈래로 꼬불꼬불 말려올라간 곱슬머리와 중국 마오 주석처럼 넓은 이마, 그리고 역시 마오를 연상시키는 눈을 보았다). 나는 알료나에게 우리집 여자들과 남자들은 모두 태어날 때 예쁘고 잘생겼었다고, 너와 안드레이는 특히 그랬다고 말해주었다. 그리고 울기 시작했다. 비열한이 집에 없고 어디로 갔는지도 모른다는 것을 확인한 알료나는 서둘러 전화를 끊었다.

나와 비열한 아빠는 눈에 넣어도 아프지 않을 아이를 만나기 위해 조바심을 내며 함께 병원으로 갔다. 간호사들이 아이를 데려와 비열한에게 안겨주었다. 나는 간호사에게 3루블짜리 지폐를 찔러주었다. 아무런 사심 없이. 그러고는 바로 나가서 택시를 잡았다. 약간 지저분해 보이는 택시에서 중년의 산모가 보호자도 없이 시뻘게진 얼굴로 내리고 있었다. 아기 옷가지가 담겼을 쓸쓸한 가방을 들고서 몸을 거의 반으로 접은 채, 겨우 걷고 있는 형편 없는 몰골의 그 여자를 누군가 병원 입구까지 데려다주었어야 했다. 사람들은 언제나 뒤늦은 깨달음에 가슴을 친다. 차에서 사람이 내리는 걸 본 나는 정신 나간 사람처럼 좋아하며 그녀를 거의 밀치다시피 하고 달려가 물로 흥건해진 자리를 선물처럼 받아 챙겼다. 뒷좌석이 축축하다는 내 말에 운전사는 말없이 내려 고물이 다 된 차 안을 걸레로 닦았고, 잔뜩 웅크린 몸으로 낡고 허름한 가방을 들고 필시 머리가 회음부까지 나왔을 아이를 품은 채 넋이 나간 듯 걸어가는 여자를 향해 욕설을 퍼부었다. 나는 요즘도 그녀를 떠올리며 건강한 모습으로 아이와 함께 있는 그녀를 만나는 상상을 하곤 한다. 하지만 그때 그녀는 붉은 반점이 피어올라 얼룩덜룩해진 얼굴로 거북이처럼 겨우 기어가고 있었다. 만약 그 아이가 살았다면, 세상 부러울 것 없을 그 여인은 이제 마흔쯤 되었을 테고, 아이는 벌써 여섯 살이 되었을 것이다. 만약 살아 있다면. 어머니, 아, 이 얼마나 성스러운 단어인가. 하지만 시간이 지날수록 당신은 아이에게, 아이는 당신에게 아무 말도 하지 않게 될 것이다. 아이를 사랑하면 아이들이 당신의 마음을 찢어놓을 것이고, 사랑하지 않으면 당신은 버려질 것이다. 아아아.

나는 그렇게 나의 세 천사를 구린내 나는(비유적인 의미로) 택시에 태웠다. 뒷자리에 있던 물은 양수였다. 아이를 품었던 성스러운 물. 피곤에 찌들고 험악한 인상의 운전사는 이제 이런 일과는 절대 엮이지 않으리라 맹세하는 듯했고, 또 뭘 쏟는 건 아닌지 의심스러운 눈초리로 나의 성스러운 아이를 계속 흘겨보았다. 비열한 팔을 뻗은 채로 아이를 안고, 알료나는 레이스가 달린 작은 손수건으로 연거푸 아이의 얼굴을 가려줬다. 젖은 걸레와 함께 들어온 듯한 파리 한 마리가 택시 안에서 앵앵거리고 있었던 것이다. 어디선가 비릿한 냄새가 계속 풍겨왔다. 봄날이니 파리도 알을 배고 있을 것이다. 지저분하고 피비린내 나는 일들, 오물, 땀, 제때 씻고 청소하지 않으면 금세 나타나는 파리까지, 이 모든 것이 우리 몫이었다. 비열한께서는 마치 주인나리라도 된 것처럼 내 집에서 살았다. 식탁도 지저분하게 쓰고, 먹고 난 그릇이나 빨랫감도 아무데나 던져두었다. 그 뒤치다꺼리에 땀을 한 사발씩 쏟아도 내 눈앞에는 늘 그 아이, 눈에 넣어도 아프지 않을 나의 아이가 있었고, 나는 비열한의 얼굴에서조차 내 아이의 넓은 이마와 앵두 같은 입술을 보았다. 정말로 어디서 그렇게 곱상한 외모를 가지고 태어났는지. 그는 지금 대어를 낚으며 외국 여자와 결혼해서 살고 있다. 보내오는 양육비로 보아 돈벌이가 신통치는 않아 보이지만. 나의 알료나는 그저 발판이었던 셈이다. 하지만 알료나는 그 점에 대해, 그들의 표현을 빌자면, 까기는커녕 오히려 그의 앞에서 무릎을 꿇고 춤까지 추었다.

열여섯 날이 날듯이 지나갔다. 꿈속인 듯 낮도 밤도 없이. 계속해서 무언가가 끓고 다려졌으며, 기운 빠진 나의 암탉은 변비로 고생했고, 유두선이 마르고 젖꼭지가 갈라져 터졌다. 말 그대로 열이 펄펄 끓었고, 티마는 빽빽거리며 울어대고, 비열한은 얼굴이 하얗게 질렸지만, 나는 알은체도 하지 않았다. 내가 그 비열한이 또 친구인지 뭔지를 끌고 와서 (나는 그때 도서관에 있었다) 밤새 냉장고에 있던 것을 다 먹어치웠더라고 말한 다음부터 알료나는 아이를 건드리지도 못하게 했다. 하지만 나는 있는 사실을 말했을 뿐이다. 아침에 일어나서 보니, 집이 말 그대로 거덜나 있었단 말이다! 아! 세상에. 엄마는 이제 집에 아무것도 가져오지 않을 거다, 이제부터 어떤 것도 절대 저 테르노폴의 목구멍으로 떨어지지 않게 할 거야, 난 저 인간 시중이나 들려고 여기

들어와 사는 사람이 아니라고. 토굴 같은 그들의 방으로 들어가면서 나는 그애에게 그렇게 말했다. 방안은 따뜻했고, 젖내와 내가 발코니에서 걷어들고 들어간 기저귀에서 나는 깨끗한 천 냄새가 향기로웠다. 달콤한 냄새가 나는 그 방에 작고 둥그런 이마에 진갈색 머리털이 솜털처럼 자란 나의 행복이 잠들어 있었다. 나의 기쁨이. 하지만 나는 억장이 무너졌다. 안드레이가 곧 돌아올 텐데, 그애한테 무엇을 먹인단 말인가? 잠은 또 어디서 자고? 대체 이 일을 어쩌면 좋단 말인가? 나는 밤새 한숨도 못 자고 이리저리 뒤척이며 진땀을 흘렸다. 그런데 저 쓸데없이 밥만 축내는 인간은 시험 준비를 한답시고 진종일 집에만 붙어 있다. 알료나, 제발 저 인간 좀 쫓아내라, 우리가 먼저 살고봐야 할 것 아니냐! 필요한 게 있으면 내가 뭐든 다 해줄 텐데 왜 저 인간이 우리하고 같이 살아야 한단 말이냐? 도대체 왜 내가 저 인간이 우적거리면서 네 걸 다 처먹는 꼴을 보고 있어야 하는 것이냐? 너는 왜 사사건건 잘못했다고 빌면서 그 앞에서 설설 기고? 하지만 결국 내가 한 말은 다음과 같았다.

"네 비열한한테 타이가든 어디든 가서 일 좀 하라고 해. 제 아버지는 온 데를 돌아다니며 죽어라 일했다면서. 그리고 넌 이제부터 그 인간하고 절대 자지 마! 난 더이상 그 인간 먹여살릴 생각 없으니까."

알료나는 눈물을 보이지 않고 말했다.

"말도 안 되는 소리 하지 마. 그이는 내 남편이야. 상관 말고, 엄마는 그 삼류 시나 계속 써!"

"그래, 삼류 시다. 삼류도 그런 삼류가 없지. 하지만 너흰 그걸로 먹고사는 거야!" 나는 굴욕스러워하지 않고 대답했다.

언제나 그랬듯 우리 대화는 내 시로 넘어갔다. 알료나는 내 시를 창피해했다. 하지만 나는 시를 쓰지 않고는 살 수가 없었다. 가슴이 터져 죽을 것만 같았다. 그러나 그렇게 말하진 않았다.

"아무튼 나가서 돈 벌어오라고 해. 며칠 있으면 안드레이가 나올 거야. 사면 발표가 났어."

비열한이 누군가와 전화로 콘크리트 작업에 대해 이야기하는 걸 들은 적이 있는데, 그때 비열한은 마치 자기가 무슨 전문가라도 되는 양 낮은 소리로 전화에 대고 성질을 부렸다.

"발표가 났어도 아직 모르니까 괜히 설치고 다니지 마, 그러다 잘 안 될 수도 있어."

"넌 그랬으면 좋겠지? 안드레이가 안 나왔으면 좋겠지? 하지만 나올 거야. 내가 변호사도 만나고, 다 다니면서 알아봤어. 안 그래도 예민한 애가 저 비열한 때문에 다시 망가지는 꼴, 나는 못 봐. 저 인간이 안드레이를 잡을 거라고!" 나는 집안 어딘가에 있을 비열한에게 들리도록 큰 소리로 말했다. 작은 침대에서 팀카가 울기 시작했고, 알료나는 과장된 몸짓으로 티마에게 달려갔다. 내 바로 뒤에 비열한이 서 있었던 것이다. 그는 언제나처럼 아무 말도 하지 않았다. 하긴 자기가 무슨 할 말이 있으며, 이 집에서 누가 누구에게 무슨 새로운 얘기를 할 수 있겠는가? 모든 것이 허공에 매달린 날붙이 같았고, 우리 삶은 금방이라도 허물어져버릴 듯했다. 덫이 탁, 하고 닫힌다. 매일같이 우리 뒤로 그렇게 덫이 닫혔고, 때로는 위에서 통나무가 떨어지기도 했다. 그리고 그럴 때마다 어김없이 찾아오는 침묵 속에 우리는 다치고 찢긴 채 뿔뿔이 흩어졌고, 팀카만이 애처롭게 빽빽거리며 배고픔과 어미의 허약함을, 비열한 아버지의 무심한 침묵과 나의 가난을, 내 아들 안드레이가 교도소에서 보내는 하루하루를 슬퍼했다.

그럼에도 날들은 지나갔고 마침내 안드레이가 돌아왔다. 비열한은 앞서 얘기한 대로 화장실에 들어가 문을 걸어 잠갔고(정확히 말하자면 잠그고 싶어했고), 나는 안드레이에게 말했다.

"제발 아무 소리 말고 내 말 끝까지 들어. 내가 편지에 안 쓴 건 알료나가 누구 앤지도 모르게 배가 불러서 다닌다고 쓸 수 없어서였어. 괜히 네 속만 상할 테니까."

"알료나가?"

"그래. 어떤 비열한 놈의 아이인지도 모르고."

"잠깐만. 그럼 저 사람은 뭐야?"

"덤비지 말고, 차근차근 들어봐."

"배고파, 머리도 아프고. 됐으니까 그만해."

"얼른 수프를 떠줄게. 제일 중요한 얘길 아직 못했어. 자, 여기 빵 있다. 손은 씻었니?"

늘 그랬듯 대답이 없다. 손을 씻는 게 문제다. 언제나처럼 복잡한 감정이 뒤섞인 시선으로 나를 쳐다본다. 그러고는 씻지 않은 손으로 빵을 집어 잘게 부순다.

"그래, 너도 이제 다 컸으니까. 그냥 먹어라. 아무튼 그래서 내가 다 처리했다."

"엄마가?"

"알료나 일 얘기야. 내가 다 처리했어. 항상 그랬잖니."

"하지만 내 일은 제대로 처리를 못하셨지."

질투하고 있다, 언제나 그랬다!

"안드류샤, 너는 거기 있었기 때문에 잘 몰라."

"여덟 명 대신에 한 사람이 감옥에 갔다는 건 알지."

"조용히 하고 내 말 들어. 네가 혼자 감옥에 간 건, 너 혼자 그 다섯하고 싸운 걸로 됐기 때문이야. 그건 알지?"

"다 들었던 얘기야. 빌어먹을, 좆같은."

"헛소리 말고 들어. 그래서 네가 이 년 형을 받은 거야. 만약에 너희여덟 명이 한 사람을 그렇게 죽을 지경으로 만들어놓은 거였으면, 사실 열셋이 다 몰려들었겠지, 일이 어떻게 됐을지 알아? 관두자! 내가 그 인간 병문안까지 다녔다."

"죗값이라면 나도 치를 만큼 치렀어."

"아, 넌 그래서 틀렸다는 거야!"

"아, 정말."

"만약 너희 여덟 명이 모두 법정에 섰으면, 한 사람에 적어도 오 년 형은 받았을 거야. 알아들어?"

"그만해! 빌어먹을."

"제발," 나는 말했다. "아가, 진정해라! 나의 태양이 돌아왔어! 내 삶의 태양이! 이제 네가 나를 비열한한테서 보호해줘야 해!"

그 겁쟁이는 화장실에서 절망적으로 걸쇠를 딸깍거리고 있었다. 이번에는 문이 열리지 않아 나오지 못하는 것이다.

"그래, 차근차근 얘기하자. 어서 먹어…… 내가, 그러니까 넌 이것만 알아두면 돼, 내가 다 처리했어. 알료나하고 같은 조 여자애들이 나서서 지난 9월에 건초 헛간에서 무슨 일이 있었는지, 그애가 속옷에 묻은 피를 어떻게 빨았는지 다 증언해줬고."

"됐어. 머리 아파."

"그러니까 목격자들 때문에 혼인신고 서류에 사인을 한 거지. 어서 먹어라, 여기 좀 오래되긴 했지만 감자도 있고, 청어도…… 버터도 조금 있어. 다행히 다 먹어치우진 못했지. 저 비열한 인간이!"

나는 울지도 못했다.

"우리가 얼마나 마음고생을 했는지! 그런데 알고 보니 고아나 다름없는 인간인 거야. 테르노폴에서 와서 겨우 대학까지 들어갔는데, 군대로 보내버린다니까 겁은 나고."

"가는 게 낫지. 나라면 이 집에 들어오느니 군대로 갔을 텐데."

"비열한은 그러지 않았어."

"젊은 사람을 억지로 끌어다놨군. 더러운 짓을 하셨어."

"먹어라, 어서 먹어, 집밥을 먹어야지."

그때 손을 씻은 테르노폴 출신의 고아가 들어와 입을 쩍 벌리더니 이상한 소리를 했다.

"만나서 반가워요."

그리고 둘은 악수했다.

"안드레이예요."

"사샤입니다."

먼저 악수를 청한 건 비열한이었다. 어쩌다 한번이긴 하지만 그에게서 현명함이라고 할 만한 무언가가 번득이고 지나갈 때가 있다.

알룐카가 단추를 채우며 (그때만 해도 알룐카는 젖을 먹고 있었

다) 뛰어나와 와락 울음을 터뜨리면서 안드레이의 가슴팍으로 달려들었다.

"바보같이, 얘가 이렇게 꼭 바보같이 굴어요." 안드레이가 다정하게 말했다.

"그렇다니까요." 비열한이 맞장구를 쳤다. 저 인간 눈을 뽑아야 한다.

허름하고 지저분한 부엌을 배경으로 선 알료나와 두 남자의 모습이 왠지 무척 아름답게 보였다. 젊음의 빛이, 희망의 빛이 그들의 눈에서 용솟음치듯 터져나왔다. 아, 그때 그들이 알았더라면, 짙은 어둠과 그 어둠 속에 온기를 불어넣을 유일한 존재, 눈에 넣어도 아프지 않을 아이의 숨결 외에 그들을 기다리는 무언가가 있다는 걸 그때 그들이 알았더라면.

나는 그 아이를 온몸으로, 뜨겁게 사랑했다. 가늘고 솜털처럼 가벼운 아이의 손을 쥘 때, 파랗고 동그란 눈동자와 긴 속눈썹, 내가 좋아하는 작가가 쓴 것처럼, 뺨에 드리워진 그 그림자를 바라볼 때 느끼는 기쁨은 말로 표현할 수가 없다. 아이가 램프 아래 작은 침대에 앉아 있노라면, 탄력 있게 휘어진 짙은 속눈썹은 벽에까지 그림자를 드리운다. 부채를 펼쳐놓은 것처럼! 대부분의 부모들, 특히 할머니와 할아버지는 어린 자식들을 온몸으로, 그들을 위해서라면 모든 것을 바칠 만큼 사랑한다. 그리고 그 사랑은 죄가 되어, 아이는 마치 그 부도덕함을 알기라도 하듯 냉정하고 무례해진다. 하지만 어쩌겠는가? 자연이 그렇게 만들어놓은 것을, 사랑하라고 풀어놓은 것을. 사랑은 사랑하지 말아야 할 사람들, 노인들에게도 날개를 펼치니, 그대 죄를 지으라!

그들이, 사랑하는 나의 두 아이가 이렇게 부엌에 같이 있는데, 나는 그들에게 있든 없든 상관 없는 존재였다.

"그래서." 내가 말했다.

그들은 미동도 하지 않는다.

"안드레이, 난 저기 저 인간이 이 집 거주자로 등록하는 걸 반대했다. 그랬더니 쟤가 네가 교도소에서 나와도 이 집에 거주등록을 못하게 하겠다고, 자기는 그럴 권리가 있다면서 날 협박하더라."

오, 말의 힘이여!

"그건 또 무슨 소리야?" 안드레이가 말했다.

"나중에 내가 얘기할게." 알료나의 얼굴이 어두워졌다. "가서 우리 아기 먼저 보자."

"네가 어떻게 나한테?" 안드레이는 믿을 수 없다는 듯 물었다.

"오빠까지 왜 그래. 엄마가 그렇게 나오는데 그럼 내가 뭐라고 해. 오빠도 알잖아, 이 지긋지긋하고 짐승 같은 생활."

"그만하자."

알료나와 비열한은 꺾인 꽃처럼 고개를 떨어뜨리고 자기들 방으로 들어갔다. 안드레이는 밥을 먹기 시작했고, 나는 맞은편에 앉았다.

"안드레이."

"엄마!"

"내 얘기 조금만 더 들어, 안드레이, 일이 아주 안 좋게 됐어. 알료나는 저 비열한 인간 꿍꿍이도 모르고 거주등록을 해주려고 하는데, 저 인간은 알료나를 발판으로밖에 생각 안 해. 벌써 저 방까지도 차지하고! 속이 아주 시커먼 놈이라고!"

"예쁘장하게 생겼던데. 아주." (이상한 웃음.)

"그래, 얼굴값 꽤나 하고 다녔을 거다. 내가 목격자들을 못 찾았으면. 그런데 이젠 저 등신 같은 네 누이한테 붙어서 부스러기 하나라도 뜯어먹으려고, 거주등록증만 구하면 당장 도망칠 인간이야."

나는 이 모든 이야기를 거리낌없이 큰 소리로 말했다. 틀린 말이 아니었으니까! 내가 백 퍼센트 옳았지만 그걸 증명해야 했다! 그리고 그러기 위해선 엄청난 노력이 필요했다. 비열한이 티모치카에게 강한 애착을 보였기 때문이다. 그는 티모치카를 연인처럼 사랑했다. 그는 아이 목욕도 시켰고, 아이를 자랑스러워했으며, 작고 볼품없는 아이와 산책을 다니고, 공짜 음식을 위해 찾아온 탐욕스러운 손님들에게 자랑스럽게 내보였다. 그는 정말로 아이를 사랑했다! 모든 것이 너무나도 복잡했다……

그리고 나는 삶에 불필요한 존재가 되어버렸다.

"네 남편 말인데," 나는 방에서 나오는 알료나를 보고 말했다. "남색 기질이 있는 것 같더라. 남자아이를 좋아하는."

알료나가 나를 사납게 노려보았다.

"네 남편이 네가 아니라 네 아들을 사랑하는 것 같다고." 나는 알아듣기 쉽게 설명했다. "그건 자연의 법칙을 어기는 짓이야."

알료나는 어이없다는 듯 입을 벌리고 웃었다. 알료나는 제 방에서 울다 나온 게 분명했다. 어두운 복도에서도 운 티가 났다. 밤 열한시가 다 되었는데도 비열한은 돌아오지 않고 있었다.

"우리 딸!" 나는 알료나를 안아주려고 했지만 알료나는 헛웃음을 치며 전화기를 들고 자기 방으로 들어갔다. 반쯤 열린 문 사이로 나는 다시 겨울밤처럼 긴 통화의 소재가 되었다.

하지만 그때 내 나이가 몇이었는가? 겨우 오십밖에 안 됐었다!

알료나는 열아홉, 안드레이는 스물.

내가 연년생으로 두 아이를 낳은 것은 오래전의 일이다. 안 그래도 사람을 볼 줄 모르던 내가 무슨 고고학 탐험대인가에 빠져서 대형사고를 친 것이다. 그때 나는 남자애들처럼 머리를 짧게 자르고 비쩍 마른데다 눈매며 다리까지 영락없는 어린애였던 스물아홉의 젊은 여자였다(처음에, 그러니까 우리가 아직 서로 몰랐을 때, 내가 한 남자아이하고 바위 뒤에 쪼그리고 앉아 아이가 찾은 녹슨 파편을 들여다보고 있는데, 그가 다가오더니, 정말 우스운 얘기지만, 우리에게 "이 녀석들, 여기서 뭣들 하고 있어?"라고 말했다. 나는 고개를 들어 그를 쳐다보았고, 남자아이처럼 생긴 나를 쳐다보던 그는 사레들린 듯 기침을 했다. 일은 그렇게 시작되었고, 행복한 낮과 밤이 이어졌다. 사범대를 졸업하고 시를 쓰면서 수습기자로 일하던 신문사에서 유부남 화가와의 로맨스로 쫓겨난 지 얼마 안 되어서의 일이다. 화가의 세 아이까지 키울 생각을 (바보같이!) 진지하게 하고 있던 내 앞에 갑자기 나타난 그의 아내는 "창피하지도 않나요?"라고 내게 쏘아붙이고는 곧장 편집국장실로 쳐들어가, 오래전부터 그들 앞으로 나오기로 되어 있었다던 방 세 개짜리 아파트를 그 자리에서 받아냈다. 그때까지 화가는 단칸방에서 아내와 세 아이, 거기다 장모까지 같이 살고 있었고, 그는 내 방에 와서야 일을 할 수 있었다. 하긴 우리집에서도, 결혼도 안 하고 여자한테 빌붙어 산다면서 (이렇게 오래되고 끝없이 반복되는 레퍼토리가 또 있을까!) 내 어머니는 있는 대로 그를 구박했다. 아무튼 그렇게 신문사에서 잘린 나는 어디로 왜 가는지도 모른 채 고고학 탐험을 떠났고, 그 결과는 태양과도 같은 나의 두 아이, 안드레이와 알료누시카, 그리고 어김없이 시작된 방 한 칸에서의 삶과 당신 방에 틀어박혀 지겹도록 고집을 피워대는 나의 어머니였다! 그렇게 삶은 계속되었고, 우리는 현실을 직시하기 시작했다. 남편의 이혼은 그야말로 요란하게 치러졌다. 쿠이비셰프에서부터 그의 아내가 올챙이배를 한 나를 보기 위해, 다시 말해 자기 남편이 남의 집 문을 열고 나오는 꼴을 보기 위해 열다섯 살짜리 아들을 데리고 들이닥친 것이다. 할말이 있어서 왔어요, 라며 들어선 그녀는 내 뺨을 때리고 창문을 박살내더니 그 조각으로 자신의 손목을 그었다. 그는 피투성이가 된 그녀의 팔을 붙잡았고, 그의 아들은 하얗게 질린 얼굴로 소리쳤다. 우리 엄마 건드리지 마! 문틈으로 고개를 내밀고 이 모든 상황을 지켜보던 어머니가 붕대를 가져왔다(인색한 내 어머니가 가져온 것은 당신이 빨아서 쓰던, 아마도 발에서 금방 푼 듯한 붕대였다. 어머니는 여기저기 붕대 감는 것을 좋아했다). 어머니는 그의 아내와 아들을 당신 방으로 데려가 차를 대접했고, 남편과 나는 방문을 걸어 잠그고서 한 쌍의 비둘기처럼 부리를 맞댄 채 앉아 있었다. 늙은 아내가 그렇게 쳐들어온 것은 차라리 잘된 일이었다. 우리 관계는 이미 틀어져가고 있었다. 그는 생각에 잠긴 채 쿠이비셰프의 아들과 집을 그리워하곤 했다. 사실 직장도 거기에 있고, 고고학은 돈벌이가 시원찮았으며, 내 배는 점점 불러왔고 양육비도 매달 부쳐야 했다. 그는 비쩍비쩍 말라갔다. 그러던 차에 전 부인이 쳐들어와 한바탕 뒤집어놓은 것이다. 파괴를 갈망하는 여인, 현명한 그녀들이 얼마나 많은 것을 창조해내는지! 그녀들은 파괴와 동시에 뭔가 새로운 초록잎을 틔운다. 그 역

236

시 파괴적인 것이지만, 어떻게든 부스러진 뼈를 모아 살아간다. 내가 그랬다. 이건 순전히 내 얘기다. 나도 다른 사람들에게 그런 여자였다.

그런 일들이 있었다. 사실 그렇게 오래된 일도 아니다. 돌아보면 남자들이 이정표처럼 지나간다. 직장과 남자는, 아이들이 자라온 시간을 되짚어보건대, 체호프 작품에 나오는 것과 똑같다. 하나같이 속물적이다. 하지만 한발 물러서 보면 무엇인들 속물적이지 않겠는가? 나는 알료나가 내 모든 말과 표현을 혐오스러워한다는 걸 안다. 예를 들면, "그 남자는 재미있는 사람이라니?"라는 질문 같은 것 말이다. 8학년 때였나, 그때까지만 해도 어려서 별생각 없이 자기 친구 렌카와 그애의 연애담을 시시콜콜 풀어놓던 알료나는 내가 "근데 그 남자는 재미있는 사람이니?"라고 묻자 갑자기 질색하며 화를 냈다. 정말이지, 채찍질 한 번 제대로 당해보지 않은 암말 같은 그 렌카라는 아이, 그렇게 뚱뚱하고, 이제 겨우 열네 살밖에 안 됐는데도 군인들한테서나 날 법한 땀냄새가 나며 발 치수는 38*이나 되고, 이마 위로 늘어뜨린 시커먼 머리칼은 구둣솔처럼 뻣뻣하고, 벌써 콧수염이 보이고, 살진 엉덩이 아래 젓가락 같은 다리가 꽂혀 있는 여자아이를 대체 누가 안아보고 싶어나 한단 말인지. 나의 알료나는(요새 여자아이들이 모두 카탸인 것처럼 그 무렵 태어난 여자아이들의 이름은 모두 엘레나**였다) 콧수염이 난

---

* 약 250밀리미터.
** 알료나와 옐레나는 형태는 다르지만 하나의 어원에서 나온 같은 이름이다. 알료나는 옐레나라는 이름의 대중적인 형태라고 할 수 있는데, 1980년대 이후로는 각기 다른 이름으로 사용되기도 한다.

대장장이 같은 렌카를 거의 숭배하다시피 했고, 렌카라는 이름을 입에 달고 살았다. 알료나가 열네 살이 되던 해 형성된 우리의 관계("내버려 둬""비켜""꺼져", 좀더 심한 경우 "아주 돌았군"과 같은 거친 대꾸를 하던)에도 불구하고, 무슨 대단한 이야기라도 되는 것처럼 호들갑을 떨며 늘어놓는 렌카의 연애담에 나도 모르게 그런 질문이 튀어나온 것이다.

"근데 그 남자는 재미있는 사람이라니?"

"그게 무슨 소리야?"

"그냥 말 그대로 묻는 거야, 재미있는 사람이냐고?"

"그게 무슨 뜻이냐고?"

나는 당황해서 망설였지만 무슨 말이라도 해야 했다.

"글쎄, 그러니까 누가 그런 암코끼리를 탐내느냐는 거지. 렌카 같은."

"정말 기가 막혀서! 아무도 탐내지 않는 건 나 같은 애야……"

알다시피, 가족을 떠난 아버지를 둔 여자아이들은 버림받은 아내의 콤플렉스와 그 찌꺼기들을 평생 안고 살아간다.

"아무도 탐내지 않는 건 나 같은 애라고. 작년 여름방학에 가그라*에 갔을 때도 조지아 남자들이 얼마나 렌카를 따라다녔는지, 길을 지나갈 수가 없었대. 열세 살밖에 안 된 애를 열여덟 살로 보고!"

"서른 살로 안 본 게 다행이다."

"엄마!" (알료나는 거의 비명을 질렀다.)

"내가 얘기 하나 해줄까. 그 가그라라는 데서는 별의별 일이 다 일어

---

* 압하스공화국에 있는 도시. 휴양지로 유명하다.

나. 네 할머니 친구 올랴 할머니도 여동생하고 가그라로 휴가를 간 적이 있는데, 예순다섯이나 먹은 노인네들이 맨발에 비치가운만 걸치고 해변에 나갔단다, 대단한 양반들이지. 모스크바에서부터 그 비치가운을 입고 나한테 자랑을 하는데 가슴둘레가 50인치도 넘겠더라, 가슴이 임신 9개월 된 여자 배하고 차이가 없는 거지."

"말도 안 돼!"

"더 들어봐. 그 두 양반이 나중에 네 할머니한테 그러더란다. 시마, 우리가 가그라 해변에서 얼마나 인기 있었는지 모를 거야, 동생 남편이 같이 해변에 앉아 있었는데 골이 나서 침을 뱉어대고, 나중엔 아무데도 같이 안 나가려고 하더라니까. 남자들이 우리를 빙 둘러싸고 뒤에서 쪽쪽거리면서 키스를 날리는데, 길을 지나가지도 못할 지경이더라고."

"엄마는…… (씩씩거리며) 정말…… 속물이야."

"그래, 그래서 렌카의 그 남자는 재미있는 사람이었대? 그 남자도 가그라에서 만난 사람이라니?"

"정말 귀찮게 왜 이래?" (알료나는 거의 울려고 했다.)

중요한 것은 렌카는 나의 알료누시카 발뒤꿈치도 못 쫓아오는 아이이며, 내가 그 사실을 분명히 알고 있다는 것이다. 내 작은 아이, 아름다운 나의 알룐카, 사춘기에 접어든 안드레이와 폭풍 같은 전투를 치른 나를 따뜻하게 감싸주던 나의 조용한 둥지, 아, 아홉 살의 알료누시카가 내게 해주었던 말들이 어떤 것이었는지! 애들 아빠와 헤어지고 애들 할머니가 우리를 못살게 굴 때에도 그애가 얼마나 지혜로운 위로의 말을 내게 해주었는지 모른다! 남편은 여름탐험대에서 또다른 여자를 만나 똑같은 시나리오를 되풀이했다. 그것도 자기 아들과 딸까지 데려간 곳에서. 탐험대에서 돌아온 알룐카는 나에게 말했다.

"그런데 엄마, 우리한테 참 잘해주시더라, 마지막 날 캠프파이어를 하면서 료라 아줌마가 막 울었어! 정말 많이 울었어!"

한 달간의 시외통화 끝에 남편은 신경성부스럼으로 뒤덮인 얼굴을 하고서 크라스노다르로 떠났고, 지금도 그곳에서 울보 료라와 그녀의 아들, 눈먼 장모와 함께 살고 있다. 아이들은 아빠가 자기들한테 관심이 없다는 사실을 분명히 깨닫게 될 때까지 그를 찾아갔고, 또다른 탐험대도 따라갔다. 료라는 방 한 칸짜리 아파트에서 살고 있었으니 내 아이들을 받아줄 리 없었고, 아이들의 아버지는 르완다나 부룬디 같은 곳으로 탐험을 떠나기 시작했다. 국제관계는 공고해졌지만, 아프리카에는 에이즈가 돌고 있었으니 볼장 다 본 것이다.

내 어머니는 아이들의 아버지를 기생충, 사기꾼 등등으로 생각했다. 그가 짐을 싸서 나가려고 왔을 때는 얼마나 구슬피 쾌재를 부르던지! 얼마나 과시를 해대던지! 내겐 또 얼마나 다정스럽게 굴던지. 코브라 같은 그 노인네는 지금 베개를 적시며 울고 있다. 자기 것을 다 뺏어갔다고 가느다란 목소리로 불평하면서…… 그리고 게걸스럽게 수저에 남은 음식을 빨아먹는다. 걸신들린 사람처럼. 어머니는 당뇨였다.

양육비는 정확히 40루블씩 왔고, 나는 부업으로 잡지사의 시 분과로 오는 독자 편지에 답장을 썼다. 나에게 그 자리를 만들어준 것은 부르킨이라는 사람이었다. 그는 선량했고 턱수염과 콧수염이 성긴데다 수전증이 있었으며 치통을 앓는 사람처럼 늘 볼이 부어 있었다. 내가 걱정스러운 마음에, 나도 치과의사와 드릴 소리는 질색이지만 양쪽이 다

썩었으면 병원에 가봐야 한다고, 그냥 두면 큰일난다고 말해줘도 부르킨은 "나는 평생 이러고 살았소!"라고만 했다. 편지는 한 통에 1루블이었고, 한 달에 60통 정도를 받았다. 시는 일 년에 두 편, 3월 8일 세계여성의 날에 실렸고, 원고료는 다 해서 18루블이었다.

아이들 아버지가 마지막으로 문을 닫고 나갔을 때, 나는 시뻘게진 얼굴로 쓴웃음을 지으며 서 있었다. 당장 창밖으로 뛰어내려 사지가 찢기고 터진 채 길바닥에서 그를 다시 만날 태세로. 그에게 벌을 주기 위해서. 그때 아홉 살짜리 알룐카가 나에게 해주었던 지혜로운 위로의 말은 이랬다.

"엄마," 알룐카가 말했다. "내가 엄마를 사랑해?"

"그래." 내가 대답했다.

아름다운 내 딸, 나는 기저귀를 차고 있는 내 아이를 넋을 잃고 바라보았고, 손가락 발가락 하나하나를 씻기고 또 씻겨 수없이 입을 맞추곤 했다. 그애의 곱슬머리(지금은 다 어디로 갔는지)와 커다랗고 물망초처럼 초롱초롱한 눈망울을 보고 있노라면 가슴이 따뜻해졌다. 선하고 순수하고 다정한 눈빛으로 나를 바라보던 그 눈망울…… 아, 어릴 적 그 아이들이 얼마나 예뻤는지! 내가 얼마나 행복했고, 얼마나 그 두 작은 새를 사랑했는지, 조그만 머리를 베개 위에 올려놓고 쌕쌕거리며 자고 있을 때면 내 방은 고요한 온기로 가득차곤 했다…… "머리칼의 흰 불꽃이 / 흰 베개 위에서 빛난다, / 코가 벌름거리며 숨을 쉬고, / 작은 눈과 귀는 숨어버렸다." 그리고 모든 것이 끝났다. 나는 모든 것을 빼앗겼고, 그 모든 것이 저 렌카의 발아래로 굴러떨어졌다. 알료나는 하루종일 렌카와 붙어다녔고, 렌카 생각뿐이었으며, 렌카의 변덕은 우리 가족 모두를 미치게 만들었다. 안드레이는 전화 때문에 알룐카와 자주 싸웠다. 전화를 써야 하는데, 알룐카가 그 음침한 여자애의 전화를 기다려야 한다며 못 쓰게 한 것이다. 어딜 가기로 했다고, 누구 생일이라고 하면서. 정말 초대를 받긴 한 건지. 아이들의 싸움은 언제나 거칠고 격렬했다. 앙칼지게 버티던 알룐카가 눈물범벅이 된 채 입을 쩌억 벌리고 꺽꺽거리며 부엌에 있는 내게 달려와 숨을 크게 들이쉬고는…… 와아앙! 우리 삶에도 정겨운 구석은 있었다. 밤에는, 아니 밤에만 나는 엄마로서 행복을 느꼈다. 이불을 덮어주고 무릎을 꿇고 아이들을 바라보고 있노라면…… 하지만 그들에겐 내 사랑이 필요 없었다. 나 없이 그들은 살 수 없었지만, 그럼에도 불구하고 나는 그들에게 성가신 존재였다. 뼈를 부수는 옆집 여자 뉴라의 말처럼, 패러독스인 것이다!

안드류샤는 축구와 하키를 좋아했고, 9학년에 올라갈 즈음부터는 쌈박질하는 고양이처럼 머리와 얼굴에 흉터를 달고 다녔다. 겁에 질려 창백해진 아이들이 피투성이가 되거나 발을 다쳐 절뚝거리는 안드레이를 공터에서 데려오곤 했다. 철삿줄에 걸려 의식을 잃은 아이를 끌고 올라온 적도 있다(정치적 자유의 분위기를 타고 활기를 얻은 뒷골목의 활동가들이 잔디를 파서, 아, 나쁜 놈들, 무언가를 묻고는 아이들의 목 높이까지 오는 팽팽하고 가는 철삿줄을 쳐서 영역 표시를 해둔 것이다). 한번은 침대, 아마도 철제 침대에서 뜯어낸 쇠붙이로 아이들과 칼싸움을 벌이다 바샤라는 뚱뚱한 아이가 휘두른 쇠칼이 다리에 박힌 적도 있었다. 그때(크라스노다르 사건이 있은 후였고, 그때까지만 해도 나는 젊었다) 집에는 손님이 와 있었다. 내 손님은 재미있는 사람이었다. 유부남에 지독한 술꾼이었지만, 그러한 사실이 그가 재미있는 사람이 되는 데 방해가 되지는 않았다.

"이 양반," 그는 충계에 피를 뚝뚝 흘리면서(나중에 나는 울면서 그 핏자국을 닦았다) 아이들의 부축을 받으며 들어온 안드레이에게 말했다. "오늘은 파편에 맞았나보네?"

"에이씨." 안드류샤의 대답이었다.

그리고 육 년 후 안드레이는 더이상 집에 들어오지 않았다. 한번은 새벽 두시에 집에 들어왔다가 "어딜 기어들어와, 당장 나가"라고 무섭게 고함치는 할머니에게 현관에서 의자로 맞은 적도 있다. 그때 나는 심장이 멎어버리는 줄 알았다. 다음날 아침 나는 앞에서 말한 재미있는 사람, 아르카디 야코블레비치한테 전화를 걸었고, 숙취 후 언제나 그렇듯 그는 잠시 뜸을 들인 뒤 활기찬 목소리로 말했다.

"안드리아노브나, 혹시 모르니까 구급차를 불러요, 여자들은 심장마비가 자주 오지는 않지만." (아르카디 야코블레비치는 흉부외과 남자 병동에 입원한 적은 있어도 여자병동을 들여다본 적은 없는 게 분명하다.)

그러고 나서 무슨 일이냐고 물었다. 내가 얘기를 다 하자 그는 다시 안드레이가 몇 살인지 물었다.

"혹시 안드레이가 놀다가 '엄마가 열시까지 들어오라고 했어'라면서 집에 들어오길 바라요? 나는 열다섯 살에 애를 만들었고, 그애가 벌써 열여섯이에요."

아르카디 야코블레비치는 그런 식으로 나를 안심시켰다. 우리는 일로 만난 사이였다. 당시 나는 마샤를 위해 노동시 선집을 만들고 있었다. 나는 이미 출판사에서 쫓겨난 상태였고 받아주는 데도 없었다. 다 얘기하자면 길고, 아무튼 그때 나는 출판사에 얼굴을 내밀 수 없는 상황이라 시선집도 마샤의 이름으로 나왔다. 마샤는 원고료의 25퍼센트를 나에게 주었고, 그후로도 25루블씩 두 번 돈을 더 받았다. 그리고 그것만으로도 나는 행복했다. 각설하고 A. Y.는 마침 노동시를 쓰는 시인의 아들이었다. 도서관에서 선집 작업을 하다 야코프 도브리닌이라는 시인이 눈에 띄어 찾아보니, 10월 혁명을 노래한 시가 몇 편 있고 노동절에 맞춰 쓴 시가 있는…… 노동시인이었다. 그래도 확인을 해야겠다 싶은 마음에 나는 야코프 도브리닌에게 전화를 걸었다. 전화를 받은 남자는 그가 없다고 했고, 그럼 언제 들어오시느냐고 내가 묻자 이제 전화를 받지 못하실 거라고 예의 남자 목소리가 대답했다. 갑자기 말문이 막히고 심장이 덜컥 내려앉는 듯했지만, 나는 침착하게 내가 왜 전화를 걸었는지 설명했고, 우리는 그렇게 서로를 알게 되었다. 아르카디는 정말 괜찮은 남자였지만, 그의 아내는 내 방문을 한 가지 뜻으로만 받아들였다. 아내들은 아무리 친절해도 다 똑같다. 한 시인의 아내는, 시를 계속 써야 할지 한번 읽어보고 나서 조언을 해달라고 건넸던 내 원고를 밤 열시에 찾아가라고 전화로 말해놓고, 약속한 시간에 내가 초인종을 누르자, 태어날 때와 똑같은 차림으로 현관에 나와 가슴을 온통 끌어다모으며 빠끔히 문을 열었다. "우린 벌써 자리에 누웠어요"라는 뜻이었다. 남자들의 아내와 친구가 되기는 그렇게 어렵다.

밤.

아니, 순서대로 하자. 빽빽거리고 악을 쓰던 나의 작은 태양은 조그만 팔과 다리를 아무렇게나 뻗은 채 벌써 잠이 들었다. 엄마도 아빠도 없는 아이, 고아, 네 할머니는 이제야 종이와 연필을 쥐고 자리에 앉게 되는구나. 나는 만년필을 살 만큼 벌이가 좋지 못했다. 내가 번 돈으로는 아무것도 할 수 없었고, 그나마도 안드류샤가 다 털어갔다. 층계에서 난동을 피우고는 작별인사라며 내 우편함에 불을 지른 것도 그 무렵의 일이다. 안드류샤는 다 필요없으니 25루블짜리 한 장만 내놓으라면서 끔찍한 욕설을 퍼부어댔고, 정해진 순서에 따르기라도 하듯 발로 문을 걸어찼다. 나는 아이의 조그마한 귀를 틀어막고서 아이와 부엌에 앉아 있었다.

"나도…… (안드레이가 소리쳤다) 나도 어디 가서 자리를 잡고 살아야 할 거 아냐(옮길 수 없는 말들), 빌어먹을, 그러니까 25루블만 내놓으라고! 내 방을 차지하고 앉았으면(옮길 수 없는 말들) 돈을 내놔야 할 거 아냐(옮길 수 없는 말들), 니미!"

욕설에 엄마를 뜻하는 단어가 섞여나왔다.

나의 작은 별은 떨고 있었지만, 울진 않았다. 다행히 겁은 안드레이가 더 많았다. 티마를 부둥켜안고 있던 나는 마침내 참지 못하고 큰 소리로 무섭게 소리를 질렀다.

"경찰을 부를 거야! 더는 못 참아! 신고할 거라고!"

안드레이는 내가 정말로 경찰을 부를 수 있으리란 생각은 꿈에도 하지 않았다. 누구를 잡아가라고? 교도소에서의 악몽을, 그곳에서 당한 일들을 잊지 못하고, 새 삶을 찾지도 못한 채 자신을 감옥에 가게 한 그 친구라는 작자들의 집을 전전하며 살고 있는 불쌍한 아이를 잡아가라고? 안드레이는 그 친구들을 비난하고 협박해서 3루블, 5루블씩 뜯고 다녔다. 내가 그 사실을 알게 된 것은 예전 사건의 동지, 그 공범 중 한 명의 엄마가 전화를 걸어 거의 실성한 사람처럼 안드레이를 찾아댔기 때문이다. 역겨운 목소리.

"여보세요! 여보세요!"

"여보세요." 내가 말했다.

"여보세요! (신경질적인 외침) 저기…… 거기가 ○○네 집 맞죠? 여보세요!"

"아닙니다." 내가 말했다.

"안드레이라는 사람 없어요? 여보세요!" (아주 신경질적으로.)

"그런 사람 여기 안 삽니다. 그런데 누구시죠?"

"그건 알 것 없어요."

알 것 없다는 건 그만 끊겠다는 말이다. 그러나 그녀는 전화를 끊지 않았다.

"여보세요! 여보세요! 그럼 그 사람은 어디 있죠?"

"나도 몰라요."

"이제 소방서에서 일 안 하나요? 내가 거기도 전화해봤는데."

망할 여편네!

"아니요, 그 사람 이제 정부기관에서 일해요."

아는 정부기관 인사과에 있는 대로 전화를 해봐라.

"아, 그래요? 혹시 전화번호를 좀 알 수 있을까요? 여보세요!"

겁에 질려 귀까지 벌겋게 달아오른 모습이 눈앞에 보이는 듯했다.

"그건 기밀이니까," 내가 말했다.

"……"

"난 모르지요."

"저는 그애 친구 이반네 엄마인데요. 내가 없을 때 그애가 우리집에 와서 자고 가죽점퍼를 들고 나갔어요. 여보세요! 듣고 있어요?"

"그건 당신 아들한테 가서 찾아봐야지. 그건 그렇고 이반은 알료샤 K.의 사건으로 벌써 감옥에 들어간 줄 알았는데, 아닌가? 재조사한다고 들었는데!"

(그녀의 아들은 지금도, 안드류샤의 생일날 내가 마지막 남은 돈을 털어 사준 스웨터를 입고 다닌다.)

"그리고 말이 나온 김에 하는 얘긴데," 나는 계속해서 말했다. "이반이 우리집에서 집어간 물건들 값을 받을 수 있을까요?"

전화가 끊겼다.

무섭고 어두운 힘, 눈먼 광기의 열정이 사랑하는 아들, 탕아의 발아래 머리를 조아린다, 시詩.

교도소에서 나온 안드레이는 내 청어와 감자, 내 흑빵을 먹고 내 차를 마셨으며, 전과 다름없이 내 살을 뜯어먹고 내 피를 마셨다. 그렇게 내 모든 양식을 채워넣고도 안드레이는 누렇게 떠서 지저분하고 몹시 지쳐 보였다. 나는 아무 말도 하지 않았다. "가서 샤워 좀 해"라는 말이 입 밖으로 나오지 않고, 모욕당한 듯 목구멍에 걸려 있었다. 어렸을 적부터 아이는 씻으라는 말을 끔찍하게 싫어했다(그도 그럴 것이, 씻으라는 말은 땀에 절어 꼬질꼬질한 자신의 모습을 상기시키고 굴욕감을 안겨주었으며, 언제나 깨끗했던 내 옆에 서면 더욱 그랬다. 나는 샤워를 하루에 두 번씩 했다. 그것도 아주 오랫동안. 아, 타인의 그 온기! 비록 화력발전소의 온기이긴 했지만 그 이상은 내게 주어지지 않았다).

"돈 좀 줘."

"무슨 돈?" 나는 날카롭게 소리질렀다. "또 무슨 돈? 난 지금도 세 사람이나 먹여살리고 있어!"

그렇다! 나까지 더하면 넷이지! 이 집에 있는 건 모두 내 피와 살로 이루어진 것들이다!

나는 흥분해서 그렇게 소리쳤다. 실제로 내가 지금 가지고 있는 돈이라고는 지갑의 5루블하고 통장에 있는 돈 몇 푼, 그리고 어머니 보험이 다였다. 사실 굽도리 뒤에 숨겨놓은 돈이 좀더 있긴 하지만, 그건 내가 생판 모르는 사람한테까지 하소연을 해가며 알지도 못하는 외국어 교재를 번역하고 받은 돈이다. 반체제인사인 아들이 부당한 판결로 감옥에 가 있고, 딸은 거의 미혼모나 마찬가지이며, 장학금도 없이 대학생 둘을 키우는데 손자까지 생겼다고, 아, 그래서 운동화에 기저귀까지 사야 한다고 하소연해서 구한 번역이었다!

"그건 그렇고, 너 좀 씻어야 되지 않니? 목욕물 받아줄까?"

안드레이는 내 빗장뼈를 쳐다보며 천천히 눈을 껌뻑였다.

"내가 너 주려고 청바지 샀어, 국산이야, 그렇게 웃지 마, 신발도 좀 밝은색으로 하나 샀고, 가서 갈아입어, 그전에 샤워 먼저 하고, 어서."

"됐어. 옷 갈아입을 생각 없어. 나가야 하니까 돈이나 내놔. 쓸데가 좀 있어."

"얼마나 필요한데?"

"일단 50루블만 줘봐."

"뭐라고? 내일 아침거리 살 돈 5루블밖에 없어. 저 인간이 얼마나 먹어대는지, 먹을 걸 방구석에 숨겨놓고 살게 생겼다니까⋯⋯ 3루블이면 되지?"

"50루블이라고 했잖아. 나가서 또 사람 죽이고 다니는 꼴 보고 싶어?"

"그냥 나를 죽여."

"안드레이."

문가에 나의 아름다운 딸이 서 있다.

"안드레이, 이리 와, 어제 사시카가 장학금 받아온 거 있어, 그거 줄게, 엄마는 목에 칼이 들어와도 안 내놓을 거야."

안드레이는 잔뜩 찌푸린 얼굴로 사시카의 장학금 50루블을 들고 나가서는 이틀 동안 집에 들어오지 않았다. 대신 경찰이 와서 A*의 행방을 묻더니 그에게 거주등록을 시켜주면 안 된다고 했다. 갑자기 두려움에 휩싸인 나와 알료나는 양국간 스파이를 교환하듯 안드레이와 슈라의 거주등록을 신청했다. 내가 정말 겁이 났던 건 안드레이가 또 무슨 짓을 저질렀구나 하는 생각이 퍼뜩 들었기 때문이다.

하지만 이틀 뒤 안드레이는 청바지에 청재킷까지 새 옷을 쫙 빼입고, 어깨에는 가방을 둘러메고 면도까지 말끔하게 하고서 내 속에서 무

---

* 여기서 경찰이 찾는 A는 안드레이일 수도 사샤(알렉산드르의 애칭)일 수도 있다.

언가 부글부글 끓어오르게 하는 옷차림의 젊은 여자 둘을 데리고 나타
났다. 방에서 나오던 알료나는 깜짝 놀라 다시 자신의 따뜻하고 기저귀
냄새나는 은신처로 물러났다. 안드레이는 그 여자들과 함께 내 방으로
들어가 정확히 한 시간을 거기에 있었다. 나는 손톱으로 조심스럽게 문
을 두드리며 가능한 한 상냥한 목소리로 꺼낼 물건이 있다고 말했지만,
머릿속으로는 돈을 숨겨둔 굽도리 생각뿐이었다. 방문 앞을 지나던 알
료나가 대꾸도 없이 닫혀버린 저주스러운 문을 발로 찼다.

그들이 방문을 열자마자 나는 손을 내밀며 말했다.

"50루블 내놔."

"……"

"네가 알료나한테 가져간 돈, 내가 갚았어."

두 여자가 문 앞에서 꾸물거리는 사이 안드레이는 물건들을 집어던
지며 내 옷장을 뒤졌다.

"뭐하는 짓이야, 네 짐은 다 쌌잖아, 네 가방은 저 위에 있다니까……"

피투성이가 된 어미와 아들의 심장이 사납고 무섭게 뛴다. 아, 눈처
럼 하얗던 아이, 풀냄새 가득한 들국화 핀 초원 같던 너는 어디로 간 것
인가.

"경찰이 와서 경고하더라……"

"짭새가 다녀가셨군……"

"너를 이 집 거주자로 등록하면 안 된다고……"

심장이, 심장이 쿵쾅거린다!

"아, 그러셨어!"

"그래도 내가 어떻게든 등록시킬 테니, 안드레이, 넌 걱정하지 마, 홍

분하면 안 돼."

"걱정 안 해. 나 결혼할 거야, 그러니까 엄마네 거주등록증은…… 삶 아먹든 말든 맘대로 해."

"누구하고? 저 여자들하고?"

"왜, 마음에 안 들어?"

여자들이 썩은 이를 드러내며 킬킬거리고 웃는다.

"근데 할머니는 어디 계셔?"

"그 얘긴 내가 편지에 못 썼는데…… 할머니가 많이 쇠약해지셔서……"

"죽었어?"

"더 안 좋아. 사람한테 일어날 수 있는 가장 끔찍한 일이지. 모르겠어? 무슨 말인지?"

"그래서 지금 어디 계신데?"

"카셴코*에, 그래도 거기서는 사람대접을 해주니까."

"쫓아냈구나?"

안드레이는 짐가방을 들고서 여자들하고 같이 몰려나갔다.

밤. 조용하다. 어디선가 옆집 여자 뉴라가 뼈를 부수는 소리가 들린다. 저 뼈로 내일 수프를 끓이겠지.

정신병원 원장 데자 아브라모브나는 놀랄 만큼 침착하고 신념이 강하며 사람의 마음을 편안하게 해줄 줄 아는 사람이었다. 언젠가 상담 중에 그녀가 해주었던 한 이야기는 앞선 나와 안드레이의 대화와 연관

---

* 1922년에 지어진 러시아에서 가장 큰 정신병원.

될 뿐 아니라 일반적으로도 맞는 말이었다. 병원 안보다 밖에 정신병자가 훨씬 많아요, 병원에 있는 사람들은 뭔가 결여되어 있긴 하지만 기본적으로는 정상적인 사람들이지요. 그녀는 병원에 있는 사람들에게 결여된 것이 무엇인지는 말해주지 않았다. 하긴 나만 해도 부족한 것이 어디 한둘인가 하고, 나는 생각했다. 모든 것이 끝난 지금 돌이켜보면 그때 나는 얼마나 어리석었는지. 데자 아브라모브나와 첫 상담을 하던 날 나는 어머니가 가스를 틀어놓고 잠그지 않아 하마터면 집을 다 태워버릴 뻔했던 일 등등을 늘어놓으며 그녀 앞에서 하염없이 눈물을 흘렸다. 여름에 2주쯤인가 집에 혼자 계시게 한 적이 있었는데, 집에 돌아와보니 아파트 발코니에 구더기들과 새들이 줄을 지어 앉아 있고, 파리들은 뚱뚱하게 살이 쪄서 말 그대로 기어다니고 있었다. 고기를 사서 발코니에 내놓고 잊어버리셨던 거다. 냄새가 얼마나 지독했는지! 정말 끔찍한 날들이었다. 사람들이 소환장을 들고 와서 안드레이를 경찰서로 끌고 갔고, 경찰서까지 쫓아간 나에게 형사가 욕설을 퍼부었으며, 안드레이는 누렇게 뜨고 초주검이 된 채 집으로 돌아왔다. 누군가 계속해서 안드레이에게 전화를 걸어 뭔가 소리를 질러댔고, 안드레이는 아무 대답도 하지 못하고 고개만 끄덕거렸다. 그리고 빌어먹을 그 친구라는 것들의 부모들이 만나자며 아이를 불러내 어디론가 끌고 가서는 혼자 죄를 다 뒤집어쓰라고 설득했다. 아무것도 모르는 내 어머니는 아이가 몸이 안 좋아 보이고 제대로 먹지도 못한다고, 계집애가 어제저녁 늦게 들어왔는데 어디에 누워 있었는지 밝은색 우비 등짝이 초록색이더라고 잔소리를 늘어놓곤 했다. 그러던 어머니가 갑자기 조용해지고 자기 방에 틀어박혀 밖으로 나오지 않기 시작한 것은 아침에 조사를 받으러 나간 안드레이가 더이상 집으로 돌아오지 않던 그날부터였다. 어머니는 안드레이가 어디로 갔는지 묻지 않았다. 그렇게 몇 달이 흘렀고, 어머니는 잇몸에서 저절로 빠져버린 이를 당신 방 선반에 가지런히 모아두었다. 한번은 피로 흥건한 솜뭉치를 승리자의 표정을 지으며 내게 꺼내 보여주기도 했다. 봐라, 내가 얼마나 많은 피를 토했는지! 왜 이래요? 도대체 왜 이러는 거예요? 누구한테, 어디 무슨 위원회에 증거로 제출이라도 하시게? 이리 줘요, 갖다 버리게! 옷은 또 왜 그렇게 입고 다니는 거예요? 지금 몰골이 어떤지 알아요? 옷장에 옷이 한가득이던데, 남은 없어서 못 입는 옷을 그렇게 쌓아놓고! 나는 어머니가 그 옷들을 생애 최고의 날을 위해 아껴두고 있다는 걸 알았다. 어머니는 어느 아름다운 순간이 오면 대지가 갈라지고 자신은 깨끗한 봄 코트나 모직 원피스를 입고서 그 안으로 들어갈 것이며, 그다음에는(여기가 중요하다!) 누군가와 결혼하게 될 거라는 상상을 하고 있었다. 그 신랑감이 나타날 때까지 자신을 잘 보살펴줘야 한다고 농담을 하기도 했다. 그래서 내가 물었다. "연금 받고 사는 노인네한테 시집가시려고? 남은 인생을 그런 노인네 뒤치다꺼리나 하면서 사시게?" 사실 어머니가 기다리는 신랑감이 어떤 사람인지 나는 알고 싶지도 않았다. 어머니는 작고, 한때 회색이었지만 이제는 모든 색이 바래고 흐려져 푸른 빛만 남은 눈으로 나를 물끄러미 쳐다보았다. 그러고는 달처럼 희미하게 빛나는 순진무구한 푸른 눈을 반짝거리면서, 연금이나 받고 사는 노인네들은 못 봐준다고, 요강이나 끌고 다니면서 살 생각은 없다고 했다. 어머니는 대체 누구를 기다린 걸까. 답은 한 가지뿐이었다. 젊음이 다시 돌아오기를 굳게 믿으며 기다리고 있었던 것이다. 어머니는 어딘가 의식의 깊은 곳에서 최고의 순간을, 갑자기 꿈에서 깨어난 듯 이 모든 껍데기를 벗어던지고 긴 휴가 뒤의 어느 날처럼 활짝 피어나기를 기다리고 있었다. 결국 어머니가 마음 깊은 곳에서 기다리던 것은 천국이 아니었을까? 하지만 내 어머니에게는 그녀가 기다리던 것과는 다른 일이 일어났다. 어느 날인가 어머니는 나를 조용히 자기 방으로 불러 누군가 자신을 '잡으러 왔다'고 말했다.

"어머니를 왜요?"

"쉿."

"세상에, 누가요?"

"저기를 봐," 어머니는 가능한 한 창문과 내 얼굴을 보지 않으려 애쓰며 말했다. "저기."

"어디요, 지금 무슨 소리를 하는 거예요?"

"저기, 저 아래."

나는 창문 아래쪽을 내다보았다. 하루종일 비가 내리던 날이었다.

"뭐가 있다고 그래요. 아무것도 없는데."

"다시 올 거야."

"누가요?!"

"'ㄱ'으로 시작하는 글자."

"뭐라고요? 정말 왜 이래요?"

"조용히 해, 소리지르지 마(속삭이듯 작은 소리로). '구급차.'"

나는 밖을 내다보았다. 정말로 거리에 구급차 한 대가 지나가고 있었다.

"저게 뭐 어쨌다고요?"

"어제 내가 밖으로 나가자마자 저 차가 내 뒤를 따라왔어. 경찰도 따라붙고. 나는 보란듯이 뒤돌아서 경찰을 향해 걸어갔지. 보란듯이 경찰 얼굴을 똑바로 보면서 걸어갔다고. 나는 경찰 따위 무섭지 않아!"

나는 온몸이 굳어진 채 부엌에서 한참을 서 있다가 알료나한테 가서 네 할머니가 정신이 이상해졌다고 말했다. 알료나는 정말 정신이 이상한 사람은 나라고 했고, 나는 알료나에게 이건 전혀 무서워할 일이 아니며 종종 있는 일이라고, 이모할머니도 말년에 그랬는데 한참을 더 사셨다고 말해주었다. 유전이야. 알료나가 후다닥 일어나 할머니 방으로 뛰어갔고, 나는 그들의 조용한 대화를 들었으며, 잠시 후 알료나는 울면서 들어와 "너무 끔찍해"라고 말했다. 내가 너도 진작에 내 말을 듣고 정신병원에 다녔어야 했다고 말하자 알료나는 웃었다. 늘 그랬다. 알료나는 내가 벌써 정신과 상담을 받고 있으며 보건소 정신과에 알료나의 이름도 올려놓았다는 것을 몰랐다. 벌써 몇 번인가 내과의사인 척하며 의사가 다녀가기도 했는데, 알료나는 그때마다 주문장을 읽듯 의사의 질문에 무례하고 거칠게 대답했고, "왜 학교에 안 가고, 이불은 치우지도 않고 하루종일 누워서 빈둥거리는가?"라는 질문에 벌떡 일어나 보란듯 화장실로 들어가서는 의사가 나갈 때까지 오 분 동안 물을 내린 적도 있다.

"너는 네가 정상이라고 생각하니?" 나는 계속해서 말했다. "너 자신을 잘 봐. 너는 오늘도 수업에 안 들어가고, 밤새 책이나 읽고, 아침엔 일어나지도 않았어. 전형적인 정신병 증상이지. 유전이란 게 바로 그런 거야."

내가 그렇게 말한 건 그애를 격려하고 그저 약간의 충격을 주기 위해서였다. 아, 심장으로 다시 피가 몰려든다. 어머니는 치매에, 아들은 감옥에, 그녀, 천재적인 나의 작가가 썼듯, 나를 위해 빌어주소서.* 나는 내 딸을 깨우고 싶었다. 감옥에 있는 안드레이와 성적, 여드름, 그리고 첫사랑 때문에 침잠해 들어간 이성의 잠으로부터 내 딸을 끌어내고 싶었다. 알료나는 이 모든 이야기를 일기에 썼고, 나는 그것을 읽었다.

누구도 절대 이 일기를 읽어선 안 된다. 누군가 읽는다면 나는 영원히 이 집에서 나가버릴 것이다. 엄마도, 할머니도, 안드레이도! 절대 안 된다! 어제 타타르스카야 선생님 수업시간에 S가 들어와서 내 앞에 앉았다. 그는 자꾸 뒤를 돌아보고 아련한 눈빛으로 나를 쳐다보았으며 고개를 젖히고 혼자 웃었다. 렌카와 우스운 얘기를 하며 장난을 치기도 했다. 나는 아무 일 없다는 듯 심각한 표정으로 앉아 있었지만, 심장이 발꿈치까지 내려앉는 듯했다. 수업이 끝나고 같이 나오던 렌카가 외투보관소에서 갑자기 말했다. "S가 너하고 같이 새해 첫날을 보내고 싶대! 걔가 나한테 그러더라." 나는 어깨를 으쓱하고 말았지만, 가슴속에서는 폭풍 같은 환희가 휘몰아쳤다! 제대로 걷지도 못할 만큼! 내가 S와 새해를 같이 맞게 되다니!

12월 22일. 아무래도 S가 나를 좋아하는 것 같다고, 자꾸 나에 대해 묻는다고 렌카가 또 나에게 말했다. 극장에 갈 거냐고 물었더니 알료나도 가느냐고 S가 묻더라는 것이다. 그래서 걔도 안 갔다고. 그 얘기를 하면서 렌카는 나를 뚫어지게 쳐다보았다. 확인하고 싶었던 것이다. 나는 렌카가 S를 좋아한다는 걸 알고 있었지만, 렌카는 내 속을 알 수 없었던 것이다. 나

---

* 안나 아흐마토바의 서사시 「레퀴엠」에 나오는 다음 구절을 조금 변형해 인용한 것이다. "남편은 무덤에, 아들은 감옥에,/ 오, 나를 위해 빌어주소서."

는 너무 행복해서 밤에 한숨도 못 잤다. 그리고 새벽에 S가 나오는 꿈을 꿨다. 나는 S와 함께 접이식 덮개가 달린 오픈카를 타고 있었고, 온통 그의 체온에 둘러싸여 있었다. 오늘은 S를 보지 못했다. 마음을 단단히 먹어야 한다! 아침에 운동을 해야겠다. 지난번에 S가 낮 열두시에 일어났다고 말한 적이 있다.

12월 30일. 하루만 지나면 새해다. 기말시험을 간신히 통과하고 8강의실에서 울었다. 렌카는 아무 말도 하지 않고 가만히 있었다. S는 제일 먼저 시험을 치르고 나갔다. 나는 늘 그랬듯 시험시간에 늦었다. 나는 렌카에게 물어보았다. "그래서 내일 S하고 어디에 있을 건데?" 겨우 용기를 낸데다 적의까지 담은 내 질문에 렌카는 아무렇지도 않다는 듯 대답했다. 운송대학 문화회관에 가기로 했어. 내가 말 안 했나? S는 신년 전야에 사람들하고 몰려다니는 게 싫대, 집에서 그냥 잘 거라고, 휴일 같은 거 지겹다고 하더라. 그러면서 렌카는 운송대학 문화회관에서 열리는 신년 파티 티켓 두 장을 샀다고 했다. 거기 가면 샴페인도 나오고 선물 교환도 하고 디스코 파티에 미국영화도 상영하고 가면무도회도 있을 거라면서. 내가 지나가는 말처럼 어떤 영화냐고 묻자, 미국영화인데 표는 벌써 다 팔렸다고, 내 표도 같이 사려고 했는데 돈이 모자라서 더 찾으러 갔다 온 사이에 표가 다 팔렸더라고 했다. 표값은 꽤 비쌌다. 너도 같이 갈래? 렌카가 말했다. 저녁 열시쯤에 가서 추가 티켓 나온 거 있으면 잡아보자. 나는 뭐얼, 됐어, 라고 말했다. 그녀는 의상도 생각해두라고, 자기는 마법사 분장을 하고서 카드점을 칠 거고, S한테는 자기 아버지 실크 셔츠를 입히고 두건을 비스듬히 묶고 한쪽 눈을 가려서 해적 분장을 시킬 거라고 했다. 나는 실컷 두들겨 맞은 개 꼴이 되어 집으로 돌아왔다. 집에서는 할머니가 엄마와 욕을 하며 싸우고 있었다. 할머니는 나를 똑바로 키우라고 했다. 애가 밤새 책을 읽고 아침에 못 일어나서 시험 보는 날까지 늦고. 안드레이도 제대로 키워! 세상에, 담배까지 피우더라!

1월 1일. 말도 안 돼. 렌카와 S는 운송대학 문화회관에 오지 않았다! 나는 바보처럼 밤 열시에 할머니의 검은 드레스를 입고, 머리에는 장미꽃 한 송이를 꽂고서(부채를 든 카르멘이다. 할머니가 옷도 주고 화장도 도와주었다) 문화회관으로 갔다. 매표소에서 별문제 없이 표를 사고, 반은 텅 빈 썰렁한 객석에 앉아 처음부터 끝까지 소리지르고 울부짖기만 하는 정신없는 콘서트와 정체 모를 사교댄스를 거의 자정이 다 될 때까지 본 다음 로비로 나와 샴페인 한 잔을 샀다. 줄은 길지 않았고, 바로 옆에서 파는 작은 선물꾸러미도 하나 살 수 있었다. 샴페인을 들이켠 순간 커다란 시곗바늘이 하나로 합쳐졌고, 나는 집에 가서 잠이나 자야겠다고 생각하며 디스코 파티를 뒤로하고 나왔다. 엄마와 할머니는 연말행사를 치르듯 한판 싸우고 시뻘게진 얼굴로 텔레비전 앞에 앉아 못다 한 욕을 내뱉고 있었다. 주제는 언제나 그랬듯 안드레이였다. 사흘째 집에 안 들어오는 오빠한테 전화가 와서 할머니가 받으려고 달려갔는데, 엄마가 전화통을 붙잡고 할머니가 심장 때문에 구급차에 실려갔었다는 등의 이야기를 혼자 다 해버린 것이다. 오빠는 그대로 전화를 끊어버렸고, 엄마는 할머니에게 그토록 사랑하는 손자와 이야기할 시간을 주지 않은 것이다.

1월 5일. 변증법적유물론 수업 전 개별지도 시간에 렌카가 들어왔다. 렌카는 가면무도회가 별로였고, 자기도 저녁에 한 삼십 분쯤 앉아 있다가 페테르부르크에 있는 이모한테 가서 친척들하고 같이 텔레비전을 봤다고, 늦어서 애들을 재우려고 했더니 울고불고 난리가 아니었다고 했다. 새해를 맞아 온 땅에 눈물과 싸움이 흘러넘쳤던 것이다! S는 개별지도 시간에 들어오지 않았다.

1월 8일. 시험에서 C를 받았다. 재시험을 봐야 한다. 장학금을 못 받으면 집에서 또 난리가 날 거다. S는 늘 그랬듯 A를 받았다. 렌카는 S한테 전화가 왔는데, S는 친구 집에서 중학교 동창들하고 망년회를 했다고 했다. 렌카는 아무래도 S가 게이인 것 같다고 했다. 나는 렌카와 깔깔거리고 웃었다.

1월 12일. S가 T. I.와 도서관에 왔다. 3학년인 T. I.는 모두가 다 아는 걸레다. 둘은 마주보며 미소지었고, S가 일어나서 그 여자 등뒤로 다가가 어깨 위에 자신의 재킷을 걸쳐주었다. 자기는 검은 스웨터 하나만 입고서. 억지로 미소지으며 앉아 있는 렌카의 얼굴이 울그락불그락했다. 우리는 화장실로 가서 담배를 피웠고, 렌카는 울었다. 나는 울지는 않았지만 왠지 속이 텅 비어버린 것 같았다. 여러분, 이 세상을 사는 건 정말 지루한 일이라오.* 너를 사랑해, S. 너는 모르겠지만. S에게 내 사진을 선물하고 싶다. 단한마디 "기억해줘"라는 말과 함께. 그런데 어떻게 그런 여자하고? T. I.는 늙은 매춘부에 스무 살이나 먹었는데. 나는 지난 12월에 열일곱 살이 되었다. S는 여섯 살에 학교에 들어가서 2월에 열일곱 살이 된다. 한번 비교를 해보란 말이다. 렌카는 열아홉 살이다. 렌카는 좋은 친구긴 하지만 키가 너무 크고 뚱뚱하다. 인생이란 무대가 그녀에겐 결코 녹록하지 않을 것이다. 요즘은 살이 좀 빠진 것도 같다. 이마에 여드름도 나고. 나도 콧방울에 자꾸 여드름이 난다. 렌카는 담배를 너무 많이 피운다! 말은 안 하지만 틀림

---

* 니콜라이 고골의 중편소설 「이반 이바노비치와 이반 니키포로비치가 싸운 이야기」의 마지막 구절.

없이 남자애들하고도 잤을 거다. 렌카는 자기가 T.I.만큼 다양한 체위를 알고 있다고 했다. S는 분명히 아닐 거라고도 했다.

1월 15일. 그냥 누워 있다. 할일이 없어 공부나 하려다가 엄마와 할머니가 하는 얘기를 받아적어본다.

"이거 어머니가 그랬죠? 그릇을 아주 있는 대로 다 깨뜨릴 작정이시로군!" (이건 엄마의 말이다.)

"무슨 그릇? 얘가 실성을 했나!" 할머니가 소리쳤다. "내가 뭘 어딜 깼다는 거야? 생사람을 잡네!"

"이거 봐요, 여기 찻잔 손잡이가 깨졌잖아요! 어디 가서 사지도 못할 텐데! 이 접시는 또 어딜 가서 사고요?"

"내가 안 그랬다! 난 안 그랬어! 오, 하느님, 저를 구하소서, 저를 도우소서! 아! 세상에, 어떻게 나한테! 하느님! 사람들아! 어떻게 나한테! 저를 구하소서! 내가 무릎을 꿇으마, 하지만 난 아니다. (소리로 보아 무릎을 꿇는 데 한참 걸리는 듯하다.) 자! 내가 이렇게 맹세한다!"

"아아, 정말, 일어나요, 얼른 일어나요, 왜 이래요, 정말, 깬 걸 깼다고 하는데."

"(긴 신음소리) 세상 사람들아, 나 좀 구해주소! 도대체 어디가…… 어디가 깨졌다는 거야?! (끙끙대는 소리, 아마 다시 일어나고 있을 거다.) 내가 뭘 깼다고! (울음 섞인 목소리로) 네가 내 파란색 잔을 깼을 때 나는……"

"아이고, 그게 언젯적 얘긴데 또 그 얘기를……"

"내가 깬 건 그 찻주전자 주둥이 그거 하나밖에 없어…… (의자가 삐걱거린다. 차를 마저 마시려고 앉았을 것이다.) 그래, 그건 내가 깼어, 하지만 그것도 붙이면 돼…… 주둥이는 내가 잘 감춰놓았으니까……"

“뭐라고요?!!”

“파란색 찻주전자 주둥이, 내가 깬 건 그게 다야. 그것도 붙이면 되고.”

“뭐라고요…… 뭐요!!! 세상에! 이제야 다 털어놓으시는군! 찻잔 세트를 깼다고요? 그것도 제일 좋은 찻주전자를! 이제 누가 오면 차를 어떻게 마시라고?! 아아아, 정말(울음을 터뜨린다).”

“넌 찻잔을 깼고, 난 주둥이를 깼을 뿐이야.”

“알료나! 이리 좀 나와봐.”

“엄마, 나 시험이야.”

일기는 여기서 끝났다.

내가 여드름 얘기를 다시 꺼낸 건 알료나가 당황해서 다른 생각을 못하게 하기 위해서였다.

“그런데 여드름이란 건,” 나는 계속해서 말했다. “안 닦고 다녀서, 특히 밑이랑 겨드랑이를 잘 안 씻고 팬티를 자주 갈아입지 않아서 냄새가 나고 여드름도 생기는 거야. 그리고 너, 네 빨래 정도는 이제 네가 할 수도 있잖아! 할머니는 제정신이 아니니까 그렇다 치고, 내가 네 빨래까지 해야겠어?!”

“나도 제정신이 아니라면서.” 여드름이 (약간) 나고, 투르게네프 소설에 나오는 여주인공처럼 창백한 젊은 여자아이가 맞받아쳤다. 모두 그녀의 발아래 머리를 조아리게 될 것이다, 모두가! 하지만 그러기 위해서는 적어도 씻고 다녀야 한다.

“최소한 자주 씻고 다니기라도 해, 머리도 자주 감고. 벌써부터 남자애들하고 자고 돌아다니는 거면 미리미리 예방조치 잘하고.”

알료냐는 어느새 제 방으로 들어가 자신의 신세를 한탄하며 울고 있다. 오, 이기적인 젊음이여! 나는 그애가 할머니의 모습에 충격을 받고 다시 잠을 못 이루게 될까봐 정말 걱정했다. 하지만, 오, 모욕이 주는 회생의 힘이여!

그게 벌써 칠 년 전 일이다. 삶은 그렇게 빨리 흘러간다.

밤.

바로 오늘 있었던 일이다. 초인종소리에 나는 평소와 다름없이 물었다. 누구세요? 현관 밖의 목소리, "문 좀 열어주시죠." 이건 또 뭐지. 무슨 일이신데요? (이하 모든 대화는 문을 사이에 두고 이루어졌다.)

"○○가 여기 살지요?"

내 아들 이름을 댄다. 목소리에 독특한 억양이 있다.

아니요. 안 살아요, 그런 사람 여기 안 살아요.

"그럼 어디로 가야 그 사람을 찾을 수 있을까요?"

갑자기 겁이 덜컥 났다. 나는 어딘가 아파트를 얻어 나갔다고 말했다. "그 주소 좀 알려주시죠." 쉽게 물러가지 않을 태세다. 내가 주소를 어떻게 알아요. "문 좀 열어봐요." 아니요, 나는 말했다, 영장을 받아온 게 아니면 내가 꼭 문을 열어줘야 할 필요는 없죠. 잠시 조용해진다. "좋습니다, 어머니, 어머니 아들한테 조심하는 게 좋을 거라고 일러요." 감옥에서 나오신 양반들인가? 범죄자들? "무슨 소리야, 범죄자는 아줌마 아들이 범죄자지. 아무튼 우리가 찾아서 잡아다드릴 테니 그때 가서 잘 보살펴주쇼." 그러고는 발로 문을 차고 떠났다. 발소리가 여럿이다. 적어도 여섯은 되었을 것이다. 나는 그날 밖에 나가지 않았다. 그리고 아들에게 바로 전화했다. 대단하신 그분께서는 기분이 좋지 않았고, 내 말에 단음절로 대꾸했다.

"잘 있었니?"

"……"

"발꿈치는 어때?"

"음."

"일자리는 알아봤어?"

"으음."

"왜?"

"아, 정말…… 니미."

"지금 어디다 대고 하는 소리야. 내 엄마면 네 할머닌데, 네가 말하는 그 짓은 난 죽어도 못한다. 그래, 웃어라. 너 요즘 무슨 일 있지?"

"아…… 으음."

"직장은 꼭 구해야 한다."

"……"

"누군지 또 널 잡아가겠다고 왔더라."

"잡아가기는 무슨, 내 친구들이 왔었나보네?"

"친구들. 아무튼 널 꼭 찾아낼 거라고 하더라. 잡을 거라고."

"누구라고 그래?"

"친구라면서, 네 친구들이겠지. 내가 걔들한테 그랬다, 이 범죄자들, 당장 꺼져."

"정말 그렇게 말했어?(몹시 언짢은 목소리로)"

"걔들이 그러더라, 누가 범죄자인지는 아직 모른다고. 안드레이! 너 또 무슨 짓 했어?"

"내가? 무슨 소리야? 내가 뭐?"

대답하는 걸로 보아 무슨 일이 있는 게 분명했다.

"아무튼 너를 찾고 있어, 발소리가 여섯은 되겠더라."

"세 명이란 소리야?"

"네가 더 잘 알겠지. 외발들인지도 모르고. 아무튼 널 찾고 있으니까, 집에 올 생각은 하지 마."

"아, 돈 좀 가지러 가려고 했는데."

"나한테?"

"준비는 해놨지?"

"미친놈." 나는 그렇게 대답하고 전화를 끊었다. 안드레이는 내가 매달 자기한테 돈을 갖다바쳐야 한다고 생각하고 있다. 벌써 두 번이나 뜯어갔다! 강도가 따로 없지! 나는 이제 완전히 거지다! 처음에 훔쳐간 것은 내 보물과도 같은 동화책 『세드릭 이야기』*였다. 나는 소공자가 아무것도 얻지 못하게 된다는 것을 알게 되었을 때의 공포를 티마가 넘어설 수 있게 될 날을 기다리고 있다. 한 번, 딱 한 번 그 부분까지 읽어준 적이 있는데, 아이는 더이상 읽지 못하게 했고, 나는 책을 옆으로 치워두었다. 그런데 그 책을 안드레이가 가져간 것이다. 내가 얼마나 놀랐을지 생각해보라! 다른 건 몰라도 책장은 티마도 건드리지 못하게 했는데.

굴욕적인 협상이었다. 나와 티마는 숙직을 하고 나오는 안드레이의

----

* 우리나라에는 『소공자』라는 제목으로 알려져 있다.

아내, 니나를 만나기 위해 아침 일찍부터 병원 앞을 지키고 서 있었다. 니나는 언짢은 듯 인상을 썼고, 더이상 안드레이와 못 살겠다고, 집에서 나가라고 할 거라고 했다. 알고 보니 그들은 6개월째 방세를 내지 못하고 있었다. 니나가 겨우 돈을 구해서 전화요금까지는 냈지만, 전기는 벌써 끊겼다고 했다. 그래서 절망한 안드레이가 내 집에 와서 강도짓을 한 것이다.

니나는 『세드릭 이야기』를 40루블에 교환하는 데 동의했다. 40루블에! 나는 니나가 시커먼 안경에 볼썽사나운 차림을 하고 있던 그때 그 두 여자 중 하나라고 생각했고, 그녀를 결코 믿지 않았다.

내가 없는 사이 안드레이가 어미의 둥지를 찾은 것은 그것이 마지막이었다. 나는 최후의 방법으로 보조키를 달았다. 여기저기 수소문하고 찾아다닌 끝에 데려온 두 열쇠공이 현관문과 벽지, 바닥을 둘러보더니 이 문은 절대 안 된다고, 자물쇠가 '붙어 있질 않는다'고 했다. 나는 그들에게 사실을 있는 그대로 다 이야기하며 사정했다. 이 집에 거주등록이 되어 있는 전과자가 한 명 있는데, 그 전과자가 얼마전에 문을 부수고 들어와 강도질을 해갔다, 직장이라고 받아주는 데도 없고 먹을 것도 없으니까 내 집에 와서…… 나는 울지는 않았지만 온몸을 떨었고, 그들은 마음이 약해졌다. 그들의 연기, 돈을 더 내놓지 않으면 일을 할 수 없다는 닳고 닳은 연기와 한푼이라도 더 벌기 위한 투쟁도 타인의 슬픔 앞에 무너진 것이다. 열쇠공들이 가고, 나는 벽 뒤에 숨듯 새로운 자물쇠 뒤로 웅크리고 누웠다. 하지만 두번째 강탈까지는 오래 기다릴 필요가 없었다. 안드레이는 나를, 진딧물 같은 존재를 쥐어짜는 데 재미 붙인 듯했다. 우리는 그 한 달을 마치 열병에라도 걸린 사람들처럼 살았고, 그 와중에도 나는 부르킨 편집장을 찾아가 당장 갚아야 할 빚이 있다며 간청해서 편지 마흔 통을 더 받아냈다. 자신도 자주 빚을 지고 사는 터라 빚을 갚아야 한다는 말은 부르킨에게 잘 통했다. 부르킨은 다른 이유들, 예컨대 애를 낳았다거나 병이 났다거나 감옥에 가게 됐다는 얘기는 들어주지 않았다. 그는 그 모든 것을 혐오했고, 그런 얘기에는 콧방귀도 뀌지 않았다. 술을 한잔하고 싶다거나 술 마실 돈이 없다는 말도 잘 통했지만, 내 삶의 혹독한 진실은 불편해했다. 아, 그래서 내가 그의 사무실을 드나들면서 얼마나 경박하게 굴었는지! 나는 말 그대로 팔랑대면서 미소를 짓고 아부 섞인 말을 뿌리고 다녔다. 빨갛게 상기된 뺨에 내가 보기에도 형편없이 마른 얼굴, 튀어나온 광대뼈, 손톱을 깎고 아무리 마사지를 해도 거북등처럼 거칠거칠한 손을 하고서 말이다. 내가 편집국에 들르는 동안 티마는 "애는 위로 못 데려간다!"라고 소리치는 경비원 옆의 작은 의자에 앉아 있었다. 저 위, 삼층에서 나는 알아주는 사람 하나 없는 여류시인이었고, 알코올중독자인 편집장은 엄격하면서도 공평무사한 후원자였다. 그는 자기 안에 숨은 노예를 말 그대로 한 방울씩 쥐어짜듯 도려냈다.* 다시 말해 "당신이 아니었으면 나는 아무것도 못했을 거예요"라든가 "보드카 한잔하게 몇 코페이카만 주세요" "당신이 내 구원자예요" 같은 아부 섞인 나의 말에 쉽게 굴복하지 않았다. 그는 책상을 뒤적거리다 밖으로 나가버렸고, 자신은 평생 뇌물 같은 건 모르고 살아온 사람이라는 사실을 나에게 암시하려는 듯 쓸데없이 서랍 속 빈 술병을 요란스럽게 굴렸으며, 전화를

---

* "자기 안에 숨은 노예를 한 방울씩 쥐어짜듯 도려냈다"라는 구절은 안톤 체호프가 잡지 〈새로운 시대〉의 편집장 수보린에게 보낸 편지에 썼던 유명한 구절이다.

걸고, 가방을 뒤적이고, 자신을 찾아온 젊은 여자들과 이야기를 나누었다. 한 사람씩 들어와 앉은 여자들로 방은 점점 좁아졌지만, 마치 누가 더 오길 기다리기라도 하듯 아무도 나가지 않았다. 여자들은 거의 무릎을 꿇다시피 한 자세로 편집장의 책상 쪽을 바라보고 있었다. 그녀들은 젊고 아름다웠고, 나에게는 아래층에서 온몸을 뒤틀며 기다리고 있을 티마가 있었다. 옆 부서에서 일하는 남자들이 하나둘씩 들르기도 했는데, 무슨 특별한 일이 있어서라기보다는 누가 술 한잔 사지 않을까 싶어 기웃거리는 것이었다. 하지만 나는 오로지 편지, 편지만 받아오면 되었다!

어쩌면 그 젊은 여자들도 편지가 필요했는지 모른다. 그들 역시 굶주린 여류시인이었는지도 모른다. 하지만 부르킨이 그들을 다 먹여 살릴 수는 없다. 그는 물에 빠져 죽은 자기 친구의 부인에게도 편지를 줘야 했다. 어떻게 된 일인지 익사한 친구의 시신은 발견되지 않았고, 어린 두 아이와 세상에 할 줄 아는 거라고는 아무것도 없는 아내는 연금 수령에 어려움을 겪고 있었다. 그녀가 나에게 고백한 바에 따르면, 편집장은 그녀에게 다섯 가지 유형의 기본적인 답장 문안을 주면서 대충 거기에 맞춰 쓰라고 했다. 하지만 나는 매번 단 하나밖에 없는 예술작품을 만들어냈다. 그것은 보이지 않는 영혼들, 연금생활자, 뱃사람, 상점계산원, 대학생, 어린 학생, 공사판 십장, 의사, 수위, 징역수 들과의 대화로 가득찬 광기 어린 밤들이었다. 익사한 친구의 부인은 "존경하는 ○○○ 동무에게. 아쉽지만 당신의 시(들), 단편(들), 소설, 중편, 서사시는 우리 편집국의 기본 방향과 맞지 않습니다. 우리 잡지의 주제는 ○○○로 제한되어 있습니다"라고 썼다. 이것이 첫번째 문안이다. 만약 주제가 일치한다면 다음과 같이 썼다. "귀하의 작품은 언어와 문체에서 아쉬움이 남습니다. 건승을 빕니다."

그렇다면 나는? 나는 말 그대로 한 편의 서사시를 써주었다. 인용을 하고, 조언도 하고, 칭찬을 하고, 충분히 공감이 가도록 비판을 하기도 했다. 언젠가 내가 쓴 편지들을 본 부르킨은 슬픔 때문인지 얼굴을 찡그렸다. 하지만 잡지사로 보내오는 원고를 하나하나 읽을 때마다 눈앞에 떠오르는 살아 있는 사람들, 어쩌면 니콜라이 오스트롭스키*처럼 침대에서 일어나지 못할 지경이 된 환자들, 불구자와 곱사등이인지도 모르는 이들에게 다섯 가지 유형에 맞춰 답장을 해줄 수는 없었다! 그들은 이따금 특별히 내 앞으로 편지를 써서 개인적으로 평을 부탁하며 원고를 보내기도 했지만, 부르킨은 그 편지들을 어김없이 '존경하는 동무'로 시작하는 가난한 미망인에게 주었다.

부르킨은 새로운 작가를 불에 데인 것처럼 무서워했다.

한번은 예기치 않게 산문을 쓴 적도 있다. 내 딸을 주인공으로, 그애의 회상인 것처럼, 그애의 시점에서. 밤에 잠이 안 와서 부엌에 앉아 있다 불현듯 착상이 떠올라 쓰게 된 것이다. 다음은 그 소설의 일부다. 절대로 부르킨이 읽으면 안 되는.

이렇게 사느니 차라리 거리로 나앉는 게 낫다. 북부로 가서 크게 한몫 잡아보겠다고 아파트를 세놓고 떠났던 집주인 셰레메티예프가 돌아와 화장

---

* 『강철은 어떻게 단련되었는가』로 잘 알려진 러시아 작가. 강직성척추염을 비롯해 여러 질병에 시달리다 젊은 나이에 사망했다.

실 변기 받침에 금이 가 있는 것을 보고 말했다. "이제 집에 왔으니 여기서 살아야겠어요. 달리 갈 곳도 없고 아내가 있는 것도 아니고, 난 육체적으로 건장한 남자니까, 가까운 시일 내에 아이를 데리고 나가줬으면 해요. 뭐 그냥 있어도 되고, 셋이 살면 더 오붓할지도 모르지."

작가의 주. 도대체 무슨 생각을 하고 있는 것인가, 자기 딸을 이렇게 무방비한 여자로 상상하다니, 끔찍해라, 끔찍해라. 하지만 이건 언젠가 알료나가 눈물을 흘리며 자기가 어떻게 살고 있는지 털어놓은 얘기를 거의 그대로 옮긴 것이다. 알료나는 셰레메티예프 얘기를 나에게 다 털어놓았다.

계속.

한번은 카탸를 데리고 엄마네 집에 가서 잔 적이 있다. 한밤중에 덜거덕거리는 소리가 나서 깨어보니 엄마가 온 집에 불을 다 켜고 시위라도 하듯 아이에게 오줌을 누이고 있었다. "쉬해, 쉬하라니까, 됐어, 어차피 다 젖었으니." 그러고는 내가 자고 있는 방으로 들어와 불을 켜고 옷장에서 아이가 입을 팬티를 뒤적거리며 찾는다. 유모차에서 자고 있던 카티카가 깼고, 오줌을 싼 아이는 맨발에 러닝셔츠 한 장만 걸치고는 삐쩍 마른 두 팔로 제 할머니의 팔꿈치를 붙잡고 바들바들 떨며 서 있었다. 살이 하나도 붙어 있지 않은 작은 엉덩이, 가느다란 다리, 머리와 어깨 위로 헝클어진 채 늘어진 곱슬머리, 나의 천사! 아이는 내 쪽을 보지 않았다. 유모차에 누워 있던 카티카가 낑낑대기 시작한다. 일어나야 하는데 몸이 말을 듣지 않는다. 나는 말했다.

"엄마, 내가 할게, 내가 찾을게."

"찾긴 네가 뭘 찾아?" 외침, 비명, 눈물. "뭐가 어디에 있는지 네가 알기나 해? 빌어먹을! 못된 것! (누구한테 하는 말인지 모르겠다.) 밤엔 물 마시지 말라고 내가 몇 번을 얘기했어! 남들이 뭐라고 하는지 알아? 제 어미하고 아들 돈으로 먹고살고 있으면 창피한 줄은 알아야지, 자기는 애 돈으로 처먹고 애는 배가 고파서 물을 마시게 해?" (낡은 가운을 입고 있지만 여전히 늘씬하고 아름다운 엄마가 아이가 붙잡고 있던 팔꿈치를 매섭게 뿌리친다. 아이는 갑자기 서럽게 울면서 얼굴을 가린다.)

"자!" 엄마는 고대 그리스신화에 나오는 공포의 여신처럼 소리질렀다. "여기 있다! 네가 입어!"

"아가, 이리 와, 엄마가 입혀줄게." 말은 그렇게 했지만 침대에서 몸을 일으킬 수 없었다.

"혼자 하게 놔둬, 이제 다 자기가 혼자 할 줄 알아야 돼, 얼마 안 있으면 나도 골로 갈 테고, 맡아줄 사람도 없으니까! 이제 다 혼자 할 줄 알아야 돼!"

흐느껴 울던 아이가 갑자기 낫에 베이기라도 한 듯 바닥에 쓰러진다. 정말 대단한 장면 아닌가! 거기다 몸을 뒤틀고 있던 카탸까지 갑자기 요란스럽게 울기 시작한다!

이 장면은 나 자신에 대한 철저한 비판 속에서 완전히 객관적으로 쓴 것이다. 그런데 왜 그렇게까지 해야 했느냐고?

일은 다음과 같이 된 것이었다. 가상의 동거인에게서 낳은 뒤룩뒤룩한 딸과 시내에서 한참 떨어진 변두리에 살고 있던 알료나는 일 년에 한두 번씩 뜬금없이 전화를 걸어오곤 했다. 통화는 언제나 갑작스럽게 이루어졌고, 내가 전열을 가다듬고 대응하기도 전에 끝나버렸다. 이를 테면 이런 식이다. (한번 상상해보라.)

벨소리. 따르릉! 따르릉!

아이가 전화를 받으려고 달려간다. 내가 아이를 앞지르고 작은 실랑이가 벌어진다.

"여보세요!"

"엄마, 나야."

"오랜만이네, 어떻게 지내니?" (나.)

"잘 지내."

"잘됐네, 잘 지내면 됐어."

"엄마, 그런데 나 단백뇨가 심한 거 같아."

"내가 몇 번을 얘기했니, 뒷물을 매일 해야 한다고. 제대로 씻질 않으니까 단백뇨가 있지."

대답 대신 짓눌린 웃음소리. 늘 그랬다. 그애는 죽고 싶어질 때면 그렇게 짓눌린 듯한 웃음소리를 냈다. 두고 봐라, 이제 내가 그렇게 웃어줄 테니.

"엄마."

"듣고 있으니까 말해."

"나 병원에 입원해야 한다는데 어쩌지?"

"쓸데없는 소리. 애는 어쩌고 병원엘 들어가. 입원은 무슨. 당장 가서 뒷물 깨끗이 하고 검사나 제대로 해봐."

알료나가 대답한다.

"알았으니까 그 얘긴 그만해요. 그런데 정말로 피에 문제가 있는 거면? 그러면 어떡해? 그냥 이대로 누워 있다가 죽어야 되나?"

"피에 문제가 있다니? 지금 시대가 어떤 시대인데 피에 문제가 생겨? 그리고 누구 피는 멀쩡한 줄 알아? 티마는 어떻고? 엄마가 돼가지고 그렇게 떨어져 살면서 애 헤모글로빈 수치는 얼마나 되는지, 정상인지 그런 걱정은 해봤어?"

짓눌린 웃음소리.

"나는 정상의 반밖에 안 된대." (알료나의 말이다.)

"지금 무슨 소리를 하는 거야? 자기 아들 얘기를 하다 말고, 네 아들 인생이 달린 얘기라고! 뭐라도 해야 할 거 아냐, 아니면 애 돈이라도 갚아! 네가 뺏어간 돈 말이야! 엉! 그 돈이라도 내놓으라고! 그래야 애한테 과자도 사주고! 호두도 사줄 거 아냐! 웃지 마, 지금 웃을 일이 뭐가 있다고, 못된 것, 짐승만도 못한 것! 망할 년!"

"알았어. 그러니까 엄마 말은 그렇게 걱정할 일은 아니라는 거지?"

"너 지금 우는 거니?" (잠시 침묵)

"안 울어." (짓눌린 웃음소리)

"그럼 누가 우는 거야?"

"내 말은, (떨리는 목소리) 그러니까 내 말은, 병원에서 나한테 입원해서 안정을 취해야 한다고 그러더라고."

"뭐라고? 얘가 무슨 헛소리를 자꾸 해! 정신이 나갔나. 지금 무슨 소리를 하는 거야?!"

"내가 2주 후에 애를 낳는데, 병원에서 그러길 혈압이 높아서 문제가 생길 수가 있대, 그러니까 혼수상태나 그 비슷한 걸로 죽을 수도 있다는 거지. 출산 도중에 경련이 오고 신장 기능이 정지되고 뭐 그런 거 말야, 그런데 그렇게 되면 카티카는 어떻게 하지?"

"다 개소리야! 걱정하지 마, 그것들 나한테도 똑같은 소리를 했어. 누굴 겁주려고. 내가 어린 안드레이를 두고 너 가졌을 때도 똑같은 소리를 했어. 벌써 애를 하나 놓은 여자인 줄도 모르고. 잘난 네 아빠도 있었지만, 난 병원 근처에도 안 갔어, 멀쩡히 있다가 새벽 여섯시 반쯤 진통이 와서 네 아빠를 깨웠는데……"

"알았어."

"잘난 네 아빠는 일어날 생각도 하지 않고…… 그런 놈들 속임수에 걸려들면 안 돼, 갈 필요 없어! 진찰대에 올려놓고 검사한답시고 숟가락 같은 걸로 휘저어대기나 하고, 그러다 나처럼 조산해, 양수가 터져서! 예정일보다 애를 일찍 낳으면 돈이 덜 나간다고 좋다는 사람도 있다지만, 의사들이 그게 무슨 상관이냐고!"

"그러면 나는 엄마가 하라는 대로 할게, 그건 그렇고 옆집 아줌마랑 얘기했는데, 그 아줌마는 카탸를 닷새밖에 봐줄 수가 없대, 2주하고 닷새 동안 애 봐줄 사람이 없어."

"그래, 알았으니까 넌 마음 단단히 먹고 버텨! 병원은 근처에도 가지 말고, 강제로 입원시키지는 못할 테니까. 걱정할 것 하나도 없어."

"알았어, 그럼 끊어."

"그래. 사랑한다."

"아하. (웃음) 애는 어때?"

"그건 네가 알아서 뭐하게?(승리감에 도취되어)"

그러고는 전화를 끊어버렸다.

그리고 잠시 후에야 나는 천천히 몰려드는 천둥소리를 듣듯 그애의 말을 이해하기 시작했고, 내가 처한 끔찍한 상황이 온전히 눈앞에 그려졌다.

알료나가 또 애를 낳는다. 이것이 첫번째로 든 생각이었다.

알료나가 이제 그만 가보겠다며 어디론가 길을 떠난다. 부른 배에, 유모차까지 끌고서. 살진 계집애를, 이것이 두번째로 든 생각인데, 슬쩍 내려놓고 가려는 것이다. 언제까지인지 기약도 없는 채로. 오, 하느님, 저는 어떻게 해야 합니까, 어떻게 해야 하는 겁니까? 흥분한 저 암컷의 머릿속엔 도대체 무슨 생각이 들어 있는 걸까? 어쩌자고 또 애를 가진 것일까? 왜 애를 안 지우고 시기를 놓쳐버린 것일까? 뻔하다. 정신을 차려보니 벌써 발길질을 시작한 거지. 나는 머릿속으로 모든 상황을 그려보았다. 수유중엔 종종 붉은 군대가 오지 않는다, 붉은 군대는 알료나가 렌카와 얘기할 때 쓰던 말이다. "붉은 군대가 왔어, 체육수업은 안 들어갈래." 그렇게 속는 여자들이 많다. 수캐는 아무 생각 없이 덤벼들고. 그런데 그 수캐는 누굴까? 누구지? 들개 같은 그 부학장인가? 아니면 열쇠수리공? 그것도 아니라면, 이건 정말 최악인데, 콜리마에서 돌아왔다는 집주인? 도대체 이 짓거리는 언제까지 계속될까? 낙태는 너무 늦어서 안 된다고 했을 것이다. 그래서 그애는 (그애가 했던 말들을 맞춰보자면) 단백뇨와 혈압 얘기를 늘어놓으며, 출산은 안 된다, 늦었지만 낙태를 하시라고 말해줄 의사를 찾아다니기 시작했는데, 난데없이 의사들이 단 한 명의 아이도 놓치지 않겠다는 흥분된 열정에 사로잡히기라도 한 듯, 그녀를 낚아채서는 이리저리 몰아붙이다 빠져나가지 못하도록 감시하기 위해 이제 입원을 시키려고 하는 것이다. 생각해보면, 그들에게 아이는 반드시 필요한 존재다. 그것은 작업장에서 흔히 볼 수 있는 일에 대한 열정, 체스판에서와 같은 흥분된 노동의 열정이다. 결코 어떤 고상한 목적을 위해서가 아니다. 그저 하나라도 더 아이를 움켜쥐기 위해서다! 하지만 누구에게, 왜 그 아이가 필요하단 말인가? 그녀는 도와줄 사람을 찾아야 했으리라! 그녀에게 주사를 놔줄 흰 가운을 입은 사람, 흰옷을 입은 여자를. 여섯 달이나 된 뱃속의 아이를 그렇게 처리하는 여자들도 있다. 안드레이의 아내 니나한테 들은 얘기인데, 니나의 옆집에 사는 여자가 제때 낙태를 하지 못하고 휴양지로 떠나 실컷 물놀이를 하고 와서는 주말에 아이들을 어디론가 보내놓고 주사의 도움을 받아 여섯 달 된 사내아이를 낳았다. 밖은 어느새 10월이었고 창문이 열린 방에서 갓난아이는 밤새 고양이 울음소리를 내면서 울었으며 여자는 옆방에서 마룻바닥을 닦았다. 아아, 어떻게 그럴 수 있었을까. 그리고 아침이 되었을 때 여자의 생각대로 아이는 더이상 울지 않았다. 여자는 밤새 아이 근처에도 가지 않았다. 의사는 아무런 처치 없이 주사만 놓고 도망가버렸고, 그도 그럴 것이 여자가 구한 의사는 남자였고, 계산은 이미 끝난 것이다. 정녕 우리의 피를 공짜로 마시려 하는가? 그녀는 왜 좀더 신경을 쓰지 않은 것일까? 그 모든 고통이 어미의 몫이란 말인가?

결국 우리 대화는 단백질이나 소변에 관한 것이 아니라 바로 이런 것이었다. "엄마, 나 좀 도와줘요, 내 짐 하나만 더 짊어져줘요. 엄마는 항상 나를 구해줬잖아, 도와줘요." "하지만 얘야, 나는 다른 아이를 더 사랑할 수 없단다, 그건 나의 아이를 배신하는 거나 같아, 그애는 견디지 못할 거야, 지금 있는 여동생도 저렇게 사나운 눈으로 쳐다보는데." "엄마, 그럼 나는 어떻게 해요?" "안 돼, 나는 아무것도 도와줄 수 없어,

사랑스러운 내 딸, 나의 태양, 난 너한테 줄 수 있는 건 벌써 다 줬어, 돈도 다 줬고." "엄마, 나는 파멸해가고 있어요, 너무 무서워요." "아니다, 아가, 강해져야 돼. 나도 이렇게 견디고 있잖니. 나는 너한테 마지막으로 남은 사람이라서, 네 엄마라서 이렇게 버티고 있는 거야. 얼마 전에 이런 일이 있었단다. 길거리에서 한 남자가 나를 처녀로 보고 쫓아와서 '아가씨!' 하고 부르는 거야. 무슨 말인지 알겠니? 네 엄마도 아직 여자야! 너도 강해져야 돼. 알겠지? 너와 네 갓난아이들을 이 집에 들일 순 없어, 우리는 또다시 증오심에 일그러진 얼굴을 현관 거울에 비추며 싸우게 될 거야, 현관은 화약고가 되고 우리는 그곳에서 매일같이 서로 욕을 퍼붓게 되겠지. 그 옆에는 어김없이 그 아이가, 성스러운 아이가 서 있을 테고, 아이는 자신의 세계가 무너져가는 것을, 자신의 엄마(나)와 알료나(자기 어머니), 자신의 두 여신이 차마 입에 담지 못할 말로 욕을 퍼붓고 있는 그 상황을 절대 이해하지 못할 거야! 내가 지금 살아 있는 건 그 아이를 위해서란다! 너도 그렇게 말했잖니, 나하고 사느니 거리에 나앉는 게 낫다고! 딸아, 강해져야 한다!" "알았어요, 엄마, 미안해요, 내가 어리석었어요. 사랑해요." (이것은 내 상상 속에서 이어진 우리의 대화다.)

그때 아이가 다가와서 말했다. "할머니, 왜 그렇게 몸을 떨어? 얼굴에서 손 떼봐, 떨지 마. 이상하게 그러지 마." 마침내 내 눈에서, 메마른 골짜기에서 기쁨의 눈물이 터져나왔다, 자작나무 숲에서 빗줄기 사이로 태양이 빛나듯이, 아, 나의 소중한 아이, 저물지 않는 나의 태양.

아이는 관에 누운 망자처럼 제 얼굴을 무수한 입맞춤에 내맡겼다. 창백한 피부에서 빛이 났다. 빛줄기처럼 드리워진 짙은 속눈썹, 회청색 눈동자는 할머니 시마를 닮았다, 내 눈은 꿀처럼 황금빛이다. 나의 아름다운 아이, 나의 천사!

"할머니, 지금 누구랑 말했어?"

"아니야, 아가, 아무것도 아냐. 우리 예쁜 아기."

"말해봐, 누구랑 말했는데?"

"할머니가 얘기했지. 이건 어른들 일이라고."

"알료나랑 얘기한 거야? 할머니가 알료나한테 소리지른 거야?"

나는 천사 앞에 서 있는 것이 불편했다. 아이들은 인간의 모습을 한 양심이다. 천사들이 그러하듯, 아이들은 근심 가득한 표정으로 질문을 던진다. 하지만 시간이 지나면서 아이들은 점점 질문을 하지 않게 되고, 어른이 되어간다. 입을 굳게 다물고 살게 된다. 어쩔 수 없음을 알게 되는 것이다. 아무것도 할 수 없다는 것을, 누구도 그 무엇도 할 수 없다는 것을. 그런데 내가 어떻게 아이에게 몹쓸 짓을 할 수 있겠는가, 그럴 수는 없다.

"왜 소리질렀어? 뭘 닦으라고 한 거야?"

"아니야! 소리지른 거 아냐! 그냥 바닥을 잘 닦아야 한다고 얘기한 거야."

"할머니는 바보야?"

"아, 그래, 난 바보란다, 나의 천사, 나는 바보천치지. 사랑한다, 아가."

나는 아이의 작은 뺨과 이마와 코에 가볍게 입을 맞추었다. 수도 없이. 하지만 입은 아니다. 아이 입에 입맞춰서는 안 된다. 한번은 전차에서 아마도 유치원에 보냈던 딸을 데리고 집으로 돌아가는 듯한 남자를 보았다. 그런데 그 남자가 아이 입에 뽀뽀를 하며 아이를 괴롭히는 것이다. 나는 전차 안에 있는 사람들에게 다 들리도록 매섭게 그의 행동을 비난했다. 남자는 죄를 짓다 들킨 사람처럼 얼굴이 시뻘게져서 멈칫거렸는데, 다섯 살쯤 되어 보이는 불쌍한 딸은 간지럼 때문에 웃느라 기운이 다 빠져 있었다. 남자가 아이에게 간지럼까지 태운 것이다. 이윽고 남자는 추궁당하고 모욕당한 자의 눈으로 나를 바라보며 차마 입에 담기 어려운 욕설을 퍼붓기 시작했다. 저런 욕들은 다 어디서 알아낸 걸까? 그는 사람들이 흔히 하는 말도 했다. 시팔, 남의 일에 상관 마.

"당신이 애를 지금 어떤 지경으로 만들었는지 좀 봐요! 집에서 애를 데리고 무슨 짓을 할지 상상이 되는군! 이건 범죄라고!"

전차 안의 사람들이 잔뜩 인상을 찌푸리며 돌아보는데, 나를 향한 시선이었다.

"당신이 무슨 상관이야, 이 늙은 (…)! 다 늙어빠진 여편네가 어디다 대고!"

"나는, 나는 당신 애를 생각해서 그러는 거야. 그런 짓을 하면 감옥에 갈 수도 있다고. 미성년자한테 음탕한 짓을 하다니! 이건 유아강간이야!"

"시팔, 미친년! 이 미친년!"

"그래 놓고 저애가 열두 살에 갑자기 애를 낳으면 펄쩍뛰겠지. 자기 애가 아니라면서."

오, 하느님, 감사합니다, 나는 그의 주의를 돌리는 데 성공했다. 이제 그는 다른 욕구, 내게 주먹을 날리려는 욕구 하나만으로 불타고 있었다. 어쩌면 그는 지금도 자신의 딸을 안고 싶어질 때마다 나를 떠올리고 증오심으로 돌아설지 모른다. 그렇게 나는 또 한 명의 아이를 구한 것이다! 나는 항상 모두를 구하고 있다! 우리 동네에서 밤마다 누가 비명을 지르지는 않는지 귀를 기울이는 사람은 나 하나뿐이다! 한번은, 그때가 여름이었는데, 새벽 세시에 짓눌린 비명소리가 들려왔다. "세상에, 무슨 짓이에요! 오, 하느님, 왜 이러는 거예요!" 맥없이 기어드는 여자의 목소리는 거의 비명에 가까웠다. 그래서 나는 (내가 행동할 시간이 왔으므로) 창문으로 고개를 내밀고 위엄에 찬 목소리로 호통쳤다. "거기 무슨 일이오?! 경찰에 신고하겠소!"

(알다시피 경찰은 범인이 현장에 있어야 신이 나서 달려온다. 검거율이 백 퍼센트니까! 이건 내가 다년간의 연구와 경험으로 알아낸 것이다.)

그러자 아래층 다른 창문에서 누군가 얼굴을 내밀고 같이 소리질렀다. 그리고 말 그대로 이 분 후 멀리서 두 사람이 여자를 돕기 위해 달려오는 것이 보였다. 내 임무는 남자가 아무 짓도 못하고 여자를 버리고 도망가도록 겁주어 내쫓는 것이었다.

"여기에요, 동무, 여기, 이쪽이에요, 이쪽, 여기 바로 앞 나무들 사이에 있어요!" (달려오는 사람들은 아직 100미터쯤은 더 달려와야 할 거리에 있었지만 나는 그들이 바로 앞까지 온 것처럼 소리쳤다.)

그 순간 관목 숲에서 남자가 튀어나와 길모퉁이 뒤로 도망쳤다. 그리고 관목 숲에서 여자가 큰 소리로 울기 시작했다. 짐승처럼 달려들어 입을 틀어막고 벽으로 밀쳤을 때 그녀가 느꼈을 공포와 혐오감을 상상해본다.

나도 그 혐오감을, 낯선 손을 느껴본 적이 있다. 지하철에 서 있는데 옆에서 뭔가 움직거리더니 집요하게 기어드는 뱀처럼 파고들어 내 가방을 제멋대로 뒤적였다. 나는 뒤돌아보고 소리쳤다. "왜 이렇게 남의 가방에 달라붙는 거예요!" 그러자 내 주위에 있던 세 사람, 웃고 있던 여자와 머리를 거의 빡빡 민 시커먼 두 남자가 재빨리 비켜서더니 내 가방에 손을 넣었던, 역시 시커멓고 머리를 빡빡 민 남자와 함께 군중 속으로 사라졌다. 우리가 승리한 것이다!

이 몽매한 무리에게, 이 거친 군중에게 계몽을, 법률적 계몽을 베풀어야 한다! 시커멓게 타들어간 민중의 양심이 내 안에서 말한다. 일개 개인이 아닌 델피의 여사제로서 고하는 것이다. 학교와 캠프, 붉은 구석*에 내 목소리가 울려퍼지면 아이들은 몸을 움츠리고 떨겠지만, 언젠가 내 말을 기억하게 되리라!

그리고 내 옆에는 언제나 나의 슬픔이 앉아 있다. 그애가 옆에 있다는 것을 내가 잊어도, 아이들은 나와 그애를 번갈아 보면서 우리 둘을 뗄 수 없는 하나로 인식했다. 그러고 나서 받는 건 고작 7루블과 코페이카 동전 몇 닢이었지만, 강연이 서너 개는 되고 편지도 있으니까……

아이를 먹여살리기 위해 살아가는 여자를 멈추게 할 힘이 이 세상에 있을까? 그런 힘이 이 세상에 존재할까?

이번주에는 겨울캠프에서 시 낭송을 하기로 했다. 나데치카 B가 고맙게도 두 번씩이나 순서를 넣어주었다. 차를 타고 가서 선전국에 모여 있으면, 식사도 나올 거라고 했다!!! 언제나처럼 나는 티마를 데려갈

---

* 소련 시절 학교, 관청 등 공공건물에 설치되어 있던 정치적 교화, 선동의 장소.

것이다. 옷 때문에 또 한바탕 실랑이를 벌일 테니 미리 채비를 해둬야
한다.

최악의 사태가 벌어지기 시작한 것은 바로 그때였다. 처음부터 최악
은 아니었지만, 그뒤에 벌어지게 될 모든 것의 시작이었다. 전화벨이
울렸고, 아이가 먼저 전화를 받으려고 달려갔다. 아이는 조그만 두 손
으로 수화기를 머리에 갖다붙인 채 나에게 넘기지 않고 한참을 서 있
었다. 늘 그랬다. 아이는 언제나 먼저 전화기로 달려들었다.

아이. 여보세요! 여보세요! 네? 누구요? 안나요? 여보세요! 누구신데
요?

"아가, 이리 내, 이리 줘. 할머니 전화야."

"가만있어! 안 들리잖아! 네? 여보세요!" (말이 없다.)

전화가 끊어진 것이다.

나. 그러면 안 된다고 했지! 할머니가 뭐라고 했어? 한 번만 더 그러
면……

다시 전화가 오고 다시 싸움이 벌어진다. 내가 먼저 수화기를 잡아
채자 아이는 잔뜩 심술이 나서 작은 발로 내 종아리를 걷어찼다. 아주
아프게…… 나는 아이를 겨우 떼어내고 공손하게 통화를 이어갔다. 아
이가 바닥에 주저앉는다. 아이 눈이 크리스털처럼 반짝이고 숨이 넘어
갈 듯 연거푸 숨을 들이마시다, 셋, 둘, 하나, 발사! 와아앙!!!

"잠깐 실례합니다. 너 조용히 안 해……"

"아아아아앙!!!"

알료나도 안드레이도 어릴 때 저러지 않았는데, 뇌에 문제가 있는
거다. 알료나가 갓난애를 식탁에서 떨어뜨린 게 분명하다. 내가 그렇게

조심하라고 일렀는데, 아이의 신경이 히스테리 부리는 노인네처럼 불안정하다.

수화기 속에서는 사투리 섞인 친절한 목소리가 나의 어머니 세라피마 게오르기예브나를 병원에서 만성정신병 환자를 위한 기관으로 옮기게 됐다는 사실을 전하고 있었다.

결국, 결국 내가 생각하기조차 두려워했던 일이 벌어진 것이다. 신경과장은 알고 있다. 내가 어머니를 데려올 수 없다는 것을, 내가 무슨 돈으로 살고 있는지를.

"잠깐만요, 실례지만, 성함이 어떻게 되시죠?"

"그건 말씀드리기가 좀, 발랴예요."

"아, 발레치카, 그런데 왜 그리로 보낸다는 거죠? 무슨 일이 있었나요? 그분이 무슨 잘못이라도 하셨나요? 데자 아브라모브나는 안 계신가요?"

"데자 아브라모브나는 휴가중이세요, 저희도 1일부터 모두 휴가고…… 보수 공사를 하게 돼서 환자들을 모두 다른 곳으로 옮기고 있어요. 가능하면 퇴원시켜 집으로 돌려보내고, 가족이 없거나 있어도 데려가지 않는 환자들은 다른 병원으로 보내고 있습니다. 그런데 당신의…… 이모 되시는 분은…… 혹시 어머니신가요……"

"이모든 어머니든 그게 중요한 건 아니죠, 중요한 건 그분이 살아 있다는 거고……"

"아무튼 그 할머니를 받아주겠다는 병원이 없어요."

"왜요? 발류샤, 왜 그런 거죠?"

"통제가 안 되니까요."

"내가 가서 얘기를 좀 해보면 안 될까요? 가서 누구하고 얘기하면 되죠? 아가, 가만 좀 있어, 네 전화 아니야. (아이가 멀리에서 달려와 두 주먹으로 내 신장을 힘껏 내려친다.) 오, 하느님, 뭐가 문제죠? 발레치카, 뭐가 문젠가요?"

"글쎄, 결정은 알아서 하시고. 기관 등록서류는 다 준비됐으니까 걱정 안 하셔도 돼요, 굳이 오실 필요도 없고, 저희가 다 알아서 처리할 겁니다. 이송은 내일이고."

"그런데…… 티마, 가만 좀 있어. (아이가 자기 윗도리를 움켜쥔 내 손을 뿌리치고 도망친다.) 왜 그렇게 서두르는 거죠?"

나는 열병에라도 걸린 사람처럼 정신없이 그다음에 벌어질 일들을 생각했다. 기관으로 옮긴다는 건 연금을 끊겠다는 말이다. 기관에 있는 사람에게는 연금이 나오지 않는다. 다시 말해 우리는 아주 곤란한 상황에 처하게 된 것이다. 빠져나올 길 없이 완벽하게. 내일모레가 연금 나오는 날인데 그건 받을 수 있을까? 주지 않을 수도 있다. 아, 어떻게 이런 일이 생길 수 있단 말인가! 삶이란 힘들어도 꾸려가게 되어 있고, 새로운 시련이 닥치면 이전의 삶은 고요한 은신처로 여겨지는 법이다. 하지만 아아, 이제 어떻게 한단 말인가. 만성정신병 환자들을 위한 그 기관이라는 곳에서는 사람들이 파리처럼 죽어간다던데.

"서두르다니요, 그렇지 않습니다." 갑자기 발랴라는 사람의 목소리가 들려왔다. "미리 말씀을 드렸을 텐데요. 그리고 걱정은 안 하셔도 됩니다!"

"난 아무 얘기도 들은 적 없어요. 그리고 어디에 있는 무슨 기관으로 보낸다는 거죠?"

"걱정하지 마세요. 시 외곽에 있는 기관인데, 이쪽에서 환자를 실어 보내면, 그쪽에서 접수해줄 겁니다."

"시 외곽이면 이제 가는 데만 두 시간은 걸릴 텐데, 아주 고맙네요."

"아니요, 거긴 좀더 멀어요. 그런데 왜 거기에 가시려는 거죠?" 발랴가 말했다. "그쪽에서 다 준비해놨을 텐데. 아무튼 제가 말씀드릴 부분은 여기까지고, 보호자 서명이 필요하긴 한데, 그건 나중에 하지요."

"서명이라니요?"

"다 듣고 동의하셨다는 서명요."

"난 동의하지 않았어요, 지금 무슨 소리를 하는 거예요!"

"그럼 집으로 데려가실 건가요?"

"절대," 나는 미친 사람처럼 흥분하며 말했다. "절대로 난 서명하지 않을 거예요. 어떻게 그런 생각을!"

나는 전화를 끊었다.

그리고 언제나처럼 옷 입는 걸로 한바탕 승강이가 벌어졌다. 아이는 고무덧신이 달린 펠트장화를 신으려 하지 않았고, 안드레이가 쓰던 귀마개가 달린 예쁜 모자도 쓰려고 하지 않았다. 아이는 털실로 짠 얇은 모자를 쓰고 싶어했다.

그거 쓰면 춥다고 했지! 너 왜 이래! 너 또 아파서 할머니가 네 침대 옆에 지키고 앉아 있으면 좋겠어? 제발 말 좀 들어…… 아이는 결국 얇은 털모자를 썼지만 펠트장화는 신었다. 하긴 머리는 차게 하고 발은 따뜻하게 하는 게 좋다고 하지 않던가. 지하철까지 빨리 걸으면 칠 분이고 지하철 안은 따뜻하니까, 그리고 거기서 다시 버스로 세 정거장이니 괜찮다. 차비가 많이 나가겠지만, 그다음에는 차가 와서 우리를

데려갈 것이다. 차는 바람이 숭숭 들어오는 초록색 지프였다. 그거라
도 나왔으니 고마운 일이다. 처음 보는 어떤 부인도 우리하고 같이 그
차를 타고 갔다. 여자는 등판의 소매 솔기가 뜯어진 양가죽외투를 입
고, 머리에는 여우꼬리로 집에서 자기가 만든 듯한 털모자를 쓰고 있
었다.

"뒤에 솔기가 터졌네요……"

"어머나! 세상에! 꿰매야겠네, 꿰매야겠어……"

한껏 차려입고 왔지만 결국은 나처럼 3코페이카를 받고 연단에 서
는 사람이다. 최하급인 것이다.

"저는 시인인데, 무슨 일을 하세요?" 나는 전문분야를 분명히 하기
위해 말했다.

"저는," 여우꼬리가 말했다. "동화구연가예요, 사람들이 그렇게 부르
더군요."

"무슨 일을 하신다고요?"

"동화구연이요, 인형을 보여주면서 동화를 들려주는 거죠."

"인형요?"

"아, 정말 별건 아니고! 제가 감자랑 수세미 같은 걸로 인형을 좀 만
들거든요. 이 꼬마 아가씨도 와서 보라고 하세요."

세상에, 남자아이인지 여자아이인지도 구분을 못하나. 하긴 티마
의 곱슬머리는 늘 사람들을 헷갈리게 했다. 나의 꼬마 아가씨는 얼음
장 같은 추위에도 모자를 벗은 채 살짝 부은 두 눈을 창가로 돌리고 있
었다.

"저는 시인이랍니다." 나는 말했다. "모자 써, 모자 쓰라니까. 제가 재

미있는 얘기 하나 해드릴까요, 저는 위대한 시인과 거의 동명이인이랍니다. 모자 안 쓰면 안 갈 거야, 기사 아저씨한테 차 세워서 내려달라고 한다, 얼른 모자 써."

"어떤 시인을 말씀하시는 거죠?" 동화구연가가 당연히 묻는다.

"알아맞혀보세요. 제 이름은 안나 안드리아노브나예요. 이건 최고의 징표라고 할 수 있죠."

"맞아요, 이름은 언제나 신비롭죠! 실은 제 이름도…… 저는 크세니야랍니다."

"그건 무슨 의미가 있죠?"

"낯선 사람. 이 세상 모두에게 낯선 사람."*

"그래도 부모님이 지어주신 거니까……"

"어머나."

침묵. 내 배에서 낮은 울음소리가 났다. 다른 사람은 어떤지 모르겠지만, 내 영혼은 배 위쪽 갈비뼈 사이에 있는데, 바로 그 영혼에 위험표시등이, 적신호가 계속 들어오고 있는 것이다. 병원에서 전화가 온 이후로 아무것도 먹지 못했고 그럴 시간도 없었다. 오래전부터 알고 지낸 정신과의사를 만나보려고 했지만, (집으로 전화를 걸었더니 아주 쓸쓸하게) "그런 사람은 이제 여기 안 살아요"라는 말만 들었다. 따귀를 주고받고 갈라선 게 분명했고, 그렇다면 바뀐 전화번호를 물어봐야 소용없다. 그래도 티모치카는 좀 먹였다. 빵조각에 설탕을 뿌려주고, 차갑게 식은 차도 주고. 티모치카는 식은 차를 좋아했다. 아이는 빵가루를

---

* 크세니야는 낯선 타인, 이방인을 뜻하는 그리스어 크세니오스(Ξένιος)에서 온 이름이다.

사방에 흘리며 새끼돼지처럼 쩝쩝거리고 먹었다. 말 그대로 눈물로 간을 한 빵이었다. 티모샤는 여전히 배가 고파 보였지만, 더 먹기 전에 우리는 덜컹거리는 지프를 타야 했다. 날은 추웠고, 어떤 자루에서인가 석유냄새가 진동했다. 춥고 고달픈 운명이다. 어머니는 오늘까지는 병원에 있을 것이다(나는 다시 병원에 전화를 걸어 발레치카를 찾았지만 그런 사람은 없다고 했다. 도대체 뭐가 어떻게 된 건지). 어머니는 편안히 누워서 식사도 잘하고 계실 것이다. 병원에서 어머니가 밥 먹는 것을, 넝마처럼 늘어진 입술을 탐욕스럽게 내밀고 이도 없이 쩝쩝거리며 먹는 모습을 본 적이 있다. 희뿌연 두 눈은 생기를 잃고, 흐릿한 동공이 안구에 인장처럼 찍혀 있었다. 작고 흐릿한 둥근 인장. 마지막으로 갔을 때 어머니는 뼈만 남은 모습으로 누워 있었고, 감기지 않은 한쪽 눈에서 눈물이 흘러 관자놀이를 적시고 있었다. 그런 내 어머니를 어디로 끌고 간다는 것인가? 나쁜 놈들, 죽는 거라도 제자리에서 죽게 놔둬라! 하지만 그들은 그렇게 해주지 않았다. 우리의 모든 행함에 대한 복수는 마지막에, 우리가 한없이 비루해진 순간에 우리를 덮친다. 그런데 대체 누구한테? 누구한테 복수하려는 것일까? 아무리 그래도 마지막 시간을 앞두고 이렇게 끌고 다니다니. 발랴는 대체 누굴까? 그 전화는 어디서 건 걸까? 병원에 있는데 귀찮아서 바꿔주지 않은 걸까? 세 번 전화를 걸었는데, 두 번은 "잠깐만 기다리세요"라는 답이 돌아왔고, 내가 포기하고 전화를 끊을 때까지 수화기는 아무 소리도 내지 않았다.

"아이들은 가장 훌륭한 청중이지요." 크세니야라는 여자가 말했다.

"아, 맞아요." 나는 동의했다.

"처음에는 떠들고 싸우고 난리를 피우지만, 공연이 시작되면……"

그녀는 있는 대로 소리를 지르며 말했다. 움푹 파인 곳이 나올 때마다 '지프'가 덜컹거렸고, 모터가 그르렁거렸기 때문이다.

혹시 안드레이의 아내가 나를 골탕 먹이려고 꾸민 일은 아닐까? 친구한테 부탁해서? 아니다. 모두 틀림없는 사실이다. 내일이면 어머니를 퇴원시킬 것이다. 내일이면.

"……여러 나라의 동화지요." 크세니야의 말이 끝났다.

"실례지만, 부칭이 어떻게 되시죠?"

"그냥 크세니야라고 부르세요."

"그래도 그건 좀 어색해서, 연금 받으신 지는 오래되셨나요?"

"저요? 저는 아직 연금은 받지 않아요." 부칭을 알 수 없는 여자가 말했다. 하지만 그녀는 벌써 할머니가 되고도 남아 보였다.

"저는 받고 있어요." 내가 말했다. "이제 내 시집이 나오면, 연금 계산을 다시 해서 더 받게 될 거예요. 그런데 그때까지 저 어린것하고 어떻게 살아야 할지, 늙으신 어머니는 이제 곧 병원에서 쫓겨날 거고, 딸은 양육비로 두 아이를 겨우 먹여살리고 있고, 아들은 장애인이지요." (나는 전차에서 구걸하는 사람처럼 줄줄 읊어댔다.)

"저는," 부칭이 없는 여자가 움푹 파인 길에서 우리와 함께 펄쩍 뛰어오르며 말했다. "자동차 복권에 당첨됐어요. 그래서 운전 연습을 하고 있죠."

"그렇군요, 당첨된 복권을 사놓고 자기가 당첨됐다고 말하는 사람들도 있다던데, 그래서 그 당첨권을 회수하는 재판까지 했다는 얘기도 들었어요."

"아들이 하나 있는데!" 아버지를 기억하지 못하는 여자가 달리는 차

안에서 뺨을 씰룩거리며 말했다. "그애를 음악학교에 데려다줘야 하거든요, 정말 잘됐죠! 남편은 아예 운전을 안 해요, 제 어머니가 산 복권이라서."

"그렇군요, 그런데 아이를 늦게 낳으셨네요," 내가 말했다. "뭐, 상관없죠. 여든 살에도 아이는 키울 수 있으니까."

"엄마," 티마가 말했다. 티마는 나를 어떤 때는 엄마라고, 어떤 때는 할머니라고 불렀다. "엄마! 나 배고파!"

"따님이, 얘가 따님이죠, 사탕을 좋아하는지 모르겠네?" 세상 모두에게 낯선 여인이 웅얼거렸다.

티마는 사탕을 개처럼 덥석 집어삼켰다! 그리고 다시 여자를 쳐다본다.

"감사합니다, 라고 말해야지, 모자도 쓰고, 그러면 아줌마가 하나 더 주실 거야." 내가 말했다.

그런 말은 믿지 않는다는 듯 티마는 꼼짝도 하지 않는다.

"그렇게 모자를 안 쓰고 있다가," 내가 말했다. "아프기라도 하면, 할머니도 병원에서 모셔와야 하는데…… 내가 내일, 어이쿠! (우리는 셋이 함께 펄쩍 뛰어올랐다) 할머니를 병원에서 모셔올 거야…… ('어떤 할머니?'라고 아이가 물어볼 것을 예상하고) 시마 할머니 기억나지? 모자를 안 쓰고 돌아다니면 시마 할머니한테 혼나! 얼른 모자 써. 그러면 아줌마가 사탕 또 주실 거야."

그 아줌마가 웅얼거린다.

"아, 그래요, 저는 항상 여분으로 챙겨 다니지요…… 위궤양이 있어서…… 어머니가 수입 사탕을 구해서 억지로 넣어주시거든요……"

알았으니 어서 아이에게 사탕을 주란 말이다!

"자, 어서, (이건 내가 하는 말이다) 하나, 둘!" 그리고 나는 아이의 머리에 털모자를 뒤집어씌운다. 티마와 나는 할말 많은 표정으로 서로를 쳐다본다. 아줌마는 말이 없다.

그런 사람들도 있다. 저 여인의 어머니처럼 살아가는. 복권에 당첨되어 자동차를 받고, 수입 사탕을 사먹고……

티마가 가만히 손을 모자에 갖다댄다.

"손 치워, 티마!"

잔뜩 어색한 분위기. 아버지가 없는 크세니야는 생각에 잠겨 고개를 숙인 채 젤리처럼 몸을 흔들고 있다. 아무렇지도 않게, 정말 아무렇지도 않게 남을 해치는 사람들이 있다. 한 번이라도 그들의 시선을 끌려면 그들 앞에서 네발로 기며 춤을 춰야 한다. 그들은 우리를 볼 때 턱 위로는 쳐다보지도 않는다. 미소는 더 말할 것도 없다. 그러고는 뭔가 생각할 게 있다는 듯 시선을 옆으로 돌려버린다.

"초콜릿을 줘도 될까요? 주면 안 된다는 아이들도 있고 해서, 제 아들이 그렇거든요."

내가 말했다.

"아뇨, 저애도 초콜릿은 안 돼요."

티마가 돌처럼 굳어진다. 덜컹거리는 차 안에서 가능한 만큼.

"어쩌나, 초콜릿밖에 안 남았는데."

"감사합니다. 하지만 초콜릿을 먹으면 나중에 아시다시피…… 두드러기 같은 게 나서." 나는 꿋꿋하게 버텼다. 우리는 거지가 아니다!

티마의 눈에 눈물이 가득 고이고 다이아몬드처럼 반짝이는 맑은 눈물이 금방이라도 쏟아져내릴 듯 찰랑거렸다. 그리고 이내 그 눈물이 굴러떨어졌다. 구걸하는 자의 눈물이. 아이는 고개를 돌렸다. 자신의 눈물이 부끄러웠던 것이다. 잘했다, 아가! 그렇게 자존심을 키우는 거다! 아이의 작은 손이 내 손을 찾아 세게 꼬집었다.

아줌마는 조심스럽게 초콜릿을 제 입으로 가져다 넣었다.

"저는 계속해서 뭔가를 먹어야 한답니다."

"그래," 내가 말했다. "그러면, 하나만 먹자. 하루에 하나 정도는 괜찮을 거야, 그리고 저건 완전히 초콜릿도 아니고, 땅콩이 섞여 있으니까. 진짜 초콜릿을 먹어본 게 언젠지. 함량을 죄다 낮춰놔서."

티마는 제 증조할머니처럼 자신을 억누르지 못하고 기쁨에 목메어 쩝쩝거리면서 먹었다. 텅 빈 내 배가 페치카 굴뚝처럼 울렸다.

캠프에 도착하자 관계자들이 우리를 맞아주었다.

"먼저 차를 좀 드시겠어요? 아이들은 방금 차를 다 마셨거든요."

날은 벌써 어두워지고 가로등에 누런 불이 켜졌으며 술에 취한 듯 몽롱한 대기 속으로 차가운 먼지가 흩어지고 있었다.

"글쎄요," 내가 말한다. "그것보다도 낭송 준비를 좀 해야 할 것 같은데."

아버지 없는 크세니야가 안 된다며 나선다.

"무슨 소리예요! 시간도 충분한데! 따뜻한 차를 마셔야 해요, 말을 해야 하잖아요! 목을 생각해야죠!"

우리는 대형 식당으로 가서 자리에 앉았다. 나는 캐러멜을 곁들여 차를 마시고, 큼직한 빵조각 두 개를 갖다 먹었다. 이곳에서는 둥근 빵을 커다랗게 썰어서 먹는다. 나는 참을 수 없을 만큼, 세상의 그 무엇보다도 빵을 좋아한다. 콧물이 흐른다. 가방에 원고와 함께 깨끗하게 삶아놓은 헌옷 조각을 챙겨왔지만 그걸 꺼낼 수는 없었다. 나는 종이로 점잖게 콧물을 닦았다. 이곳에서는 냅킨 대신 종이를 잘라 쓰고 있었다. 멀리 어딘가에서 아이들이 떠드는 소리가 들린다. 아이들을 강당으로 데려가는 모양이다. 나와 크세니야는 화장실로 달려갔다. 크세니야는 화장실에서 치마를 걷어올리고 털로 짠 속바지를 벗었다. 두툼한 스타킹만 남은 그녀의 치마 아래로 늘어진 배와 살찐 허벅지가 슬쩍 보였다. 아아, 우리는 우리가 얼마나 흉측한지 모른 채 위태로운 모습으로, 다시 말해 살찌고 그 살이 늘어진 지저분한 모습으로 사람들 앞에 나타나곤 한다. 다들 정신 차려야 한다! 당신들은 벌레 같은 모습을 하고서 사랑을 바란다. 크세니야의 남편은 틀림없이 크세니야와 그녀의 어머니를 끔찍해하며 산책할 때도 멀찌감치 떨어져 걸을 것이다. 하기야 이미 중년으로 접어든 사람에게 무엇을 더 기대하겠는가? 피부는 다 늘어져서 출렁거리고, 여기저기 혹이 나고 종기가 생기고 혈관과 힘줄은 밧줄처럼 뻣뻣하게 튀어나오고. 그렇다고 아예 늙은 것도 아니어서, 이건 내가 젊었을 때 어떤 여자의 목을 보고 깜짝 놀라서 썼났던 말인데, 타서 눌어붙은 설탕, 어제 먹다 남긴 치즈크림, 오래된 크바스* 찌꺼기 같다. 동양의 어떤 나라에서는 크세니야 같은 여자(그리고 나 같은 여자)를 손끝부터 발끝까지 세 겹으로 꽁꽁 싸고, 발바닥까지 염색을 시켰다는데, 정말이지 그래야 한다!

---

* 호밀로 만든 러시아의 전통주.

낭송을 마치자 아이들이 조용해졌다. 나는 언제나 그랬듯이 티모페이를 데리고 연단에 올라갔다. 아이는 무대 위 작은 테이블 앞에 나와 나란히 앉아 물병의 물을 컵에 따르고는 손가락으로 컵을 두드리다가 어디서 떠온 건지 알 수 없는 뿌옇고 찬 물을 꿀꺽거리며 마시고 남은 물을 다시 물병에 부었다. 수용소의 카포*처럼 자신의 기생충들 뒤에서서 우리를 지켜보던 훈육자들이 경계와 악의 어린 눈빛을 교환했다. 하지만 언제나 그랬듯 예술이 승리했다. 나는 박수갈채를 얻어냈고, 티모샤와 함께 무대 뒤로 내려가 식사시간을 기다렸다. 티모치카를 아이들이 있는 객석에 앉히고 크세니야의 동화구연을 보게 하려고 했지만, 천만에, 아이는 할머니가 혼자 앉아 생각할 시간을 주지 않았다. 그래, 내가 생각할 게 뭐가 있겠는가? 샘이 많고 요구하는 것도 많은 아이는 캄캄한 무대 뒤편 먼지 구덩이 속의 내 무릎 위에 앉았고, 그곳에서 동화구연가의 등을 바라보았다. 그녀는 자기 말대로 감자를 두 번 찔러 (눈을 만들어) 포크 위에 올려놓고, 그 위에 보리수 껍질을 씌운 다음 국자와 집게로 옷을 만들어 입히고는 예상 밖의 감동적이고 독창적인 동화를 들려주었다. 아, 나의 벗들이여, 늙은 몸에서도 지혜의 불꽃이 반짝일 수 있다! 나와 거의 동명이인인 위대한 시인을 생각해보라.

동화구연이 끝나고 우리는 따로 마련된 식탁에 앉아 만찬을 벌였다. 아이들이 동화구연가의 인형을 보기 위해 모여들었고, 나는 그 틈을 타서 커다란 샌드위치 세 개와 캐러멜사탕을 슬쩍 집어 원고가 든 가방 안에 넣었다. 집에 가면 잔치를 벌일 것이다. 나는 동화구연가를 추어

* 나치 독일의 수용소에서 수감자들을 감시하던 내부감시자.

올리며 시장에서 금방 사온 듯한 커다랗고 맛있어 보이는 까칠까칠한 감자도 얻어냈다. 눈구멍이 뚫린 그 감자인형으로 티마에게 한 번 더 동화를 들려줄 거라고 말했지만, 사실은 먹으려고 얻은 거다! 그걸로 감자 요리를 만들 것이다!

그리고 다시 집으로, 집으로. 한숨도 자지 못하고 이리저리 뒤척이던 밤이 지나고 기쁨 없는 아침이 찾아왔다. 연금도 연금이지만, 그 냄새는 어떻게 할 것인가! 짐승우리나 다름없을 텐데. 어머니는 오래전부터 변을 가리지 못했다. 비슷한 노인네들을 모아놓은 병실에 들어가면 역한 냄새가 참기 어려울 정도였고, 노인네들은 밖에서 사람들이 오면 창피해하며 이불을 턱까지 끌어올렸다. 턱 아래까지 온몸이 더러웠기 때문이다. 한번은 내가 보는 앞에서 간호사가 진심 어린 욕설을 퍼부어대며 어머니 옆자리의 크라스노바가 호젓하게 싸고 들어가 누운 뜨듯한 이불을 걷어치웠다. 씨발, 누가 이렇게 목까지 처바르고 있으랬어! 순간 내 어머니의 눈이 반짝거렸고 흐릿해진 흰자위에서 작은 승리감이 꿈틀거렸다. 아, 나는 저 승리감을 안다! 비탄에 잠긴 표정 사이로 비치는 저 눈빛을 나는 수도 없이 보았다. 당신이 내 남편으로부터 나를 지켜주었다고 여길 때마다 어머니는 저런 눈빛으로 나를 쳐다보았다. 좁아터진 집에서는 온갖 일이 벌어졌지만, 절대 어머니의 눈에 띄거나 귀에 들어가서는 안 되었다! 결국 당신이 옳았다는 승리의 의식. "그것 봐라, 내가 경고했지"라는 구호와 함께 울려퍼지는 당신 정당함의 승리, 내 어리석음을 배경으로 한 당신 지혜로움의 승리를 알리는 장엄한 의식.

나는 내 어머니가 행한 몇 안 되는 선행도 누군가에게, 이를테면 나에게 맞서기 위해 벌인 일이라고 생각한다! 사실 대부분의 선행이 저항의 시도 속에서 이루어진다. 내 소중한 아이가 방탕한 제 어미에게 다정하게 구는 것도 나의 정당함에 대한 반항일 뿐이라고 나는 생각한다. 그게 아니라면, 아아, 그것이 문제로다.

고기와 국수, 달콤한 차 석 잔, 버터 바른 빵 세 조각, 아직도 배가 부르다. 우리 나라는 아이들이 살기에 좋은 곳이다. 티모샤도 유치원에 다닌 적이 있는데, 그땐 정말 좋았다! 그곳에선 밥을 굶지 않았다. 나는 잠을 더 잘 수 있었고, 시를 쓰고, 도서관과 편집국에 다니고, 쓸만한 헌옷으로 치마를 만들어 입기도 했다. 말 그대로 황금기였다! 하지만 티모샤가 자주 아팠다. (내가) 자유로운 한 주를 보낼 때마다 아이는 두 달씩 기침을 했다. 불쌍한 아이는 생기 없는 투명한 뺨을 하고서 집에 앉아 나를 괴롭히고 스스로도 괴로워했다. 도대체 그곳의 무엇이 아이들을 그토록 힘들게 했을까? 무엇이 그 아이들을 비뚤어지게 하고 공격적으로 만들고 병까지 나게 한 것일까? 아니면 자기들끼리 서로 괴롭히는 걸까? 아이는 점차 유치원에 나가지 않게 되었고, 마침내 자리를 잃었다. 우리가 다니는 유치원은 대기자가 많았다.

밤새 내 소파, 티모페이가 '굴'이라고 부르는 찌그러진 내 자리에 앉아 뒤척였다. 밤새 생각했지만 아무런 결정도 내릴 수 없었다. 울지는 않았다. 하지만 시뻘겋게 달구어진 프라이팬 위에 올려진 것처럼 고통스러웠다. 그렇게 얼마가 지났을까, 나는 창문을 보고 소스라치게 놀랐다. 무언가 희끄무레한 것이 창에 달라붙어 있는 게 아닌가! 그것은 잔뜩 흐려진 채 창문 앞으로 다가와 있는 새벽이었다. 총기병 처형일의 아침*처럼 불길한 변화가 시작될 아침이, 응보의 아침이 시작된 것이다. 어머니가 계속 나와 살았다면, 만약 내가 그 지옥을, 끝없는 고함과 치욕과 아이들을 내게서 떼어놓으려는 모든 행동을, 구급차와 경찰에 대한 환각을 참아냈다면 어떻게 되었을까. 우리는 너무나도 빨리 어머니의 환각에 익숙해졌고, 어리석게도 그녀의 실수를 들춰내고, 저건 그냥 쓰레기가 가게 앞에 놓여 있는 거라며(이건 안 그래도 형사 때문에 기분이 상해 있던 안드레이가, 제 할머니가 일그러진 미소를 지으며 창밖을 내다보고 "저것 봐라, 또 경찰이 왔다" "저 쓰레기들이 너를 찾나 보다"라고 선언하자 입에 거품을 물며 했던 말이다) 싸우려고 들기까지 했다. 나는 구급차가 온 것은 어머니 당신 때문이 아니라고, 저기 골목으로 꺾어 들어가는 걸 보라고, 어머니를 뭐하러 데려가겠느냐고 했다. 그리고 얼마 지나지 않아 그녀를 데리러 구급차가 왔다.

일은 다음과 같이 된 것이다. 언제부턴가 알료나가 집에 틀어박혀 진이 빠지도록 울기만 했다. 그다음엔 살이 찌면서 게걸스럽게 먹어대기 시작했고, 안드레이는 그런 알료나를 보며 미친듯이 화를 냈다. 안드레이는 어려서부터 식탁에 앉아 누가 사탕을 얼마나 먹는지 지켜보았고, 알료나를, 때로는 나와 제 할머니를 죄인처럼 몰아세웠다. 그애는 무엇이든 공평하게 나누어야 한다고 생각했고, 사디스트처럼 음식을 먹다 말고 뻔히 보이는 곳에 올려놓아 어린 알료나를 괴롭히기도 했다! 정말로 그런 일들이 있었다! 우리 가족은 먹을 것을 두고 늘 신

---

* 러시아 화가 바실리 수리코프가 그린 역사화 제목.

경전을 벌였다. 문제는 가난이었고, 자질구레한 계산과 불만이 끝없이 이어졌으며, 아이들 할머니는 '애들 것을 다 먹어치운다'며 대놓고 내 남편을 욕하기도 했다. 나는 절대 그런 짓은 하지 않았다. 딱 한 번, 정말로 제 아이의 먹을 것을 빼어먹는 기생충, 흡혈귀였던 슈라 때문에 이성을 잃고 흥분한 적이 있긴 하다. 하지만 그때 나는 기가 막힌 사실들을 알게 된 후 큰 충격에 빠져 있었고, 그럴 수밖에 없었다. 나는 알료나하고 얘기를 좀 해달라고, 그렇게 엄마한테 덤비고 몇 주일씩 학교에 빠지면 안 된다고 얘기해달라고 부탁하기 위해 알료나의 친구에게 전화를 걸었다. 정신과의사들도 그런 행동은 정상이 아니며 요양원에 입원시켜야 할지도 모른다고 해서 베로니카라는 애에게 일부러 전화를 걸어 부탁했건만, 베로니카는 그런다고 알료나에게 도움이 되지는 않을 거라고 잘라 말했다. 나는 문제의 콜호스에 다녀온 이후 알료나가 '쉰 보드카'라고 불렀던 성실한 콤소몰* 회원인 베로니카를 일부러 찾아서 전화를 건 것이었다. 독살스러운 베로니카는 잠시 아무 말도 않더니, 개인 사건**에 대한 공개심의가 곧 이루어지니까, 5개월쯤 후면 알료나 상태도 나아질 거고 앞으로 남자애들하고 있을 때 어떻게 처신해야 하는지 알게 될 거라고(대체 무슨 일이 있었던 건지 이때 내가 알았더라면. 그 내용은 앞의 알료나 일기 참고), 아무튼 자신은 이 지저분한 일에 끼어들 생각이 없으며 슈라와 건초 헛간으로 간 게 자신이 아닌 알료나였다는 사실이 얼마나 다행스러운지 모른다고, 건초 헛간과는 다른 방식으로 자신의 행복을 위해 싸우는 당당한 사람들도 있으며, 그

---

* 소비에트의 공산주의 청년 조직.

** 소비에트연방 시절, 사회적 기관의 심의대상이 되는 개인의 일탈 행위를 가리키던 말.

슈라라는 애가 추근대지 않은 여자아이가 없고, 정말 꼴사나운 일이라고, 자신은 어떤 남자의 목에도 매달린 적이 없으며, 자신이 생각하는 남자의 아름다움은 결코 잘생긴 얼굴 따위에 있지 않다고 했다!

이 모든 이야기의 결론은 분명했고, 이후 한 달 동안 베로니카는 나의 가장 가까운 친구가 되었다. 안드레이는 경찰 조사를 받고 집에 돌아와 벽을 보고 누워 있고, 아이들 할머니는 커튼으로 창을 완전히 가린 채 자기 방에 틀어박혀 있던 때의 일이다. 어머니는 거의 아무것도 먹지 않고 쇠약해져갔다. 한번은 먹을 것을 갖다주자 눈의 혈관이 터져 완전히 선홍빛이 된 눈으로 나를 흘겨보며 흑인처럼 눈알을 굴렸다. 그때 어머니가 무슨 생각을 하고 있었는지, 무엇을 얼마나 알고 있었는지 나는 알지 못한다. 모든 일은 완전한 침묵 속에서 이루어졌고, 우리는 생쥐처럼 바스락거리며 몸을 숨겼다. 안드레이는 소리 없이 검사의 시커먼 차 속으로 사라졌고, 나는 검사와 변호사를 찾아, 그리고 베로니카를 만나기 위해 조용히 사라졌으며, 알료나는 자기 방에 혼자 남아 소리 없이 울었다.

하지만 나와 베로니카는 그 어떤 개인 사건도 방치하지 않았다. 베로니카는 슈라를 위해 열심히 학장을 만나러 다녔고, 슈라를 찾아가 임시로, 잠깐만이라도 알료나와 결혼해야 한다고 설득했다. 나는 그런 그녀의 설득이 마음에 들었다. 앞에서도 썼듯이, 나는 그 썩을 인간 따위는 정말로 필요 없었다. 게다가 그 한 달 사이에 베로니카가 슈라와 가까워졌다. 같은 학년 모든 여학생의 범접할 수 없는 비밀스러운 우상이며 접근하기조차 어려운, 내가 보기에도 몹시 말이 없는 남자애에게 다가가 이야기를 나누게 된 것이다. 나도 객관적으로 인정할 것은 인정하는데, 사샤의 눈썹은 터키 미녀의 눈썹처럼 아름다웠고, 입술은 언제나 까칠하게 말라 있었다. 하지만 그러면 뭐하는가! 아아, 장모의 증오는 질투다. 내 어머니는 당신의 딸, 다시 말해 내가 사랑하는 사람이 어머니 당신이기를, 내가 어머니 한 사람만 사랑하고, 당신이 내 사랑과 믿음의 대상이 되기를 원했다. 어머니는 당신이 나에게 가족 그 자체가 되고, 당신이 모든 것을 대신할 수 있기를 원했다. 나는 여자로만 이루어진 가족, 엄마와 딸 그리고 어린 여자아이로 이루어진 완전체 가족을 본 적이 있다! 정말 끔찍하고 악몽 같은 일이다. 딸은 남편처럼 돈을 벌어와 가족들을 먹여살리고, 엄마는 아내처럼 집에 앉아 딸이 제시간에 집에 오지 않거나 아이에게 신경을 쓰지 않거나 돈을 허투루 쓰거나 할 때마다 딸을 비난했다. 게다가 남자는 물론이고 딸의 여자친구들까지 연적을 대하듯 질투해서 모든 것을 엉망으로 만들어버렸다. 하지만 어쩌겠는가! 최악의 사태가 벌어지기 전까지는, 내 어머니도 그런 식으로 내 불쌍한 남편을 집에서 쫓아냈고 좋은 일이 생길 때마다 말하곤 했다. "이 집의 가장이 누구지(교활한 목소리로)?" "말해봐, 이 집의 가장이 누구냐고(자기 자신을 이미 염두에 두고서)?"

나는 어리석은 희망에 사로잡혀 반쯤 정신이 나간 베로니카를 장기판의 졸처럼 움직였고, 마침내 텅 빈 우리집으로 들어오는 새로운 남자의 환영이 눈앞에 어른거리기 시작한 순간, 다시 말해 희망이 막 보이기 시작한 그 시점에 알료나는 모든 것을 포기한 듯 퉁퉁 붓고 완전히 꾀죄죄한 몰골로 죽을 준비를 하고 있었다.

그러던 어느 날이었다. 집에 와보니 어머니 방의 문이 안쪽에서 뭔가로 막아놓은 듯 굳게 닫혀 있고, 겨우 열린 문틈으로 책상을 괴어놓은 것이 보였다. 어머니는 왜 책상을 끌어다 놓은 것일까? 왜 바리케이드를 쳤지? 책상을 왜 여기 갖다놓은 거예요? 대답 좀 해봐요! 나는 있는 힘껏 문을 밀치고 그녀의 방으로 들어갔다. 그녀는 자신의 작은 소파에(이제 그 소파는 내 것이 되었다) 힘없이 앉아 있었다. 목이라도 매시려고? 정말 왜 이래요?! 구급대원들이 도착하자 그녀는 말없이, 눈물에 젖어 평소보다 훨씬 더 커 보이는 눈동자로 나를 매섭게 노려보고는 고개를 치켜들고 나갔다. 영원히. 그날 저녁 나는 히스테리를 일으키며 무섭게 비명을 질렀다. 아무리 소리를 지르고 짐승처럼 울부짖어도 멈춰지지 않았다. 제 방에서 겨우 몸을 일으킨 알료나가 약을 들고 들어와 알약 두 개를 꺼내주었을 때 나는 알료나가 들고 있던 약병을 통째로 빼앗았다. 알료나가 왜 그렇게 그 약을 애지중지하는지 알고 있다. 나는 내가 다 먹어버리겠다는 듯 약병을 빼앗아 들고서 물을 갖다달라 하고는 그애가 물을 가지러 간 사이 약병을 베개 밑에 감추고 짐승처럼 계속 울부짖었다. "그만 좀 해." 알료나가 나에게 말했다. 저애에게 어떻게 설명할 것인가? 병원에 갔더니 창문에 철창이 쳐져 있더라는 것을! 우리의 삶은 이제 끝나버렸다는 것을! 안드레이도 그런 철창이 달린 굴에 갇혀 있다는 것을! 내가 죄인이라는 것을! 누가, 세상에 어떤 사람이 자기 어머니를 정신병원에 갖다 맡기는가? 오, 하느님, 내가 그랬다. 의사들은 어머니가 매우 위험한 상태이며 치료가 필요하다고, 중증 정신분열증이라고 나를 위로했다. 그러면서 그들은 KGB 요원들이 자신을 쫓기 시작한 날짜라며 내 어머니가 말한 날짜를 알려주었다. 내가 어머니 눈에 핏줄이 터졌다고 말하자 그럴 수도 있다고 했다. 눈이 완전히 선홍빛이었다고요. 치료를 받으셔야 합니다,

그들이 내게 말했다, 위독한 상태십니다.

희끄무레한 처형일의 아침이 다가왔다.

나는 어머니를 집으로 데려올 수 없다. 티모샤한테 그런 짓을 할 권리가 나에겐 없다. 왜 그애가 그 모든 일을 겪어야 하는가, 왜 그애가 짐 승우리 같은 냄새를 맡고 고함과 욕설을 듣고 배설물을 봐야 하는가. 아무리 연금이 나온다 해도 그 모든 것을 보상할 수는 없다. 불쌍한 노인네가 차를 끓인답시고 온 집에 불을 지를지도 모른다. 오, 하느님, 절대 그런 일이 있어서는 안 된다. 티모샤가 내 방에 들어왔다. 나는 언제나 처럼 아이에게 미소를 지어 보이고는(너의 하루를 미소로 맞아주는 거란다), 버터하고 빵, 어제 그거, 그리고 차하고 사탕(어제 네가 맛있다고 했지?)도 주겠다고, 아이의 작은 집에 창문을 만들어 풀로 붙여주겠다고 약속했다. 이제 어디서 풀만 찾으면 되는데, 머리가 아프다, 나는 차를 끓이며 생각했다, 지금 내가 가스 잠그는 것을 잊고 집에 불을 낼 수도 있다, 언제라도 그런 일이 생길 수 있다, 요즘 나는 내가 길을 찾고, 돈과 열쇠를 잃어버리지 않고, 아무도 내 상태를 의심하지 않도록 자연스럽게 답장을 쓰고 있다는 사실에 스스로 놀라곤 한다! 누구도 전혀 의심하지 않았다! 그런데 내가 영영 떠나버리기 전에 그런 일이 벌어진다면, 누가 티모샤를 구해줄까? 누가 저애를 구해줄 것인가? 집에 항상 사람이 있어야 하는데 지금 어디서, 어디서 사람을 데려온단 말인가?

그 순간 천둥이 울려퍼지듯 초인종이 울렸다. 그리스도가 민중 앞에 모습을 드러낸 것이다. 초인종을 울리며! 누구세요? 내가 묻는다. 안드레이의 그 친구라는 작자들이 다시 온 걸까? 나는 줄 만큼 줬다, 치를 만큼 다 치렀단 말이다, 나쁜 놈들, 망할 자식들! 좋다, 해볼 테면 다시 해보자, 나는 떨리는 가슴으로 문 앞에 서서 물었다. 누구세요? 아이가 문을 열려고 달려나간다. 아이는 모든 사람에게 문을 열어준다! 언제나!

"나야, 나라고." 짜증 섞인 목소리.

"'나'라니, '나'가 누구죠?"

"나라니까, 알료나." 알료나가 대답 뒤에 뭔가 다른 말을 덧붙인다.

오늘은 저애가 돈 받으러 오는 날이 아닌데! 갑자기 정신이 나갔나?

"무슨 일이야?" 나는 어스름 속에 선 채로 묻는다.

"엄마다! 엄마가 왔다." 티모샤가 무엇 때문인지 아주 좋아한다. "엄마야?"

"그래, 나야," 굳게 닫힌 문 앞에서 알료나가 지치고 짜증 섞인 목소리로 대답한다. "문 열어, 아들."

아들이라니!

나는 그래도 확인해야 된다는 듯 체인을 건 채로 문을 열었다.

"엄마, 왜 이래?" 문 앞에 선 작은 여자가 짐짓 이해할 수 없다는 표정으로 묻는다. 맞다, 커다란 저 눈, 아, 품에 안은 갓난아이, 그리고 또다른 아이가(애가 주렁주렁 매달린 저 가족에게 둘째 딸인) 치맛자락을 붙잡고 서 있다. 내 딸은 남의 옷 같은 짧은 재킷을 입고 있었다. 재킷이 작다. 쓰레기통에서 주워 입은 게 분명하다.

"문 열어, 문 좀 열라니까." 알료나가 나에게 말한다. 옆에 유모차와 (전에 쓰던 그 유모차다) 작은 꾸러미, 커다란 짐가방이 보인다. 저걸 어떻게 여기까지 다 끌고 온 걸까?

"난 너희까지 거둬 먹일 돈 없어! 한푼도 없다고!!!"

나는 문을 쾅 닫아버리려고 했다.

아이가 나를 붙잡고 싸우자고 매달린다. 문밖에선 아이 엄마가 열쇠를 찾아 자물통에 넣고 돌리고 있고. 그게 언젯적 열쇠인데! 그리고 문에는 체인도 걸려 있다고!

알료나가 씩씩거리며 문을 열려고 기를 쓰는 티모샤와 문틈 사이로 이야기를 나눈다.

"됐어, 티모치카, 그러지 마, 그러다 할머니가 문 닫으면 네가 다쳐!"

"티모치카, 자, 문 닫자." 내가 상냥하게 말한다.

"싫어! 싫어!" 아이가 소리친다.

"티모치카," 알료나가 말한다. "거기서 할머니랑 그러지 마…… 할머니는 아픈 사람이야! 무슨 말인지 알지? 할머니가 너를 다치게 할 거야, 아가, 할머니는 지금 제정신이 아니야! 그러지 말고 떨어져 있어."

"저리 비켜!" (이건 내가 한 말이다.)

"싫어!!!"

"저리 가 있어, 아들!"

나는 침을 뱉고 내 방으로 가서 문을 잠갔다. 그들이 현관에서 법석을 떨고 티모샤가 이리저리 뛰어다닌다. 삐악거리는 소리, 또다른 가느다란 목소리가 앵무새처럼 "머야? 머야? 머야?"라고 말하는 것이 들렸다. 그들의 엄마가 구구거렸고, 잠시 후 다 같이 내 방문 앞을 지나 부엌으로, 그다음에는 욕실로 들어갔다. 순식간에 하나가, 한 가족이 되어서! 그들을 구한 건 티마였다. 티마가 그들에게 문을 열어주었다. 아이는 지금 행복하고, 그들의, 저 가족의 일원이다! 세 아이와 엄마. 내가 저 꼴을 보려고 기를 쓰고 살았던 거다. 저 꼴을 보려고 잠도 못 자고 밥을 굶어가며 보살피고 가르쳤던 것이다. 순식간에 티모샤가 나를 버리고 미워하도록 만들기 위해서. 머야, 머야, 머야. 내 삶은 일순간에 의미를 잃어버렸다. 아, 너는 어쩌면 그렇게도 영리한지. 어쩌면 그렇게도 제 역할을 잘해내는 것인지. 아이는 자신의 충성심을 증명하기 위해 모든 것을 그녀에게 내주었다! 현관에서 그애가 나를 막고 섰을 때, 이미 끝난 것이다! 완전히! 아, 배신자, 실크처럼 부드러운 곱슬머리와 작은 발! 아이들은 늑대가 숲으로 도망치듯, 언제나 저렇게 제 어미에게로 가버린다! 나는 저런 어미 뻐꾸기들을 수도 없이 봤다. 아이들은 버림을 받고도 제 어미 뻐꾸기를 사랑해서 자신을 키워준 사람을 순식간에 저버린다. 내가 젊었을 때 잠시 알고 지내던 이리나라는 여자(이름도 잊어버리지 않았다)는 자기 엄마가 친모가 아니라는 사실을 뒤늦게 알고는, 그래서 그렇게 사이가 안 좋았나보다고 생각하며 자신의 친엄마인 아스타호바의 무덤을 친정처럼 찾아다녔다고 했다. 다행히 양모가 친엄마의 묘지를 돌보고 있었던 것이다. 그녀의 엄마는 남편도 가족도 없이 기숙사에 혼자 살던 노동자였고, 아이를 낳다가 죽었다고 했다. 이리나는 그런 엄마의 무덤에 기꺼이 꽃을 가져다 바쳤지만, 진짜 엄마, 자신을 피와 땀으로 먹여주고 길러준 엄마에게는 국물도 없었다. 크세노폰토바(이리나는 감사의 표시라며 그녀를 성으로만 불렀다)가 병이 나서 자리에 눕고 차관직에서도 곧 물러날 거라고 말하면서도 눈물 한 방울 없었다. 이리나 아스타호바는 남편과도 헤어졌다. 남편 역시 크세노폰토바의 양자로, 크세노폰토바의 별장 이웃이자 마찬가지로 꽤 높은 직위에 있는 남자의 숨겨둔 아들이었다. 이리나는 무덤 속

어머니와 상의한 후 관용 별장의 사생아인 남편을 쫓아내고, 이제는 어린 딸과 단둘이 자기 아파트에서 살고 있다고도 했다. 젊은 시절 나는 이리나의 이야기를 들으면서 우리 엄마도 내 친엄마가 아니길, 모든 것이 마침내 제자리를 찾아가길 간절히 바랐다. 뚱뚱하고 둔해빠진 크세노폰토바는 전혀 불쌍하지 않았지만 무덤 속 아스타호바에 대해서는 왠지 동정심이 느껴지기도 했다. 나는 남자 양복 상의를 입고 앞머리를 짧게 자른 크세노폰토바가 (황혼으로 접어든 나이를 느끼며) 자신이 진정 딸에게 어떤 존재인지, 자신이 어떤 공적을 세웠으며 그 공적을 세우기 위해 얼마나 많은 노력을 기울였는지 딸에게 다 말해주기로 결심하고 흥분으로 몸을 떠는 모습을 상상해보았다. 크세노폰토바는 더 훌륭해지길 원했지만, 더 형편없이 되어버렸고, 무엇으로도 자신의 삶을 정당화할 수 없었다. 한마디로 욕밖에 나오지 않는 인생이었다!

지금 나는 충혈된 눈으로 혼자 앉아 있다. 작은 굴 같은 이 소파에 내가 앉을 차례가 된 것이다. 딸애가 이 집으로 들어오면 내 자리는, 더이상의 희망은 없다. 딸애는 큰방을 차지하고, 아기 침대와 티마를 내 방으로 보낼 것이다. 그리고 나는 언제나 그랬듯 밤마다 부엌에서 고독을 씹게 될 것이다. 이 집에 내 자리는 없다! 나는 메마른 눈으로 방에서 나와 말했다.

"알료나, 얘기 좀 할 수 있니? 나랑 얘기 좀 할 수 있어?"

마치 아무 일도 없었다는 듯한 대답.

"잠깐만, 엄마."

엄마라고! 그 말이 가슴을 쿡쿡 찔렀다.

"짐을 풀어야 하는데, 애들 밥 좀 먹여줄래요?"

"지금 뭐하자는 거야? 난데없이 쳐들어와서 여기 살겠다는 거야?"

"티모샤, 네가 카티카 밥을 먹여야겠다. 할 수 있지? 아무래도 할머니는 너희한테 밥을 안 주실 것 같네."

"할 수 있어요!" 티모샤는 제 엄마의 말이 끝나기가 무섭게 대답하고는 살진 카탸의 손을 잡고서 마치 기둥 옆을 지나가듯 조심스럽게 내 옆을 지나 부엌으로 갔다. 카탸가 "머야?" 하고 말했을 뿐, 두 아이는 나를 본 척도 하지 않고 내 옆을 지나갔다.

"어디 가는 거야, 거긴 아무것도 없어!!! 아무것도 없다고!"

"할머니," 티모샤가 나에게 말했다. "우리 사탕이랑 버터 바른 빵 두 개 있잖아, 내가 차도 끓일 수 있어."

"안 돼, 뜨거운 물에 데면 어떻게 하려고, 애 데면 어떡할 거야!" 나는 소리를 질렀다. "알료나, 이리 와서 애들 봐, 난 지금 나가봐야 돼."

"나간다고?" 알료나가 우물거리듯 말한다.

저 일당을 다 나한테 맡겨놓고 자기가 먼저 나가려고 했던 게 분명하다.

"나가봐야 해. 왜냐하면, 오늘," 나는 승리자처럼 말했다. "병원에서 어머니를 모셔와야 하거든. 네 할머니 말이야."

"할머니를?" 얼굴이 굳어진 알료나가 떨떠름히 묻는다. "또 왜?"

"왜라니? 그걸 지금 질문이라고 하는 거야?"

"왜 꼭 오늘 그래야 하냐고? 엄마!" 드디어 알료나가 입을 열었다. "말도 안 되는 소리 하지 마! 애들이 저렇게 셋씩이나 있는데!"

"그래, 나도 알아. 하지만 안 그러면 할머니는 오늘, 그러니까 한 시간 후면 만성정신병 환자들을 수용하는 시설로 보내져. 영원히."

"그게 뭐가 어때서." 알료나가 말한다.

"뭐가 어떠냐고! 거기까지 누가 할머니를 면회하러 다닐 건데? 먹을 건 누가 챙겨드리고? 거기 가면 의자로 네 할머니를 두들겨 패고 그럴 텐데, 그래도 괜찮다는 거야?"

"엄마가 다니면 되지, 먹을 것도 엄마가 챙겨다 드리고, 내내 그렇게 했잖아. 할머니를 계속 보러 다니긴 한 거지?" 알료나는 독살스럽게 무언가 암시하듯 말했다. "아무튼 이해가 안 되네. 왜 갑자기 이 난리를 피우는 거야? 엄마가 할머니 연금도 받고 있잖아? 안 그래? 그럼 계속 다녀야지."

"기차를 타고 세 시간은 가야 하는 곳이야."

"그게 무슨 상관이야. 자기 엄마한테 가는 건데. 어차피 안 갈지도 모르고. 그래도 할머니 연금은 꼬박꼬박 나올 거 아냐?"

"그렇지 않아. 시설에 있는 사람들한테는 연금이 안 나와."

"아, 그거였네. 그럼 처음부터 돈 때문이라고 말을 했어야지, 그래서 우리는 돈 때문에 또 엄마하고 할머니가 매일같이 싸우고 소리지르는 걸 참아야 한단 말이네. 우리 어린 시절은 엄마하고 할머니 싸우는 소리 속에서 다 지나갔어, 제일 좋은 시절이, 비뚤어진 가정 속에서."

내가 메마른 눈으로 말한다.

"그래서 너 똑바른 가정 가지게, 너한테 방해 안 되게 할머니를 그곳에 보내란 말이구나."

"그런 식으로 말하지 마, 지겨워."

"네 가정을 지켜주려고 난 할머니를 네 앞에서 치워줬어, 슈라 불편하지 말라고, 그 인간이 참고 너를 받아주게 하려고. 그런데 그 인간도 버티질 못했지!!! 누가 너를 참고 버티겠니!!!"

알료나의 눈에 눈물이 가득차올랐다. 저애에게도 인간적인 무언가가 아직 남아 있었던 것이다. 알료나에게 부끄러움이, 자신의 방탕함에 대한 불편한 감정이 남아 있다는 사실에 나는 이상한 만족감을 느꼈다.

"엄마, 울지 마!" 어디선가 티마가 나타나 그녀 옆에 선다.

"아들, 너 카탸는 어디다 두고 왔어? 카탸를 혼자 부엌에 두고 오면 어떻게 해, 냄비라도 엎으면 어떻게 하려고."

내가 말한다.

"안드레이도 제 마누라 집에서 쫓겨날 거 같더라."

"아……"

"뻔하지. 술을 그렇게 퍼마시니."

(안드레이 얘기는 내가 그냥 갖다붙인 것이다. 안드레이가 자기 죽는 꼴 보고 싶냐고 고래고래 소리를 지르며 두번째로 들이닥쳤을 때, 나는 결국 문을 열어주고 말았다. 아니나 다를까 안드레이 뒤에는 남자 셋이 주머니에 한쪽 손을 찔러넣고 서 있었고, 호기심에 가득찬 티마는 내 등 뒤에서 펄쩍거렸다. 안드레이가 그 남자들한테 진 빚이 8백 루블이라고 했다. 나는 미안하다고 말한 다음 같이 온 남자들의 코앞에서 문을 닫아버렸고, 경찰을 부르겠다고 소리쳤다. 안드레이는 사색이 되어 그들이 자기뿐만이 아니라 티모샤까지 죽일 거라는 말로 결국 나를 설득했다. 우리는 다 같이 은행으로 갔고, 그들이 보는 앞에서 나는 통장에 들어 있던 돈 전부를, 눈물에 젖은 내 돈 680루블과 어머니의 보험금을 찾았다. 대신 안드레이는 더이상 나를 귀찮게 하지 않고, 일자리를 찾고, 술을 끊고, 병원에 가서 발꿈치를 치료하고, 혼인신고를 하

겠다고 약속했다. 무릎을 꿇고 눈물을 흘리면서.)

"대단한 가족이야!" 알료나가 길게 한숨을 내뱉었다.

그리고 나.

"이 방은 할머니가 쓰실 거야. 나는 부엌에 간이침대를 놓고 자면 되고. 안드레이가 오면 할머니랑 같이 지낼 거야. 그애는 할머니 손자니까."

"오빠는 이제 누구 손자도 아니야. 애들 데리고 오빠한테 가봤는데, 술에 취해서 한밤중에 아주 난리를 피우더라."

"언제?"

"어젯밤에."

그랬구나.

"불을 있는 대로 다 켜고 니나하고 자기가 어떻게 살고 있는지 확실하게 보여주시더군. 우릴 내쫓으려고 작정한 거지. 자기 식구를 두들겨 패서 다른 사람 겁먹게 하려고."

"그래도 술은 절대 안 마신다고 나한테 약속했어!"

"돈이 어디서 났는지 일주일 내내 술에 절어 살던데, 친구들까지 퍼먹이고. 아주 그 집에 다 들어와서 살더라. 아무튼 이 방은 내 방이기도 해! 우리 방이라고!"

"그래. 좋아. 하지만 안드레이는……" 나는 눈물을 삼켰다. "내 아들이야. 저기 저애는 네 아들이고."

정말 예기치 못한 결말이었다. 자유다, 자유다, 이제 난 자유다! 이렇게 좁아터진 집에서도 자유를 느낄 수 있다니! 알료나도 그렇게 힘들지는 않을 거다. 대체 어떤 소굴에 있다 왔기에, 넷이 들어가 살아야 하는 18제곱미터짜리 방을 저애는 피난처로 여기는 걸까!

"정치적 은신처를 부탁하는 거야." 현관 바닥의 신발을 정리하며 알료나가 중얼거렸다. 내 생각을 읽고 있다. "엄마! 내가 어떻게 살았는지 알아?"

알료나와 나 사이에 일 분이, 지난 삼 년 동안 우리가 갖지 못했던 순간이 흐른다.

"그러니까 애는 왜 낳아가지고, 바로 지워버렸어야지."

"지워? 콜랴를? 어떻게 그런 말을 해!!!"

"몇 개월이 됐어도 지우는 사람들은 다 지워…… 돈만 쥐여주면," 내가 말했다. "아무리 개월 수가 많아도 지울 사람은 다 지운다고. 그 돈만 쥐여주면!"

"무슨 돈? 지금 무슨 얘기 하는 거야?" 알료나가 낮은 목소리로 말했다.

"그 인간들한테서 받는 돈! 아니면 그 밑에 들어가 눕기 전에 생각을 했어야지! 그래 놓고 우리 돈을 뜯어가? 나쁜 년!" 나는 속에 있던 말을 다 뱉어내고 먼 길 떠날 준비를 하기 위해 방을 나왔다.

먼 길을 떠날 채비를 해야 한다. 지금 내가 가지 않으면 어머니를 데려가버릴 것이다. 병원에선 환자를 아침 일찍 이송한다, 아침 일찍, 그러니까 벌써 옷을 입혔을 것이다, 환자 가운 두 개를 겹쳐 입히고, 고무장화를 신기고, 머리엔 수건을 씌우고, 추운 날씨에, 전에도 엑스레이를 찍는다며 그런 차림으로 어머니를 끌고 병원 뒷마당을 지나 다른 건물로 데려간 적이 있다, 내가 갔는데 침대가 비어 있는 거다, 아, 얼마나 놀랐는지, 어째서 나로 하여금 텅 빈 침대를 보게 한 것인가, 내가 손톱으로 문을 긁고 있자 간호사 마리나가 문을 열고 나를 어머니가 계신 병동으로 들여보내주면서 경고했다, 문을 그렇게 두드리시면 안 돼요, 환자들이 불안해합니다, 그때까지만 해도 레베카 사모일로브나가 살아 있었는데, 다시 한번 그녀에게 명복을, 안녕하세요, 마리나, 이거 제 선물이에요, 세상에, 뭐 이런 걸, 아녜요, 별거 아녜요, 35코페이카밖에 하지 않는 펜인 걸요, 하지만 그 펜을 구하느라 내가 얼마나 고생을 했는지, 온 가게를 다 뒤지고 다녀도 죄다 쇠장식이 달린 80코페이카짜리뿐이었다, 그럼 들어가보세요, 그러고는 펜을 챙겨들고 나갔다, 아, 그 펜으로 그림을 그리게 해달라며 불쌍한 아이가 얼마나 울었는지, 아이는 그 펜이 빨간색과 파란색이 다 나오는 새 펜이라는 것을 알고 무척 좋아했다, 하지만 이제 울든 말든 그 아이는 내 아이가 아니다, 그리고 내 어머니는 지금 맨다리로 떨며 서 있다!

사람들이 어머니에게 가운을 입힌다, 한 장 더, 머리에 수건도, 간호조무사가 구급차를 타고 온 남자에게 수건은 돌려줘야 한다고 말한다, 가운 두 장하고 배꼽까지 내려오는 셔츠도, 여기 서명해주세요, 내 어머니가 마지막이다, 옆 침대를 쓰던 크라스노바는 벌써 떠나고 없다, 아무도 없다, 병실은 점점 비어가고, 환자들은 제각각 갈 곳으로 보내진다, 텅 비어 소리가 울리는 병실에 어머니 혼자 누워 발소리가 나는 곳을 따라 눈을 이리저리 굴린다, 어머니를 대하는 태도도 사뭇 다르다, 하나뿐인 사람을 대하듯 먹을 것을 챙겨준다, 어머니는 이끼로 뒤덮인 입으로, 이끼처럼 자란 콧수염과 턱수염으로 뒤덮이고 이가 다 빠져 합죽 오므라진 입으로 게걸스럽게 음식을 받아먹는다, 그때마다 얼굴이 반쪽이 된다, 어머니가 입을 옴쭉거리며 나는 이제 더 못 살아, 라고 속삭인다, 아녜요, 할머니 오래오래 사셔야죠, 아니야, 나는 물질적으로 더 살 수가 없어, 물질적으로라니요, 할머니, 이제 할머니는 새 병원으로 가실 거예요 마침표 아무도 할머니를 모시러 안 왔지만 괜찮아요, 국가는 할머니를 버리지 않을 거예요, 돌아가시기 전에는 안 묻어요, 거기 가면 쌀죽을 나눠줄 거예요, 자, 그러니까 이제 옷 입으세요, 할머니, 일어나라, 거대한 국가여, 일어나라, 죽음의 전투를 위하여,* 그래요, 그렇게, 아주 잘했어요, 거기 가면 할머니를 잘 보살펴줄 거예요, 그래도 정이 많이 들었는데, 할머니가 마지막이에요, 내일부턴 우리도 휴가예요, 누가 2월에 휴가를 가겠어요, 우리밖에, 우리 같은 사람들밖에 없지요, 아, 이런, 이러니 누가 노인네들을 좋다고 하겠어, 똥을 싸고 이렇게 뭉개고 있으니, 아휴, 이 할머니 데려가서 아래 좀 씻겨, 변기하고 수세미도 가져가고, 요강은 내가 비울게, 다시 다 더러워졌어, 아휴, 뼈하고 살가죽밖에 안 남았어, 아아, 이 할머니도 언젠가 아이를 낳았겠지, 매달린 것은 모두 떨어지기 마련이고, 며칠 전에 이 할머니를 씻기는데 아래 뭐가 떨어져 있더라고, 자궁이 빠져버린 거야, 마리나가 말한다, 아, 여든일곱이니 그럴 수도 있겠지, 저 할머니는 제5병동으로 보내질 거야, 거긴 제일 끔찍한 곳인데!

할머니, 이제 할머니를 좋은 데로 모시고 갈 거예요, 거기 가면 시트도 깨끗한 걸로 깔아주고, 기저귀를 안 갈아줘서 고생할 일도 없고, 아기처럼 깨끗하게 해줄 거예요, 네? 뭐라고요? 뭐라는 거지? 그런 놈들은 다 죽여야 한다는군, 주사로 찔러서, 자기를 괴롭힌 것들은 죄다, 알

---

* 제2차세계대전 당시 소비에트연방의 대표적인 군가 〈성스러운 전투〉의 첫 구절.

왔어요, 할머니, 이제 일어나세요, 세상에 온몸을 부들부들 떨고 계시네, 일어나세요 마침표

가만있자, 뭐라도 입혀서 데려와야 하는데, 그래, 그래, 그래, 어머니는 말랐으니까, 내 옷이 다 맞을 거야, 아, 그런데 빨아놓은 게 없어, 어떻게 하지, 이렇게 빨아놓은 옷이 없다니, 아니면 찢어졌거나 맞질 않고, 아, 가난이 이렇게 드러나는구나, 지독한, 지독한 가난이, 가난은 속옷에서부터 드러나는 법이지, 다 떨어졌어, 어떻게 이걸 내놓는담, 할 수 없지, 브래지어는 이제 필요 없을 테고, 속바지는 하나 있다, 오, 하느님, 감사합니다, 거의 새거야, 밑에, 제일 밑에 넣어두었군, 병원에 갈 일이 생기면 입으려고, 아 정말 다행이야, 눈물이 날 것 같아, 자, 다음은!

속치마, 이것도 다 찢어졌네, 하는 수 없지 나도 걸리는 대로 입고 다니는걸, 기워입기도 하고, 아주 가끔, 보는 사람도 없으니까, 이렇게 다 벗겨지고 세상에 드러나는구나, 이렇게, 오 하느님, 여기 있다, 됐어, 됐어 느낌표 전 사위 슈라의 흰 러닝셔츠로군, 고마워, 슈라, 정말 고마워, 이렇게라도 쓸모가 있어야지, 그런데, 그런데 이 러닝셔츠가 왜 여기 들어와 있는 걸까, 다른 데도 아니고, 어디 보자, 오, 하느님, 스타킹하고 벨트도 있어, 하나밖에 없는 벨트였는데, 어머니한테는 안 맞을 거야, 추리닝 바지도 있네, 아, 이렇게 다 쓸데가 생기다니, 이제 제대로 된 양말만 찾으면 되는데, 멀쩡한 양말이 하나도 없어!

양말이란 양말은 죄다 구멍이 날 때까지 신었으니 그럴 수밖에, 펠트장화에 신으면 구멍이 더 잘 나는 것 같아, 가만, 가만, 여기 이 스타킹은 멀쩡하다, 아, 됐어, 아래로 말아 내리면 양말처럼 보일 거야, 이제 구두만 찾으면 된다!

나도 참, 구두라니, 지금은 겨울이니까 펠트장화를 찾아야 해, 아아, 아아, 아아, 펠트장화를 내가 어디다 다 넣어놨지, 오, 하느님, 신발장에 웬 잡동사니가 이렇게 많단 말인가, 아무것도 찾을 수가 없어, 아, 빌어먹을 인간, 넌 빌어먹을 인간이야, 아무 생각 없이 시만 붙들고 기생충처럼 살더니, 이제 와서 울고불고 난리를 치고, 병원에도 못 갈 거야, 결국 못 갈 거라고, 아아아!

"세상에! 엄마, 지금 뭐하는 거야, 지나다니지도 못하게 죄다 꺼내놓고. 우리가 오자마자 꼭 이래야겠어? (옆으로 비켜서면서) 도대체 무슨 생각으로 이러는 거냐고, 저렇게 어린 애들이 있는데, 여기서 이 먼지를 날리면, 아, 정말 못살아."

못 갈 거야, 정말 못 갈 것 같아, 아아, 여기 덧신하고 펠트장화가 있다, 만세, 하느님, 감사합니다, 자, 이제 옷만, 어머니 옷만 찾으면 된다, 어머니가 나보다 작아서 얼마나 다행인지, 옷이 작아서 내가 하나도 못 입고 고쳐입을 생각도 하지 않았으니, 몇 개를 이어붙여볼까 싶기도 했지만 알료나가 나이들면 입을 수 있겠다는 생각에 내버려뒀지, 이제 그때가 되었으니 그애 앞에 내놓고 말하리라, 알료나, 내 딸, 내가 너를 위해 옷을 이렇게 많이 챙겨놨단다, 너는 할머니랑 키가 비슷하니까 잘 맞을 거야, 성격도 비슷하고, 상어처럼 뭐든 집어삼키는 히틀러, 언젠가 알료나가 수프와 고기를 두 그릇씩 먹어치우는 걸 보고 나는 속으로 그애를 그렇게 불렀지, 그때 그애가 임신중이었다는 것도, 제 집에 먹을 게 하나도 없다는 것도 모르고서, 그건 그렇고, 아, 여기 멋진 옷이 있다!

정말 멋진 옷이다, 만세, 어머니는 살이 하나도 안 붙어서 잘 어울릴 거야, 허리가 잘록한 감청색 원피스에 빨간색과 흰색 꽃무늬가 들어가 있고 윗주머니에는 빨간색과 흰색이 섞인 작은 손수건이 꿰매져 있다, 젊은 시절 어머니는 우아하게 하이힐을 신고 다니는 최고위층 지도부의 정부情婦, 짐승 같은 보호자를 둔 사악한 여자들 가운데 한 명이었다, 그건 그렇고, 아, 여기 외투도 있다, 하느님, 감사합니다, 검은 양가죽 깃이 달린 파란 모직 외투, 요즘도 이런 천으로 옷을 해 입고 다니는 사람이 있을까, 만세, 모자도 있다, 아니야, 너무 구겨지고 펠트장화처럼 뻣뻣해서 안 되겠어, 깁스를 한 것 같을 거야, 귀도 안 가려지고, 귀를 가리는 게 제일 중요해, 내가 아이에게 늘 하던 말이지, 아이, 사랑스러운 내 아이, 생각하지 말자, 다 잊어버리는 거다, 울지도 말고, 울면 안 돼, 그럴 필요도 없고, 저렇게 멀쩡히 살고 있잖아, 제 엄마랑, 여동생, 남동생이랑, 너는 그애에게 그저 발판 같은 존재였던 거야, 실크처럼 부드러운 작은 발을 네 몸에 문지르고 다른 엄마에게 달려간 거야, 이제 그 엄마가 아이 머리를 잘라주겠지, 곱슬머리를 잘라주고, 군대에 보내듯 5일제 유치원에도 보내고, 제 엄마와 사는 아이의 모습이 차례로 눈앞에 그려진다, 알료나는 유치원에서 다자녀 편모에게 주는 혜택을 받고서 아이들을 감옥 같은 곳에 던져넣은 다음 일하러 나갈 것이다, 아, 그만 생각하자,

다 잘될 거다!

모든 게 다!

모든 게 다!

하지만 그렇게 되면 아이가 혼자 자게 될 텐데, 아아아, 네 어머니도

혼자 주무시고 있다, 생각하지 말자, 근 칠 년을 그만 그만 생각하자, 모직 스카프를 머리에 씌워드려야겠다, 이건 티모치카 건데, 애가 귀가 아플 땐 이걸 써야 하는데 체크무늬에 꽤 비싼 거고, 아, 이런, 얼룩이 누렇게 져버렸네, 장뇌유가 묻었나봐 백주에 이런 걸 하고 다닐 순 없어.

"아무것도 안 가져가 알료노치카 뒤지는 거 아니야 하지만 할머니 머리에 뭐라도 씌워드려야 하지 않겠니 노인네니까 너도 알다시피 살은 하나도 없고 뼈에 가죽밖에 안 남아서."

머리카락도 거의 없잖니!

못 찾겠어!

아무것도 못 찾겠어, 그래, 그래, 내가 왜 그 생각을 못했을까, 모직이 들어간 내 낡은 숄이 있었지, 내가 목에 두르고 다니던, 하지만 나한텐 꼭 필요한 것도 아니고, 이번 한 번만 쓰면 되니까, 그래, 나는 목깃을 세우고 다니면 돼, 그럼, 이제 가방만 찾으면 된다, 어딨지, 선반에, 이런, 먼지가 많이 쌓였어, 걸레로 닦아야겠어, 몇시지, 시간이, 시간이 없어, 푸우, 이제 새 시트를 깔고 방수포만 어디서 가져오면 되는데, 알료노치카, 자꾸 미안한데, 너 혹시 안 쓰는 방수포 없니, 없어, 아 없구나, 그래 나도 그럴 거라고 생각했어, 그럼 비닐봉지를 찢어서 써야겠다, 아니면 그래, 병원에서 쓰던 거라도 좀 달라고 해야겠다 다 쓴 거면 안 된다고 하지는 않을 거야, 됐다, 이제 빨리

서둘러야 해!

무거운 짐가방을 끌고 허겁지겁 수도 없이 다녔던 길이다, 일 년에 쉰두 번 거기다 신년 축일하고 5월 1일에 3월 8일 그리고 어머니 생일,

9일인지 10일인지 헷갈려서 아예 9일에 가곤 했지, 11월 7일에도 가고,* 지금은 고인이 된 마음씨 고운 레베카는 기념일만 되면 노인네들이 우울해하고, 잘 울고, 죽는다고, 아무것도 먹지 않고, 자꾸 수면제를 달라고 한다고 세심하게 일러주었지, 레베카, 누가 이제 당신을 기억해줄까, 내가 기억하리다, 당신은 우리에게 신과도 같은 존재였소, 오 하느님, 가방이 왜 이렇게 무거운 걸까, 어머니를 벌써 데려갔을지도 몰라, 나는 어디로 달려가고 있는 걸까, 벌써 한시다, 벌써 차가, 얼음처럼 차가운 구급차가 와서 어머니를 싣고 있을지도, 벌써 태우고 가버렸을지도 모른다, 갔는데 문이 다 잠겨 있고, 직원들은 휴가를 떠나고, 안에는 칠장이들만 돌아다니고 있으면 어떻게 하지, 세상에 칠장이보다 옷을 못 입는 사람이 또 있을까, 몇 년 동안 집수리도 못했는데, 아아아, 내가 지금 무슨 생각을 하고 있는 건가, 젊은이, 자리 좀 양보해줘요, 아아 나 지금 쓰러질 것 같아** 고마워요 놀랐나보네, 그냥 인용한 건데, 아, 왜 이렇게 정류장에 한참 서 있는 거지, 기어가는 것 같아, 만약에 아직 어머니를 데려가지 않았다면, 내가 모셔올 텐데, '만약에'라니, 대체 뭘 바라는 건가, 더러운 년, 저급한 영혼, 그렇게 꾸물거리더니, 다 왔다, 이제 지하철을 타야 돼, 길게 이어지는 둔탁한 소음, 그래도 갈아타지는 않아도 돼, 나는 지하철이 싫어, 이 소음이 너무 싫어, 키 큰 여자가 짐 가방을 들고 지친 얼굴로 어디론가 가고 있는 모습을 사람들

---

* 5월 1일은 노동절, 3월 8일은 세계 여성의 날, 11월 7일은 볼셰비키 혁명 기념일.
** 소비에트 작가 아그니야 바르토의 동시 「수송아지」의 한 구절. "수송아지가 걸어간다, 비틀거리며,/깊이 한숨을 내쉬며 하는 말,/'아아, 널다리가 끊겼어,/나 지금 쓰러질 것 같아.'"

이 본다, 여자는 이가 빠진 사람처럼 입술을 꼭 다물고 살아라 그리고 기억하라,[*] 웃지도 않는다, 우체국 창구에 앉아 있는 사람들처럼, 내가 우체국에 가면 사람들이 말했다, 안 그래도 당신 얘기를 하고 있었어요, 애를 데리고 다니는 그 키 큰 여자는 안 오나? 손자를 데리고 다니는 그 할머니가 안 보이네, 라고, 7루블씩 두 번 송금이 들어와 있네요, 아, 고마워요, 그건 내 문학 작업에 대한 대가예요, 저는 시인이랍니다, 고마워요, 언제나 당신이 나를 구해주시네요, 20코페이카짜리 동전은 그냥 챙겨두세요, 제 이름으로 당신 아이에게 사탕을 사주세요, 책이 나오면, 한 권 드릴게요, 아아, 아가씨, 그 자리 나한테 양보해주면 안 될까, 서 있는 게 너무 힘들어서, 기운이 다 빠져버렸어, 쓰러질 것 같아, 고마워요, 자, 이제 갑시다!

　갑시다, 어서 갑시다, 그래도 옷가지를 꽤 챙겼다, 노인네들은 항상 다 낡아빠진 옷만 입고 다닌다, 노인네들은 낡은 옷을 좋아한다, 아, 브로치, 어머니 브로치를 깜빡했네, 뼈로 만든 그 브로치를 가슴에 달아줘야 심술을 안 부릴 텐데, 괜찮아, 그래, 내 스웨터를 벗어주자, 그런데 마르시루트카[**] 줄이 기네, 제가 먼저 좀 타게 해주세요, 늦으면 안 되거든요, 정신병원이 문을 닫아서, 그래요, 그래요, 난 정신병자예요, 바로 알아보셨군요, 맞아요, 증명서도 있지요, 아, 왜 이래요, 자꾸 밀지 마요, 동무, 아아, 손 좀 잡아줘요, 짐 때문에 혼자 탈 수가 없어, 후유, 마르시루트카가 생겨서 정말 좋군요, 전에는 전차만 다녔는데, 요금 좀

---

[*] '살아라, 그리고 기억하라'는 러시아 작가 발렌틴 라스푸틴의 소설 제목으로, 이 소설은 1970~80년대 소련에서 큰 인기를 끌었다.
[**] 소비에트연방이 해체된 직후 생긴 합승노선 택시.

전해주시겠어요, 아, 왜죠, 아, 그렇군요, 짐이 있으면 두 사람 요금을 내야 하죠, 깜빡했어요, 차가 왜 안 가고 서 있는 거죠, 자리가 다 찼는데, 마부 양반, 고삐를 당겨요, 어서 갑시다

차에서 내려 다시 뛰고 가방을 끌며 계단을 올라갔다, 심장이 쿵쾅거린다, 입구에 구급차가 없다, 아직 오지 않은 걸까, 쾅, 쾅, 쾅, 죄송해요, 문을 너무 세게 쳐서, 안녕하세요, 제 어머니 때문에 왔어요, 집에 모시고 가려고요, 늦지 않았나요, 아닌가요, 아, 다행이군요, 죄송해요, 전화를 미리 했어야 하는데, 짐을 챙기느라, 아아, 차가 떠났을까봐 얼마나 걱정했는지 몰라요

아, 죄송합니다, 딸이 손자 셋을 데리고 집에 와서, 불쌍한 애예요, 혼자가 됐죠, 모두 그애를 버렸어요, 모두, 그애들한테는 나밖에 없어요, 아들도 내가 파멸에서 구해냈죠, 그래요, 나 혼자서, 깡패들이 와서 아들을 협박하는데, 우리 애가 빚을 진 게 있었나봐요, 그래서 내가 다 갚아줬죠, 그애는 이제 내 말을 아주 잘 들어요, 그런데 그애가 아프답니다, 장애인이죠, 한쪽 발뒤꿈치가 나가버려서, 이젠 내 뒤만 졸졸 따라다닌답니다, 죽을 끓여달라, 아기를 좀 재워달라, 이걸 입혀라, 애한테 옛날얘기를 좀 해줘라, 이러면서, 그래요, 행복한 할머니지요, 손자들이 얼마나 예쁜지 모른답니다, 티모페이, 예카테리나, 니콜라이, 이름도 예쁘지요, 그 와중에 어머니 짐까지 챙기다보니, 네, 그런데 왜 나한테 퇴원증을 써주는 거죠, 이게 뭐죠, 진단서, 약진행성 정신질환(그리고 서명), 아, 그렇군요, 이걸 가져가면 약을 무료로 주는 거로군요, 아니에요, 당신들이 시설로 보내려고 만들었던 서류를 주세요, 그냥 기념으로 가지고 있으려고요, 이름이 어떻게 되시죠, 소네치카, 정말 아름다운

이름이네요, 요즘 같은 세상에, 햇살 같은, 도스토옙스키 소설에 나오는 여주인공 이름이지요, 부탁드립니다

잠깐만요, 기념으로 내 시를 선물하고 싶은데 사인을 해서, 제가 시인이거든요, 아, 그런데 너무 정신이 없어서, 집에 두고 왔나봐요, 걱정하지 마세요, 당신 건 꼭 챙겨둘 테니, 휴가가 끝나면 다시 이곳으로 와서 일하시겠죠, 다른 분들에게도 모두 선물로 드리겠어요, 제 시집이 곧 나오거든요

시와 함께, 아아, 인생을 다시 시작해보는 거예요, 저는, 아까도 얘기했지만 시인이랍니다, 시인들은 가난하고 이 세상에 속한 사람들이 아니지요, 잊힌 채로 생을 마감하고, 아아, 그럴 수 있다면, 가난만 아니라면, 무슨 걱정이 있겠어요, 그런데 여기 혹시 버릴 물건은 없나요, 아, 저기 변기가 있네요, 방수포도 있고, 시트가 아주 오래됐네요, 누더기가 다 됐어요, 내가 조각이불을 만들어 쓸게요, 노인네한테 뭘 깔아줘봤자 아무 소용 없긴 하지만, 새로 오신 분인가봐요, 저희 어머니는 여기 고참이시랍니다 느낌표 아 정말 감사합니다! 아, 단지도 있네요, 이건 변기인가요? 수세미도 있고, 뭔지 알겠어요. 기저귀도!!! 방수포까지!!! 괜찮아요, 내가 빨면 되니까! 그런데 혹시 소독약은…… 괜찮아요, 그냥 다 넣어주세요, 솜도, 가방을 비우면 돼요. 표백제도 있네요! 아, 정말 다행이에요. 그런데 어머니는 데려오시는 건가요? 아니면 그냥 내가 병실로 들어가도 될까요? 나 왔어요, 잘 지냈어요? 내가 옷 입혀줄게요, 집으로 갈 거예요. 가기 전에 오줌 눌래요? 내가 변기 대줄게요, 쉬이, 쉬이, 쉬이. 어디 봐요. 아, 잘했어요! 오줌을 눴어요. 소네치카, 어머니가 내 말을 알아들어요, 다 알아들어요! 소네치카, 그런데 어

머니 약은…… 그렇죠, 당신이 처방전을 써줄 수는 없죠…… 그래도 환자 기록을 보면 약 이름이 적혀 있을 텐데…… 엄마, 옷 입어요. 일어나봐요. 머리가 하나도 없네! 머리를 다 밀어버렸어…… 한 올도 남기지 않고. 됐어요, 잘했어요. 아, 발톱이 이게 뭐예요, 발톱을 깎아야겠어, 괴물 같아, 손도 마찬가지네, 사람을 어떻게 돌봤기에, 괜찮아요, 자요, 여기 멀쩡한 속바지를 가져왔어요, 새하얀 러닝셔츠도, 봐요, 엄마가 입으면 무릎 아래까지 내려올 거예요, 속치마처럼, 엄마가 너무 작아서 그런 거예요, 펠트장화는 좀 이따 신고, 나를 잡아봐요, 스타킹을 위까지 잘 추켜올리고, 그 위에 바지를 입는 거예요, 신발은 좀 이따 신으라니까, 원피스부터 입어요, 원피스가 발목까지 내려오네, 괜찮아요, 전엔 다 그렇게 입고 다녔어요, 우우, 허리가 아파, 펼 수가 없어, 오오, 고마워요, 소네치카 당신은 정말 좋은 사람이에요, 예비로 두었던 약을 가져다주다니, 부탁하기가 미안했거든요, 봐요, 소네치카, 나의 인형을, 세상에, 몸에서 냄새가 지독하게 나, 병든 짐승 같아, 머리가 어지러워, 소네치카, 혹시 쥐오줌풀약 가지고 있는 거 없나요, 자 그럼, 엄마, 이 펠트장화 신고 일어서봐요, 발톱 때문에 괜찮을지 몰라

　몸을 흔들지 마요, 무릎 구부리지 말고, 엄마를 집까지 어떻게 끌고 가야할지, 오, 소네치카, 고마워요, 꿀꺽꿀꺽꿀꺽, 쥐오줌풀약은 정말 최고예요, 난 살면서 쥐오줌풀약보다 지독한 건 마셔보지 못했어요, 그런데, 아아, 소네치카, 어머니를 어떻게 집까지 모시고 가죠, 걷지를 못하세요, 차가 올 거라고 하지 않았나요, 운전기사한테 우리는 시외가 아니라 훨씬 더 가까운 데로 가면 된다고 말해주면 안 될까요, 지하철이 있긴 한데, 팔 분은 더 걸어야 해서, 제발 어떻게 좀 안 될까요, 택시

탈 돈이 없어요, 한 푼도, 한 푼도 없어요, 시집이 아직 나오지 않아서, 시집이 나오면 신세진 분들한테 모두 드릴 거예요, 아, 소네치카.

"할머니," 소네치카가 냉정하게 말했다. "환자를 그냥 집으로 데리고 가는 거면, 병원차는 쓸 수 없어요."

"그래도 예외라는 게 있잖아요, 소냐, 무릎을 꿇으라면 꿇겠어요, 제발 우리 좀 봐줘요, 데려다줘요, 의사 선생님도 없고, 달리 부탁할 사람이 없어요……"

"그건 운전기사하고 얘기하세요, 그건 그 사람 일이니까." 더이상 우리 일에 끼어들고 싶지 않았던 소냐는 그렇게 죄로부터 멀리 비켜섰다.

우리는 옷을 입은 채로 기다렸다, 어머니가 태아처럼 몸을 웅크리고 앉는다, 고개를 떨구고, 얼마 동안을 더 그렇게, 오줌을 싸고 있는 것이다, 하지만 이건 시작에 불과하다는 것을 나는 알고 있었다. 계단을 올라오는 요란한 소리에 이어 간호조무사가 복도로 들어왔다.

"골루베바 환자분!"

"여기요, 여기, 내가 같이 갈 거예요, 서류도 다 내가 가지고 있어요. 친절한 양반, 계단을 내려가게 좀 도와줘요."

소냐는 멀찌감치 떨어져 이 드라마를 지켜보다 우리가 계단 앞에 다다르자 커다란 열쇠로 안에서 문을 걸어 잠갔다.

펠트장화를 신은 내 어머니는 장화를 신은 고양이처럼 몸을 이상하게 휘적였고, 흰옷을 입은 중년의 조무사가 어머니의 팔꿈치와 등을 잡아주었다. 계단입니다. 어머니는 커다란 털모자를 쓰고 있었다. 내 모자였지만 어머니에게 씌워드려야 했다. 어머니의 몸이 숄 밖으로 계속해서 삐져나온다, 시계에서 종달새가 튀어나오듯이.

드디어 우리는 차에 탔다.

"저 정말 죄송한데, 어디로 가시는 거죠?"

"5병동이요."

"거기가 그렇게 먼가요? 다른 주에 있다고 하던데……"

"거기요? 좀 멀죠. 가는 데만 세 시간은 걸리니까……"

"그럼 그다음엔 어디로 가세요?"

"다시 시내로 들어와요. 여기로 오는 건 아니고, 차고지로."

"저…… 제가 한 가지 제안을 해도 될까요. 물론 이분을 그 시설로 데려다주셔도 되지만…… 괜찮으시다면…… 여기서 한 이십 분만 가면 되는 곳으로 데려다주셔도 되는데."

"그게 어딘데요?"

"서류는 여기 내가 다 가지고 있어요. 내가 환자를 집으로 데려갔다는 확인서를 써드릴게. 아무 문제 없을 거야. 갑자기 마음이 바뀌어서, 무슨 말인지 아시겠죠? 그러면 기사님들도 다섯 시간을 버는 거고."

"무슨 말인지 알겠는데, 할머니, 그렇게 할머니 마음대로…… 저 양반을 데려가고 싶으면 할머니가 그냥 데려가요, 괜히 우리까지…… 고생시키지 말고…… 내려서 택시 타고 가라고요."

"아니요. 집으로 데려다주실 거 아니면, 나도 같이 그리로, 제5병동으로 갑시다, 같이 갑시다, 거기 가면 원장선생님이 당신들한테 이분을 다시 집으로 데려다주라고 할 거예요. 내가 자초지종을 설명하면 분명히 그렇게 하라고 하실 거라고, 이곳 책임자인 데자 아브라모브나가 있었으면 여기서 해결을 했을 텐데. 구급차가 원래 이런 분들 태우고 실어나르라고 있는 거 아닌가. 여기 원장선생님하고 데자 아브라모브나가 지금 휴가를 가고 없어서 이렇게 된 거예요, 아니면 다 쉽게 됐을 텐데. 할 수 없지, 갑시다."

"서류를 내놔봐요."

"우리집 앞까지 가면 거기서 드릴게, 이봐요, 당신들도 사실 그게 더 편하잖아요. 노인네가 걷질 못해서 그래요, 걷질 못한다고."

"운송장에 제5병동으로 가라고 되어 있는데 할머니를 안 데리고 가면, 사인을 어떻게 받으라고?"

"그럼 그리로 갑시다, 가서 사인을 받아요, 하지만 돌아오는 길엔 다시 우리집까지 가야 할 거예요. 내가 장담해요. 한두 시간 거리도 아니고 여섯 시간을, 이렇게 추운데. 그냥 차고지로 가서 환자를 집에 데려다주고 왔다고 하는 게 훨씬 낫지, 쓸데없이 왔다갔다하는 것보다."

"그걸 지금 우리가 몰라서 이러는 게 아니라……"

"증명서가 필요하면 내가 이 서류를 드릴게. 그럼 아무 문제 없을 거야. 생각해봐요, 이런 날씨에, 노인네가 가다가 도중에 죽기라도 하면, 주여, 보살펴주소서…… 이봐요……"

"내려요! 둘 다 내리라고! 그냥 돌아갈 거요, 당신들 안 태운다고."

"안 돼요. 우릴 안 태우고는 아무데도 못 가요, 그럼 그냥 제5병동으로 데려다줘요."

"이런…… 내가 별의별 미친 인간들을 다 봤지만, 정말 정신병원에 처넣어야 할 건 당신 같은 인간이야! 당신같이 늙어빠진 여자들! 노망난 늙은이들!"

온몸이 부들부들 떨렸지만, 쥐오줌풀, 그 귀한 생명의 약초 한 뿌리가 효력을 발휘했다. 기운을 차리고 결연해진 나는 그들이 나를 죽이려

달려들고 싶어할 만큼 강력하게 그들의 둔해빠진 뇌에 충격을 가했다. 그들은 뭔가 일이 잘못되어가고 있음을 똑똑히 깨달았고, 그길로 제5병동으로 달려갈 태세였지만, 나를 태우고 여섯 시간을 더 가야 한다는 사실이 아무래도 마음에 걸린 듯했다. 어떻게 보면 (나는 그들의 생각을 따라가고 있는 것이다) 여기서 이러고 있는 게 더 속 편할 수도 있다. 기지로 일찍 돌아가면 또 어딘가로 출동해야 할지도 모른다. 섬망증 환자나 문이 잠긴 아파트 안에서 도끼로 살해당한 사람에게로. 인생이란 그런 것이다.

"당신들도 괴롭다는 거 알아요, 나도 알아요, 진심으로 하는 말이에요, 하지만 어쩔 수 없어요, 나는 이분하고 같이 가야 해요, 이분이 어디로 가든 나도 같이 갈 거예요, 날 떼놓고 갈 생각하지 마요. 당신들은 서류 없이 이분을 데려갈 권리가 없어요."

"주사기를 든 의사가 필요한 건 아무래도 당신인 것 같군!"

환자를 그냥 집으로 데려가겠다는데 주사기 든 의사를 찾다니, 기가 막힐 노릇이다.

"이것 봐요, 이제 조금만 있으면 이 노인네가 당신네 차에서 큰일을 볼 거예요, 병원에서 음식을 먹여놨으니까. 나는 옷을 벗길 거고. 하지만 그걸 치울 생각은 없어요, 그러니까 당신네 차 바닥에 그냥 앉아서 싸는 거지."(가방에 요강이 있다는 말은 하지 않았다.)

나의 노파가 침대에 누운 채로 무언가를 중얼거렸다. 나는 그녀의 머리맡에 앉아 있었다.

운전석에 앉아 있던 두 남자가 험악한 표정으로 나를 쳐다보았다.

"그러지 말고 얼른 데려다줘요. 여기서 삼십 분도 안 걸려요."

운전기사가 오만상을 찌푸리고 욕설을 퍼부으며 차에 시동을 건다. 나는 큰 소리로 주소를 대주었다. 그들은 들은 척도 하지 않고 차를 몰았다. 그런데 어디로 가는 거지? 길이 이상했다. 우리를 어디로 데려가는 거죠? 어디로 가는 거예요? 나는 창밖을 내다볼 수 없었다. 이런 차들은 차 옆을 지나가는 사람들이 안을 들여다보고 놀라지 않도록 유리창을 하얗게 발라놓는다. 이 가림막 아래서 얼마나 많은 비밀스러운 일이, 의료상의 비밀들이 벌어지는지! 출산, 강간, 고문, 고통, 반인륜적 범죄, 피, 꺾인 팔, 비명, 최후의 절망, 죽음. 여기서 조무사는 권력자다, 불복도 자비도 모르는 독재자, 저자는 내게 주삿바늘을 찌르기 위해, 여기서 누가 쓰레기인지, 누가 왕이고 결정권자인지를 보여주기 위해 무슨 짓이든 할 것이다.

그리고 정확히 십 분 후 운전기사가 차를 세우더니 다 왔다고 했다. 마침내 도착한 것이다. 그런데 어떻게? 대체 어떻게 알고 집 앞까지 왔을까, 아, 그래, 환자 기록을 받아두었겠지, 그래도 우리집 앞까지 찾아오긴 어려울 텐데, 뒷마당 쪽으로 들어오려면 완전히 다른 골목으로 와야 해서 택시를 탔다가 기사들이 엉뚱한 방향으로 간 게 몇 번인지 모른다, 유리창이 온통 하얗게 칠해져서 밖이 보이질 않아.

"저 실례지만, 반대편에 세워주신 것 같은데, 내가 노인네를 데리고 다시 길을 건널 수가 없어서 그래요, 나도 알아요, 하지만 아무도 도와주지 않을 거예요, 그러면 애초에 택시를 타야 했겠지만, 연금이, 문제는 그 연금이 내일모레 나와서, 우리가 지금 어디에 있는지 말해주실 수 없을까요, 나는 길을 찾는 덴 거의 백치거든요, 하하하, 어떻게 가야 하는지, 내가 지금 어디에 있는지 영원히 알 수 없을 거예요."

"다 왔어요, 다 왔으니까, 어서 내려요."

나는 짐가방을 눈길에 세워놓고 한참을 걸려 나의 노파를 차에서 내렸다. 어머니는 무게가 거의 나가지 않았지만, 왠지 돌처럼 굳어 몸을 옆으로 돌리지도 못했다. 건장한 두 어깨는 차에 앉아 담배를 피웠고, 내가 차문을 닫자마자 구급차는 우리 눈앞에서 바로 몸을 돌려 도망쳤다. 말 그대로 살아 있는 존재인 것처럼, 바퀴벌레처럼 재빨리 몸을 돌려 도망쳐버렸다.

우리는 어딘지 알 수 없는 낯선 다리 위에 서 있고, 회색빛 낮은 저녁으로 성큼 다가서 있었다. 오른쪽으로 거대한 굴뚝들이 연기를 피워 올리고, 다리 아래로는 철길이 지나고 있으며, 거대한 공장지대가 끝도 없이 이어졌다. 어디로 가는지 알 수 없는 전차 한 대가 가만히 눈을 밟으며 옆을 지나간다. 건너편에는 벽돌로 지은 건물들이 늘어서 있고, 진눈깨비가 내렸다. 나는 온몸을 부르르 떨었다. 우리는 지금 어디에 있는 걸까?

하지만, 하지만! 지금은 전쟁중도 아니고, 탱크가 몰려오고 있는 것도 아니지 않은가. 그들은 다 알고 있었던 것이다. 하긴 처음 있는 일도 아닐 테지. 그들은 매일같이 수도 없는 인간쓰레기들을 실어나른다. 나이든 아버지나 자식들을 더이상 죽음과 갈가리 찢기는 고통에 내맡길 수 없어 집으로 데려가고 싶어하는 교활한 가족들을 얼마나 많이 봐왔겠는가, 하하하, 그들은 이미 물리도록 봐온 것이다.

우리는 보도 끝에 자리를 잡고 덜덜 떨고 있었다. 가방 위에 노인네를 앉히자 태아처럼 몸을 웅크린다. 갑자기 노인네가 온몸을 부르르 떨더니 다시 고개를 숙인다. 펠트장화 속으로 오줌을 눈 것이다. 어머니는 지금은 따뜻할 것이다. 하지만 조금만 지나면 온몸이 얼어버리겠지. 나는 어머니의 겨드랑이를 잡아 일으켜세운 다음 가방을 들고, 갈고리처럼 굽고 돌처럼 굳어버린 작은 몸을 잡아끌면서 눈길을 걸어 가까운 전차정류장으로 갔다. 어쩌면 누군가 도와줄지도 모른다. 전차 안은 따뜻하고, 우리를 어디로든 데려다주리라.

그때 뒤에서 요란한 엔진소리와 함께 차 한 대가 다가왔다. 잠시 누군가 기다리는 듯하더니 덜컹하고 차문이 열렸다.

"얼른 태우지 않고 뭐해요." 남자의 목소리가 들리더니 내가 끼고 있던 노인네의 겨드랑이를 잡아챘다. 나는 돌아서서 가방을 끌고 그 뒤를 따라갔다.

길가에 구급차가 서 있었다. 눈보라가 내 얼굴을 휘갈기듯 내리쳤다. 누가 신고를 한 모양이다, 나는 생각했다, 고마운 사람들이야. 우리가 문 쪽으로 다가가자 남자가 문을 열었다. 나는 얼어붙은 눈썹 사이로 남자의 얼굴을 알아보았다! 정신병원 수송차의 바로 그 조무사였다. 그들이 돌아온 것이다. 조무사는 빠르고 능숙한 솜씨로 내 어머니를 번쩍 들어 차에 태우고 들것에 눕혔다. 차 안은 따뜻했고, 작은 전구에 불이 들어와 있었다. 어머니는 들것에 누웠고, 조무사는 어머니의 축축한 외투 위로 자신들의 낡은 옷가지를 덮어주었다. 어머니는 하얀 베개를 베고 누워 있었다. 너무 커서 항아리를 뒤집어쓴 것 같은 털모자에 합죽한 입, 작은 틈처럼 겨우 벌어진 눈. 눈은 얼굴이 온통 그랬듯 젖어 있었다.

"자, 여기 사인하세요." 조무사가 나에게 종이 한 장을 내밀며 말했다.

이것 때문에 돌아온 것이다. 모든 일에는 서명이 있어야 했다.

집에는 아이들과 알료나가 있다. 알료나에게는 내가 필요하고. 하지만 그 아이들의 집에 우리의 배설물과 냄새나는 옷들, 늙어빠진 우리가 있을 자리는 없다. 옆에서 비누 냄새와 플록스*향, 다림질해놓은 기저귀향이 나는 것을 상상해보라. 나는 왜 이 모든 것으로 나의 불쌍한 알료나를 놀라게 했을까, 집을 나와야 하는 것은 나였는데.

조무사는 내가 서명한 종이를 들고 차 안으로 들어가 어머니가 누워 있는 자리를 다시 한번 정리하며 내 쪽을 돌아보았다. 작별인사를 하라고 시간을 주는 것이다. 잠시 후 차에서 내린 그는 쾅 소리가 나도록 힘껏 문을 닫고, 운전석 옆으로 올라타고는 다시 한번 요란한 소리와 함께 문을 닫았다. 무거운 몸을 끌고 가듯 힘겹게 차가 움직이기 시작했다.

나는 가까운 쓰레기 컨테이너 앞으로 가서 가방을 풀고, 소독약 냄새가 나는 기저귀와 악취 나는 방수포, 수세미와 환자용 변기를, 희망이 남아 있던 시간의 내 보물들을 버렸다. 솜뭉치 하나만 남겨두고 누더기나 다름없는 시트도 버렸다.

이제 알료나가 아이들 뒤치다꺼리로 나를 완전히 녹초로 만들겠지, 나는 생각했다, 알료나는 세 아이를 나한테 다 떠맡길 것이다. 그런데 나는 왜 그렇게 어머니한테 꼭 가야 한다고 생각했을까. 왜 나는 어머

---

* 꽃고빗과에 속한 플록스속 식물을 통틀어 이르는 말. 협죽도, 패랭이꽃 등이 여기 속한다.

니의 얼굴을 닦아드리지 않았을까? 노인네들을 양로원으로 데려가는 것은 흔히 있는 일인데, 그 조무사들은 하느님의 일을 한 것뿐인데, 왜 그렇게 놀라서 돌처럼 굳어졌던 걸까. 사람들이 다 쳐다보는 지하철역 의자에 앉아 왜 그렇게 바보같이 통곡하고 울었을까. 당연한 일인데. 늙은이들은 젊은이들에게, 아이들에게 자리를 내주는 것이 자연의 법칙인데.

나는 성스러운 나의 집으로 가서 초인종을 누르지 않고 조용히 문을 열었다. 집안은 어둡고 따뜻했으며, 갓난아이와 눌어붙은 우유 냄새가 났다. 필시 텅 비었을 냉장고가 부엌에서 그르렁거린다. 전원을 꺼야겠다. 음식은 발코니에 내놓으면 된다. 나는 이런저런 생각을 하며 숨어들듯 내 방으로 들어가 젖은 옷을 벗고, 소리를 죽여가며 몸을 씻고, 잠시 뜨거운 물에 몸을 맡기고, 내 방 침대로 가서 누웠다. 그리고 한밤중에 나는 다시 잠에서 깼다. 밤, 나의 시간, 별들과 신과 만나서 이야기를 나누고 모든 것을 기록하는 나의 시간.

집이 죽은듯이 고요하다, 냉장고도 꺼졌다, 멀리서 둔탁하고 희미하게 뭔가를 두드리는 소리가 들린다, 아래층에 사는 뉴라가 아이들에게 줄 수프를 끓이기 위해 뼈를 부수고 있는 것이다, 밤마다 사람을 오싹하게 하는 저 소리, 운명의 발걸음과도 같은 저 망치질을 그만두라고 몇 번을 얘기했는지 모른다. 그런데 왜 이렇게 집이 조용할까, 아이들이 셋이나 있는데! 칭얼대며 우는 아이도 없다, 착한 아이들, 피곤했던 모양이다. 아이들 엄마가 우유를 데운다 기저귀를 갈아준다 어쩐다 하며 들락거리지도 않는다. 착한 알료나. 사방이 고요하고, 저 둔탁한 망치 소리뿐이다. 운명의 발소리. 그런데 정말로 왜 이렇게 조용한 걸까?! 착한 아이들. 죽음처럼 깊은 잠에 빠져 있다. 죽은 아이들처럼 자고 있다. 너무 조용하다. 그런데 정말 죽은 건 아닐까? 살아 있는 아이들은 저렇게 자지 않는다. 뒤척이지도 않고. 밤새 저렇게 조용하다. 정신이 이상해진 알료나가 자신과 아이들에게 무슨 짓을 한 건 아닐까? 살아 있는 거겠지? 정말 아무 소리도 들리지 않는다. 나는 매일같이 아이들이 자는 침대 옆으로 몰래 다가가 아이들이 숨을 쉬고 있는지 들어보곤 했다. 어떤 땐 숨소리가 너무 약하고 죽은 것처럼 잠을 자기도 했다. 지금처럼. 아니, 쓸데없는 생각은 하지 말자. 그런데 너무 조용하다! 멀리서 둔탁하게 두드리는 소리. 뉴라는 제정신이 아닌 게 분명하다. 다들 그렇게 말했다. 애들한테 줄 게 아무것도 없었던 그녀는 어딘가에서 살이 하나도 붙어 있지 않은 뼈를 얻어와 며칠을 끓여 수프를 만들었다. 훌륭한 엄마다. 모두 죽은듯이 잠을 잔다. 착한 아이들. 아이들이 자고 있는 방으로 갈 수가 없다. 가서 볼 수가 없다. 하나씩 점점 작아지는 네 개의 무덤은 상상조차 할 수 없다. 어떻게 저애들을 묻는단 말인가?! 어떻게! 나에게 말해달라! 겨울이여, 꽃이여! 어떤 꽃이 이 겨울에 필 수 있는가! 안드류샤는 다시 술을 마실 것이다. 그 못된 자식은 내 앞에, 파멸하여 보잘것없는 내 인생 앞에 서기가 두려워 나타나지 않을 것이다. 바람이 죽은 아이의 곱슬머리를 가만히 헝클어뜨릴 것이다. 바람이 그 곱슬머리를 살아 있는 듯 보이게 할 것이다. 어떻게 이런 짓을 할 수 있단 말인가, 못된 년!

약! 그애는 늘 약을 준비해놓고 있었다. 하지만 왜 아이들까지? 막내는 한 알이면 충분하니 우유에 약을 탔을 것이다. 죽은 아이들의 표정이 울고 난 것처럼 편안하다. 일렬로 누워 있다. 그런데 얼마나 더 뼈를 부숴야 하는 걸까? 운명의 타격. 뉴라, 이제 그만, 제발 그만! 그녀 집으로 가서 문을 두드려야 한다. 정말로 미칠 것 같다. 다혈질에 막일로 잔뼈가 굵은 그녀가 쇳소리로 욕을 퍼부어댈 테지. 다들 이젠 익숙해져서 그냥 자는 것이다. 하느님! 오, 하느님!!! 우리를 불쌍히 여기시고 구하소서!

나는 두 가지 일을 했다. 우선, 나는 더이상 참지 않고 뉴라에게 갔다. 그리고 그녀가 평소에 쓰는 언어로, 아무래도 그녀만 모르는 듯한 간단한 사실을, 그러니까 그녀의 아들 젠카가 전화기를 훔치고 다닌다는 사실을 똑똑히 알려주었다. 나하고 우리 애들이 봤어. 전화선을 끊었다고. 열이 오를 대로 오른 뉴라가 욕을 하려고 입을 쩍 벌리는 순간 나는 쾅 하고 그녀의 아파트 현관문을 닫아버렸다. 그녀도 생각을 해봐야 한다. 그리고 그다음엔. 마음을 굳게 먹고 계단을 올라가 알료나 방으로 들어갔다. 작은 램프가 켜진 방엔 아무도 없었다. 바닥에는 납작해진 고무젖꼭지가 먼지가 잔뜩 묻은 채 뒹굴고 있었다. 알료나가 애들을 데리고 나간 것이다. 다 끝났다. 티마도, 아이들도 없다. 어디로 갔을까? 갈 곳을 찾았겠지. 그리고 그건 그애의 일이다. 중요한 건 아이들이 살아 있다는 것이다. 살아 있는 이들이 내게서 떠났다. 알료나, 티마, 카탸, 갓난아이 니콜라이도 떠났다. 알료나, 티마, 카탸, 니콜라이, 안드레이, 세라피마, 안나, 내 눈물을 용서하소서

여자 호메로스들의 노래

1. 자칭 다큐멘터리 작가, 류드밀라 페트루솁스카야

1980년대 중반까지 러시아, 당시 소련에서 페트루솁스카야의 작품들은 출간이 금지되어 있었다. 발전된 사회주의와 장밋빛 미래를 선전하던 시대에 맞지 않게 작품이 너무 어두웠기 때문이다. 결빙, 혹은 정체기로 불리는 1970~80년대 소련사회에서 드물게 대담한 편집인들 덕에 한두 차례 단편이 잡지에 실린 적이 있긴 했지만, 대부분의 출판사와 잡지사는 위험을 감수하려 하지 않았다.

밝고 희망찬 이야기만을 원하던 1970~80년대 소련당국을 불편하게 만든 것이 불행과 비참함의 총량만은 물론 아니다. 페트루솁스카야는 가난과 고독, 병, 늙음, 어떤 식으로도 저항할 수 없는 모욕에 짓눌린 삶을 아무런 포장 없이 적나라하게 드러내며, 가장 어두운 내면까지 들어가는 것을 두려워하지 않았다. 그녀는 자신이 다큐멘터리 작가라고 생각했고, 지하철이나 병원, 버스정류장에서 아무도 들어주지 않는 이야기를 끝없이 늘어놓는 외로운 사람들의 이야기를 그들이 말하는 식으로, 메타포나 비유 없이 단순하게 쓰고자 했다. 자신이 실제 삶에서 수집한 자료, 고통과 상실의 의미를 아는 수백만의 평범한 사람들의 삶이 그 어떤 꾸며낸 이야기보다도 강한 힘이 있다고 믿었기 때문이다.

류드밀라 페트루솁스카야는 1938년 모스크바에서 태어났다. 제2차 세계대전과 스탈린의 숙청으로 얼룩진 그 시대 소비에트의 많은 아이들이 그랬듯이, 페트루솁스카야는 불우한 어린시절을 보냈다. 당시 대학생이던 아버지는 역시 대학생이던 어머니와 한 살도 채 되지 않은 딸을 버리고 떠났고, 1943년 외가 식구들과 함께 피난간 쿠이비셰프에서는 전기도 들어오지 않는 집에서 어머니, 할머니, 이모까지 모여 살며 구정물통을 뒤져 배를 채워야 했다. 그녀의 어머니는 굶주림에서 벗어나게 하기 위해 아이를 기아로 고통받는 아이들을 돌보는 보육원에 보냈고, 그곳에서도 유난히 삐쩍 마른 소녀였던 페트루솁스카야는 '모스크바에서 온 성냥개비'로 불렸다.

전쟁이 끝나고 모스크바로 돌아와서도 사정은 나아지지 않았다. 좁디좁은 단칸방에서 어머니, 외조부모와 함께 지내던 삶은 유명한 사회언어학자였던 외할아버지가 스탈린의 숙청 대상이 되면서 점점 더 견디기 힘든 것으로 변해갔다. 대학과 연구소에서 모든 일자리를 잃은 할아버지에게 정신이상 증세가 나타나기 시작했고, 어린 페트루솁스카야는 밤마다 할아버지의 뜻을 알 수 없는 웅얼거림을 들으며 잠들어야 했다. 안 그래도 비좁은 방안을 가득 채운 책과 할아버지의 웅얼거림 속에서 보낸(1957년 복권 이후 페트루솁스카야의 할아버지는 생의 남은 십오 년을 정신병원에서 보냈다) 어린시절을 회상하며, 페트루솁스카야는 마치 지옥에 갇힌 느낌이었다고 말한다.

어머니는 여름방학이 되면 어린 딸을 시골에 있는 어린이집으로 보내 지옥으로부터 탈출시켜주었다. 학교가 끝나자마자 달려가 문을 닫을 때까지 머물던 도서관은 어린 페트루솁스카야의 또다른 피난처였다. 어린 독서광 페트루솁스카야는 『세드릭 이야기』와 『거울나라의 앨리스』를 특히 좋아했는데, 이후 그녀의 애독서 목록은 프루스트의 『소돔과 고모라』, 조이스의 『더블린 사람들』, 불가코프의 『거장과 마르가리타』, 일프와 페트로프의 『열두 개의 의자』, 아흐마토바의 시집 등으로 채워지게 된다.

1961년 모스크바대학 언론학부를 졸업하고 잡지사, 텔레비전, 라디오 방송국 등에서 일하던 페트루솁스카야가 소설을 쓰기 시작한 것은 첫아이를 낳고 나서였다. 페트루솁스카야는 그때 처음으로 사랑하는 대상이 생명을 잃을지도 모른다는 두려움을 느꼈고, 그때부터 현실과 글쓰기가 시작되었다고 말한다. 당시 그녀가 느꼈던 두려움은 괜한 것이 아니었다. 남편은 아이가 태어나고 얼마 지나지 않아 병으로 쓰러져 이후 칠 년 동안 자리에서 일어나지 못했으며, 그녀는 유난히 병치레가 많던 아이를 5일제 보육원에 맡긴 채 일하러 다녀야 했다.

하지만 그렇게 일하면서 페트루솁스카야가 수집하고 녹취한 자료들, '당국이 가장 두려워하는 평범한 사람들의 진짜 목소리'는 거의 기사화되지 못했고, 그녀는 결국 쫓겨나다시피 직장을 옮겨다녀야 했다. 1960년대 말 소비에트에서 가장 민주적인 잡지로 알려져 있던 『노보예 브레먀』로 단편들을 투고해 게재가 결정되었지만, 잡지 출간 직전 '재능은 있으나 너무 어둡다'는 이유로 취소된 적도 있었다. 당시 『노보예 브레먀』의 편집국장이던 트바르돕스키는 출판은 중단하되 작가와의 관계를 끊지 말라고 편집국에 당부했고, 그때부터 『노보예 브레먀』는 페트루솁스카야의 또다른 피난처가 된다. 페트루솁스카야가 가장 힘들고 배고팠던 시기에 『노보예 브레먀』는 기사와 북리뷰 등 일거리를 주었고, 그녀에게 사치품이나 다름없던 책을 마음껏 구해 읽을 수 있게 해주었다.

출간을 금지당한 작가로의 삶은 페트루솁스카야에게 절망을 안겨주기도 했지만, 또다른 세계를 열어주기도 했다. 1972년 『노보예 브레먀』 편집인의 소개로 페트루솁스카야의 단편을 읽은 모스크바 예술극장 연출가가 그녀에게 희곡을 의뢰했는데, 비록 모스크바 예술극장을 위해 쓴 희곡의 상연은 무산되었지만, 이를 계기로 극작에 몰두하면서 1970~80년대 언더그라운드 극장에서 가장 인기 있는 작가가 된 것이다. 첫 희곡인 「음악 수업」에서부터 단막극 「친자노」 「콜롬비나의 집」, 단막연작 「어두운 방」 등 그녀의 희곡원고들은 출판사의 도움 없이 손에서 손으로 넘어다니며 개인의 집이나 아마추어 소극장, 공장협동조합 클럽 등에서 큰 인기를 누렸다. 당국의 눈을 피해 언더그라운드 극장에서 활동하던 그 시기를, 페트루솁스카야는 당국과 도적단 놀이를 하듯 지낸 '그다지 행복하지 않은 사람들의 행복한 시간'이라 회상한다.

언더그라운드 극장으로 제한되어 있던 창작 활동의 폭이 넓어진 것은 페레스트로이카*를 통해서였다. 1980년대 중반부터 모스크바 예술극장, 렌콤 극장 등 모스크바의 주요 극장들이 페트루솁스카야의 작품을 무대에 올리기 시작했다. 또한 책상 서랍 속에 묶어두었던 작품들도 세상의 빛을 보게 되었다. 1988년에 출간된 희곡집 『20세기의 노래』를 시작으로, 지난 이십여 년간 출간되지 못했던 단편들을 모은 단편집 『불멸의 사랑』, 희곡집 『푸른 옷을 입은 세 여인』 등의 작품집이 출간된 것이다. 그녀는 평생 갇혀 지내다시피 하던 소비에트에서 벗어나 자신의 작품들을 공연하는 독일, 프랑스의 도시들을 여행하면서, 물건을 사거나 깨끗한 호텔에서 시간을 보냈다.

페트루솁스카야는 당시 많은 작가들과 지식인들이 그랬듯이 페레스트로이카의 수혜자였다. 그럼에도 불구하고 페트루솁스카야는 페레스트로이카를 긍정적으로 평가하지만은 않았다. 그녀는 당국이 작가들과 지식인들을 페레스트로이카의 선전에 이용한다는 사실을 냉정하게 인식하고 있었고, 페레스트로이카와 함께 오히려 러시아의 문화, 문학과 예술이 파괴되고 있다고 생각했다. 무엇보다도 작가들이 서둘러 서구문화권으로 들어가려고 애쓰면서 자신들이 살아온 삶을 너무 빨리 잊어버리고, 자신의 주인공과 테마를 다른 것으로 바꿔버리는 데 대해 회의적이었다.

페트루솁스카야는 다시 한번 시대를 거스르며 사람들이 불편해하는 이야기, 가난한 미혼모와 거리의 아이, 알코올중독자, 가난하고 고독한

---

* 1985년 소련의 고르바초프 정권이 추진한 개혁정책.

노인 들에 대한 이야기를 써나가기 시작했다. 페트루솁스카야 특유의 극사실주의를 불편해하는 독자와 비평가가 없었던 것은 아니다. 그러나 1991년 독일 알프레트 퇴퍼 재단이 수여하는 푸시킨 문학상을 받은 것을 시작으로 러시아 트라이엄프 선정 작가상, 고골 문학상, 세계환상문학상 등 러시아 내외의 주요 문학상을 수상하며 「시간은 밤」 「우리 모임」 「모스크바의 합창」 등 그녀의 작품들은 현대 러시아문학의 고전으로 자리잡게 된다. 1979년 독일에서는 러시아보다 먼저 페트루솁스카야의 첫 작품집이 번역 출간되었고, 주요 단편과 희곡, 소설은 영어, 프랑스어, 이탈리아어로 번역되었으며, 희곡 외에도 모노드라마로 만들어진 소설 「시간은 밤」 등이 러시아는 물론 영국, 프랑스, 독일 등 여러 나라에서 꾸준히 무대에 오르고 있다. 페트루솁스카야는 1990년대 중반부터 아이들과 어른들을 위한 동화 집필에 몰두했으며, 자신의 밴드와 함께 문학카바레를 조직해 가수로 활동하기도 했다.

2. 인생은 연극이 아니다

'인생은 연극이다'라는 말은 얼핏 느껴지는 것과는 달리 그리 낭만적인 말은 아니다. 이는 셰익스피어가 『뜻대로 하세요』에서 인생을 7막으로 된 연극에 비유하면서 썼듯이 "이 광대한 세계의 극장이 우리가 연기하는 것보다 훨씬 더 처참한 연극의 장면을 보여주기" 때문만은 아니다. 다소 진부하기도 한 이 경구가 씁쓸하게 들리는 것은 삶은 진짜가 아니며 인간은 자기 의지와 상관없이 주어진 역할을 연기하는 배우에 불과하다는 말이기 때문이다. 물론 인생이 연극이라고 생각하는 것이 고통스러운 삶을 살아가는 하나의 방편이 될 수는 있다. 현실이 아무리 끔찍하고 고통스러워도 그것이 진짜가 아닌 연극이라면, 진짜로 괴로워할 필요는 없으니까. 아무리 안타깝고 견디기 힘든 장면이 연출되더라도 그러면 안 된다고 소리를 지르거나 결말을 바꾸려고 애쓸 필요도 없고, 그저 무대 위의 연극을 바라보듯 한발 물러서서 인생을 관찰하고 그 안에서 자신에게 맡겨진 역할을 연기하듯 살아가면 되는 것이다. 그것이 바로 단편 「인생은 연극이다」에서 사샤가 살아가는 방식이었다. 하지만 어느 순간 사샤는 연극이 아닌 진짜 삶이 시작되었다고 생각하게 되면서 진심으로 괴로워하고, 가족들 또한 아마도 그녀에게 그저 맡겨진 것이라고 생각하고 있을 역할에서 벗어나 진짜로 반응함으로써 그 연극을 망쳐버린다. 결국 제목과는 다르게 페트루솁스카야는 인생이 연극은 아니라고 말하고 있는 셈이다.

페트루솁스카야의 작품들을 읽다보면 이처럼 예기치 못한 전개와 유머와 절망이 뒤섞인 아이러니를 자주 접하게 된다. "열려라 참깨!"라는 주문과 함께 금은보화를 얻는 동화 속 주인공을 연상시키는 제목의 단편 「알리바바」에서 주인공 알리바바가 곤경에 처하는 모습은 실소가 터져나오기도 하지만, 알리바바가 알코올중독자였을 뿐만 아니라 자살중독자였다는 사실이 드러나는 마지막 장면에 가면 그 웃음은 깊고 씁쓸한 여운으로 변하게 된다. 알리바바가 끊임없이 자살을 시도하는 것은 자신의 삶에 아무런 희망이 없다는 사실을, 마법의 주문과 함께 행복해지는 동화 같은 삶은 없다는 사실을 그녀가 분명히 인식하고 있다는 뜻이기 때문이다.

방 한 칸짜리 아파트에서 같이 사는 어머니를 겨우 내보내고, 직장에서도 가정에서도 별 볼 일 없이 볼품 없는 유부남을 집으로 데려온 「어두운 운명」의 여자 역시, 운명의 남자와의 숙명적인 사랑 따위는 없으며 자신은 덫에 걸려들었다는 사실을 분명히 깨닫고 있다. 그럼에도 불구하고 그녀의 눈에서는 "행복의 눈물"이 흐르고, 그 순간 그 지독한 아이러니로 인해 여자의 상황은 더 절망적인 것이 된다.

「알리바바」나 「어두운 운명」의 주인공이 처한 상황이 절망적임에도 불구하고 그들에게 연민이 느껴지지 않는다면 그것은 정신적 공허 때문, 다시 말해 그들이 물질적으로뿐만 아니라 정신적으로도 가난한 사람이기 때문일 것이다. 하지만 페트루솁스카야가 '꽃'에 비유하곤 하는 '아이들'이 있는 경우는 다르다. 지독히 가난하고 외로운 노인인 밀그롬의 인생은, 비록 만날 수 없고 그래서 현실이 아닌 노파의 환상 속 존재나 다름없긴 하지만, 아들이 있고 손녀딸이 있기 때문에 그렇게 피폐하지만은 않다(「밀그롬」). 몸도 제대로 가누지 못하는 아버지의 병수발을 들며 "교대 없는 간병인처럼" 살지만 사랑스러운 아이가 있는 레나도 마찬가지이다(「절대로」).

물론 「파냐의 가난한 마음」에서처럼 아이들이 있기 때문에 더 냉정하고, 마음이 '가난'해지는 경우도 있다(러시아어로 '가난한бедное'과 '마음сердце'은 영어의 'poor'와 'heart'처럼 각각 '불쌍한' '가련한'과 '심장'으로도 번역할 수 있다). 심장병으로 2급장애 판정을 받은 파냐는 아이를 낳다가 자신이 죽기라도 하면, 병들어 누워 있는 남편 옆에서 아마도 굶주리고 있을 세 아이가 고아가 된다는 생각에, 일곱 달이 다 된 뱃속의 아이를 수술로 떼어내버린다. 그렇게 수술을 하고 살인자로 불리는 것까지 감수하는 파냐를 두고 정신적 빈곤을 말하기는 쉽지 않다.

페트루솁스카야의 작품 속에 그려지는 가정은 하나같이 가난하고 불완전하며, 그로 인한 모든 걱정과 고통은 언제나 여성의 몫이다. 여주인공들은 대부분 아버지가 없고 남편 없이 아이를 키우며, 지독한 가난 혹은 미숙함 때문에 가족, 주로 아이에게 상처를 준다. 「성모 사건」에서 철없는 엄마는 서투른 모성으로 아이에게 상처를 입히며, 「아름다운 도시로」의 라리사는 아버지의 부재를 채워주려고 열심히 노력했음에도 불구하고 자신의 아버지도, 어린 딸이 낳은 아이의 아빠도 찾지 못한 채 바늘 위에 앉은 것 같은 고통스러운 삶을 어린 딸에게 대물림하고 만다.

반면 남성 등장인물은 거의 등장하지 않으며, 있다 하더라도 병으로 자리에 누워 보살핌받아야 하는 대상이나 가족과 아내에 대한 아무런 애정을 품지 않은 타인으로 그려진다. 예를 들어 「집의 비밀」에서 여왕벌이 마지막 순간까지 제 날개를 비벼 아직 알에서 깨어나지 못한 새끼벌들을 숨쉬게 하려는 모성을, 아마도 아이들과 아내를 이미 버린 새집의 주인 남자는 상상조차 하지 못한다. 이는 유년시절의 영향을 받은 것이기도 하지만, 아버지-스탈린을 중심으로 한 소비에트의 거대 가족 신화에 대한 반감에서 비롯된 것이기도 하다. 평범한 가족 이야기를 넘어선 환상적이고도 그로테스크한 단편 「세 얼굴」은 바로 그와 같은 맥락에서 이해할 수 있다. 학생들이 파놉티콘이라고 부르는 대학 학부의 교수 료바는 키 180센티미터의 거구에 비상한 아름다움을 지닌 여학생 엘비라와 결혼한다. 료바가 엘비라를 선택한 것은 오로지 완벽한 가족을 형성하고 육성하기 위해, 똑똑하고 아름답고 유전적으로 순혈인 여자와 결혼해 세상을 깜짝 놀라게 할 완벽한 천재를 낳기 위해서다. 그리고 실제로 엘비라가 놀라운 천재를 낳은 이후로 됴바는 마치 인간이 고통을 얼마나 견딜 수 있을지 실험이라도 하듯 엘비라를 굶주림과 무관심 속에 버려둔다. 그의 계획에는 어떤 감정이나 애정도 포함되어 있지 않았던 것이다. 그렇게 감정과 애정을 배제함으로써 됴바의 이성과 계획은 역설적으로 잔인하고 폭력적인, 다시 말해 동물적인 것이 된다. 흥미로운 것은 됴바가 선택한 거구의 소녀 엘비라가 그 계획을 완전히 망가뜨려버린다는 점이다. 엘비라는 됴바의 온갖 시도에도 불구하고 결코 그 앞에 무릎을 꿇지 않았을 뿐아니라, 오히려 됴바가 끔찍한 신탁의 예언을 막을 수 없었던 오이디푸스처럼 남부 어딘가 적막한 오지에서 고통스럽게 떠돌게 만든다. 물론 엘비라는 결국 다른 주인공들처럼 남편 없이 혼자 아이를 키우는 여자로 남지만, 엘비라의 가족은 됴바의 존재 없이도 이미 완성되어 있다. 페트루솁스카야는 이 작품을 통해, 가족이란 결코 이성과 계획, 처벌과 감시에 의해 만들어지는 것이 아님을 분명히 보여주는 것이다.

3. 여자 호메로스, 혹은 글쓰기광狂의 기록, 「시간은 밤」

1992년 한 인터뷰에서 페트루솁스카야는 러시아를 '여자 호메로스들, 아무것도 꾸미지 않고 있는 그대로 자신의 이야기를 풀어내는 비상한 재능을 지닌 이야기꾼들의 나라'라고 부른 바 있다. 그리고 「시간은 밤」이 그 모든 여자 호메로스들의 삶에 관한 백과사전이 되기를 감히 바란다고 했다. 실제로 「시간은 밤」에서 페트루솁스카야는 앞선 단편들에서 배경처럼 지나갔던 이야기들, 어떻게 남편이 아내와 아이들을 버리고 떠나는지, 꽃과 같은 아이들이 어떻게 뒷골목의 아이가 되고, 미혼모가 되고, 그럼에도 불구하고 온전한 가정을 이루기 위해 애쓰며, 어떻게 다시 실패하고 마는지, 고독과 지독한 절망 속에서 어떻게 노인들이 정신병원으로 실려가고, 그 병이 어떻게 유전처럼 반복되는지를 꾸밈없는 언어와 생생한 장면으로 묘사한다.

「시간은 밤」의 주인공 안나는 가난한 오십대 중반의 시인이다. 딸 알료나는 그녀를 글쓰기에 미친 여자, 삼류작가라고 부르고 그녀의 시는 일 년에 단 한 번, 여성의 날에 시 두 편이 잡지에 실리는 것이 전부지만, 그럼에도 불구하고 안나는 20세기 러시아의 위대한 시인인 안나 아흐마토바와 자신이 이름이 거의 같다는 것을 비밀스러운 운명의 표지로 여기며 자신의 책도 곧 나올 거라고 말하고 다닌다. 안나의 이런 생각은 가난하고 불행한 무명시인의 헛된 망상처럼 보이기도 하지만, 둘 사이에 유사점이 전혀 없는 것은 아니다. 스탈린 시대에 침묵을 강요받고 시집 한 권 출간할 수 없었던 안나 아흐마토바는 「시간은 밤」의 안나 못지않은 가난과 굶주림, 불행한 개인사로 고통을 겪었으며, 죄 없는 아들을 세 차례나 감옥에 보내고 마음을 졸여야 했다. 물론 「시간은 밤」에 나오는 안나의 아들은 정치범이었던 아흐마토바의 아들과 달리, 뒷골목 아이들의 패싸움에 휘말렸다가 가난 때문에 다른 아이들의 죄까지 뒤집어쓰고 감옥에 들어간 것이고, 감옥에서 나온 이후로도 부랑배와 알코올중독자의 삶에서 벗어나지 못한다. 하지만 아들이 정치

범이 아닌 알코올중독자라고 해서 눈앞에서 망가져가는 아들을 바라
보는 어미의 고통이 더 작은 것은 아니다. 무엇보다도 「시간은 밤」의
안나는 아흐마토바가 자기 시대의 잔혹한 시련 속에서 대표작 「레퀴
엠」을 남겼듯이 지독한 가난과 고독, 어머니이자 한 개인으로서의 좌
절과 고통을 생생하게 묘사한 원고를 남긴다. 안나의 죽음 후 딸 알료
나가 출판사 편집국으로 보낸 깨알 같은 글씨로 채워진 종잇장들, 아이
들의 공책과 전보용지 뒷장에 쓴 "식탁 끝에서 쓴 수기", 다시 말해 「시
간은 밤」이라는 작품은 안나가 남긴 그녀의 '레퀴엠'이기도 하다.

시인으로서 안나가 그렇듯 어머니로서 안나는 우리가 일반적으로
상상하고 기대하는 어머니의 모습과는 다르다. 그녀는 자의식이 강하
고 냉소적이며, 허세와 거친 말로 딸 알료나를 상처입히고, 자신에게
향하지 않는 사랑을, 자식들의 젊음을 질투한다. 물론 안나는 자식들을
끔찍하게 사랑하고, 그들의 고통에 같이 눈물을 흘리며, 그들에게 필요
한 존재가 되고 싶어한다. 하지만 안나는 알료나가 원하는 제대로 된
가정을 만들어줄 수도, 안드레이의 비틀린 삶을 구할 수도 없다. 자식
들은 '지긋지긋한 짐승우리' 같은 집을 떠나고 싶어할 뿐이다. 안나가
도와줄 수 있고 그녀를 정말 필요로 하는 사람은 칠 년째 정신병원에
누워 있는 늙은 어머니밖에 없다. 안나는 그 사실을 뒤늦게 깨닫지만
병든 어머니를 집으로 데려오지는 못한다. 알료나가 두 갓난아이를 데
리고 이제야 겨우 돌아온 집, 더없이 사랑하는 아이 티마의 새 가족의
둥지가 된 집을 다시 눈물과 악취, 악다구니가 끊이지 않는 짐승우리로
만들 수는 없기 때문이다. 결국 어머니를 영원히 돌아오지 못할 시설로
보내버리고 집으로 돌아온 안나는 응보처럼 자신의 어머니와 비슷한

운명에 처하게 된다. 할머니뿐만 아니라 역시 제정신이 아닌 것이 분명한 엄마 안나가 만들어낼 끔찍한 삶으로부터 자기 아이들을 지키기 위해 알료나가 아이들을 데리고 떠나버린 것이다. 안나는 그렇게 텅 비고 버려진 집에서 홀로 자살을 선택한다.

「시간은 밤」은 그 고통스러운 마지막 순간까지 안나가 남긴 기록을 딸 알료나가 읽고 세상에 내놓은, 안나의 처음이자 마지막 책이다. 프롤로그에서 익명으로 등장하는 알료나는 자신의 어머니가 시인이었다고 말한다. 안나를 글쓰기에 미친 삼류작가라며 비아냥거리던 알료나가 '시를 쓰지 않으면 가슴이 터져 죽을 것만 같았던' 안나의 삶, 표현할 길 없이 죄가 되어버린 사랑과 그로 인한 절망을 이해하게 된 것이다. 페트루솁스카야의 말에 따르면 이해한다는 것은 용서를 뜻한다. 유전처럼 반복되는 것은 병이 아니라 사랑이며 안나 역시 어머니이기 이전에 그저 한 인간, 가난한 중년의 여인이었음을, 알료나는 비로소 이해하고 용서한 것이다.

페트루솁스카야는 「시간은 밤」을 비롯한 자신의 작품이 러시아 여성들의 비참한 운명을 그린 민족지적 이야기로 읽히는 것을 경계했다. 그녀의 작품 속 주인공들의 비참한 삶, 특히 「시간은 밤」에서 안나의 지독한 가난이 눈에 띄는 것은 사실이다. 그리고 이러한 특징은 안나가 아름다운 이름이라며 상기시켰던 『죄와 벌』의 여주인공 소냐의 아버지가 '가난은 죄가 아니지만 지독한 가난은 죄다'라고 했던 말을 떠올리게 한다. 도스토옙스키의 소설 속 소냐와는 전혀 다른 「시간은 밤」속 소냐가 그랬듯 페트루솁스카야의 주인공들로부터 멀찌감치 물러서고 싶어지는 것도 어쩌면 지독한 가난 때문일 것이다. 하지만 누구에게

나 불편하고 괴로운 가난을 가볍게 타인의 것으로만 여기거나 걷어내 버리고서 페트루솁스카야의 작품을 읽을 수는 없다. 그 초라하고 헐벗은 모습으로 인해 작가가 가장 중요한 문제라고 생각했던 것들, 어머니와 아이들, 가족간의 관계들이 더욱 선명하게 드러나기 때문이다.

김혜란

1938년   5월 26일 모스크바에서 출생. 대학생이던 아버지 스테판 페트
         루솁스키가 페트루솁스카야가 한 살도 되기 전 역시 대학생이
         던 아내 발렌티나 야코블레바와 어린 딸을 버리고 떠남. 이후
         엄마와 외조부모와 함께 지냄.

1943년   전쟁을 피해 외가 친척들과 함께 쿠이비셰프(현재의 사마라)로
         피난.

1948년   모스크바로 돌아와 단칸방에서 엄마, 외조부모와 함께 살기 시
         작함.

1951년   언어사회학자이던 외할아버지 니콜라이 야코블레프가 스탈린
         숙청 대상이 되어 대학 교수직과 연구소 연구원직에서 제명됨.

1956년   모스크바국립대학교 언론학부에 입학.

1961년   대학을 졸업하고 라디오와 TV 방송국에서 리포터, 기자로 일하
         기 시작.

1964년   예브게니 하라티얀과 결혼, 첫 아들 키릴 출산.

1965년   남편이 병으로 쓰러짐. 이 무렵부터 소설을 쓰기 시작함.

1968년   단편 「그런 여자 아이Такая девочка」「말Слова」「클라리사 이
         야기История Клариссы」「이야기꾼Рассказчица」 등을 써서
         잡지 『노보예 브레먀Новое время』에 투고. 게재가 결정되나
         잡지 출간 직전 취소됨.

1971년   남편이 세상을 떠남.

1972년   잡지 『오로라Аврора』에 단편 「들판을 건너Через поля」와 「클
         라리사 이야기」「이야기꾼」이 실림. 모스크바 예술극장의 연출

가 고류노프로부터 작품 제안을 받고 첫 희곡 「음악 수업Уроки
музыки」 집필.

1973년 『오로라』에 단편 「바이올린Скрипка」과 「마냐Маня」가 실림.
중견 극작가 아르부조프의 스튜디오 활동에 참여하며 슬랍킨,
로좁스키, 샤트로프 등 젊은 작가, 연출가, 비평가 들과 교유.

1974년 『오로라』에 단편 「네트와 올가미Сети и ловушки」가 실림. 이
후 팔 년간 「노래하는 고양이Кот, который умел петь」 「하얀
주전자Белые чайники」 등 몇몇 동화를 제외하고는 러시아에
서 글이 출간되지 못함.

1976년 보리스 파블로프와 두번째 결혼, 아들 표도르 출산. 아르부조프
스튜디오 모임에서 〈친자노Чинзано〉 초연. 이후 〈사랑Любовь〉
〈층계참Лестничная клечатка〉 등 단막극이 언더그라운드 극
장에서 인기를 얻으며 극작가로서 이름을 알리기 시작함.

1979년 러시아 애니메이션 거장 유리 노르시테인의 〈이야기들의 이야
기Сказка сказок〉 제작에 시나리오 작가로 참여. 이듬해 〈이
야기들의 이야기〉는 로스앤젤레스 국제애니메이션 페스티벌에
서 최고 작품상 수상. 연출가 로만 빅튜크가 〈음악 수업〉을 모스
크바 대학 학생극장에서 초연. 초연 직후 상연금지 명령을 받고
당국의 눈을 피해 모스크바 외곽의 스튜디오극장에서 상연을
계속함. 연극잡지 『테아트르Театр』에 단막극 「사랑」이 실림.

1980년 렌콤 극장장 마르크 자하로프의 제안을 받고 희곡 「푸른 옷을
입은 세 여인Три девушки в голубом」 집필.

1981년 동화집 『암시 없는 동화Сказки без подсказки』 출간.

1982년 딸 나타샤 출산. 〈푸른 옷을 입은 세 여인〉 공연이 완성되어 시
연회가 열리지만 시연회 직후 이유를 알 수 없는 상연금지 명령
이 내려짐.

1984년 희곡 「모스크바의 합창Московский хор」 집필. 이 무렵부터 단

편, 희곡이 영미권과 독일에서 번역, 소개되기 시작. 노르시테인과 함께 애니메이션 〈외투〉 제작 도중 당국의 지시에 따라 작업이 중단됨.

1985년 소브레멘니크 극장에서 공연되던 연극 〈콜롬비나의 집Квар-тира Коломбины〉에 상연금지 명령이 내려짐. 오랜 기다림 끝에 〈푸른 옷을 입은 세 여인〉 공연이 허가되지만, 당중앙위원회 정치국원, 문화부차관 등이 공연을 관람한 후 다시 금지됨.

1986년 〈푸른 옷을 입은 세 여인〉 공연 재개.

1988년 모스크바 예술극장 창립 90주년 기념 공연으로 〈모스크바의 합창〉 상연. 희곡집 『20세기의 노래Песни XX века』 출간. 스톡홀름에서 열린 극작가 대회에 참석. 「시간은 밤Время ночь」 집필 시작. 지난 이십여 년간 출판되지 못했던 단편들을 모은 첫 단편집 『불멸의 사랑Бессмертная любовь』 출간. 단편 「우리 모임Свой круг」이 잡지 『노비 미르Новый мир』에 실림.

1989년 희곡집 『푸른 옷을 입은 세 여인』 출간.

1990년 단편 연작 「동슬라브인들의 노래Песни восточных славян」 발표.

1991년 『시간은 밤Meine Zeit ist die Nacht』이 독일에서 먼저 출간. 영국에서 희곡집 『친자노Cinzano: Eleven Plays』 출간. 독일 알프레트 퇴퍼 재단이 수여하는 푸시킨 문학상 수상.

1992년 서문을 붙이고 결말을 수정하여 『노비 미르』에 「시간은 밤」 발표. 「시간은 밤」은 이후 영어, 프랑스어, 이탈리아어 등으로 번역, 출간됨.

1993년 잡지 『10월Октябрь』 선정 올해의 작가상 수상(이후 1996년, 2000년에도 수상). 『에로스신神에게 가는 길По дороге бога Эроса』 출간. 이즈음부터 아이들과 어른들을 위한 동화 창작에 몰두.

1995년	중단편집 『집의 비밀Тайна дома』 출간. 잡지 『노비 미르』 선정 작가상 수상. 영어 번역본 단편집 『불멸의 사랑Immortal love』 출간.
1996년	모스크바에서 첫 전집 출간. 잡지 『즈나먀Знамя』 선정 올해의 작가상 수상.
1997년	단편집 『진짜 동화Настоящие сказки』 출간.
1999년	중단편집 『처녀들의 집Дом девушек』 출간.
2000년	시집 『카람진. 시골 일기Карамзин. Деревенский дневник』, 단편집 『꿈이여, 나를 찾아와다오Найди меня, сон』 출간.
2001년	중단편집 『행복한 고양이들Счастливые кошки』, 단편집 『워털루의 다리Мост Ватерлоо』 『레퀴엠Реквиемы』 출간.
2002년	단편집 『그런 여자아이』 『새벽의 꽃처럼Как цветок на заре』, 중편과 희곡 모음집 『소콜리니키에서 생긴 일Случай в Сокольниках』 출간. 러시아 트라이엄프 선정 작가상 수상. 상트페테르부르크 말리극장에 올려진 연극 〈모스크바의 합창〉으로 러시아 연방정부선정 문학예술상 수상. 동화 '새끼돼지 표트르Поросенок Пётр' 시리즈 발표.
2003년	자전적 에세이와 인터뷰 모음집 『아홉번째 책Девятый том』 출간.
2004년	장편 『1번, 혹은 다른 가능성들의 정원에서Номер один, или в садах других возможностей』, 동화집 『야생동물 이야기Дикие животные сказки』 출간.
2005년	단편과 희곡 모음집 『뒤바뀐 시간Измененное время』 출간.
2006년	소설 「시간은 밤」과 단편들을 모은 『인생은 연극이다Жизнь это театр』 출간.
2007년	희곡집 『콜롬비나의 집』 『모스크바의 합창』, 단편동화집 『두 왕국Два царства』 출간.

2008년	중편 「메트로폴에서 온 소녀Маленькая девочка из Метрополя」로 고골 문학상 수상. 작품집 『검은 나비Черные бабочки』 출간. 동화집 『새끼돼지 표트르의 모험Приключения поросенка Пётра』 출간. 부닌상 수상. 인터넷 잡지 〈스놉СНОБ〉 프로젝트에 참여. 자신의 이름을 내건 문학 카바레를 조직해 가수로 활동하기 시작함.
2010년	미국에서 출간된 단편집 『이웃의 아이를 죽이고 싶었던 여자가 살았네There Once Lived a Woman Who Tried To Kill Her Neighbor's Baby』로 세계환상문학상 수상.
2011년	작품집 『두 사람이 탄 차에 타지 마라Не садись в машину, где двое』 『술이 들어간 초콜릿Конфеты с ликером』, 동화집 『바보 공주Глупая принцесса』 출간.
2012년	동화집 『신神의 고양이Котенок Господа Бога』, 에세이와 인터뷰를 모은 『일인칭 시점으로. 과거와 현재에 관한 대화От первого лица. Разговоры о прошлом и теперешнем』 출간.
2017년	장편 『도둑들. 범죄 이야기Нас украли. История преступлений』 출간.
2019년	작품집 『내기니, 혹은 뒤바뀐 시간Нагайна, или Изменённое время』 출간.

문학동네 세계문학전집 발간에 부쳐

세계문학은 국민문학 혹은 지역문학을 떠나 존재하는 문학이 아니지만 그것들의 총합도 아니다. 세계문학이라는 용어에는 그 나름의 언어와 전통을 갖고 있는 국민문학이나 지역문학의 존재를 인정하면서 그것을 넘어서는 문학의 보편적 질서에 대한 관념이 새겨져 있다. 그 용어를 처음 고안한 19세기 유럽인들은 유럽문학을 중심으로 그 질서를 구축했지만 풍부한 국민문학의 전통을 가지고 있는 현대의 문학 강국들은 나름의 방식으로 세계문학을 이해하면서 정전(正典)의 목록을 작성하고 또 수정한다.

한국에서도 세계문학 관념은 우리 사회와 문화의 변화 속에서 거듭 수정돼왔다. 어느 시기에는 제국 일본의 교양주의를 반영한 세계문학 관념이, 어느 시기에는 제3세계 민족주의에 동조한 세계문학 관념이 출현했고, 그러한 관념을 실천한 전집물이 출판됐다. 21세기 한국에 새로운 세계문학전집이 필요하다는 것은 명백하다. 우리의 지성과 감성의 기준에 부합하는 세계문학을 다시 구상할 때가 되었다.

문학동네 세계문학전집은 범세계적으로 통용되는 고전에 대한 상식을 존중하면서도 지난 반세기 동안 해외 주요 언어권에서 창작과 연구의 진전에 따라 일어난 정전의 변동을 고려하여 편성되었다. 그래서 불멸의 명작은 물론 동시대 세계의 중요한 정치·문화적 실천에 영감을 준 새로운 작품들을 두루 포함시켰다.

창립 이후 지금까지 한국문학 및 번역문학 출판에서 가장 전문적이고 생산적인 그룹을 대표해온 문학동네가 그간 축적한 문학 출판 경험을 바탕으로 새로운 세계문학전집을 펴낸다. 인류가 무지와 몽매의 어둠 속을 방황하면서도 끝내 길을 잃지 않은 것은 세계문학사의 하늘에 떠 있는 빛나는 별들이 길잡이가 되어주었기 때문이다. 우리가 자부심과 사명감 속에서 그리게 될 이 새로운 별자리가 독자들의 관심과 애정에 힘입어 우리 모두의 뿌듯한 자산이 되기를 소망한다.

문학동네 세계문학전집 편집위원
민은경, 박유하, 변현태, 송병선, 이재룡, 홍길표, 남진우, 황종연

세계문학전집 192

시간은 밤

1판 1쇄 2020년 11월 20일
1판 2쇄 2023년 6월 20일

지은이 류드밀라 페트루솁스카야 | 옮긴이 김혜란
책임편집 박신양 | 편집 김지은 김경은
디자인 김마리 최미영 | 저작권 박지영 형소진 최은진 오서영
마케팅 정민호 김도윤 한민아 이민경 안남영 김수현 왕지경 황승현 김혜원 김하연
브랜딩 함유지 함근아 박민재 김희숙 고보미 정승민 배진성
제작 강신은 김동욱 임현식 | 제작처 영신사

펴낸곳 (주)문학동네 | 펴낸이 김소영
출판등록 1993년 10월 22일 제2003-000045호
주소 10881 경기도 파주시 회동길 210
전자우편 editor@munhak.com | 대표전화 031)955-8888 | 팩스 031)955-8855
문의전화 031)955-1927(마케팅), 031)955-3560(편집)
문학동네카페 http://cafe.naver.com/mhdn
인스타그램 @munhakdongne | 트위터 @munhakdongne
북클럽문학동네 http://bookclubmunhak.com

ISBN 978-89-546-7564-2 04890
          978-89-546-0901-2 (세트)

www.munhak.com

● 문학동네 세계문학전집은 계속 출간됩니다